Lea Busch

AF222646

LIGHTNING
The Faceoff

Roman

Für alle, die sich (noch) nicht trauen,
sie selbst zu sein. Ihr schafft das!

Copyright © 2024 Lea Busch
Lightning – The Faceoff
Auflage 1
ISBN: 978-3-7693-1870-8

E-Mail: leabusch01@web.de

Instagram: autorin.leabusch

TikTok: autorin.leabusch

Playlist

My Cheating Heart	–	Love Frame Tragedy
Talia	–	King Princess
Giver	–	K.Flay
Odd Socks	–	Keyframe
What I Know Is All Quicksand	–	Giant Rooks
Don't Take It Personally	–	The Academic
Lessons Learned	–	Michael Blackwell
Fight Club	–	Giant Rooks
Are You There?	–	All Time Low
Emotions	–	5 Seconds of Summer
Adore You	–	Harry Styles
Don't Go	–	Isaac Anderson
Only The Brave	–	Louis Tomlinson
You Could Start A Cult	–	Niall Horan
Break My Broken Heart	–	Winona Oak

1. Kapitel

Am allerersten Tag der neuen Saison bin ich zu spät. *Das darf nicht wahr sein!* Natürlich musste ich genau heute Morgen einen Platten haben. Es ist zehn vor acht und ich werde gut zwanzig Minuten brauchen, bis ich am Trainings-center bin. Einen Bus zu nehmen ist keine Option; da bin ich mindestens dreimal so lange unterwegs. Fluchend schmeiße ich die Luftpumpe zur Seite, verschließe das Ventil und hoffe, dass mein Reifen kein Loch hat, sondern dass es daran liegt, dass ich das Rad den Sommer über nicht angerührt habe. Schnell mache ich das Schloss um den Lenker fest und schwinge mich auf den Sattel. Der Verkehr ist wie jeden Tag hier in Atlanta absolut chaotisch, aber inzwischen bin ich mehr oder weniger daran gewöhnt. Heute ist der erste Spieltag der Saison. Mein Team ist zwar erst übermorgen dran, aber das bedeutet nicht, dass ich freihabe. *Oh nein.* Seit Wochen schon trainieren wir, ich bin öfter im Trainingscenter, als bei mir zu Hause, geschweige denn irgendwo anders. Vor drei Tagen, als ich das letzte Mal dort war, weil wir *oh Wunder*, tatsächlich ein paar Tage freihatten, habe ich erfahren, dass ein Teamkollege abgeworben wurde. Er ist immer mit dem Auto zur Halle gefahren und hat mich auf dem Weg dahin eingesammelt. Das ist auch der Grund, weswegen ich so lange nicht mehr mit dem Rad unterwegs war.

Nachdem ich es sporadisch angebunden habe, hetze ich durch die große Tür und durch die Flure. Wenn man sich hier nicht auskennt, ist es fast unmöglich sein Ziel direkt beim ersten Versuch zu finden. Ich weiß nicht, wer dieses Gebäude konstruiert hat (und ehrlicherweise ist es mir auch ziemlich egal), aber es hätte definitiv übersichtlicher gestaltet werden können.

„Ah, auch mal da", stellt mein Teamkollege Lane fest, als ich mich auf die Bank der Umkleide fallen lasse und meine Wasserflasche heraushole.

„Leighton. Du bist zu spät." *Scheiße.* Coach Warren steht im Türrahmen und natürlich bin ich der Einzige, der noch nicht startklar ist.

„Tut mir leid", sage ich schnell und tausche meine Schuhe. Heute Vormittag steht Trockentraining auf dem Plan. Das bedeutet, mehr als die Sporthose, das Shirt und die Sportschuhe, die ich gerade zuschnüre, brauche ich gerade nicht.

„Da leistest du dir ja was, kommst am ersten offiziellen Tag der Saison zu spät", murmelt Duncan, ebenfalls ein Teamkollege, leise und ich verdrehe die Augen. „Mein Reifen war platt", antworte ich und folge Coach Warren und den anderen in die Halle. Wir laufen uns warm, das kündigt der Coach schon gar nicht mehr an. Es ist ein Automatismus, dass jeder hier anfängt, große Runden um die Eisfläche zu joggen. Zwei junge Männer stehen abseits, sehen sich kurz um und schließen sich der Mannschaft dann an. Ich blicke mich um. Es hat sich seit der letzten Saison einiges getan. Ein paar sind aus der Mannschaft geflogen, einige wurden abgeworben und andere haben ihre Karriere altersbedingt beendet. Aber es sind auch schon einige Neue seit Mitte des Sommers dabei. Ich laufe etwas schneller und erwische einen der beiden mir unbekannten Typen.

„Du bist neu hier", stelle ich fest. Er nickt und ich sehe kurz zu Warren. Der Coach mag es nicht, wenn wir während des Trainings reden. Er meint, wir könnten uns dann nicht richtig konzentrieren.

„Ja, es ist unglaublich hier zu sein!" grinst er und ich mustere ihn kurz. Der Kerl ist höchstens zwanzig.

„Das Angebot kam erst vor drei Wochen", erzählt er weiter. „Ich habe vorher nur am College gespielt."

„Dann streng dich lieber an, sonst spielst du bald wieder dort“, antworte ich und laufe weiter. Die Transferperiode hat gerade erst begonnen. Es ist Oktober und noch bis Mitte Februar werden die Spieler zwischen den Mannschaften gewechselt, wie früher auf dem Schulhof die Sammelkarten. Einige werden aussortiert, einige ganz neue Spieler kommen hinzu. Nur weil ich seit zwei Jahren hier bin, bedeutet das noch lange nicht, dass ich am Ende der Saison noch hier sein werde – auch wenn ich es gerne würde. Dass der Neue sich freut, kann ich absolut nachvollziehen, aber er sollte sich nicht ausruhen und schon gar nicht denken, dass er garantiert bis zum Stanley Cup hier spielen wird. Um in der NHL zu überleben, darf man sich nicht ausruhen, nie. Leistung und Durchhaltevermögen ist das Einzige, was hier zählt.

„Fangt mit dem Krafttraining an“, ertönt plötzlich Coach Warrens Stimme. „An alle Neuen: Es wird immer zu zweit trainiert, kontrolliert einander“, fügt er hinzu. Lane kommt zu mir an die Beinpressen im Kraftraum, der von der Haupthalle abgeht.

„Fängst du an?“

Ich zucke mit den Schultern. „Klar.“ Ich setze mich und Lane stellt das Gewicht ein.

„Hast du die Neuen schon gesehen?“

„Sie sind jung“, meint er und ich nicke. „Was denkst du? 19, vielleicht 20?“

„Ich würde 19 sagen, beide“, überlegt er laut. „Ian war vor ein paar Wochen noch am College.“

„Der Blonde?“

Lane nickt. Dann heißt der Typ, mit dem ich mich vor ein paar Minuten noch unterhalten habe, wohl Ian.

„Er kann noch gar nicht glauben, hier zu sein“, schmunzelt Lane.

„So ging es doch uns allen, als wir angefangen haben", erinnere ich ihn. Lane nickt. „Ich bin gespannt, ob Warren ihn beim Spiel schon aufs Eis lassen wird." Ich schüttle den Kopf. „Mich hat er fast drei Wochen warten lassen, bis ich durfte." „Ich war nach zwei Spieltagen das erste Mal auf dem Eis", meint Lane und ich verdrehe die Augen. „Du brauchst das nicht jedes Mal zu sagen. Das weiß hier absolut jeder." Wir tauschen. Erst da bemerke ich, dass einer der Vereinsvorstände bei Warren steht. *Die lassen sich doch sonst nicht beim Training blicken.* Schon gar nicht, wenn wir nicht auf dem Eis stehen.

Neben Warren geht der Assistenzcoach Drew umher, gibt hier und da ein paar Anweisungen und Tipps. Drew ist seit einem Jahr erst dabei und war vorher selbst Spieler. Er hat vor einigen Jahren ein unfassbares Tor beim Stanley Cup geschossen und als klar war, dass er Atlanta Ice Lightning als Co-Trainer unterstützen wird, war nicht nur der Vorstand hellauf begeistert. Er selbst hat in diesem Team seine Karriere begonnen, auch wenn er nur zwei Saisons hier war. Zu der Zeit habe ich noch zu Hause in England in der alten Eishalle davon geträumt, irgendwann mal mit diesem Sport mein Geld zu verdienen. Angefragt hatten Connor Drew viele Clubs. Es war eigentlich zu erwarten, dass er in New York bleibt; bei dem Team, bei dem er zum Schluss gespielt hat, aber nein, er hat sich anders entschieden. Warren ist schon seit einigen Jahren Cheftrainer, war vorher Co-Trainer und davor Spieler, das ist allerdings bestimmt schon zehn Jahre her, wenn nicht länger.

„Wechseln!", reißt Drews Stimme mich aus meinen Gedanken und Lane und ich gehen zum nächsten Trainingsgerät. Ich mochte Trockentraining nie wahnsinnig gerne, ganz egal, was anstand, aber inzwischen weiß ich, dass es notwendig ist, wenn man auf dem Eis Leistung erbringen will.

Nach dem Zirkeltraining haben wir eine Viertelstunde Verschnaufpause. Gleich spielen wir eine Runde Fußball. Man könnte meinen, dass es sinnlos ist, Fußball zu spielen, wo wir doch im Eishockey gut sein müssen, aber es fördert den Teamgeist. Heute Mittag gehen wir aufs Eis.

Duncan kommt zu Lane und mir. „Der Neue ist doch noch ein Kind", meint er und stellt damit genau das fest, was Lane und ich auch schon gesagt haben.

„Hast du nicht auch mit 19 angefangen?", frage ich verwundert, aber er winkt ab. „Für drei Wochen. Dann bin ich rausgeflogen und musste noch zwei Jahre in der dritten und zweiten Liga spielen, bis ich wieder die Chance bekommen habe", erinnert er mich. *Ach ja, da war ja was.* Duncan spielt seit letzter Saison als Verteidiger bei Atlanta. Vorher hat er ein Jahr für Chicago gespielt.

„Die zwei sind doch nur vier Jahre jünger als wir", meint Lane dann.

„Fünf", korrigiert Duncan und sieht zu mir. Ich verdrehe die Augen. „Ich bin nur ein Jahr älter als ihr. Ich bin kein Rentner."

„Aber fast", meint Duncan trocken, ehe er sich etwas zu trinken schnappt.

Ich sehe zu Coach Warren. Drew steht inzwischen auch dort mit Mister Johnson, dem Kerl des Vorstands. Wenn er so lange schon hier ist, scheint es so wichtig zu sein, dass es nicht warten kann, bis das Training beendet ist. Skeptisch sehe ich mir die Szene an, werde dann aber unterbrochen, als Ian durch mein Sichtfeld läuft und ich dadurch merke, dass alle anderen sich etwas zu trinken holen gehen und ich selbst auch Durst habe.

Das Training geht weiter, Mister Johnson verschwindet und schon bald stehen wir auf dem Eis. Warm sind unsere Muskeln schon die ganze Zeit, also lässt Coach Warren uns nicht mehr als die Zeit, bis alle auf der Fläche sind, um uns wieder an diesen Untergrund zu gewöhnen. Allerdings ist das auch nicht notwendig. Jeder von uns läuft auf Eis so sicher, wie auf normalem Asphalt. Wir fangen mit Torschüssen an. Ich lasse mich in Lanes Richtung gleiten, schnappe mir auf dem Weg dahin einen der Pucks, die hier überall herumliegen, aber er hält meinen Schuss. Pech für mich, gut für ihn.

Die Neuen sind gut. Anders kann man das nicht sagen. Es gab auch schon Jünglinge, die nach ein paar Tagen wieder weg waren, aber ich glaube Ian und der andere haben ganz gute Chancen im Team zu bleiben. *Ich darf nur nicht vergessen, dass auch ich mich reinknien muss.* Die Transferperiode stresst uns alle in einem gewissen Maß.

Ausgelaugt, verschwitzt und durstig schleppen wir uns am frühen Abend zurück in die Umkleidekabine. Die Ausrüstungen auszuziehen, geht zum Glück schneller, als sie anzuziehen, also dauert es nur wenige Minuten, bis wir alle in der großen Gruppendusche stehen und uns den Schweiß herunterwaschen.

„Ist Coach Warren immer so gnadenlos?", fragt der andere Neue, der sich inzwischen als Mike vorgestellt hat, halb im Spaß, halb ernst gemeint. Lane und ich sehen uns verwundert an.

„Heute war es sogar ziemlich erträglich", antwortet Duncan ihm. Alle anderen hier haben genau das auch gedacht. Gut, alle bis auf Ian vielleicht. Mike lacht kurz und greift dann zu seinem Shampoo. Ihm ist anzusehen, dass er gerade erst verstanden hat, wie hart es wirklich ist, in der NHL zu spielen. *Was wohl passiert, wenn Warren mal richtig hartes Training ansetzt?* Ob der Junge durchhalten wird, wird sich zeigen. Mein Ziel ist es nach wie vor, in die erste Reihe zu kommen. Ich wäre zwar schon glücklich, in der Zweiten zu spielen, aber nichts geht über das Gefühl, wenn die Aufstellung vor dem Spiel bekannt gegeben wird und die Zuschauer und Fans des Teams, deinen Nachnamen rufen. Ich durfte das erst ein paar Mal erleben. Man kann diese Spiele an einer Hand abzählen, aber ich bin zuversichtlich, dass sich das diese Saison ändern wird.

Als die meisten aus der Dusche raus sind und sich anziehen, kommt Drew in die Umkleide.

„Du trägt einen Anzug?", fragt Duncan verwundert. „Warum denn das plötzlich?"

„Es gibt ein kurzfristiges Meeting", antwortet er knapp. „Morgen früh ist eine Konferenz angesetzt worden. Die Presse wird da sein, ihr wisst, was das heißt."

„Zieh dich vernünftig an", meine ich schnell, als ich Ians fragenden Gesichtsausdruck sehe.

„Seid pünktlich. Um viertel vor neun treffen wir uns. Danach ist ganz normal Training", gibt er Bescheid und verlässt den Raum wieder. „Bis morgen."

Einer nach dem anderen verlässt die Kabine. Nur ich finde meinen blöden Schlüssel für den Spind natürlich nicht. Keiner hier klaut, das steht außer Frage, aber das Türschloss ist seit einiger Zeit kaputt und im Prinzip könnte hier jeder ein und aus gehen, wie er möchte. Wir sind also angehalten worden, unsere Wertsachen wegzuschließen. Die Schlüssel geben wir Drew, jeder hat eine Nummer darauf, sodass wir sie nicht verwechseln. Er gibt sie uns direkt nach dem Training wieder.

„Soll ich dir noch suchen helfen?", fragt Lane, der inzwischen mit mir der Letzte hier ist.

„Nein, schon gut. Der Schlüssel kann ja nicht weit sein", winke ich ab und er nickt. Plötzlich ist es still im Raum. Selten habe ich es hier so ruhig erlebt. Ich seufze und sehe mich um. Habe ich den Schlüssel nicht vorhin auf die Bank gelegt?

„Das darf doch nicht wahr sein", murmle ich und hocke mich hin, um unter die Bänke zu schauen. Plötzlich räuspert sich hinter mir jemand und ich zucke zusammen, ehe ich schnell herumfahre und aufstehe.

„Kann ich irgendwie helfen? Also beim Suchen?", werde ich gefragt und blicke den Mann einen Moment verwirrt an. Er steht im Türrahmen und sieht sich kurz um, ehe sein Blick wieder zu mir schwenkt.

„Wer sind Sie?", frage ich stattdessen. „Das hier ist die Umkleide der Spieler und ich bin nicht sicher, ob jemand wie Sie hier sein darf", erkläre ich schnell.

„Jemand wie ich?"

„Ein Fan, ein Zuschauer", erwidere ich und mustere ihn. Ich habe ihn hier noch nie gesehen.

„Du suchst nicht ganz zufällig einen Schlüssel, oder?"

„Bitte?"

„Oben auf dem Regal mit dem Spind liegt einer, aber ich schätze, das kann man nur sehen, wenn man über 1,75 Meter groß ist."

Ich sehe ihn kurz an. Das ist er definitiv. So groß, meine ich. Außerdem fällt mir in diesem Moment auf, dass er in etwa so alt sein müsste wie ich. Plus minus ein, zwei Jahre. Er hat lange Beine, sehr lange Beine, aber vielleicht liegt das auch nur an dieser schwarzen Stoffhose, die er trägt. Normalerweise finde ich diese Art Kleidung eher nicht so schön, aber ihm steht sie erstaunlich gut. Er sieht wieder kurz zu dem Regal. Wenn der Schlüssel wirklich dort liegt, ist es vielleicht einfach Glück, dass sich jemand hierher verirrt hat, der ihn sehen kann. Ich hingegen bin nicht so groß und als ich auf das Regal greife, ertaste ich tatsächlich den Schlüssel.

„Danke", sage ich schnell und sperre den kleinen Spind auf.

„Sicher." Er verschwindet wieder. *Ein bisschen merkwürdig war das gerade schon.*

Auf dem Weg nach Hause geht mir diese kurze Begegnung nicht aus dem Kopf. *Wer war der Kerl?* Bestimmt ist er nur ein Zuschauer, immerhin prangt auf dem Gebäude groß das Logo von Atlanta Ice Lightning.

Kurz überlege ich Lane anzurufen, und ihm zu erzählen, was geschehen ist, aber je länger ich darüber nachdenke, desto unnötiger kommt es mir vor. Dann war eben kurz ein Zuschauer im Gebäude, na und? Eigentlich ist das eher unerwünscht, es soll nicht zur Normalität werden, aber der Kerl war freundlich, hat mir außerdem geholfen und ist danach auch wieder gegangen. Wieso also deswegen Stress machen?

Nach dem Abendessen, was aus den Resten von gestern bestand, suche ich mir passende Kleidung für morgen raus. Es muss kein Smoking sein, aber ein Hemd und ein Jackett sollten wir schon tragen. Dazu suche ich meine schwarze Stoffhose raus, die nicht allzu unbequem ist, aber auf eine Krawatte oder Fliege werde ich verzichten. Normalerweise ist es auch in Ordnung in Jeans und Hemd dort zu erscheinen, aber es ist die erste offizielle Pressekonferenz der Saison, sie wird besondere Aufmerksamkeit erregen.

Am nächsten Tag fahre ich tatsächlich etwas zu früh, statt etwas zu spät los. Ich bin nicht scharf darauf wieder zu spät zu kommen, denn wenn Coach Warren einen auf dem Kieker hat, dann hat man es nicht leicht. Einschleimen funktioniert bei ihm nicht. Er mag Disziplin und Anstand, das lernt man schnell, wenn man ins Team aufgenommen wird. Lane, Duncan und viele der anderen sind auch schon da, aber heute bin ich nicht der Letzte. Wir drei stehen mit den anderen Spielern an der Seite. Mister Johnson spricht noch mit Drew. Ebenso sind noch ein paar andere Mitarbeiter hier; der Sicherheitschef, der Kerl, der für alles was, mit Geld zu tun hat, das Sagen hat, Coach Warren natürlich und einige andere.

Die Journalisten werden um neun Uhr hereingelassen. Als ich wieder nach vorne zu dem langen Tisch blicke, an dem die meisten des Vereins (außer uns Spielern natürlich) Platz genommen haben, fällt mir jemand auf. Noch sehe ich ihn nur von hinten, aber er kommt mir bekannt vor. Wo habe ich diesen Kerl nur schon einmal gesehen? Er dreht sich wieder nach vorne, lacht anscheinend und meine Augen werden groß. Verdammt, das ist der Typ von gestern.

„Du siehst aus, als hättest du einen Geist gesehen", schmunzelt Lane, aber ich reagiere erst gar nicht. Der Typ, den ich bis gerade noch für einen stinknormalen Zuschauer gehalten habe, sitzt vorne neben Mister Johnson. *Oh fuck, das ist gar nicht gut.* Mein Mund wird trocken und meine Handflächen fangen an zu schwitzen. Ich gehe einen Schritt zurück und hoffe, in der Gruppe unterzugehen.

„Elliot?"

„Alles gut", antworte ich meinem Kollegen etwas zu schnell und unterdrücke den Drang, den Raum zu verlassen.

2. Kapitel

Noch hat er mich nicht gesehen. Das ist gut, zumindest glaube ich das. Früher oder später werden wir uns wohl über den Weg laufen, mir wäre später allerdings deutlich lieber. Er ist doch sowieso Teil des Managements, also wird er sich nicht oft beim Training oder den Spielen aufhalten. Vielleicht hat er die Begegnung auch schon wieder vergessen, oder er weiß gar nicht mehr, wer von uns Spielern gestern in der Umkleide war. Ich atme tief durch. Wieso drehe ich hier eigentlich so durch? Es ist ja nicht so, als wäre etwas Dramatisches geschehen oder als wäre er in einem unpassenden Moment in die Kabine geplatzt. Es war eine ganz normale Unterhaltung, nicht mehr und nicht weniger. *Wieso also mache ich mir da so viele Gedanken drum?*

Ich bin so in Gedanken versunken, dass ich nur mit einem Ohr zuhöre, wie Warren die neuen Mitspieler vorstellt und zusammenfasst, wer diese Saison nicht mehr für Atlanta Ice Lightning spielen wird. Danach übernimmt Mister Johnson das Wort: „Soweit zu der Mannschaft; allerdings gibt es auch im übrigen Team ein paar Veränderungen. Wie Sie vielleicht wissen, war in den letzten Jahren Mister Smith von TAA für das Marketing und die PR verantwortlich. Diese Stelle wurde neu besetzt. Mister Swan wird sich dieser Aufgabe ab sofort annehmen. Falls Sie also Presseanfragen haben, wenden Sie sich bitte in Zukunft an ihn."

Er sieht zu seiner rechten, wo *Mister Swan* kurz die Hand hebt.

„Es freut mich wirklich sehr Atlanta Ice Lightning zu unterstützen und ich freue mich auf die Arbeit mit diesem Team und natürlich auch mit Ihnen allen. Auf dem Infozettel, den Sie sich am Ausgang später mitnehmen können, sind meine Kontaktdaten verzeichnet", erklärt er und lächelt den Presseleuten entgegen.

„Was ist TAA?", fragt Ian mich plötzlich leise und ich zucke leicht zusammen, aber das bekommt er zum Glück nicht mit.

„Thorley Advertising Agency", flüstere ich. „Michael Smith hat so Sachen gemacht, wie die Werbeanzeigen, Autogrammveranstaltungen, Pressetermine, Social Media", fasse ich zusammen.

„Wieso ist er denn weg? War er schlecht?", fragt Ian weiter, aber Duncan schüttelt den Kopf. „Nein, er wurde befördert, aber er hat Archer das Meiste den Sommer über erklärt."

Verwundert sehe ich ihn an. „Woher weißt du denn wie der Typ heißt?"

„Das war etwas ganz Krasses", beginnt Duncan und blickt mich ernst an. „Wir haben uns vorhin unterhalten, Wahnsinn, oder?"

Ich verdrehe die Augen. „Idiot." Duncan interessiert meine Antwort nicht. „Er ist neu in der Firma und hat die ersten Wochen noch etwas Unterstützung. Ich denke, er ist ganz cool."

„Ganz cool?" Skeptisch sehe ich den Verteidiger an. „Er ist nicht so verklemmt wie Johnson", erwidert Duncan nur und sieht wieder nach vorne.

Der neue PR-Kerl hat sich wieder hingesetzt und Drew erklärt gerade, was wir von dieser Saison erwarten, ohne zu viel über unsere Strategie zu verraten.

Am Ende müssen wir alle für ein Gruppenfoto nach vorne. Wir als Mannschaft sind das gewohnt und schnell haben wir uns in drei Reihen geordnet. Das Management, Warren und Drew stellen sich hinter und neben uns.

Kamerablitze werden auf uns abgefeuert und ein paar Augenblicke warten wir ab, bis sicher ist, dass einige verwendbare Bilder dabei sind. Mister Johnson bedankt sich bei den Reportern und Fotografen und dann ist der Spuk auch schon wieder vorbei. Ich bin definitiv nicht Eishockeyspieler geworden, um in der Öffentlichkeit zu stehen. Das mag bei einigen so sein, aber ich bin kein Fan davon, dass ständig Fotos von mir gemacht werden. Beim Spiel selbst blende ich das inzwischen mit Leichtigkeit aus, aber wenn ich direkt in Kameras blicken muss, merke ich jedes Mal wieder, dass ich es nicht sonderlich mag.

„Ihr habt eine halbe Stunde, dann fängt das Training an!", sagt Drew laut, als alle, die nicht auf der Gehaltsliste von Lightning stehen, den Raum verlassen haben. Dann wendet er sich an Mister Swan. Kurz darauf lachen beide. Skeptisch beobachte ich das Schauspiel und erwische mich selbst plötzlich dabei, dass das ganz und gar nicht professionell ist. Also wende ich mich ab, in der Hoffnung, dass es niemand mitbekommen hat.

„Irgendwie bist du heute merkwürdig", meint Lane dann auf einmal nachdenklich.

„Wie kommst du denn darauf?", erwidere ich verwundert.

„Du bist so still. Das ist Leighton-Untypisch."

„Leighton-Untypisch? Willst du mich verarschen, Lane?"

„Schon gut." Er hebt beide Hände. „Ich wusste ja nicht, dass du auch noch so gereizt bist." Ich schnaube und würde am liebsten sofort zur Umkleide verschwinden, aber noch sind alle hier.

„Hi."

Augenblicklich spanne ich mich an. Mister Swan steht hinter mir und nur widerwillig gehe ich einen Schritt zur Seite und drehe mich dann um.

„Ich bin Archer, ich wollte mich bei euch noch einmal persönlich vorstellen", sagt er lächelnd. Das Team begrüßt ihn und stellt sich vor. Drew gesellt sich zu uns. „Ihr wisst was morgen ist, richtig?"

Lane seufzt. „Doppelter Spieltag."

„Das heißt zwei Spiele an einem Tag, richtig?", fragt Ian und ich nicke. „Ja, erst geht es nach Florida, dann nach Carolina."

19

„Dass das verdammt anstrengend sein wird, brauche ich euch nicht sagen, aber ihr packt das. Ich will einen vernünftigen Saisonauftakt sehen. Montag habt ihr einen Ruhetag, Dienstag fängt der Tag dann wie heute an; es wird ein Fotoshooting geben." Innerlich stöhne ich genervt auf. *Nicht das auch noch.* Eigentlich hätte mir das klar sein müssen, aber ich habe es tatsächlich verdrängt.

„Es werden neue Autogrammkarten und Fanartikel damit hergestellt, also seht zu, dass ihr pünktlich seid. Mister Swan wird das Beaufsichtigen, macht also keinen Mist."

„Ist das Shooting hier?", fragt Ian noch. Archer nickt. *Oder sollte ich ihn Mister Swan nennen?*

„Sowohl auf dem Eis als auch in einer kleinen aufgebauten Kulisse", erklärt er knapp.

Er sieht kurz zu mir, ich sehe weg. Ich muss jetzt wirklich nicht über gestern sprechen, *oder nur daran denken.* Also bin ich einer der ersten, der aus dem Raum flüchtet. Mein Puls beruhigt sich erst wieder, als ich durch die Tür zur Umkleide trete. Wie gestern auch wärmen wir uns mit Trockenübungen auf, aber dann geht es recht schnell aufs Eis. Wir konzentrieren uns auf die Strategien für die Spiele morgen, Angriffe und Verteidigungen, von denen Warren erwartet, dass sie morgen klappen.

Ich bin heute nicht bei der Sache. Irgendwann bemerke ich, dass der neue PR-Typ neben Drew an der Bande steht und prompt bemerke ich den Puck nicht, den Ian in meine Richtung schießt. „Ah fuck", fluche ich leise und zwinge mich, alles zu geben. Ich will verdammt nochmal in die erste Reihe und das wird nicht klappen, wenn ich meine Gedanken an diesen neuen Kerl verschwende.

Völlig ausgelaugt stelle ich später unter der Dusche das warme Wasser an und schließe für einen Moment die Augen. Ich bin müde und geschafft und wenn ich an morgen denke, möchte ich nur noch schneller in mein Bett kommen. Treffpunkt ist hier um sieben Uhr morgens, dann geht es in Richtung Süden. Der Flug dauert etwa zwei Stunden. Zwei Stunden, in denen ich definitiv auch schlafen werde. Von dort machen wir uns mehr oder weniger ohne Pause auf nach Carolina. Der Flug dauert etwa drei Stunden, aber zum Flughafen müssen wir schließlich auch noch kommen.

Niemand von uns ist Fan dieser doppelten Tage, aber manchmal lässt sich das einfach nicht vermeiden. Direkt am ersten unserer Spieltage ist es aber schon eher unschön. Niemand beschwert sich deswegen. Wir denken es alle, aber niemand spricht es wirklich aus, denn das könnte das Aus der Karriere bedeuten.

Meinen Schlüssel lege ich ganz bewusst nicht auf den Schrank, sondern schließe meinen Spind direkt auf. Wir alle wollen nur nach Hause und als ich daran denke, dass ich mit dem Rad hier bin, seufze ich genervt. Als ich das Gebäude verlasse, stehen Drew und Mister Swan an der Seite. Swans Blick gleitet zu mir. Wieso schaut der Typ mich ständig an? Skeptisch schließe ich mein Fahrrad ab und werfe den beiden einen letzten Blick zu, bevor ich mich aus dem Staub mache.

3. Kapitel

„Hi, ist hier noch frei?"

„Mhm?" Ich schrecke auf und sehe zur Seite. „Was machen Sie hier?"

„Ich werde mitkommen", antwortet mein Gegenüber und der Flieger setzt sich in Bewegung. Ich seufze und lehne mich an die kühle Fensterscheibe.

„Von mir aus", murmle ich, obwohl ich den Zweiersitz lieber für mich allein hätte.

„Freust du dich auf das Spiel? Immerhin ist es das erste der Saison und…"

„Sagen Sie mal, reden Sie am Morgen immer so viel?", unterbreche ich den Mann zu meiner Rechten. Perplex sieht er mich an. „Ich dachte, wir könnten uns unterhalten, immerhin ist die Reise recht lang und…"

„Ich versuche aber zu schlafen", entgegne ich und er verstummt, nickt dann und murmelt: „Sicher, tut mir leid."

Ich verdrehe die Augen und ignoriere das beißend schlechte Gewissen, das sich in meinen Brustkorb bohrt. Aus dem Augenwinkel sehe ich, dass er aus seinem Rucksack ein Buch herausholt. *Zumindest kann ich dann in Ruhe schlafen.* Mehr als Dösen wird es aber leider nicht. Zwischendurch höre ich, wie Mister Swan die Seiten umblättert, aber ansonsten versuchen fast alle, sich noch etwas auszuruhen.

Wir sind fast da und packen unsere Sachen wieder zusammen. Mein Sitznachbar liest die offenbar letzte Seite und schlägt das Buch zu.

„Schon fertig?", frage ich, ohne weiter darüber nachzudenken.

„Was? Oh, ja. Das Buch ist ziemlich gut", antwortet er und ich werfe einen Blick auf den Titel. *Red, White, And Royal Blue.* Das sagt mir absolut gar nichts.

22

„Es handelt von dem Sohn der Präsidentin von …"

„Habe ich gefragt oder so?"

„Du hast interessiert ausgesehen", erwidert er, aber ich schüttle nur den Kopf und schließe meinen Rucksack.

In der Tiefgarage des Stadions angekommen, machen wir uns direkt auf den Weg zur Umkleide der Gäste. Langsam, aber sicher, merke ich, wie der Adrenalinspiegel in meinem Blut steigt. Ich bin zwar nicht in der ersten Reihe, aber ich werde heute spielen. Duncan und ich stehen zusammen auf dem Eis und es ist zwar arrogant zu sagen, dass wir gut zusammen sind, aber es ist nun einmal so.

Lane steht heute im Tor. Er ist unser erster Goalie. Er befüllt sich noch seine Wasserflasche und dann geht es zum Aufwärmen auf die Fläche. Ich blende so gut wie alles aus; die Fans, die Lautstärke. Jedes Spiel ist eine Chance für mich, mein Können zu Beweisen und das wird direkt heute anfangen; keine Ausnahmen oder Ausreden! Vor dem Spiel verlassen wir das Eis noch einmal, es wird erneuert und die Stimmung wird angeheizt. Warren motiviert uns ein letztes Mal vor Spielbeginn dazu, alles zu geben und als die erste Reihe gerade wieder aufs Eis geht, merke ich, dass neben Drew noch jemand anderes steht. *Was macht der hier hinter der Spielerbank?* Er sieht mich an, bemerkt, dass mein Blick direkt auf ihn gerichtet ist und schmunzelt. Fuck. Ich muss mich wirklich konzentrieren! Gezwungen verfolge ich das Spiel, doch ich spüre seinen Blick in meinem Rücken; da hilft auch die dicke Schutzkleidung nicht. Dann bin ich an der Reihe.

Duncan schafft es, den Puck einem der gegnerischen Spieler abzunehmen. Er passt zu mir, ich spiele den Puck weiter. Wir arbeiten uns recht schnell nach vorne durch, behalten die Taktik bei und dann ergibt sich tatsächlich eine Chance. Ich bekomme den Puck und zögere einen kurzen Moment zu lange, ehe ich ihn so kräftig wie möglich auf das Tor zu schieße. Gehalten.

Leise fluche ich und laufe zur Bande, um mich kurz danach auf die Bank fallen zu lassen.

„Das sah cool aus."

Ich zucke zusammen. „Schleichen Sie sich immer so an?"

„Tut mir leid, das wollte ich nicht", entschuldigt er sich sofort.

„Es war kein Tor, also war es nicht gut", erwidere ich stumpf und Duncan dreht sich zu mir. „Alter, was ist bei dir denn los? Du warst gestern auch schon so grumpy." Ich schnaube. „Ich bin nicht grumpy."

„Tut mir leid, normalerweise ist er nicht so unfreundlich", höre ich Duncan im nächsten Augenblick zu Mister Swan sagen.

„Ach was, schon gut. Jeder hat mal einen schlechten Tag", erwidert er lächelnd und ich verdrehe die Augen.

„Elliot, reiß dich zusammen", zischt Duncan dann und skeptisch blicke ich ihn an. „Wieso so beschützend? Der Kerl ist doch nicht dein Schoßhündchen."

„Das nennt man gute Erziehung", erwidert er. Ich bin gut erzogen, aber der Typ ist mir suspekt.

Ich bin wenig später wieder auf dem Eis, aber eine Torchance bietet sich uns nicht. Dann sind die ersten zwanzig Minuten um, und wir verschwinden nach hinten in die Umkleide, um kurz durchzuatmen. Inzwischen steht es eins zu zwei für Florida.

„Das könnt ihr besser!", ergreift Warren direkt das Wort. „Es war nicht schlecht, das Tor war gut, aber Lane, was war das?" Lane seufzt. „Sorry, ich weiß, den einen zumindest hätte ich nicht durchgehen lassen dürfen."

„Soll ich dich für heute rausnehmen?"

Sofort schüttelt Lane den Kopf. „Nein, ich schaffe das", erwidert er entschlossen. Warren nickt.

Er wechselt die Reihen nicht, als es zum zweiten Drittel geht. Mister Swan steht schon an der Bande und sieht sich um. „Ich wäre viel zu nervös, um vor so vielen Leuten zu spielen", meint er plötzlich und ich sehe, dass er mit Lane spricht. Wir haben noch etwa dreißig Sekunden, bis wir aufs Eis müssen. „Man gewöhnt sich daran, aber es ist jedes Mal der Wahnsinn. Vor allem bei Heimspielen. Bist du dabei? Also beim nächsten Heimspiel?"

„Ja, aber ich werde es wohl nicht so oft schaffen. Wenn ich diesen Job gut machen will, muss ich zumindest wissen, wie das heimische Publikum so ist", erklärt er.

Es geht weiter und Kenny springt aufs Eis. Ich hingegen muss noch ein paar Minuten warten, bis ich dran bin. Plötzlich werde ich von der Seite angesprochen.

„Ähm... Wieso genau wurde jetzt gepfiffen?", fragt Swan mich verwirrt und ich sehe ihn irritiert an. „Du arbeitest bei einen NHL-Club und kennst die Regeln nicht?"

„Ich habe nicht Sport studiert", erwidert er. „Also kannst du es mir beantworten oder willst du weiterhin so patzig sein?"

Perplex sehe ich ihn an. Da war's das wohl mit seiner ach so freundlichen Art. Ich seufze. „Das war Icing."

Erwartungsvoll sieht er mich an. „Und das bedeutet für Nicht-Sportler?"

„Der Puck ist von dem anderen Drittel, also da wo das Tor von Florida steht von einem Spieler von denen bis hinter unsere Torlinie geschossen worden."

„Also zu weit."

„Genau. Und deswegen wurde dann von einem Bully in unserem Drittel wieder angefangen." erkläre ich ihm.

„Und ein Bully ist... einer dieser Kreise da?"

„Ja."

„Verdammt, ich hätte mich vorher mal darüber informieren sollen", murmelt er und ich schmunzle. „Ja, das wäre vielleicht ganz gut gewesen."

Weitersprechen kann ich nicht, ich springe über die Bande und laufe los. Es steht inzwischen drei zu zwei für uns, aber wir sind

25

erst im zweiten Drittel; dieser Spielstand heißt noch gar nichts. Mir geht Swan wieder nicht aus dem Kopf. Ich spüre seinen Blick auf mir. Mich schauen noch hunderte, wenn nicht tausende, andere Menschen an, aber bei ihm muss ich das natürlich mitbekommen und kann es nicht einfach ausblenden. Florida greift an und ich versuche ihnen den Puck abzunehmen. Es dauert einen Moment, da gelingt es mir und ich spiele zu Duncan ab. Ziemlich schnell schaffen wir es, uns nach vorne zu spielen, dann lege ich vor, ein anderer schießt und die Scheibe landet im Netz. *Das wurde ja auch Zeit!*

„Das sah echt gut aus", meint Swan lächelnd, als ich mich auf die Bank setze.

„Danke", erwidere ich, komme aber nicht dazu, ihn dabei auch anzusehen, da einer unsere Spieler gerade durch einen heftigen Bodycheck mit der Bande in eine eher unsanfte Berührung kommt. Es wird nicht gepfiffen, das hätte mich allerdings auch gewundert. In England vielleicht, aber hier in der NHL ist die Spielweise doch etwas rauer als in Europa.

„Oh wow. Tut das nicht weh?", fragt Swan leise.

„Es geht, eigentlich nicht. Wir sind ja quasi gepanzert", erwidere ich. „Schlimm ist es erst, wenn…" Im Stadion wird es lauter. Ich weiß nicht wer angefangen hat, aber zwei Spieler raufen sich und dann wirft der von Florida die Handschuhe ab.

„Das passiert", seufze ich und lehne mich zurück.

„Ohne Handschuhe?"

„Genau. Das bedeutet, dass es eine richtige Prügelei ist. Dann gehen die Schiedsrichter auch eigentlich nicht mehr dazwischen. Beide haben gleich eine fünf Minuten Strafe."

„Nur?" Perplex sieht er sich die sich darbietende Szene an, die das Publikum noch weiter anheizt.

„Es sei denn, es wird richtig schlimm, also wenn einer am Boden liegt und der andere nicht aufhört oder so."

„Hast du dich auch schon geprügelt?", fragt er dann leise und sieht dabei aus, wie ein verschrecktes Reh. *Wieso hat er diesen Job angenommen, wenn er so wenig Ahnung von der NHL hat?*

„Sicher. Das gehört hier irgendwie dazu, aber ich gehe dem ehrlich gesagt lieber aus dem Weg", gebe ich zu. Die Prügeleien gehören zu der NHL wie das Eis unter den Kufen und das Bier in den Händen der Fans. Es ist nicht wegzudenken. Beiden passiert nichts wirklich Schlimmes, ich glaube, der von Florida hat Nasenbluten. Ich bekomme auch nicht mit, wer aufgehört hat, aber schließlich geht das Spiel weiter. Kurz sehe ich zu Mister Swan, der scheinbar immer noch nicht glauben kann, dass es hier niemanden sonderlich überrascht hat, dass es eine Prügelei gab. Dann bin ich wieder an der Reihe, auf dem Eis Bestleistungen zu bringen.

Wir gewinnen mit sieben zu vier. Ein verdammt gutes Ergebnis. Die Motivation und die gute Stimmung nehmen die ganze Mannschaft in Beschlag. Wir duschen schnell, packen unsere Sachen zusammen und dann geht es zum Flughafen. Warren lobt uns, als wir in den Bus steigen und spricht noch kurz mit unserem Mannschaftsarzt, aber es scheint alles okay zu sein. Kenny geht es gut. Er hat vorhin nicht viel abbekommen und sagt auch selbst, dass er nachher spielen kann und wird.

Im Flugzeug angekommen setze ich mich neben Lane und Duncan und bin froh darüber, nicht schon wieder die Reihe mit Mister Swan teilen zu müssen.

„Wie lange fliegen wir?", fragt Duncan.

„Nur drei Stunden", antwortet Lane und der Schwarzhaarige seufzt. „Nur drei Stunden Schlaf", murmelt er und ich habe in diesem Moment genau das Gleiche gedacht. Recht schnell nicke ich weg. Als wir landen, wache ich wieder auf. Ich sehe zu Lane, der auf sein Handy blickt. Erst dann bemerke ich Duncan. Er pennt noch.

„Normalerweise sitzt er am Fenster", flüstert Lane. Duncan lehnt sich an Lane und hat seinen Kopf auf seine Schulter abgelegt. Ich schmunzle und denke für einen kurzen Moment darüber nach, ein Foto zu machen, aber dann würde Duncan mich wahrscheinlich umbringen.

Wir kommen an und es ist noch etwas mehr als eine Stunde bis zum Anpfiff. Duncan wacht erst auf, als der Flieger mehr oder weniger sanft auf den Boden aufkommt und sofort bremst.

„Schon da?", fragt er verschlafen und streckt sich nach oben, soweit die tiefhängende Decke es zulässt.

„Ja, du Langschläfer", antworte ich amüsiert und er versucht sich seine zerzausten Haare zu richten.

Das zweite Spiel läuft leider nicht so gut wie das erste und nur ein paar Sekunden vor Schluss geht Carolina in Führung.

„Ach scheiße", fluche ich, sehe zu, wie die Zeit abläuft und schließlich das Ende des Spiels verkündet wird.

„Wow, das war echt knapp", meint Mister Swan leise und ich verdrehe die Augen. „Wir haben verloren, das ist scheiße", murre ich. Zwei zu eins. Es sind wenige Tore gefallen, das Spiel hat sich gezogen und war langsam. Es war schlecht. Keiner von uns ist wirklich zufrieden.

Wir sind alle geschafft, aber es geht heute noch nach Hause. Auf dem Rückflug schläft allerdings so gut wie niemand von uns. Es gibt Abendessen und das ist auch bitter nötig. Ich schiele zu Mister Swan. Er sitzt vor seinem Laptop und arbeitet anscheinend. Konzentriert sieht er auf den Bildschirm und kaut dabei, vermutlich unbewusst, auf dem Ende seines Kugelschreibers herum.

Nach wie vor verstehe ich nicht, wieso er keine Ahnung von Eishockey hat, wenn er doch jetzt diesen Job hat. Als ich sehe, dass der Platz neben ihm frei ist, überlege ich einen Moment und sehe auf die Uhr. Bis wir landen vergeht noch etwa eine Stunde. Kurzerhand stehe ich auf und gehe zu ihm.

„Rutsch mal." Er sieht mich verwundert an. Ich deute nickend auf den Platz neben ihm. Verwundert wechselt er den Sitzplatz einen weiter zum Fenster hin und nimmt seinen Laptop mit. Ich lasse mich neben ihm fallen.

„Du hast keine Ahnung von Eishockey und ich gehe davon aus, du willst den Job behalten?"

„Schon", nickt er, scheint aber immer noch nicht zu wissen, worauf ich hinaus will.

„Hast du einen Zettel und einen Stift?" Er kramt in seiner Tasche. „Hier."

Ich zeichne ein mehr oder weniger vernünftiges Spielfeld und fange dann an zu erklären. Immer wieder sehe ich ihn kurz an, um mich zu vergewissern, dass ich nicht zu schnell bin und dass er mitkommt.

„Also bedeutet das, je schlimmer der Verstoß war, desto länger sitzt man auf der Bank."

„Ja, sozusagen."

„Okay, und wann genau kann jetzt der Torwart... Goalie, oder?" Ich nicke. „Okay, wann kann der rausgenommen werden?"

„Im Prinzip immer, aber meistens wird das in den letzten Minuten gemacht, wenn die Mannschaft zurückliegt, dafür kann dann zum Beispiel ein Stürmer aufs Eis."

„Aber was ist, wenn die andere Mannschaft dann auf das leere Tor schießt?"

„Das zählt trotzdem", erwidere ich. „Deswegen wird das eben nur gemacht, wenn man kurz vor Schluss sowieso im Rückstand ist." Swan nickt verstehend.

Langsam, aber sicher kommen wir voran und als der Flieger zur Landung ansetzt, hat er das Meiste verstanden. Die Taktiken und Strategien sind wir noch nicht durchgegangen, aber der Kerl wusste ja nicht einmal, was Divisionen sind. Wie zur Hölle hat er diesen Job bekommen?

„Danke", sagt er plötzlich, als wir aufstehen dürfen.

„Was?"

„Dass du mir das alles erklärt hast. Ich habe mich schon die ganze Nacht vor YouTube hängen sehen, um zu verstehen, wie die Regeln sind." Er lächelt unsicher.

„Keine Ursache", winke ich ab.

„Dann hatte Duncan wohl recht, du bist gar nicht so schlimm."

„Bitte?"

„Wie heute Morgen noch", fügt er schnell hinzu. „Er meinte ja, dass du nur einen schlechten Tag hattest." Ich verdrehe die Augen. „Wir sind ein Team, Archer, eine Mannschaft und da gehören nicht nur die Jungs mit Schlittschuhen dazu", sage ich nach einigen Augenblicken.

„Du hättest das ja trotzdem nicht tun müssen; also danke", wiederholt er und wir steigen aus dem Flieger.

Mich überkommt die Müdigkeit, als ich mit dem Rad schon die halbe Strecke bis nach Hause geschafft habe, aber nach einer gefühlten Ewigkeit kann ich es endlich in die Garage schieben und in mein Haus trotten. Wie ein Sack Kartoffeln falle ich wenig später in mein Bett, aber ich kann nicht schlafen. Meine Gedanken drehen sich um Swan und halten mich wach. Seufzend greife ich nach meinem Handy. Ich muss mich ablenken. Also erzähle ich meiner Mum in einer mehr oder weniger langen Sprachnachricht von den beiden Spiele heute. Ab und zu sieht sie sich ein Spiel an, aber da diese für sie immer mitten in der Nacht sind, ist das eher selten der Fall. Sie wird es meinen Geschwistern erzählen, also muss ich nicht ein halbes Dutzendmal wiederholen, was ich gerade gesagt habe.

4. Kapitel

Ausschlafen ist ein Privileg, das ich nicht oft erfahren darf. Heute könnte ich es, aber mein Schlafrhythmus ist so angepasst, dass ich um kurz nach sieben wach werde. Seufzend greife ich nach meinem Handy. Duncan hat in die Gruppe der Mannschaft geschrieben.

Duncan: Heute nach dem Essen rüber ins Hattrick's?

Moment. Welches Essen? Ich schaue in meinen Kalender und stelle fest, dass um fünf Uhr nachmittags das Treffen angesetzt ist. Ich seufze. Eigentlich ist das immer vor dem ersten Spiel, deswegen hatte ich es auch nicht mehr im Kopf. Es ist ein Geschäftsessen mit der Mannschaft, dem Vorstand und den wichtigsten Sponsoren. Der Verein bezahlt alles und es ist Tradition, dass die Spieler danach in die Stammkneipe des Vereins gehen, die nur ein paar Straßen weiter liegt. Das Hattrick's ist nicht weit von der Arena entfernt, die meisten Gäste dort sind Eishockeyfans und zwischendurch sind wir eben auch dort.

Ich sage wie die meisten anderen zu. Auch die Rookies sind dabei. Seufzend quäle ich mich aus dem Bett und zwinge mich, das Sofa zu ignorieren. Ich hatte kurz den Gedanken, mich einfach darauf fallen zu lassen und den Fernseher anzuschalten, aber viel frei haben wir als Spieler nicht, also sollte ich den Tag nicht einfach verstreichen lassen, während ich nichts tue.

Heute Abend muss ich einen Anzug anziehen. Ich mag keine Anzüge. Ich finde sie nicht hässlich, aber unbequem; vor allem die Krawatte. Wir alle haben eine Krawatte in der Farbe von Lightning; dunkelblau und schlicht. Der Anzug ist dunkelblau, das Hemd weiß. Mister Johnson besteht jedes Jahr darauf, dass wir in den Teamfarben dort auftauchen. Vor dem Essen gehe ich noch einmal duschen, wer weiß, wer dort so alles auftaucht. Mit Sicherheit ist Mister Swan auch da.

Ich komme fast zeitgleich mit Lane dort an, Duncan folgt kurz danach und kaum fünf Minuten später ist die Mannschaft vollzählig. Wie immer wurde ein separater Raum gebucht, eine lange Tafel ist aufgebaut und der Vorstand wartet schon drinnen. Archer schneit durch die Tür, als ich mich gesetzt habe und für einen Moment starre ich ihn einfach nur an. Alle hier tragen hier schlichte Farben, aber sein Hemd ist pink. Knallpink. Außerdem trägt er keine Krawatte, was ihn aber nicht weniger professionell aussehen lässt. Er lächelt kurz, sieht mich dabei an und ich könnte schwören, ich habe zusammengezuckt. *Verflucht*. Dann geht er zu Warren und Mister Johnson, begrüßt sie freundlich und wird den Sponsoren vorgestellt, die hinter ihm durch die Tür gekommen sind.

„Wieso muss der Kerl keine Krawatte anziehen?", fragt Ian mich leise und zerrt an seinem Kragen.

„Finger weg!", zischt Lane leise und würde ihm wohl am liebsten auf die Finger hauen.

„Keiner von uns mag diese Aufzüge sonderlich, aber das da vorne sind alles Geldgeber, also benimm dich. Von denen ist abhängig, ob der Club weiter bestehen kann", erklärt er leise.

„Das setzt ihn jetzt auch gar nicht unter Druck", stelle ich amüsiert fest. Lane zuckt mit einer Schulter. „Wir müssen da alle durch. Also Ian, reiß dich zusammen." Stumm nickt er und trinkt einen Schluck Wasser.

Es ist ein ausgewähltes Dreigänge-Menü und die Vorspeise wird schon kurz nachdem alle angekommen sind, serviert. Mister Johnson unterhält sich mit einigen der Sponsoren. Ich sehe zu Mister Swan. Er sitzt mir schräg gegenüber und wickelt eine der wenigen Frauen an diesem Tisch gerade um seinen Finger. Flirten kann er, soviel steht fest. Sie ist eine der

Hauptgeldgeberinnen. Sie führt ein hier ansässiges, großes und erfolgreiches Unternehmen und unterstützt den Club schon seit Jahren. Archer redet mit ihr, als wären sie schon ewig befreundet. Plötzlich lacht sie leise und ich traue meinen Augen nicht. Wie schafft er es bitte, sie so einzulullen?

Immer noch skeptisch, wende ich meinen Blick ab. Soll er doch machen, immerhin ist es nur gut für den Club und es scheint ja zu klappen. Der Nachmittag zieht sich in den Abend rein. Dass wir Spieler hier sind, ist ziemlich unnötig, aber der Vorstand besteht darauf. Die Sponsoren sollen sehen, in wen sie so viel Geld investieren. Meiner Meinung nach wäre es sinnvoller, zu den Spielen zu kommen, aber ich habe zu dem Thema sowieso nichts zu melden. Es geht viel ums Geld, ums Geschäft, wenig um Eishockey selbst. Ich blicke zu Duncan und merke, dass er auch darauf wartet, zur Bar aufzubrechen.

„Wie lange spielt ihr alle schon Eishockey?", fragt Archer plötzlich und sieht durch die Runde.

„Schon immer", antwortet Ian sofort grinsend. „Mein Dad war auch Spieler und sobald ich laufen konnte, ist er mit mir im Winter in die Eishalle gefahren und hat mir Eislaufen beigebracht", erzählt er. „Dein Vater war Spieler? Jemanden, den man kennt?", frage ich überrascht und Ian zuckt mit einer Schulter. „Vielleicht, ich will eigentlich keine große Sache draus machen."

„Also?", fordert Lane nun auch und Ian seufzt. „Ernsthaft, dann heißt es am Ende nur, ich bin deswegen in die NHL gekommen."

„Ach was, du spielst gut", winkt Duncan ab. Ian zögert. Dann verrät er uns den Namen und meine Augen werden groß.

„Das ist dein Vater?", fragt auch Lane überrascht. „Kein Wunder, dass du so gut spielst." Ian zuckt mit den Schultern. „Klingt vielleicht dumm, aber für mich war immer klar, dass ich in die NHL will."

33

„Das klingt nicht dumm", widerspricht Duncan. Ian nickt nur, sagt dazu aber nichts mehr.

„Seit wann spielst du, Elliot?", fragt Swan mich und lenkt somit das Thema um.

„Seit meiner Grundschulzeit. Erst immer nur mit Freunden auf einem zugefrorenen See, dann hat meine Mum beschlossen, mich in einen Verein zu schicken", erzähle ich. „Aber anders als Ian bin ich nicht direkt in die NHL aufgestiegen", antworte ich provokant. Der Rookie verdreht die Augen.

„Ich habe erst in der EIHL gespielt."

Fragend sieht Archer mich an. „Elite Ice Hockey League. Das ist die Liga in England. Sheffield hat mich unter Vertrag genommen und vor zwei Jahren hat Atlanta mich abgeworben."

„Dann bist du Engländer", stellt er fest.

„Ja, wieso?"

„Ach ich komme auch von dort, zumindest theoretisch", meint er und überrascht sehe ich ihn an. „Du bist doch niemals Engländer. Nicht mit dem Akzent."

„Doch."

„Wie trinkst du deinen Tee?", frage ich und er sieht kurz hilfesuchend zu meinen Kollegen, aber die wissen es natürlich auch nicht. Woher auch?

„Ich mag eigentlich lieber Kaffee."

Kopfschüttelnd, aber schmunzelnd, blicke ich ihn an. „Sag ich doch."

„Nicht alle Engländer trinken Tee."

„Nicht alle, die dort geboren sind, sind auch wirklich Engländer", kontere ich und er seufzt. „Was wäre denn die richtige Antwort gewesen?"

„Nicht Kaffee", erwidere ich provokant. Der Nachtisch wird serviert. Duncan erzählt davon, dass seine Familie wohl zum nächsten Spiel kommt. Ich freue mich für ihn, doch gleichzeitig muss ich an meine Heimat und die Menschen dort denken, die tausende Kilometer weit weg sind. Meine Mum war bisher nur bei zwei Spielen. Hier rüberzufliegen schafft sie zeitlich nicht und meine Geschwister gehen entweder noch zur Schule oder zur Uni. Da bleibt wenig Zeit, um mal eben für ein Eishockeyspiel einen Abstecher über den Teich zu machen.

„Vielleicht werde ich auch da sein", antwortet Archer daraufhin.

„Vielleicht?", fragt Ian

„Wenn ich mit der Arbeit schnell durch bin. Ich war heute den ganzen Tag damit beschäftigt, einen neuen Fotografen für morgen aufzutreiben, der andere ist krank geworden, also ist ein bisschen was liegen geblieben, ich hoffe, ich bekomme das aufgeholt."

„Du solltest kommen", meint Lane. „Oh und gleich gehen wir noch ins Hattrick's. Das ist unsere Stammkneipe, komm doch mit."

Irritiert sehe ich zu Lane. „Seit wann wird die Gästeliste über das Team hinaus erweitert?"

„Jetzt hab dich nicht so. Archer ist neu und außerdem ganz cool drauf."

Ich verdrehe die Augen. *Und ist das ein Grund, ihn direkt einzuladen?*

„Gerne, also wenn das fürs Team okay ist." Er blickt kurz zu mir und ich merke, dass Lane mich erwartungsvoll ansieht. „Sicher."

Damit ist es beschlossene Sache und wenig später machen wir uns auf den Weg. Kaum sind wir um die Ecke, ziehe ich meine Krawatte aus. *Wurde ja auch Zeit.* Die meisten machen das, bis wir an der Bar ankommen. Der Tisch war reserviert und kaum sitzen wir, wird auch schon die erste Runde Bier serviert.

„Wir brauchen noch eins mehr", sage ich schnell und die Kellnerin nickt. Ich schiebe Mister Swan mein unberührtes Glas zu.

„Ich werde echt nicht schlau aus dir. Erst willst du mich nicht dabei haben und jetzt bist du wieder so freundlich." Er sitzt mir gegenüber.

„Sag doch einfach danke."

„Siehst du, genau das meine ich."

Als ich mein Bier bekomme, stoßen wir an. Jetzt beginnt der Abend erst richtig. Wir schaffen es nicht unbedingt oft hier her, aber wenn, dann ist es immer cool. Der Alkohol fließt, Ian gibt eine Runde Shots aus und die Striche auf den Bierdeckeln werden immer mehr. Archer ist angetrunken, aber ich bin es auch. Er hat sein Jackett ausgezogen und fällt mit dem pinken Hemd hier drinnen auf wie ein bunter Hund. Schon vorhin am Tisch wäre er jedem, der in den Raum gekommen wäre aufgefallen; alle tragen dunkelblau oder schwarz und dann wagt er sich an diese Farbe heran. Ich weiß nicht, ob ich es mutig oder merkwürdig finden soll. Aber es steht ihm irgendwie.

„Was schaust du mich so an?" Mein Gegenüber sieht mich fragend an.

„Wieso dieses Hemd? Hat Mister Johnson dir nicht gesagt, dass wir in den Teamfarben kommen sollen?"

„Doch, aber ich hatte keins mehr und ich wollte nicht in einer Farbe eines anderen Vereins auftauchen", antwortet er.

„Also nimmst du das Auffälligste, was du hast", schlussfolgere ich. *Das ergibt natürlich Sinn.*

„Ich habe diesen Job vor nicht einmal einer Woche bekommen und bin erst Freitag hier in die Stadt gezogen. Ich hatte einfach noch keine Möglichkeit, einkaufen zu gehen."

„Erst seit einer Woche hast du die Stelle?" Entgeistert sehe ich ihn an. „Das ist knapp." Er nickt. „Ja, es war sehr überraschend, als ich den Anruf bekommen habe, aber hey, jetzt bin ich hier und weiß, dass ich mir schleunigst passende Kleidung zulegen sollte."

„Ich mag das Hemd… also den Schnitt… die Farbe ist nicht so meins, aber…", stottert mein angetrunkenes Ich heraus.

„Danke", unterbricht er mich und erlöst mich davon, mich aus dieser Situation retten zu wollen. „Und Elliot, was machst du sonst so, wenn du nicht gerade Eishockey spielst oder Schlüssel suchst?", fragt er mich. Ich schnaube. „Diese Bemerkung musste jetzt sein, oder?"

„Nachdem du versucht hast, dich auf der Pressekonferenz zu verstecken, weil du bis dahin dachtest, ich wäre ein Fan? Ja, es musste sein", antwortet er. „Weil mir da klar war, dass ich dich zumindest einmal damit provozieren kann und muss."

Ich verdrehe die Augen. „Hätte ja gar nicht gedacht, dass jemand wie du weiß, was das Wort provozieren überhaupt bedeutet", entgegne ich.

„Jemand wie ich?"

„Freundlich. Die ganze Zeit bist du zu jedem unfassbar freundlich. Ich meine, du hast ja sogar mit dieser Sponsorin geflirtet. Wie alt ist die Frau? 65?"

Jetzt fängt er an zu lachen. „Oh bitte, das war doch kein Flirten."

„War es wohl", widerspreche ich ihm. Er grinst und irgendwie möchte ich, dass er noch einmal lacht. *Verdammter Alkohol.*

„Dann hast du wohl noch nie mit jemandem geflirtet, der es wirklich kann."

„Ach, und du kannst das, ja?" Er stützt sich auf die Unterarme, lehnt sich ein kleines Stück vor und sieht mir direkt in die Augen. „Willst du es etwa ausprobieren?", fragt er leise und lächelt ein bisschen, nur ein kleines bisschen. Für einen Moment sehe ich ihn nur an, dann lehne ich mich schnell zurück und trinke mein Glas aus.

„Und du denkst wirklich, diese Masche würde funktionieren?"

„Leg es nicht darauf an", warnt er mich, aber ich schüttle nur den Kopf. „Wenn es dir nicht auffällt: du sitzt mit einer Eishockeymannschaft am Tisch, nicht mit einer Tanzgruppe."

„Das ist ein Klischee."

„Und?"

Archer sieht sich um, dann wieder zu mir.

„Moment." In meinem Kopf rattert es. „Du bist…"

„Ich sage nichts dazu", erwidert Archer und ich mustere ihn. *Ob er wohl auf Typen steht?* Ich wäre nicht überrascht, aber ich wüsste auch nicht, wie ich reagieren sollte.

„Spielt jemand von euch mit Karten?", fragt Duncan dann plötzlich und unterbricht uns dadurch.

„Sicher", stimmt Archer zu und überfordert nicke ich. Mein Kopf arbeitet nicht mehr so schnell, ich bin vielleicht ein bisschen mehr als nur angetrunken. Duncan teilt die Karten aus, aber mir geht nicht aus dem Kopf, was Archer gerade zu mir gesagt hat. Und dass er versucht hat, mit mir zu flirten, will auch nicht aus meinen Gedanken verschwinden.

Seine Augen sind schön.

Innerlich seufze ich. Als wäre das wirklich etwas, worüber ich mir den Kopf zerbrechen müsste. Grüne Augen sind selten, vielleicht finde ich sie deswegen auch einfach nur schön.

Archer ist gar nicht so blöd. Eigentlich ist er sogar das Gegenteil. Und noch dazu hat er Humor. Grinsend erzählt er Lane und mir von seiner Studienzeit. Dieser Kerl hat einfach in Harvard und Paris studiert und die Partys dort müssen der Wahnsinn gewesen sein.

„Paris ist eine wunderschöne Stadt", redet er weiter. „Ich hatte überlegt, mir dort einen Job zu suchen, aber dann kam dieses Angebot und da konnte ich nicht nein sagen", meint er schulterzuckend. „Wart ihr schon einmal in Paris?"

Lane schüttelt den Kopf. „Nein, bisher noch nicht."

„Ich schon", antworte ich. „Mit fünfzehn sind wir mit der Schule für vier Tage dorthin gefahren, damals war ich in einem Französischkurs, aber ich konnte noch nie wirklich diese Sprache sprechen", erinnere ich mich amüsiert. „Du kannst wahrscheinlich Französisch, oder?"

Archer nickt. „Sicher, aber das kommt, wenn man dort lebt", erwidert er.

„Willst du denn mal dort leben?", frage ich dann unüberlegt.

„Vielleicht, mal schauen, wie sich die Dinge entwickeln. Ich meine, ich habe auch nie geplant, nach Atlanta zu ziehen und doch bin ich hier."

„Du arbeitest doch für TAA, die haben ihr Büro doch hier, wieso war's denn dann nicht geplant hierher zu ziehen?", fragt Lane verwirrt.

„Ich habe bisher von New York aus gearbeitet, da ist das Headquarter des Unternehmens", erklärt er schulterzuckend. „Außerdem ist es hier wärmer, das ist gut", fügt er hinzu.

„Ich vermisse den Schnee", seufze ich und denke schon wieder an England. Den Schnee, der hier fällt, kann kaum als solchen bezeichnet werden. Es ist sehr wenig – wenn überhaupt – und auch nur für eine sehr kurze Zeit im Jahr.

„Schneit es in England auch?"

„Was eine dämliche Frage, Lane", erwidere ich augenrollend. „Natürlich schneit es dort, aber Überraschung, das tut es nur im Winter", meine Stimme trieft vor Sarkasmus und Archer fängt an zu lachen.

„Schon gut, du Klugscheißer."

Inzwischen ist es nach Mitternacht. Ein paar sind schon gegangen. Langsam, aber sicher wird es Zeit, immerhin müssen wir morgen wieder früh raus. Also zahlen wir und als wir gehen möchten, bekomme ich mit, wie Duncan schwankt.

„Ist mit ihm alles okay?", fragt Ian vorsichtig.

„Mir geht's gut", nuschelt er und Lane seufzt. Er selbst ist zwar auch nicht mehr nüchtern, aber immerhin kann er normal stehen und laufen; soweit ich das beurteilen kann zumindest.

„Sollen wir ihn nach Hause bringen?", fragt Archer in die Runde, aber Lane winkt ab. „Ich mache das schon."

„Sie wohnen nebeneinander", füge ich hinzu, als Archer immer noch ein wenig skeptisch schaut. Mein Uber ist schon auf dem Weg, Lane hat seins gerade bestellt.

„Scheiße, mein Akku ist leer", murmelt Archer plötzlich.

„Soll ich dir einen Wagen bestellen?", frage ich und sehe auf mein Handy. Ich habe noch ein paar Minuten.

„Du wohnst beim Anstey Park? Da muss ich auch hin. Kann ich bei dir mitfahren?", fragt er dann und ich zucke mit den Schultern. „Sicher."

Wir gehen raus und Lane stützt Duncan ein wenig. Er besteht zwar darauf, allein laufen zu können, aber wirklich weit würde er so nicht kommen. Ihr Uber kommt als Erstes. Sie verabschieden sich und Lane drückt Duncan schon fast auf die Rückbank. Nach und nach werden wir immer weniger Spieler und dann sind auch Archer und ich auf dem Heimweg.

„Es war ein schöner Abend", meint er plötzlich.

„Fand ich auch", erwidere ich unbeholfen. Archer sieht mich an, lächelt ein bisschen.

„Was ist los?"

„Mhm?"

„Du schaust mich an."

„Darf ich das etwa nicht?", fragt er nur und ich weiß nicht recht, was ich darauf antworten soll. Ich weiß im Prinzip die ganze Zeit schon nicht, was ich zu ihm sagen soll, weil ich das Gefühl habe, mich lächerlich zu machen. Ich weiß nicht, wo das herkommt, aber ich mag es nicht sonderlich.

„Meinst du, Duncan geht es gut?"

„Der hat nur zu viel getrunken. Passiert. Außerdem ist Lane doch da. Er wird Bescheid sagen, wenn etwas sein sollte", erwidere ich und rede einfach weiter. „Lane ist nach der letzten Saison umgezogen und das Haus neben Duncans war gerade frei. Lane schließt wahrscheinlich in diesem Moment seine Tür auf und bringt Duncan rein." Kurz zögere ich. „Was war das eigentlich vorhin?"

„Was meinst du?"

„Du hast versucht, zu flirten."

„Das war doch nur Spaß", grinst er.

„Also würdest du nicht mit mir flirten?"

„Bitte?"

„Also ich stehe nicht auf Typen, aber du hattest da was angedeutet und ich weiß nicht, ob..."

„Du bekommst aber schon mit, wie dämlich sich das gerade alles anhört, oder?", unterbricht er mich amüsiert.

„Ähm..."

Er mustert mich. „Du fragst also, ob ich mit dir flirten würde? Wenn du auf Kerle stehen würdest?"

„Nein!", antworte ich etwas zu schnell und fluche innerlich. „Das hat mich einfach nur verwirrt", hänge ich schnell hinten dran.

„Du solltest aufhören zu reden", lacht er und ich schnaube.

„Du machst es nur noch schlimmer, wirklich", betont er. Ich verschränke die Arme vor der Brust. „Selbst *wenn* ich nicht hetero wäre, wärst du nicht mein Typ. Da könntest du versuchen zu flirten, wie du willst!"

„Ach könnte ich das?", fragt er überrascht und befeuchtet seine Lippen. „Wieso habe ich dann den ganzen Abend schon einen anderen Eindruck?"

„Was meinst du bitte?", frage ich entsetzt. „Ach nichts, schon gut. Vielleicht täusche ich mich ja auch nur", provoziert er.

„Ich habe mich umentschieden, ich kann dich doch nicht leiden", stelle ich fest.

„Das meinst du sowieso nicht ernst", widerspricht er und grinst. Ich kann einfach nicht ernst bleiben. *Was eine Scheiße.*

„Irgendwie glaube ich dir diese Nummer nicht."

„Welche Nummer?"

„Vorlaut, frech, der harte Eishockeyspieler."

„Du meinst meinen Charakter?"

„Ja, zumindest nicht alles davon", stimmt er zu. Verwirrt sehe ich ihn an. „Du kennst mich gerade mal seit ein paar Tagen? Wieso denkst du bitte, du wüsstest, wer ich bin und dass ich eine *Nummer* spiele?", möchte ich von ihm wissen.

„Zum einen, weil du mich die ganze Zeit vorhin in der Bar angeschaut hast, als wäre ich der Nachtisch und zum anderen, weil ich seit geschlagenen fünf Minuten meine Hand auf deinem Oberschenkel liegen habe und es dich offenbar nicht stört", antwortet er trocken und da merke ich es auch. Schnell ziehe ich mein Bein weg.

„Sag mal, was sollte das denn? Ich bin betrunken und du nutzt das so aus?!", frage ich aufgebracht, aber er verdreht nur die Augen. „Ich habe dich nicht festgehalten", antwortet er lediglich und ich versuche mein rasendes Herz zu beruhigen. *Das darf doch alles nicht wahr sein.*

„War das jetzt wirklich so schlimm?"

„Ich bin ein Profispieler der NHL, verdammt! Ja, das war schlimm, mach das nie wieder!" rege ich mich auf, aber Archer verdreht nur die Augen. „Jetzt wird mir so einiges klar."

Irritiert sehe ich ihn an. „Bitte was?"

„Schon gut, Elliot. Tut mir leid, wenn dir das unangenehm war", erwidert er nur und fast möchte ich antworten, dass ich fast schon genau das Gegenteil empfunden habe. Aber das tue ich nicht. Nur weil ich betrunken bin, heißt das nicht, dass ich nicht an mich halten und meine Klappe halten kann.

In nur wenigen Minuten sind wir bei mir zu Hause. Archer sieht sich um. „Ich brauche nur fünf Minuten bis nach Hause", stellt er erfreut fest. „Danke, dass ich mitfahren konnte."

„Dafür bedankst du dich?"

„Uhm… ja? Wieso sollte ich das denn nicht?"

„Okay, dann wünsche ich dir noch eine gute Nacht."

„Schlaf gut, Elliot", antwortet er und zögert kurz, ehe er mich in eine kurze Umarmung zieht. Überfordert lasse ich ihn machen, da ist der Moment auch schon vorbei und er geht die Straße herunter. Ich hingegen warte, bis er um die Ecke gegangen ist, ehe ich mich aus meiner Starre lösen und den Haustürschlüssel herauskramen kann. Immer wieder ziehen die letzten zehn Minuten an meinem inneren Auge vorbei, dann denke ich an den Abend und merke, dass Archer recht hatte. *Scheiße.* Abgesehen davon, dass ich mich tatsächlich die meiste Zeit nur mit ihm unterhalten habe, weiß ich sogar jetzt noch, dass er die oberen drei Knöpfe des Hemdes geöffnet hatte, eine goldene Kreuzkette trug und ich kurz darüber nachgedacht habe, ihn zu fragen, ob er Lippenstift trägt, weil diese Farbe unmöglich natürlich sein kann.

5. Kapitel

Als ich die Lightning Arena betrete, stelle ich fest, dass ich nicht der Einzige bin, der eventuell einen Kater hat. Duncan trägt noch eine Sonnenbrille und Kenny läuft sehr viel langsamer als normalerweise. Archer steht am großen Tor, das auf die Eisfläche führt. Schnell sehe ich weg und laufe weiter. Unsere Outfits wurden uns schon rausgelegt. Erst machen wir Fotos in normaler Kleidung: schwarze oder dunkelblaue Hose und das Oberteil aus dem Fanshop. Wir werden jeder einmal das Shirt und den Hoodie tragen müssen. Wer denkt denn wirklich, dass das innerhalb eines Vormittags zu erledigen wäre?

Auf unseren Plätzen wurden schon die ersten Outfits platziert, aber vorher werden wir in die Maske geschickt, die provisorisch in der Kabine für die Gäste aufgebaut worden ist. Über die Hälfte der Anwesenden hat dunkle Ringe unter den Augen und ich bin garantiert nicht der Einzige, der heute Morgen noch schnell eine Kopfschmerztablette eingeworfen hat. Ob Archer wohl auch gerade lieber noch im Bett liegen würde? *Solche Fragen sollte ich mir nicht stellen. Wir sind Kollegen und keine Freunde!*

Ich bin mit in der ersten Runde. Die anderen haben noch einige Minuten. Eine knappe halbe Stunde muss ich mich stylen lassen, ehe ich mich schnell umziehe und zum improvisierten Studio gehe. Meine Augenringe sind weg und im Ganzen sehe ich nicht mehr so aus, als hätte ich gestern zu tief ins Glas geschaut; eher als hätte ich zwei Wochen Entspannungskur hinter mir. Kenny steht schon dort. Ich entdecke Archer an der Seite. Er beäugt die Bilder auf dem Laptop daneben kritisch und schreibt immer mal wieder kurz etwas in sein Notizbuch. Kurz denke ich darüber nach, mich zu ihm zu stellen, lasse es dann aber doch. Dann blickt Archer wieder auf, aber er bemerkt mich nicht. *Oh Wunder, er ist ja auch beschäftigt.* Ob er sich vorhin wohl auch kurz in die Maske verdrückt hat? Man sieht ihm überhaupt nicht an, wie spät es gestern doch noch geworden ist. Kurz spricht er mit dem Fotografen. Ich kenne ihn nicht, aber darüber mache ich mir nicht weiter Gedanken.

„Danke schön!", sagt Archer dann plötzlich laut und Kenny darf gehen, um sich das nächste Outfit anzuziehen.

„Als nächstes… Elliot." Er sieht von der Liste auf und lächelt kurz. Seufzend stelle ich mich auf die markierte Stelle und versuche irgendwie fotogen zu wirken. Schon nach den ersten zwei Minuten merke ich an den Blicken, dass das nicht funktioniert. Archer seufzt und spricht kurz mit dem Fotografen, ehe er zu mir kommt. „Du bist so angespannt."

„Ich mag das hier einfach nicht sonderlich", gebe ich zu und möchte mir durch die Haare fahren, aber erinnere mich schnell daran, dass ich dann nur wieder in die Maske müsste.

„Entspann dich. Levi ist ein sehr guter Fotograf, verlass dich darauf, dass die Bilder gut werden. Außerdem wird hier und da sowieso noch ein bisschen was nachbearbeitet", antwortet er mir ruhig und lächelt kurz. Nervös nicke ich. „Sicher."

Wohler fühle ich mich nur minimal, aber anscheinend ist Archer schließlich zufrieden und ich bin erlöst. Zumindest fürs Erste. Kurzzeitig entspanne ich mich, aber als ich dann wieder vor die Kamera muss, fängt mein Herz wieder an, seine Aufgabe ein klein wenig zu ernst zu nehmen. Ich spüre Archers Blick auf mir und merke, wie meine Handflächen ein wenig mehr schwitzen als sonst. Der Versuch, mir nichts anmerken zu lassen, klappt einigermaßen; zumindest sagt niemand etwas. Immer wieder wandert mein Blick rüber zu Archer und ich muss mich schon dazu zwingen, in die Kamera zu schauen und nicht unseren PR-Manager anzustarren. Er trägt einen Anzug, hellblau und ansonsten recht schlicht. Er sieht gut darin aus. Sehr sogar.

Innerlich fluche ich, da ich wieder nicht in die Kamera gesehen habe und sich alles dadurch nur noch mehr hinzieht. Zu wissen, dass Archer die Bilder außerdem direkt auf seinen Laptop bekommt, hilft nicht wirklich. Mein Selbstbewusstsein sackt immer weiter in sich zusammen und ich atme erleichtert aus, als es heißt, dass ich für diese Runde auch fertig bin. Es ist inzwischen zwei Uhr mittags und es wurde dafür gesorgt, dass es genug zu Essen für alle gibt. Das Buffet des Catering ist üppig und hungrig lasse ich mich auf den Stuhl fallen, der Lane gegenübersteht.

„Ich habe keine Lust mehr", murre ich genervt und er fängt an zu lachen.

„Das sagst du jedes Jahr."

„Ich kann Shootings nicht ausstehen", entgegne ich.

„Es ist okay, so oft müssen wir das ja nicht machen", meint er schulterzuckend.

„Außerdem ist die Blonde in der Maske echt attraktiv", sagt Ian dann plötzlich, der sich in diesem Moment neben uns setzt.

„Habe ich nicht darauf geachtet", antworte ich ehrlich und verwundert sieht er mich an.

„Nicht jeder ist noch so schwanzgesteuert wie du", hilft Lane mir aus und Ian verdreht die Augen. „Nur weil ihr schon alt seid", antwortet er provokant. „Ich glaube, ich frage sie nach ihrer Nummer."

„Das machst du nicht", meint Kenny trocken und trinkt seinen Kaffee. Lane und ich kennen ihn gut genug, um zu wissen, dass er das nur gesagt hat, um Ian zu provozieren und dieser fällt natürlich sofort drauf rein.

„Und ob", antwortet er entschlossen und steht auf. Im selben Moment fangen wir an zu lachen.

„Niemals wird das was." Kenny grinst.

„Er hat nicht mitbekommen, dass sie einen Ehering trägt", fügt er dann hinzu und ich würde zu gerne beobachten, wie Ian eine Abfuhr bekommt. Wenig später stampft er aus dem Raum zurück und ich kann nicht anders als zu Grinsen.

„Der Arme", meint Lane, aber ist nicht weniger amüsiert.

„Elliot, wir müssen los", meint Kenny einige Minuten später. Ich seufze. Jetzt kommen die Fotos in der Ausrüstung. Bis wir umgezogen sind, ist die letzte Runde der anderen durch. Aufs Eis sollen wir nicht. Stattdessen werden wir auch vor den weißen oder schwarzen Hintergründen fotografiert. Archer mustert mich, zumindest habe ich das Gefühl. Mir wird mein Schläger in die Hand gedrückt und schon geht es wieder los.

Ich merke, dass Archer skeptisch auf den Bildschirm sieht. Sehr skeptisch und sofort werde ich ein wenig wackliger auf den Beinen. Ich bekomme den Eindruck, als wäre dort irgendetwas nicht in Ordnung mit den Fotos. Zögerlich stelle ich mich anders hin, aber sein Blick verändert sich auch jetzt nicht. *Kann er nicht einfach sagen, was ihm gerade auffällt?* Von Sekunde zu Sekunde werde ich nervöser und bin froh, als der Fotograf die Kamera sinken lässt. Langsam gehe ich zurück, kann meinen Blick aber nicht von Archer wenden. Dabei laufe ich fast in einen Kollegen und stolpere mehr oder weniger ungeschickt.

„Sorry", sage ich schnell und verziehe mich mit chaotischen Gedanken in die Umkleide. Ich bin fertig für heute. Eigentlich sollte ich froh darüber sein, aber mein Kopf ist die ganze Zeit damit beschäftigt, herauszufinden zu wollen, was gerade los war.

Ob ich einfach zu ihm gehen und fragen sollte? Es ist doch nichts dabei, dass ich mitbekommen habe, dass er nicht zufrieden war, oder? Ich merke kaum, wie Kenny in den Raum kommt. Er ist schon wieder umgezogen, ich hingegen sitze noch in halber Montur auf der Bank und starre Löcher in die Luft.

„Was ist los?", fragt er und ich sehe ihn verwundert an. „Wieso fragst du?"

„Du bist so still."

„Ich denke nach."

„Worüber?"

Ich zucke mit den Schultern. „Alles. Eishockey."

„Ob du in die erste Reihe kommst oder ob du die Transferperiode überstehst?"

„Beides", gebe ich zu und sage in Gedanken noch, dass ich aus Archer einfach nicht schlau werde. Das muss er nicht wissen. „Die erste Reihe ist wahrscheinlicher", meint er dann und perplex schaue ich den Teamcaptain an. „Aber wer geht denn dafür?"

Er zuckt mit den Schultern. „Ich weiß nichts Genaues, es ist nur ein Gefühl. Streng dich an, die Chancen stehen nicht schlecht, aber das hast du nicht von mir."

Schnell nicke ich. „Sicher. Danke, Kenny."

Er winkt ab. „Ach was. Du bist ein guter Spieler."

Schnell nicke ich und öffne meine Schlittschuhe.

„Was hältst du eigentlich von Ian?", fragt er mich dann.

„Wie kommst du jetzt darauf?"

„Coach Warren möchte von mir wissen, wie er sich im Team so macht", erwidert er.

„Er ist jung", antworte ich ihm. „Ein bisschen naiv, aber er spielt recht gut, also, soweit man das durch das Training beurteilen kann", füge ich hinzu. Bevor wir weiter darüber sprechen können, betritt Lane die Umkleide. Er ist jetzt wohl auch fertig. Als er den Helm absetzt, lächelt er zufrieden. *Natürlich ist es bei ihm gut gelaufen, ich war mal wieder der einzige Depp.*

Es wird nicht besser. Ständig lungert Archer beim Training herum; angeblich macht er Fotos und Videos für Instagram. Ich bin abgelenkt und sehe die Chance, in die erste Reihe zu kommen, immer weiter schwinden. Das darf so nicht weiter gehen. Wir hatten erst vier Spiele und ich drehe jetzt schon durch. *Wie soll ich das nur schaffen, wenn der Kerl wirklich die ganze Saison bleibt?* Kann Michael den Job nicht einfach wieder haben und Archer macht irgendetwas anderes? Etwas, bei dem er mich nicht beobachtet und meine Knie wacklig werden? Bitte?

Seit dem Fotoshooting letzte Woche, nein, eigentlich schon seit dem Abend in der Bar, wird es Tag für Tag schlimmer. Ständig ist er mit uns unterwegs; bei den Spielen in Toronto und Ottawa war er dabei und man kann praktisch nicht mehr durchs Trainingscenter laufen, ohne ihm kurz zu begegnen. *Ugh.* Morgen ist das Spiel gegen Montréal und wie sollte es anders sein: er fliegt mit. Heute Abend geht es los, wir werden im gleichen Hotel wie immer untergebracht. Es geht gleich direkt vom Training zum Flughafen.

Plötzlich fährt Duncan mich fast um. „Alter, konzentriere dich ein bisschen!"

„Schon gut", murmle ich und wende meinen Blick von dem Mann ab, den ich bestimmt seit fünf Minuten schon angestarrt habe. Langsam, aber sicher sollte ich mich wirklich wieder in den Griff bekommen.

Genervt lasse ich mich auf den Sitz des Busses fallen, der uns zum Flughafen bringt. Ian setzt sich (ungefragt wohlgemerkt) neben mich. Eigentlich möchte ich nur meine Ruhe haben, aber er muss natürlich anfangen, in einer Tour darüber zu sprechen, ob er wohl bald mal mitspielen darf, wenn auch nur in der letzten Reihe und wie ich ihn wohl einschätzen würde.

„Hör zu. Ich kann dich nicht einschätzen, weil ich nicht der Trainer bin. Wenn Warren denkt, dass du es drauf hast, wirst du aufs Eis dürfen."

„Welche Laus ist dir denn über die Leber gelaufen?", fragt Archer dann plötzlich, der in der Reihe gegenüber Platz genommen hat und jetzt von seinem Buch aufsieht.

„Kann dir das nicht egal sein?"

„Ich habe doch nur gefragt", entgegnet er und ich schlucke. *Richtig, er hat nur gefragt.*

„Sorry, ich bin müde und ich möchte einfach meine Ruhe haben", sage ich ruhiger und sehe Ian kurz an. „Sollte nicht persönlich rüberkommen." Stumm nickt er und ich hole meine Kopfhörer raus.

Archer: Wieso bist du heute so schlecht drauf?

Verwundert sehe ich zu ihm herüber. Er hebt fragend eine Augenbraue und deutet auf sein Handy. Genervt öffne ich den Chat und tippe eine Antwort ein.

Was interessiert dich das?

Archer: Oh, bist du jetzt wieder unfreundlich und abweisend zu mir?

Ich möchte eigentlich nur meine Ruhe haben.

Archer: Und ich dachte schon, es läge an letzter Woche ;)

Ich schlucke und muss mich darauf konzentrieren, dass man mir nichts anmerkt. Der Smiley am Ende der Nachricht macht das Ganze auch nicht besser und ich zögere einen Moment. Was soll ich darauf bitte antworten? Es ist unter anderem wegen letzter Woche, aber das ist nicht der einzige Grund! Es liegt auch daran, dass das Training anstrengend ist und ich die letzten Tage stundenlang auf dem Eis stand oder beim Krafttraining war.

Letzte Woche war nichts.

Archer: Das habe ich aber anders in Erinnerung.

Ich war betrunken. Du warst betrunken. Überraschung, wir haben den Abend wohl anders wahrgenommen.

Archer: Also hast du nicht mit mir geflirtet?

Er ist direkt. Sehr. Ich widerstehe dem Drang, zu ihm zu sehen. Am Ende glaubt er noch, dass ich hier im Bus, wo alle

Teamkollegen und auch Warren und Drew dabei sind, mit ihm flirten würde. Nein, so weit kommt es noch. Ich weiß doch nicht einmal, ob wir überhaupt in der Bar geflirtet haben. Man könnte es doch auch einfach unterhalten nennen; nur weil ich freundlich war und er auch, bedeutet das doch nicht – Ich seufze leise.

> *Wie kommst du darauf?*

Archer: ...

Er schreibt lange. Ich sehe nun doch zu ihm herüber und bemerke, dass er ein wenig schmunzelt. Himmel, was kommt denn jetzt?

Archer: Flirten bedeutet, dass man sowohl nonverbal als auch mit Worten Interesse an einer anderen Person zeigt, die im besten Fall darauf eingeht und die Menschen sich näher kommen.

> *Ist okay, Wikipedia. Ich weiß, was flirten bedeutet.*

Archer: Also?

> *Nein, ich habe nicht mit dir geflirtet, ich war freundlich.*

Archer: Süß.

> *Was?*

Archer: Wie du versuchst, dich rauszureden. Du hast mit mir geflirtet.

> *Dafür starrst du mich die ganze Zeit beim Training an.*

Innerlich haue ich mir gegen die Stirn. Die *aber-du*-Methode ist nicht wirklich das, was mir in dieser Situation helfen wird. Aber er hat es schon gelesen und wenn ich mich jetzt korrigiere, komme ich mir wie ein Depp vor. Ich warte auf seine Antwort, lehne mich ans Fenster und hoffe darauf, dass nicht Ian oder einer der beiden Typen hinter mir, auf die Idee kommt, auf mein Handy zu schauen.

Archer: Falsch. Ich beobachte das ganze Team. Surprise, das ist mein Job.

Aha.

Archer: Jetzt bist du abweisend? Was soll das?

Muss das jetzt sein?

Archer: Okay Mister-Ich-bin-nicht-grumpy-sondern-nur-müde.

...

Ich lösche die letzte Nachricht wieder. Unsere Blicke treffen sich und er mustert mich skeptisch. Ich verdrehe die Augen und schließe den Chat. Soll er doch denken, was er will; dass ich grumpy oder schlecht gelaunt bin. Was kümmert es mich schon? Archer schlägt sein Buch wieder auf. Es ist ein anderes als letztes Mal. Wie kommt er bei diesem Job überhaupt noch dazu, zu lesen? Er ist fast genauso oft da, wie wir und ich kann froh sein, wenn ich mehr als einen Tag die Woche freihabe, wenn überhaupt.

Am Anfang dachte ich, das wäre ein schlechter Scherz. Wie naiv ich doch war. Als Profisportler hat man einen Job, der einen 24/7 in Anspruch nimmt. Mit Glück kann man sich nach der Saison ein wenig freinehmen und Urlaub machen, aber zu lange geht das auch nicht. Ein paar Wochen, nicht mehr; sonst darf man die ersten Wochen im Training damit verbringen, die Muskeln und die Ausdauer wieder aufzubauen und beides schwindet deutlich schneller, als es antrainiert werden kann. Diesen Sommer war ich in England. Drei Wochen konnte ich mir diese Auszeit gönnen und ich habe es wirklich gebraucht; meine Familie, guter Tee, gutes Essen und vor allem gutes Bier. Atlanta ist eine schöne Stadt, sie hat sicherlich ihre Vorzüge, aber ich bezweifle nicht, dass ich wieder nach England zurückkehren werde, wenn meine Karriere in der NHL vorbei ist. Die Hoffnung, dass das noch einige Jahre dauern wird, besteht allerdings und solange arrangiere ich mich mit dem, was es hier gibt.

Im Hotel, als wir die Schlüsselkarten bekommen, steht er plötzlich wieder neben mir. Je länger er dort steht, umso deutlicher kann ich sein Parfum riechen und es trägt nicht gerade dazu bei, dass ich ruhiger werde. Es ist dezent, nicht so aufdringlich, wie viele, die die Jungs der Mannschaft nutzen. Ich muss feststellen, dass ich mag, wie er riecht.

„Leighton!" Ich schrecke aus meinen Gedanken auf. Drew hält mir abwartend die Karte ihn. Schnell schnappe ich sie mir, murmle ein „Danke", und verschwinde zu meinem Zimmer.

„So müde, dass du fast im Stehen einschläfst?", fragt Archer mich und ich stelle fest, dass wir die einzigen im Fahrstuhl sind. *Schöne Scheiße.*

„Mhm, ja", antworte ich nur und starre die Anzeige mit der Etagennummer an, als würde sich der Aufzug dadurch schneller nach oben bewegen. Die Tür öffnet sich. Es ist nichts weiter geschehen; wir haben nur gemeinsam im Aufzug gestanden, wenige Augenblicke nichts gesagt. Wie zwei Kollegen, weil wir genau das sind. *Ich muss verdammt noch mal aufhören, an das Gegenteil zu denken.*

„Gute Nacht", lächelt er und ich nicke schnell, ehe ich meine Zimmertür aufsperre, die direkt gegenüber vom Aufzug ist. Als ich allerdings das Licht im Badezimmer anschalten will, tut sich nichts. Ich versuche es noch einmal. Dann lasse ich halt die Tür geöffnet, damit das Licht vom Flur reinscheinen kann. Als ich mich ausgezogen habe und vor der Dusche stehe, reicht es mir so langsam. Selbst nach zehn Minuten ist das Wasser immer noch arschkalt.

„Das darf doch alles nicht wahr sein", murre ich und wickle mir ein Handtuch um die Hüften. Mit meiner Schlüsselkarte in der Hand verlasse ich also halb nackt mein Zimmer und klopfe nebenan. Dann muss ich eben bei einem der anderen Jungs duschen. Der ganze Flur ist nur von uns belegt, damit wir unsere Ruhe haben. Es ist also ziemlich egal, an welche Tür ich klopfe – wobei, Coach Warren würde ich dann doch lieber für heute in Ruhe lassen. Die Tür wird geöffnet.

„Hi, meine Dusche ist kaputt. Kann ich hier duschen?" Erst als ich die Frage schon ausgesprochen habe, bemerke ich, wer mir eigentlich gegenüber steht.

„Ist das eine schlechte Anmache oder so?" Amüsiert sieht Archer an mir herab.

„Gut gebaut bist du ja, aber das hätte ich trotzdem nicht erwartet", meint er trocken und sofort bekomme ich eine Gänsehaut. *Scheiße, was? Er findet mich gut aussehend?* Nein, gut gebaut hat er gesagt.

„Ähm… ich hatte gedacht, Duncan oder Kenny oder so zu sehen."

„Aha?" Er mustert mich und ich fühle mich plötzlich furchtbar nackt. Im Prinzip bin ich das ja auch fast, ich trage nichts außer einem Handtuch und den Badelatschen des Hotels. Nervös sehe ich zur Seite und halte mein Handtuch etwas fester. Ich habe doch sonst kein Problem mit nackter Haut? Wieso also werde ich jetzt so nervös? Herr Gott, ich stehe sonst mit mehr als einem Dutzend nackter Spieler in der Dusche und es kratzt mich nicht!

„Deine Dusche ist also kaputt", wiederholt Archer und schnell nicke ich. „Ja, genau. Das Wasser wird nicht warm und der Strom geht übrigens auch nicht."

Amüsiert sieht er mich an.

„Hier, geh rüber und sieh nach, wenn du mir nicht glaubst." Ich strecke ihm die Zimmerkarte hin und dabei rutscht mir mein Handtuch fast aus den Händen.

„Komm rein. Ich bin gerade fertig im Bad."

Erst jetzt bemerke ich, dass er selbst noch nasse Haare hat. Allerdings ist er angezogen. Ich nicke und trotte ins Badezimmer. „Danke", sage ich noch schnell, bevor ich die Tür hinter mir schließe und ich erleichtert aufatme. Kann der Tag eigentlich noch schlimmer werden?

Er kann. Nach zehn Minuten, in denen ich das warme Wasser auf meinem gestressten Körper genossen habe, stelle ich fest, dass der Vorhang nicht richtig zu war und dass mein Handtuch, welches ich dummerweise nicht neben das Waschbecken oder auf den Toilettendeckel gelegt habe, nass ist. Ergo, ich kann mich damit nicht mehr abtrocknen und noch dazu habe ich keine andere Kleidung hier. *Ich glaube ich drehe durch.* Das darf doch alles nicht wahr sein! Archers Handtuch ist hier nicht mehr und mit dem Waschlappen, der dort an der Seite liegt, kann ich nicht viel anfangen. Kurz schließe ich die Augen und versuche meine Gedanken zu sortieren. *Verfluchte Scheiße.*

Mein Handy habe ich natürlich auch nicht bei mir, aber was sollte ich damit auch anfangen? Lane anrufen, nur damit er gleich hier klopft und noch eine Person mehr mitbekommt, wie unfähig ich eigentlich bin? Seufzend steige ich aus der Dusche, was bleibt mir auch anderes übrig. Dann öffne ich die Badezimmertür ein kleines Stück und stecke den Kopf durch den Spalt.

„Archer?", frage ich und erröte, noch bevor er mir antwortet. Amüsiert sieht er mich an. „Ist meine Dusche jetzt auch noch kaputt?", fragt er belustigt.

„Nein, aber mein Handtuch ist nass, weil der Vorhang nicht ganz dicht war und ich habe keine Kleidung dabei", erkläre ich widerwillig und er fängt an zu lachen.

„Hast du noch ein Handtuch?", frage ich missmutig, aber er schüttelt den Kopf. „Gib mir mal deine Schlüsselkarte", meint er und verschwindet kurz darauf. Mehr oder weniger im

Badezimmer eingesperrt, muss ich also warten. Es dauert einige Minuten, bis er wiederkommt.

„In deinem Zimmer war nur noch ein kleines Handtuch, also habe ich beim Personal nachgefragt." Er reicht mir zu dem kleinen Handtuch, noch ein großes dazu und schnell schließe ich die Tür wieder. Wie blöd kann sich eine einzige Person an einem Tag eigentlich anstellen?

Plötzlich klopft es wieder. Ich zucke erschrocken zusammen.

„Ähm… ja?" Archer öffnet die Tür einen Spalt, streckt aber nur einen Arm hindurch.

„Hier, vielleicht brauchst du ja auch was zum Anziehen", meint er und ich nehme ihm die Kleidung ab. Die Jogginghose muss ich umkrempeln, das schwarze Shirt ist auch etwas zu lang, aber was solls. Endlich nicht mehr nackt verlasse ich das Badezimmer. Archer sitzt am Tisch und schaut auf seinen Laptop.

„Machst du irgendwann auch mal Pause?", frage ich amüsiert und er sieht auf.

„Schau mal kurz, welches Bild findest du besser?", fragt er und ich gehe zu ihm.

„Für mich sehen beide gleich aus", gebe ich zu. Kenny ist zu sehen und es soll wohl morgen früh auf Instagram gepostet werden.

„Nimm das Linke", meine ich schulterzuckend. „Ähm… ich gehe dann mal wieder rüber. Soll ich dir die Sachen gleich bringen oder…"

„Es reicht auch, wenn ich die morgen wiederbekomme", winkt er direkt ab und ich nicke. „Dann… danke."

Sobald ich das gesagt habe, verschwinde ich wieder aus seinem Zimmer, zumindest habe ich das vor. Als ich jedoch vor meinem Zimmer stehe, merke ich, dass er ja noch meine Schlüsselkarte hat. Also muss ich wohl oder übel wieder bei ihm klopfen.

„Hast du jetzt auch dein Bett kaputt gemacht?", fragt er grinsend. Ich verdrehe nur die Augen. „Du hast noch meine Schlüsselkarte", antworte ich.

„Ach ja, Sekunde." Er geht wieder rein und weil ich mir blöd dabei vorkomme, auf dem Flur herumzustehen, stelle ich mich in den Flur seines Zimmers.

„Hier." Mein Herz setzt einen Schlag aus; Archer hat nicht bemerkt, dass ich reingekommen bin und jetzt sind wir uns näher, als mir lieb ist. Aber er geht keinen Schritt zurück; ebenso wenig wie ich. Ich kann nicht verhindern, dass mein Blick auf seine Lippen fällt. *Wie sie sich wohl anfühlen? Wie Archer wohl schmeckt, wenn man ihn küsst?* Heiliger Bimbam. Ich bin ja so was von am Arsch.

„Elliot?", fragt er leise.

„Mhm?" Ich sehe einige Zentimeter höher und stelle im selben Moment erneut fest, wie gut er riecht.

„Du…uhm…"

Ich atme flach und meine Gedanken sind gerade überall, aber nicht hier. Alles, was ich gerade tue, ist seine Lippen anzusehen, nur um meinen Blick nach oben zu seinen Augen zu richten und zurück. Archer befeuchtet seine Lippen. Ich glaube, er will mich umbringen. *Jetzt will ich auch noch wissen, wie es ist, ihn französisch zu küssen…* Die Spannung zwischen uns kann man fast schon greifen. Er lächelt ein bisschen.

„Darf ich das jetzt als flirten aufgreifen?", fragt er leise und ich blinzle ein paar Mal irritiert. „Was?"

„Elliot…", haucht er und ich lehne mich etwas vor. Dann aber höre ich das leise „Pling" des Aufzugs und zucke zusammen.

„Scheiße", fluche ich und realisiere, dass die Tür die ganze Zeit halb offen stand. Schnell schnappe ich mir die Schlüsselkarte und drehe mich auf der Stelle um, nur um so schnell wie möglich in mein Zimmer zu flüchten und die Tür hinter mir zuzumachen. Schwer atmend lasse ich mich aufs Bett fallen und fahre mir verzweifelt durch die Haare. *Was war das denn gerade bitte?* Wir hätten uns geküsst. Ich bin mir ziemlich sicher, wenn der Fahrstuhl still geblieben wäre, wüsste ich jetzt ganz genau, wie Archer küsst. Vielleicht wäre ich noch da. Ich schließe die Augen. Natürlich wäre ich jetzt noch da, aber vermutlich stünden wir nicht mehr im Flur herum.

Fuck. Ich sollte ihn weder anstarren noch ständig über ihn nachdenken, sondern mir überlegen, wie ich es schaffe in die erste Reihe zu kommen. Das ist es, was mir wichtig ist. Außerdem kommt dazu, dass er quasi ein Kollege ist; das geht nicht!

6. Kapitel

Am nächsten Morgen kann ich verglichen zu den sonstigen Tagen recht lange schlafen. Wir treffen uns um halb zehn im Konferenzraum, wo die Strategien für heute noch einmal besprochen werden. Ich bemerke, dass ich in Archers Shirt geschlafen habe. Das sollte ich ihm gleich auf jeden Fall noch zurückgeben. Schnell mache ich mich fertig und falte die Kleidung zusammen. Als ich aus meinem Zimmer gehe, steht er gerade am Aufzug.

„Hey, ich hab hier noch deine Sachen."

Er dreht sich um. „Guten Morgen. Gut geschlafen?", fragt er lächelnd. Ich nicke nur. Er zieht die Schlüsselkarte aus seiner Hosentasche und nimmt mir die Sachen ab.

„Danke nochmal", meine ich schnell.

„Ach was. Nicht dafür", winkt er ab und öffnet seine Zimmertür. Der Aufzug kommt und als ich hineingehen will, bemerke ich Duncan.

„Hast du die Nacht bei Swan verbracht?", grinst er und mein Herz fängt schlagartig an zu Hämmern.

„Was?", frage ich und überspiele es mit einem irritierten Gesichtsausdruck. Hat er uns gestern etwa gesehen? Mir fällt auf, dass ich gar nicht weiß, wer da gestern aus dem Aufzug gestiegen ist. *Oh scheiße.* Was ist, wenn uns wirklich jemand gesehen hat? Aber das geht von dort doch eigentlich gar nicht und das wäre mir außerdem doch bestimmt aufgefallen. Oder?

„Wie kommst du auf so eine Scheiße? Mit Swan? Ich bitte dich." Duncan lacht nur und haut mir freundschaftlich auf den Oberarm. „Das war ein Scherz, piss dich doch nicht direkt so ein."

„Haha", antworte ich trocken, gehe aber nicht weiter darauf ein. Schlimm genug, dass Duncan es gerade als Witz gemeint hat, allein dadurch habe ich schon einen Puls bekommen, der weit über dem Wert liegt, der als gesund erachtet wird. *Das kann ich jetzt gerade noch gebrauchen.*

„Hört mal bitte zu!" Coach Warren kommt in die Kabine. Verwundert sehen wir ihn an. In nicht einmal einer halben Stunde fängt das Spiel an und es hört sich nicht danach an, als würde jetzt eine Motivationsansprache kommen.

„Miller setzt heute aus."

Wir alle hatten gehofft, dass dem nicht so ist. Er ist einer der besten Stürmer des Teams; nach Kenny der Topscorer. Beim letzten Spiel hat er sich verletzt und offenbar ist es schlimmer, als wir alle dachten.

„O'Doyle hat gerade angerufen und gesagt, dass er nicht mitmachen kann. Er hat nicht nur eine Zerrung, sein Knöchel ist verstaucht und deswegen fällt er erst einmal aus."

„Und damit kommt er jetzt erst?", fragt Kenny entgeistert.

„Er war sich nicht sicher und hat es röntgen lassen, aber es ist kein Bruch zu erkennen. Zum Glück." Miller wurde vor einer guten Stunde von Drew aus der Kabine geholt und obwohl jeder die Vermutung hatte, dass diese Nachricht kommen wird, hatte doch jeder darauf gehofft, dass Miller fit ist und gleich auf dem Eis stehen wird.

„Und wie spielen wir jetzt?", fragt Duncan dann weiter. Miller spielt in der zweiten Reihe; es muss umdisponiert werden. Coach Warren sieht zu mir und meine Augen werden groß.

„Elliot kommt in die zweite Reihe. Den Platz in der dritten Reihe bekommt Ian."

Seine Augen werden groß. „Ich?"

„Wenn ich es wiederholen muss, werde ich einen anderen Namen aussuchen", antwortet Warren trocken. Schnell schüttelt Ian den Kopf. „Nein, schon verstanden, Coach! Danke!" Er strahlt förmlich. Wollen wir nur hoffen, dass sich diese Motivation bis zum Spiel hält.

Lane haut ihm auf die Schulter. „Das wird schon, fang nur keine Prügelei an." Er nickt schnell. „Hatte ich auch nicht vor." Warren seufzt daraufhin. „Das wäre das nächste Problem." *Ach fuck.* Miller ist unser Enforcer. „Gibt es einen Freiwilligen?" Kenny meldet sich sofort. Kein Wunder, schließlich ist er Teamcaptain.

„Nein, wir können nicht riskieren, dass du direkt im ersten Drittel vom Eis musst", widerspricht Duncan sofort. „Ich mache das."

„Du?", fragt Lane skeptisch.

„Ja, ich? Was hast du dagegen?", fragt Duncan verwundert.

„Du kannst nicht kämpfen", meint der Goalie nur. Ich hadere mit mir selbst. Ich mag es nicht, mich zu prügeln, aber irgendjemand muss für Miller einspringen und Lane hat recht. Duncan kann nicht kämpfen. Er ist ein guter Eishockeyspieler, aber ein Enforcer? Nein. Ehe ich weiter darüber nachdenke, höre ich mich selbst sagen: „Ich mache es." Ian wird garantiert nicht als Boxsack genutzt und ich habe schon das ein oder andere mal die Handschuhe weggeschmissen. Lane als Goalie ist sowieso raus und Gibson steht im Gesicht geschrieben, dass er hofft, jemand anderes meldet sich für diese Aufgabe.

„Sicher?", fragt Duncan mich.

„Dafür bekomme ich deine Physio-Stunden diese Woche."

Er nickt. „Wenn du kämpfen musst." *Wenn.*

„Lass es nicht drauf ankommen", mahnt Warren.

„Werde ich nicht", versichere ich ihm und atme tief durch. Meine gute Laune ist gedämpft, was zum Teil daran liegt, dass ich weiß, dass der Enforcer von Montréal ziemlich gut ist. Aber was solls, ich werde das schon überleben. Lane wirft mir einen kurzen Blick zu. Ich kann ihn nicht einordnen. Kurz vor dem Spiel kommt er allerdings zu mir. „Danke, dass du das machst."

„Für Miller einspringen? Sicher."

„Duncan würde K.O. gehen."

„Meinst du? So schwach ist er doch sicher nicht."

„Aber du hast schon öfter gekämpft. Und du hast auch schon gewonnen", merkt er an. *Gut, das ist wahr.*

„Gekämpft?", fragt plötzlich jemand verwundert. Archer hat es mitbekommen und ist auf seinem Weg stehen geblieben. „Miller spielt doch nicht mit", erinnert Lane ihn.

„Ach ja. Er ist der… Kämpfer?"

„Enforcer", korrigiere ich ihn schnell.

„Und die Rolle übernimmst du", schlussfolgert er. Lane nickt. „Du schaffst das, Elliot. Und wer weiß, vielleicht kommt es heute ja gar nicht dazu." Er geht weiter. Ich bleibe noch kurz stehen.

„Dass sich immer geprügelt werden muss, ist unsinnig", sagt Archer trocken. Ich zucke mit den Schultern. „Es ist aber so und wird sich in den nächsten zehn Jahren wohl auch nicht ändern", antworte ich. Archer sieht mich besorgt an. „Kannst du das denn?"

„Ob ich mich prügeln kann?" Er nickt. „Ja. Ich schaffe das schon", versichere ich ihm und versuche dabei beruhigend zu klingen, obwohl ich mich in diesem Augenblick selbst nicht wirklich wohl in meiner Haut fühle.

„Ja. Du kannst das", lächelt Archer, aber ihm ist anzusehen, dass ihm die Situation ganz und gar nicht gefällt. Ich atme tief durch und nicke. Das Spiel beginnt und ehe ich mich versehe, stehe ich mit der zweiten Reihe auf dem Eis. Noch ist es ein recht faires Spiel. *Das wird es auch bleiben.* Es fallen ein paar Tore, aber weniger, als möglich gewesen wären. Ein paar Powerplays, die nicht wirklich zu etwas geführt haben, und zwei Pausen später, heizt sich die Stimmung immer weiter an. Es steht drei zu drei. Ian nimmt den Puck von Lane entgegen und steht mit dem Rücken zur Bande. Um ihn herum steht ein anderer Spieler von Montréal, der versucht, ihm die Scheibe abzunehmen. Es geschieht direkt vor unserer Box. Ian schlägt sich gut, aber dann ist sein Schläger zwischen den Schlittschuhen des Gegners, dieser fällt hin. Zugegeben, es war recht ungeschickt von Ian, aber der Bodycheck, den er daraufhin abbekommt, hätte nicht sein müssen. Dadurch stolpert er über die Bande vom Eis. Es wird laut im Stadion.

„Was soll der Mist?!", fragt Ian laut und springt zurück aufs Eis. Es vergehen nur wenige Sekunden, bis Jefferson, der Enforcer von Montréal, ihm gegenübersteht und Ian ihn schubst. *Schöne Scheiße.* Die Schiedsrichter haben sich schon aufgestellt. Schnell hüpfe ich über die Bande, ziehe Ian nach hinten und drücke ihn kurzerhand zur Box, damit ich weiß, dass die anderen Jungs ihn davon abhalten, sich einzumischen. Auch wenn er scharf darauf ist, sich zu prügeln, sollte ihm vorher definitiv jemand beibringen, wie das auf dem Eis geht. Ehe ich mich versehe, hat Jefferson die Handschuhe abgeworfen und widerwillig tue ich es ihm gleich. *Dann mal los.* Einen kurzen Moment bleibt die Distanz zwischen uns noch, dann bekomme ich den ersten Schlag ab; er trifft allerdings nur den Helm. Ich versuche sein Trikot zu greifen und mit der anderen Hand einen Treffer zu landen. Ich spüre seinen Wangenknochen unter meiner Faust, muss aber dann auch einstecken. Meine Mannschaft feuert mich lautstark an; klopft mit den Schlägern gegen die Bande und ruft mir zu, dass ich das schaffe. Ich spüre, dass ich blute, aber noch ist es nicht so schlimm. Dann treffe ich verdammt gut und schaffe es, ihm die Beine wegzuziehen. Er fällt und landet auf dem Eis. Ich atme auf und lasse mich von einem Schiedsrichter ein Stück zur Seite ziehen. *Ich habe gewonnen.*

Erst jetzt merke ich den pochenden Schmerz an meiner Schläfe und ziehe scharf die Luft ein. Scheißdreck. Wir müssen beide auf die Strafbank. Mir geht es gut, einigermaßen zumindest. O'Doyle ist bei mir und schaut sich die Verletzung an. Meine Fingerknöchel sind rot, aber es tut nicht übermäßig weh. Er stoppt die Blutung und dann sieht er sich das genauer an.

„Das muss ich nähen", meint er trocken und ich seufze. *Na klasse.*

Wir gewinnen. Kenny erzielt nur eine Minute vor Schluss das entscheidende Tor und damit sind wir um zwei Punkte reicher.

Nach dem Spiel würde ich eigentlich gerne unter die Dusche, aber O'Doyle möchte erst die Wunde genäht haben. Mit einem Blick in den Spiegel sehe ich, dass ich doch mehr abbekommen habe, als erst gedacht. Meine Schläfe ist blutig und der Schmerz wird immer präsenter.

„Das war so geil, wie du den Kerl besiegt hast!", meint Ian und ich nicke kurz, sage aber nichts weiter dazu. Ich könnte ihn natürlich jetzt fragen, wieso er so ein Depp ist und den Kerl von Montréal schubsen musste, aber eigentlich will ich nur in mein Bett. Als O'Doyle mich näht, betritt Warren den Raum. „Starke Leistung."

„Danke Coach."

„Wie fühlst du dich?", fragt er und sieht zu unserem Mannschaftsarzt.

„Ich bin so weit okay."

„Ich werde ihn gleich kurz durchchecken, aber ich glaube nicht, dass er sich sonst noch etwas getan hat", bestätigt der ältere Mann und Warren nickt zufrieden. Dann steht Archer plötzlich auch im Raum.

„Hi", sage ich und lächle kurz. Im selben Moment aber setzt O'Doyle die Nadel wieder an und ich zucke zusammen.

„Du kannst dich prügeln, aber das tut dir weh?", fragt Archer belustigt. Ich verdrehe die Augen.

„Bin fast fertig", meint O'Doyle. *Gott sei Dank.*

„Geht es dir sonst gut?", fragt Archer dann ruhiger. Ich würde ja nicken, aber gerade ist das eher schlecht. Also strecke ich nur einen Daumen hoch.

„Das sah ziemlich brutal aus."

„Das heute war sogar eher eine leichte Prügelei", widerspreche ich. „Jefferson ist auch nicht auf dem Eis gelandet, weil ich so treffsicher schlage, sondern weil ich ihm ein Bein weggezogen habe", erkläre ich. Je schneller der Gegner das Eis knutscht, umso besser.

„Ian wäre vermöbelt worden", stellt Archer fest.

„Deswegen habe ich das gemacht. Bei meiner ersten Schlägerei wurde mir die Nase gebrochen."

Archers Augen werden groß.

„Ich konnte von Glück reden, dass es nicht der Kiefer war", füge ich hinzu und O'Doyle schneidet den Faden ab. Er ist fertig.

„Dauert das hier noch lange?", fragt Archer ihn, aber O'Doyle schüttelt den Kopf. „Ich schaue mir die Hand noch einmal an und checke ihn dann schnell durch."

„Ich warte dann draußen?", fragend blickt er mich an.

„Sicher", stimme ich zu und versuche zu ignorieren, dass es mich freut, dass er sich anscheinend Sorgen gemacht hat.

Archer steht vor der Tür und an die Wand des Flures gelehnt, als O'Doyle mich entlässt.

„Und? Was sagt er?"

„Alles gut."

Archer lächelt zufrieden. „Musst du das denn jetzt öfter machen? Also als Enforcer einspringen?", möchte er dann wissen und meine Laune schlägt augenblicklich um.

„Vielleicht." weiche ich aus. Sehr wahrscheinlich sogar. Ich muss Coach Warren mal fragen, wann Miller wieder da sein wird. Vielleicht könnte ich mich ja auch mit ein oder zwei anderen Spielern abwechseln? Es wird sich doch bestimmt jemand finden, der sich dafür bereit erklären würde. Die Anderen warten schon am Bus. Kenny fragt mich kurz, wie es mir geht, bevor wir einsteigen. Sobald ich sitze, merke ich, wie die Müdigkeit mich überkommt.

„Willst du gleich noch kurz zu mir rüber?", fragt Archer mich auf einmal.

„Was? Wieso das?", irritiert sehe ich ihn an.

„Na ja, du warst der Einzige, der nicht duschen war, weil du verletzt wurdest und weil deine Dusche kaputt ist, dachte ich… du duscht eben bei mir", erklärt er.

„Stimmt, da war ja was", murmle ich. *Daran habe ich gar nicht mehr gedacht.*

Im Hotel angekommen, hole ich schnell meine Sachen und verschwinde in Archers Badezimmer. Die Wärme auf meinem Körper entspannt meine Muskeln, aber ich zische auf, als das Wasser meine Stirn berührt. Als ich mir mein Duschgel nehmen möchte, fällt mir auf, dass ich es, wie gestern auch schon, drüben gelassen habe. Mir bleibt also nichts anderes übrig, als wieder Archers zu nehmen. Es riecht gut. Das habe ich gestern schon festgestellt. Ehe ich darüber nachdenke, rieche ich auch an seinem Shampoo. Gestern hat mich das nicht sonderlich interessiert, aber ich mag auch diesen Geruch und wenn so seine Haare riechen, dann – Ich stöhne lautlos auf und schüttle den Kopf. Mache ich mir darüber gerade wirklich Gedanken?

Ich zwinge mich schließlich, das Wasser abzustellen und aus der Dusche zu steigen. Wieder angezogen verlasse ich das Badezimmer und sobald ich die Tür aufschlage, kommt mir der Geruch von Essen entgegen. Wie auf Kommando knurrt mein Magen.

„Ich gehe davon aus, du hast Hunger?", fragt Archer mich daraufhin schmunzelnd. „Ich war so frei, den Zimmerservice zu bestellen", fügt er hinzu und erst jetzt sehe ich den Servierwagen im Zimmer stehen.

„Du hast die Wahl zwischen Spaghetti mit Lachs oder einem vegetarischen Auflauf."

„Das mit Lachs!", antworte ich sofort grinsend und öffne die beiden Bierflaschen, die daneben stehen. Archer stellt die Teller hin und ich setze mich. Das Essen ist fantastisch. „Hast du gut ausgesucht", meine ich und er lächelt. „Ich hoffe doch. Ich wusste nicht so recht, was du magst."

„Das ist perfekt", erwidere ich sofort und trinke einen Schluck. Dann hält Archer plötzlich inne und sieht sich um. „Was ist?", frage ich verwirrt, aber da ist er auch schon aufgestanden. Bevor ich noch einmal fragen kann, hat er das Teelicht von der Fensterbank genommen, das in jedem Zimmer steht, und es in die Mitte des Tisches gestellt.

„Jetzt haben wir ein Candle-Light-Dinner", sagt er zufrieden. Amüsiert sehe ich ihn an. „Du hast also den Zimmerservice bestellt, um still und heimlich den Abend zu einem Date zu machen?"

„Ich habe nur gesagt, dass es ein Dinner ist", korrigiert er, aber ein provokanter Unterton spielt in seiner Stimme mit. „Aber wenn du es als ein Date ansehen möchtest, tu dir keinen Zwang an."

„Dinner passt schon", erwidere ich frech und er mustert mich für einen kurzen Augenblick. Ich würde lügen, wenn ich jetzt behaupte, mir würde kein Schauer über den Rücken laufen.

„Wie sauer wärst du denn, wenn ich es als Date inszenieren würde?"

„Kommt wohl darauf an, wie der Abend läuft", spiele ich mit und lächle scheinheilig. Archer befeuchtet seine Lippen und trinkt dann einen Schluck.

„Machst du das denn so? Ein Date erst anzufangen, bevor du der anderen Person bekannt gibst, dass es eins ist?"

„Kommt wohl darauf an, wer diese Person ist", antwortet er im gleichen Tonfall, wie ich gerade. Er weiß, dass er mich damit provozieren kann. Und er weiß, dass es klappt. Es macht mir Spaß, keine Frage, doch in meinem Kopf wird immer präsenter, dass ich das hier nicht tun sollte; nicht wenn ich Teil der NHL bleiben will. Gleichzeitig frage ich mich aber, wer mitbekommen sollte, dass ich nicht in meinem Zimmer bin?

„Nachtisch?", fragt Archer auf einmal und ich werde aus meinen Gedanken gerissen.

„Ähm… was gibt's denn?"

„Was hättest du denn gerne?", fragt er und ich denke in die ganz falsche Richtung. Archer fängt an zu lachen. „Gut zu wissen, dass das eine Option wäre, aber eigentlich habe ich Tiramisu bestellt."

„So offensichtlich woran ich gedacht habe?"

„Möglich. Vielleicht habe ich aber auch gerade nur geblufft", erwidert er und ich verstehe, dass ich ihm mit der Frage gerade seine Vermutung endgültig bestätigt habe, egal ob geblufft oder nicht.

„Ich nehme gerne etwas von dem Nachtisch. So etwas Süßes, kann ich jetzt wirklich gebrauchen!", lächle ich allerdings nur und bemerke, dass er kurz zögert, bevor er uns beiden je einen Teller hinstellt. Natürlich habe ich es bewusst so formuliert, dass man meinen könnte, ich meine ihn. Ihm sagen, ob es nun so war oder ich tatsächlich das Tiramisu gemeint habe, werde ich nicht.

„Sag mal, darf ich dir eine Frage stellen?", unterbricht er dieses, nennen wir es Spielchen, plötzlich.

„Sicher."

„Du bist nicht hetero, oder?", möchte er wissen. „Ich meine, ich flirte ganz offensichtlich mit dir und ich bin ziemlich sicher, dass du mich nicht abblockst. Also machst du das nur zum Spaß oder um es einfach mal auszuprobieren oder stehst du tatsächlich auf Männer?"

„Du bist für die Pressearbeit zuständig."

Irritiert sieht er mich an. „Was hat das denn jetzt damit zu tun?"

„Ich weiß, du bist neu in diesem Job, aber ich bin doch ziemlich sicher, du hast noch nie von einem Eishockeyspieler gehört, der bi oder schwul oder sonst etwas ist, was nicht hetero ist."

Archer lehnt sich zurück. „Und das bedeutet?"

„Dass ich meine Karriere nicht aufs Spiel setzen werde."

Für einen Moment ist Archer still, ehe er erwidert: „Ich arbeite gerade nicht."

„Das tut nichts zur Sache", unterbreche ich ihn sofort und lege meinen Dessertlöffel weg.

„Aber flirten geht, ja?"

„Du hast das Abendessen doch bestellt und das Teelicht auf den Tisch gestellt!", erwidere ich und verschränke die Arme vor der Brust. Archer schweigt für einen Moment, sieht mich aber die ganze Zeit an.

„Wenn du dich unwohl fühlst, dann geh", sagt er dann mit fester Stimme.

„Ich habe nie gesagt, dass ich mich unwohl fühle, ich habe nur klargestellt, dass ich mich nicht bezüglich meiner Sexualität äußern werde. Angenommen ich würde mich tatsächlich outen; dann kann ich meine Karriere an den Nagel hängen. Wenn ich jetzt sage, ich bin hetero, heißt es hinterher von der Presse, ich würde mich verstecken und hätte einen Skandal und vermutlich einen Shitstorm am Arsch kleben. Können wir also bitte nicht mehr darüber sprechen?"

Archer seufzt. „Wenn du meinst. Du weißt aber, dass ich niemandem was sagen würde?"

„Es geht ums Prinzip, Archer. Und außerdem; wie soll ich das wissen? Ich kenne dich jetzt wie lange? Zwei Wochen? Ich glaube nicht, dass man behaupten kann, ich wüsste so richtig, wer du bist." Er greift hinter sich und stellt zwei neue Bierflaschen auf den Tisch.

„Gut, da muss ich dir wohl Recht geben. Frag mich einfach die Sachen, die du wissen möchtest."

„Wer sagt, dass ich etwas wissen möchte?"

„Also sitzt du den ganzen Abend hier, ohne dass du dich im Geringsten für mich interessierst?"

„Vielleicht hatte ich ja auch einfach nur Hunger", lächle ich und öffne das neue Bier. Archer tut es mir gleich.

„Es macht Spaß mit dir zu flirten. Wenn ich das noch so nennen darf", meint er dann. „Oder mich mit dir zu unterhalten, wenn du es lieber so nennen willst", fügt er schnell hinzu und ich kann nicht anders, als zu lächeln. Archer bemerkt das und schmunzelt.

„Mir hat das… Dinner wirklich gut gefallen", meint Archer, bevor ich die Tür zum Flur öffne.

„Schlaf gut, Elliot."

„Du auch", sage ich schnell und wende mich ab, bevor noch die Möglichkeit entsteht, die ganze Nacht hier zu bleiben. Den Servierwagen stellt er vor die Zimmertür auf den Flur, als ich mich verabschiedet habe. Nur ein paar Minuten später, falle ich in das Hotelbett. Das Zimmer sieht genauso aus, wie Archers, nur spiegelverkehrt. Trotzdem fühlt es sich befremdlich an. Eigentlich bin ich daran gewöhnt, in Hotels zu übernachten und es ist keine Besonderheit mehr, aber diesen Abend brauche ich eine ganze Weile, bis ich endlich zur Ruhe komme und einschlafe.

7. Kapitel

Ich versuche, mich von Archer fernzuhalten; oder zumindest nichts zu machen, was über eine professionelle, kollegiale Beziehung hinausgeht. Kurzzeitig hatte ich die Hoffnung, dass er nicht mit nach Boston kommen wird, aber natürlich ist er das. Hatte ich wirklich angenommen, dass er von Montréal direkt nach Atlanta fliegt?

Kurz vor dem Spiel in der Umkleide ist es noch recht ruhig, aber der aufkommende Ehrgeiz ist jetzt schon zu spüren. Da klingelt plötzlich ein Handy; es ist Ians.

„Hi Mum", sagt er lächelnd und dann leuchten seine Augen förmlich. „Ihr habt es echt geschafft?! Das ist so cool. Ist Dad auch da?", fragt er dann und schon jetzt weiß jeder hier, worum es geht. Seine Eltern sind beim Spiel heute dabei. Er redet noch kurz mit seiner Mutter, ehe er auflegen muss.

„Freut mich, dass deine Familie kommen konnte", lächelt Kenny und nimmt seinen Schläger.

„Sie haben es bisher nie geschafft, aber Boston ist nicht so weit weg, also hat Mum vorhin spontan entschlossen, herzukommen", erzählt er glücklich.

„Es ist immer toll, wenn die Familie da ist", stimmt Lane zu. „Meine Schwester kommt hoffentlich zum nächsten Heimspiel", erzählt er und brummt dann: „Wenn ihr verdammter Chef ihr frei gibt."

„Mein Bruder wird auch da sein", meint Kenny zufrieden. Es ist egal, wie lange man schon in der NHL spielt, es ist toll, wenn Freunde und Familie zum Spiel kommen. „Wenn wir in New York spielen. Drew hat ihm letztens das Ticket besorgt."

„Kann man Drew einfach fragen?", möchte Ian wissen, aber wir alle fangen nur an zu lachen.

„Eigentlich nicht", sagt Duncan schnell. „Das ist nicht seine Aufgabe, aber wenn er dich mag, dann leitet er es ans Management weiter; sonst müsstest du direkt bei denen nachfragen, aber auch das geht eigentlich."

Ian nickt verstehend. „Ich glaube, Mum hat die Tickets selbst bezahlt, aber fürs nächste Mal ist das gut zu wissen", lächelt er und schnappt sich seinen Helm. Ich verdrehe die Augen und gehe aus der Umkleide. So sehr es mich freut, dass Ians Familie da sein wird; noch mehr wünsche ich mir, dass ich meine Familie auch irgendwann mal auf den Rängen entdecken würde. Oder einfach nur wüsste, dass sie dort sind. In naher Zukunft wird das allerdings wohl kaum geschehen; meine Mum hat allerhand mit der Arbeit zu tun, meine Geschwister gehen noch in die Schule oder zur Uni. Das Geld wäre da, so ist es nicht, aber die Zeit lässt es schlicht und ergreifend nicht zu. Dazu kommt, dass Mum meinte, dass Kian und Ruby noch zu klein sind, um mit zu einem Spiel zu kommen, wo sich geprügelt wird und es ab und an vorkommt, dass das Eis eine rote Farbe annimmt. Sie dürfen Ausschnitte schauen, aber nichts live. Bisher hat sie das vor ihnen damit begründet, dass die Spiele dort mitten in der Nacht sind. Ich bin der gleichen Meinung; die Kleinen müssen nicht unbedingt jetzt schon sehen, wie Zähne fliegen.

Auf dem Weg zur Bank begegnet mir Archer. Natürlich tut er das.

„Hey. Viel Glück gleich", wünscht er und ich murmle ein: „Danke."

Verwundert sieht er mich an. „Alles okay?"

„Ja, alles gut."

„Du bist ein grottenschlechter Lügner", stellt er fest und verschränkt die Arme vor der Brust.

„Es ist nichts. Lass gut sein", würge ich ihn ab. Ich sehe aus dem Augenwinkel, dass Archer zu Kenny geht und mit ihm spricht. *Ach, das soll mir doch egal sein.* Was interessiert es mich, mit wem Archer spricht? Bestimmt geht es um den nächsten Instagram-Post oder so einen Schwachsinn. Ich atme tief durch und umgreife meinen Schläger etwas fester. Zweite Reihe. Darauf sollte ich mich konzentrieren. Ich spiele nach wie vor in der zweiten Reihe! Das ist fast die Erste. Ich muss mich reinhängen, ich muss Coach Warren davon überzeugen, dass er mich in die Starting Six stecken soll.

Das Spiel gegen Boston ist verdammt gut. Es ist schnell, fair und die Stimmung steigt durch die Decke. Nur kann Boston meiner Meinung nach ruhig ein paar Fehler mehr machen. Es ist ausgeglichen. Ich springe über die Bande. Nur wenige Sekunden später ist die Chance da. Ich fahre um das Tor herum, versuche durch die Verteidigung von Boston zu kommen. Gibson schießt den Puck zu mir und mit einem Slapshot landet die Scheibe im Netz. *Verdammte Scheiße, ist das geil!* Es steht fünf zu vier und das dritte Drittel hat gerade erst angefangen. Wir gewinnen heute; müssen wir einfach.

Warren ist sichtlich zufrieden, aber da drängt Boston uns plötzlich in unser Drittel zurück. Die dritte Reihe ist auf dem Eis. Ehe irgendjemand reagieren kann, hat einer der Gegenspieler zum Slapshot angesetzt. Er trifft nicht das Tor, nicht die Bande, kein Eis. Er trifft einen von uns. Erst sehe ich nicht, wen es getroffen hat. Einige der Spieler winken die Sanitäter heran, zwei von uns bringen sie so schnell es geht über das Eis.

„Es ist Ian!", erkennt Kenny, und ich fluche leise. Ian rappelt sich mehr oder weniger auf. Er schafft es, sich hinzuknien und mit den Händen auf dem Eis abzustützen. Er wird zur Bande gebracht und hält sich ein Handtuch gegen den Mund. Es ist einer dieser Momente, die Kian und Ruby nicht sehen sollten; er blutet und das nicht zu wenig. Auf dem weißen Eis ist das natürlich besonders gut erkennbar. Warren ist sofort bei ihm und Lane hilft mir und Duncan, ihn vorsichtig vom Eis zu bringen. Drew geht mit nach hinten.

„Und das an dem Tag, wo seine Familie das erste Mal hier ist", murmelt Kenny und seufzt. Wir wissen, dass Drew Bescheid geben wird, wenn O'Doyle sich angesehen hat, was genau Ian passiert ist. Jeder von uns weiß allerdings schon, dass er mindestens einen Zahn weniger hat. Zu hoffen ist jetzt nur, dass sein Kiefer den Schlag überlebt hat. Archer setzt sich neben mich. Er ist etwas blass um die Nase.

„Alles okay?", frage ich. Er nickt stumm. Ich greife nach meiner Wasserflasche und reiche sie ihm. Er trinkt einen Schluck und atmet dann durch. „Ich hab nur nicht so viel Blut erwartet", antwortet er schließlich.

„Das wird schon", muntere ich ihn auf. „So gut wie kein NHL-Spieler hat noch alle Zähne."

„Du schon."

„Ich hatte bisher einfach Glück", sage ich direkt. „Und ich hoffe auch, dass sich so bald nichts daran ändert." Denn abgesehen davon, wie es aussieht, tut es auch einfach verdammt weh, einen Puck ins Gesicht zu bekommen.

Bevor wir weiter sprechen können, ist meine Reihe wieder am Zug. Noch führen wir, aber kaum stehen wir ein paar Sekunden auf dem Eis, gelingt Boston der Ausgleich. Ich fluche leise und da es nur noch zwei Minuten bis zum Schluss ist, ist klar, dass die Strategie jetzt lautet, Boston in die Verlängerung zu zwingen; so haben wir mindestens einen Punkt sicher. Genauso kommt es. Es gibt eine kurze Pause, Lane holt sich eine neue Wasserflasche und drei unserer Spieler gehen aufs Eis.

„Wieso sind das jetzt nur so Wenige?", fragt Archer mich leise. Ihm ist sichtlich unangenehm, dass er keine Ahnung hat, was jetzt geschieht.

„Es gibt Verlängerung", erkläre ich schnell. „Im Eishockey gibt es kein Unentschieden als Endergebnis. Jetzt wird mit vier statt sechs Spielern gespielt. Einer davon ist in den meisten Fällen der Goalie. Das muss aber nicht sein. Es dauert fünf Minuten. Wenn ein Tor geschossen wird, ist das Spiel sofort vorbei. Wenn nicht, dann gibt es Penaltyschießen."

„Das ist so etwas wie Elfmeter, oder?"

Ich rolle mit den Augen. „Ich tue jetzt so, als hättest du das nicht gesagt." Er schmunzelt und postet es schnell in der Instagram-Story des Teams. Das macht er die ganze Zeit beim Spiel schon, immer wenn ein Tor fällt, oder irgendetwas anderes wichtiges passiert ist, wie die Powerplays.

Zwei Minuten später springe ich aufs Eis, aber es fällt kein Tor. Die Zeit wird immer weniger und die Befürchtung macht sich in mir breit, dass es zum Penaltyschießen kommen wird. Genauso ist es auch. Lane kommt kurz zu uns. Gleich hängt es zu 50% von ihm ab, ob wir gewinnen.

„Du packst das schon!", ermutigt Duncan ihn und auch Kenny spricht unserem ersten Goalie gut zu. Er nickt und schüttelt seine Arme aus.

„Ja, aber besser ihr trefft das Netz von Boston ", fordert er. Kenny ist der erste von uns, der schießen darf. Er trifft, aber der Stürmer von der Bostoner versenkt die Scheibe auch im Netz. Die nächsten beiden Durchgänge wird kein Tor erzielt. Boston trifft auch im vierten Durchlauf nicht; das heißt, wenn wir jetzt ein Tor schießen, hat Atlanta gewonnen.

„Leighton! Du gehst", beschließt Kenny und ich blicke ihn für einen Moment perplex an.

„Los jetzt!", fügt Warren hinzu und schnell springe ich über die Bande.

Okay, das wird schon. Ich kann das. In der EIHL habe ich doch auch schon Penaltys geschossen. Und auch in der NHL schon ein oder zweimal. Ich sehe kurz zu meiner Mannschaft und sehe, dass Archer beide Daumen nach oben streckt. Ich schaue auf den Puck im mittleren Bully. Dann blicke ich den Goalie der

Bostoner an. Er ist gut. *Aber ich kann das.* Mein Signal, dass ich loslegen darf, ertönt und sofort nehme ich Geschwindigkeit auf. Es geschieht so schnell, dass ich nicht einmal richtig merke, dass ich mich nach dem Schuss nur knapp einen Meter vor dem Tor befinde, stolpere und auf dem Eis lande. Die Jungs kommen aufs Eis, Kenny zieht mich auf die Beine und erst da realisiere ich, dass die Scheibe im Netz gelandet ist. Breit grinsend steige ich in die Freunde meines Teams ein. Wir haben gewonnen; das bedeutet zwei Punkte mehr für uns!

Auf dem Weg zur Kabine fängt Drew mich ab. „Warte mal bitte kurz, Elliot." Verwundert bleibe ich stehen und einen Moment später kommt Warren dazu.

„Du warst verdammt gut heute", lobt Drew mich.

„Danke."

„Wir denken darüber nach, dich in der zweiten Reihe zu behalten", sagt Warren.

„Also wenn Miller wiederkommt?", frage ich, um sicherzugehen, dass ich hier nichts falsch verstehe. Drew nickt. „Noch ist nichts beschlossen, wir möchten vorher mit Kenny sprechen, aber wenn du dich weiter so anstrengst... wer weiß." Ich sehe zu Warren und zögere, die Frage auszusprechen.

„Es ist kein Versprechen", sagt er sofort. „Es soll nur ein Anreiz sein, dich weiterhin so anzustrengen", stellt er klar und geht dann.

„Also... vielleicht... bald die erste Reihe?", frage ich Drew dann leise und dieser schmunzelt. „Es war so klar, dass du das fragst", meint er. „Das weiß ich noch nicht, aber wenn du dich weiter so ins Zeug legst, wird die Chance darauf definitiv nicht kleiner." *Das ist eine ziemlich gute Antwort.* Ich nicke zufrieden und gehe dann in die Umkleide. Die anderen sind schon fertig mit Duschen, aber ich werde heute nicht wieder darauf verzichten.

Als ich das Wasser gerade angemacht habe, kommt doch noch jemand in den Duschraum.

„Ähm… hi?" verwundert sehe ich Archer an. Er sieht ziemlich unzufrieden aus.

„Was ist los?", frage ich daher und er dreht sich zu mir um.

„So ein Vollidiot meinte, sein Bier über mich kippen zu müssen, kurz nachdem ihr weg wart", erzählt er genervt.

„Mit Absicht?"

„Nein, aber besser macht es das auch nicht. Hast du zufällig Shampoo für mich?"

Ich werfe ihm die Flasche rüber und zwinge mich, meinen Blick oben zu halten. Kurz sieht er mich an. „Was ist?"

„Was soll sein?"

„Du stehst da, wie versteinert", erwidert er und schnell schüttle ich den Kopf. „Bullshit." Er antwortet darauf hin nicht. *Verdammt, wieso müssen wir in diesem Moment auch die Einzigen hier sein?* Mir macht es nichts aus, wenn ich mit dem Team eine Gruppendusche teile, aber jetzt gerade ist es merkwürdig und als Archer mit geschlossenen Augen den Schaum aus seinen Haaren wäscht, kann ich einfach nicht anders, als ihn anzusehen. *Heilige Scheiße.* Er ist gut gebaut, trainiert, aber nicht so, dass es aussieht, als würde er im Fitnessstudio leben. Dann dreht er sich um und ich habe direkte Aussicht auf seinen Hintern. Ich kann nicht *nicht* hinsehen. Dieser Mann ist attraktiv, keine Frage. *Und ich sollte ihn nicht so anstarren!* Ich schlucke und lecke mir unbewusst über die Lippen. Da sieht er plötzlich über die Schulter und hebt eine Augenbraue. *Ach fuck.*

„Gefällt dir, was du siehst?"

„Ein besserer Spruch ist dir nicht eingefallen, was?", entgegne ich nur und wasche mir das Duschgel vom Körper. Ohne ein Anzeichen von Scham mustert er mich und ich spüre, dass meine Haut anfängt zu prickeln, als sein Blick über sie gleitet. Die Stimmung schwingt schlagartig um und unsere Blicke treffen sich. Ein provozierender Ausdruck liegt auf seinem Gesicht, aber ich wende mich nicht ab; im Gegenteil. Ich erwidere das unscheinbare Lächeln und auch, wenn ich es nicht sollte, gehe ich damit auf sein Flirten ein. Dann aber poltert plötzlich irgendetwas in der Umkleidekabine und augenblicklich werde ich die Realität zurückversetzt.

„Verdammt", murmle ich, stelle das Wasser ab und flüchte schon fast aus der Dusche.

Die Meisten sind bereits angezogen und packen ihre Sachen zusammen. Plötzlich kommt Drew in die Kabine.

„Ich war gerade bei Ian", fängt er an und hat sofort unsere ungeteilte Aufmerksamkeit. „Ihm geht es so weit gut, sein Kiefer ist nicht gebrochen, aber er hat einen Zahn verloren", erklärt er. „Er wird nicht ausfallen, wenn sich nichts entzündet; O'Doyle geht auch nicht davon aus", fügt er hinzu und so gut wie jeder hier atmet erleichtert aus.

„Wir treffen ihn gleich am Bus", gibt er Bescheid und verlässt den Raum wieder.

Ich beeile mich, um gleich nicht unnötig lange allein mit Archer hier zu sein. Trotzdem geschieht es. Keiner außer mir ist noch da, als der Mann aus der Dusche kommt, nur mit einem Handtuch um die Hüfte und zu seiner Reisetasche geht, die auf einer der Bänke steht. Ohne ihn noch einmal anzusehen, stopfe ich meine Sachen zusammen, murmle: „Bis gleich" und verlasse den Raum, bevor ich Gefahr laufe, den Bildern in meinen Gedanken nachzugeben.

Bevor wir in den Bus einsteigen, kommt Archer zu mir.

„Die Fans sind mehr als zufrieden", sagt er und hält kurz das Handy hoch. „Ich hab dein Tor schon auf Instagram hochgeladen", erklärt er.

„Darf ich mal kurz?", bitte ich ihn und erst ist er verwundert, gibt mir dann aber das Handy. Er hat es in der Story hochgeladen und schnell schicke ich es meiner Mum. Sie ist zwar nicht oft online, aber so sieht sie es auf jeden Fall. Archer versteht, was ich gerade getan habe und lächelt, ehe er wieder seiner Arbeit nachgeht.

Es geht direkt zum Flughafen. Archer lässt sich neben mich fallen. „Kommt deine Familie eigentlich auch mal zu einem Spiel?" Ich zucke mit den Schultern. „Wie denn? Sie wohnen in England, meine Geschwister gehen fast alle noch zur Schule und sie können deswegen nicht einfach mal so rüberfliegen", fasse ich zusammen. Eigentlich möchte ich nicht darüber sprechen.

„Oh... und in den Ferien?"

„Meinst du nicht, wenn das zeitlich geklappt hätte, wären sie schon einmal da gewesen?", entgegne ich angespannt und stöhne genervt. „Lass einfach gut sein, okay? Es hat schon einen Grund, warum ich vorhin nicht darüber gesprochen habe und es auch jetzt nicht möchte."

„Sorry, ich wollte nicht..."

„Lass einfach gut sein", murmle ich nur und schnappe mir meine Kopfhörer.

8. Kapitel

Der Flug nach Hause dauert fast die ganze Nacht. Heute haben wir die meiste Zeit frei, aber abends steht wieder ein Treffen mit dem Vorstand an. Diesmal wird es kein verklemmtes Essen sein; wir gehen direkt ins Hattrick's. Heute wird gefeiert! Es ist 30-jähriges Club Jubiläum und alle Kosten gehen auf die Vereinskasse. Kein Ort wäre für die Feier besser als das Lokal, in das schon alle Spieler dieser Mannschaft von Anfang an immer gegangen sind. Die Tische sind reserviert, das Essen bestellt und um kurz vor acht treffe ich dort in Anzug und Krawatte ein. Archer ist schon da und neben ihm steht der blonde Fotograf, der vor einiger Zeit schon die Fotos für die Autogrammkarten und den Online-Shop gemacht hat. Die Gruppenfotos möchte Archer machen, bevor wir gleich anfangen zu trinken und zu feiern. Es dauert eine Weile, aber schließlich ist er zufrieden. Der Fotograf bleibt nicht, aber Archer schon. *Vermutlich sollte ich mich darüber nicht wundern, immerhin gehört er jetzt zum Team.*

Fast alle der heute Anwesenden haben irgendetwas mit dem Verein zu tun und ich stelle fest, dass Mister Johnson das Hattrick's wohl gemietet haben muss. Die Stimmung ist ausgelassen und die Zeit verfliegt. Der Nachtisch wird gerade serviert, als ich feststelle, dass wir schon zwei Stunden hier sind. Es ist eine große Torte in Form des Vereinslogos. Der dunkelblaue Blitz aus der schwarzen Wolke sieht wahnsinnig gut aus und eigentlich möchte man die Torte gar nicht anschneiden. Kurz wird diskutiert, wer denn das Messer ansetzen wird, aber schnell wird klar, dass es Mister Johnson ist. Dankend nimmt er das Messer und Archer stellt sich schnell daneben, um es für die sozialen Netzwerke zu filmen und auch direkt hochzuladen.

Wie jeder schnell feststellt, ist es eine Eistorte; und eine ziemlich gute noch dazu. Drew verteilt die Teller und dann schiebt er mir schließlich auch einen zu. Zufrieden sieht Archer von seinem Handy auf. „Schmeckt ziemlich gut."

„Mhm", stimme ich zu und esse weiter.

Alle Teller sind leer. Nur Ian isst noch. Er kann noch nicht wieder normal kauen, also braucht er etwas länger, aber das stört niemanden. Kurz darauf werden uns Tabletts mit Shots gebracht. Sie haben die gleiche dunkelblaue Farbe, wie das Logo. Skeptisch nehme ich ein Glas herunter.

„Sicher, dass das nicht giftig ist?", frage ich in die Runde und sehe, dass auch ein paar der anderen nicht ganz sicher sind, was da wohl drin sein mag.

„Sei nicht so ein Feigling!", meint Duncan und nimmt sich auch einen Shot. Warren hebt sein Glas. „Auf Atlanta Ice Lightning."

„Und darauf, dass wir dieses Jahr den Stanley Cup nach Hause holen!", fügt Kenny grinsend hinzu.

So schlimm schmeckt es tatsächlich nicht. Es ist Wodka mit irgendetwas anderem gemischt. Archer räuspert sich kurz und amüsiert sehe ich ihn an. „Ist das etwa zu hart für dich?"

„Davon träumst du", antwortet er lachend und nimmt sich noch einen Shot. Ich zögere nicht lange, sondern schnappe mir auch ein zweites Glas. Er lächelt provokant. „Auf heute Abend."

Ich hebe kurz das Glas und trinke.

Ein wenig später kommt eine Frau durch die Tür direkt zu unserem Tisch.

„Hey", lächelt sie, küsst Drew liebevoll und sieht durch die Runde. „Hallo, Jungs."

„Setz dich doch." Gibson rutscht etwas zur Seite, sodass da noch ein Stuhl Platz hat. Sie nimmt sich ein Stück Kuchen und bestellt etwas zu trinken. „Seine Freundin?", fragt Archer mich leise.

„Seine Verlobte, Eve", antworte ich ihm. „Als sie ihm vor einem Jahr gesagt hat, dass sie schwanger ist, hat er ihr sofort einen Antrag gemacht. Ihre Tochter ist gerade erst ein paar Monate alt, deswegen bringt er sie noch nicht mit. Das wollen sie beide nicht."

Archer lächelt und trinkt einen Schluck.

„Willst du irgendwann mal Kinder?", frage ich, ohne weiter darüber nachzudenken.

„Ich weiß nicht", meint er schulterzuckend. „Ich habe mir darüber noch keine Gedanken gemacht." Kurz sieht er mich an. „Was ist mit dir?"

„Auf jeden Fall!", nicke ich entschlossen und er lächelt kurz, ehe er sein Glas austrinkt. „Es ist schön, dass Drew und Eve so glücklich sind."

„Was ist denn jetzt los?", möchte ich verwundert wissen.

„Ach, schon gut. Ich freue mich für die Beiden", antwortet er direkt.

„Aber?"

Archer seufzt. „Ich frage mich einfach, ob ich auch irgendwann dieses Glück haben werde. … Ach, vergiss es wieder."

„Nein, wieso sollte ich das vergessen?"

Archer verdreht die Augen. „Weil dieser Abend nicht dafür gedacht ist, sentimental zu werden, sondern um zu feiern!", erwidert er und nimmt sich zwei neue Shots. Einen schiebt er mir zu.

„Du willst mich ja nur abfüllen", grinse ich, nehme das Glas aber trotzdem.

„Und was wäre daran so schlimm?", flirtet er sehr direkt.

„Kommt darauf an, was du dann vorhast", entgegne ich provokant.

„Ich schätze, wenn du das wissen willst, musst du dich drauf einlassen. Sagen werde ich es dir jetzt nicht", meint er und trinkt. Ich tue es ihm gleich und sage: „Also hast du ja doch etwas geplant."

„Geplant wäre zu viel gesagt", erwidert er scheinheilig. „Aber als du es gerade erwähnt hast, hatte ich vielleicht die ein oder andere Idee."

„So?"

Er zuckt mit einer Schulter und klaut sich noch ein Stück Eistorte, ehe er leise sagt: „Ich glaube, wir sollten das nicht hier besprechen."

Ich bin betrunken. Fuck. Wieso merkt man das eigentlich erst immer, wenn man pissen geht? Ich sehe in den Spiegel.

„So betrunken bin ich nicht", sage ich mir ruhig und spritze mir etwas Wasser ins Gesicht. Außer mir ist gerade niemand hier.

„Was Archer wohl geplant hat?", überlege ich laut, als ich mir die Hände wasche.

Er ist verdammt heiß. Fuck, wieso habe ich nur so viel gesoffen? Ich fahre mir durch die Haare. Ich will Sex. Heute noch. Verdammt. Ich kann ihn doch nicht einfach abschleppen? Nein, das geht nicht. Ich bin NHL-Profispieler. Und das will ich bleiben. Und ich kenne ihn doch überhaupt nicht.

Er hat doch ganz klar vorhin auf Sex angespielt! Ich bin ganz sicher, dass er das hat. Dümmlich grinse ich mein Spiegelbild an. *Er findet mich attraktiv. Und er flirtet ständig mit mir. Heilige Scheiße, es macht mich verrückt, wie er mit mir flirtet.* Den ganzen Abend schon macht er immer wieder kleine Andeutungen, Anspielungen und provoziert mich. Dieser Kerl macht mich wahnsinnig. Trotzdem will ich Eishockeyspieler bleiben. Hätte ich ihn nicht nach meiner Karriere treffen können? Wenn ich alt bin und nicht mehr spielen kann? Ich seufze. Bis dahin ist er bestimmt verheiratet.

Ich stütze mich neben dem Waschbecken ab. Meine Selbstbeherrschung ist dahin und bevor ich zu den anderen gehe, sollte ich sie wohl wiederfinden. Herr Gott, es kann doch nicht sein, dass ich nach ein bisschen Alkohol so durchdrehe. Es ist ja nicht so, als wäre ich in Archer unsterblich verliebt; er ist lediglich attraktiv. Punkt.

Kurz schließe ich die Augen. Ich muss diesen Abend nur irgendwie überstehen. Und ich werde einfach nicht mehr trinken, wenn er in der Nähe ist, bis ich mich wieder im Griff habe; also so richtig im Griff habe. Bis ich nicht mehr auf sein Flirten reagiere oder gar eingehe, bis es mir egal ist, wenn er mich ansieht und bis ich nicht mehr nervös werde, wenn ich mit ihm spreche. Das alles wird ganz schnell wieder vorbeigehen. Ja genau. Das geht vorbei. Zufrieden nicke ich mir selbst zu und verlasse die Toiletten.

Leider laufe ich nur einen Moment später geradewegs in Archer hinein.

„Oh Mist", murmle ich. „Sorry, ich hab dich nicht gesehen", entschuldige ich mich schnell und brauche einen Moment zu lange, um zu verstehen, wie nah wir uns gerade eigentlich stehen.

„Nicht schlimm", meint er direkt und lächelt dann

„Lässt du mich durch oder überlegst du noch, mit auf die Toilette zu gehen?", fragt er und etwas zu schnell schüttle ich den Kopf, bevor ich zum Tisch zurückgehe. Ich habe nicht daran gedacht, zumindest nicht, bis er es erwähnt hat. Leider entstehen vor meinem inneren Auge jetzt Bilder davon, was wohl passiert wäre, wenn ich genau das getan hätte. *Heißer Sex mit Archer.* Gut, das Klo ist nicht der schönste Ort für so etwas, aber ich bin mir aus irgendeinem Grund trotzdem sicher, dass es verdammt guter Sex wäre.

Ich versuche nicht mehr mit Archer zu sprechen, klinke mich in eine andere Konversation ein und es klappt erstaunlich gut, mich nicht von ihm ablenken zu lassen. Niemand bekommt es mit und ich habe nicht mehr das Gefühl, ein stotternder Schuljunge zu sein, sobald ich etwas sagen möchte.

Schließlich aber macht das Hattrick's zu. Wir durften schon fast eine Stunde länger bleiben, aber irgendwann reicht es. Die Meisten rufen sich gerade einen Uber, so auch ich, als Archer zu mir kommt.

„Sollen wir uns wieder einen Wagen teilen?", fragt er grinsend.

„Ähm... sicher", antworte ich verwundert. Um die Kosten kann es hier nicht gehen. Ich weiß sein genaues Gehalt zwar nicht, aber es wird nicht so gering sein, dass er sich keinen Uber leisten kann.

„Cool", lächelt er und mustert mich.

„Was ist?"

„Du bist hübsch", sagt er geradeheraus und meine Augen werden groß. „Shht!"

„Was denn?", möchte er irritiert wissen und sieht sich um.

„Niemand hört zu. Du brauchst nicht direkt Panik zu haben."

„Ich habe keine Panik."

„Na klar", grinst er und streicht sich durch die Haare. *Kann ich das nicht bitte mal machen?*

Ich sehe zu den anderen. Duncan und Lane steigen gerade in einen Wagen und nur noch die Hälfte der anderen ist hier.

„Uber für Elliot?", fragt der nächste Fahrer und ich nicke, verabschiede mich noch von den anderen und klettere nach Archer hinten auf die Rückbank. Unsere Knie berühren sich, als ich mich setze und die Tür schließe und plötzlich hüllt uns eine angenehme Stille ein.

„Es war ein schöner Abend", lächelt Archer und sieht auf unsere Beine, die sich nach wie vor berühren. Es ist ein kleiner Viersitzer. Es gibt keinen mittleren Sitz. *Was solls.*

„Fand ich auch", erwidere ich. Mein Herz schlägt schnell, aber das nehme ich kaum wahr. *Daran ist bestimmt der Alkohol schuld.* Archer sieht mich an. Er hat sehr schöne Augen. Und er hat schöne Lippen. Die Farbe lädt zum Küssen ein. Vorsichtig legt er eine Hand auf meinen Oberschenkel. Es ist angenehm. Vorhin wäre das nicht okay gewesen, aber jetzt? Es sind nur wir beide hier… Dann ist das bestimmt kein Problem. Außerdem möchte ich gar nicht, dass er sie wegnimmt. Ich sehe von seiner Hand zu ihm und befeuchte unbewusst meine Lippen.

Er wendet seinen Blick nicht von mir ab, sondern fängt an, kleine Kreise zu zeichnen. Ein Schauer läuft mir über den Rücken.

„Archer…", sage ich leise und er nimmt sofort seine Hand weg.

„Was?" Verwundert sehe ich ihn an.

„Ich sollte das nicht machen. Du hast mir oft genug gesagt, dass das nicht okay ist", erwidert er, aber schnell schüttle ich den Kopf und schnappe mir seine Hand, ehe ich sie wieder auf meinen Oberschenkel lege.

„Elliot, du bist betrunken", merkt er an.

„Und? Du doch auch", kontere ich lediglich und zucke mit den Schultern. Er lächelt und nickt. „Ein bisschen", lacht er leise. *Oh Gott, ist das süß.*

Dann mache ich das, was ich vorhin schon tun wollte. Vorsichtig lasse ich meine Finger durch seine Haare gleiten. Sie sind weich. Bestimmt riechen sie gut. *Ach was.* Natürlich tun sie das, ich weiß ja, wie sein Shampoo riecht. Dümmlich grinsend streiche ich immer wieder durch die Haarpracht und merke erst gar nicht, dass er mich amüsiert ansieht. Außerdem kommt er immer näher.

„Elliot?"

„Mhm?"

Er zögert.

„Was ist, Archer?", möchte ich wissen und sehe auf seine Lippen.

„Wir sind da", unterbricht der Fahrer uns plötzlich und ich zucke zusammen. Archer seufzt genervt und lässt den Kopf hängen, als ich meine Hand wieder zu mir genommen habe.

„Danke", sage ich knapp und steige aus. Archer tut es mir gleich und wir stehen uns auf dem Bürgersteig gegenüber.

„Was kriegst du?"

„Mhm?"

„Für den Uber."

Ich winke ab. „Lass gut sein, ich hätte es ja so oder so bezahlt." Er nickt. „Danke."

„Kein Problem", lächle ich und versuche mit mir selbst zu diskutieren. Das klappt nicht wirklich. Ich finde die Gegenargumente nicht mehr. Ich bin mir sicher, dass sie vor ein paar Stunden noch da waren und bestimmt auch ganz logisch, aber jetzt sind sie aus meinem Kopf verschwunden.

„Ich… gehe dann mal", meint er zögerlich und möchte loslaufen.

„Nein", widerspreche ich ihm und sehe wieder auf seine Lippen. Ich kann einfach nicht anders.

„Nein?", grinst er.

„Hier ist niemand und wir sind beide betrunken", antworte ich und mache einen kleinen Schritt auf ihn zu.

„Und jetzt?", fragt er provokant. „Willst du etwa doch zugeben, dass du mich vorhin schon abschleppen wolltest?"

„Abschleppen ist zu viel gesagt", entgegne ich trocken. „Aber ich will zumindest wissen, was hinter deinen Andeutungen steckt, wie viel deiner Versprechungen du wirklich einhalten kannst und was heiße Luft ist." Wir stehen kaum einen halben Meter voneinander entfernt. Archers Lippen verziehen sich zu einem verschmitzten Lächeln.

„Ach so ist das. Und wieso stehen wir dann noch hier auf der Straße?" Oh, okay. Ich hätte nicht gedacht, dass er wirklich darauf eingeht. Genau das scheint er zu sehen, denn jetzt sieht er mich amüsiert an. „Oh Elliot. Das hätte mir klar sein sollen." „Was denn?", frage ich verwirrt. „Dass du es nicht machen wirst, dass du nur bluffst." erklärt er. *Ich bluffe doch nicht!* Und es hätte ihm klar sein müssen? *Also bitte.*

Ohne weiter darüber nachzudenken, lege ich eine Hand an seinen Nacken, ziehe ihn zu mir und küsse ihn. Er zuckt nicht einmal. Seine Arme schließen sich um mich und er erwidert den Kuss. *Heilige Scheiße, der Kerl kann küssen.* Er lächelt kurz und ich kann nicht anders, als es auch zu tun.

„Und? Willst du, dass ich mit reinkomme?", fragt er leise und ich küsse ihn wieder. Er schmeckt so gut. Er fühlt sich so gut an. Ich kann nicht anders, als ihn wieder zu küssen. Archer öffnet seinen Mund und unsere Zungen tanzen miteinander. Ich will mehr von ihm. Meine Finger streichen durch seine Haare, die andere habe ich an seinem Hemd und ziehe ihn enger zu mir.

„Komm schon", murmle ich und löse mich widerwillig von ihm, bevor ich den Haustürschlüssel herauskrame. Als ich aufschließe, drückt Archer sich an mich. Er küsst meinen Nacken und meinen Hals und ich stöhne leise auf. Dann legt er einen Arm um meinen Bauch, zieht mich zu sich heran und ich merke deutlich, dass es ihn scharf macht, was gerade geschieht. Provokant bewege ich meinen Hintern an seinem Schritt und öffne dann die Tür.

„Verdammt, Leighton", murmelt er, schließt die Tür und küsst mich im selben Augenblick wieder. Er drückt mich gegen die Wand und ich keuche auf. Er küsst meinen Hals, saugt an meiner Haut und seine Hände gleiten unter mein Oberteil. Fordernd und verlangend ziehe ich ihn an mich, lecke über seine Oberlippe und wieder öffnet er sofort seinen Mund ein Stück mehr. Mein Verstand hat sich ausgeschaltet. Es ist mir egal, was ich alles tun und lassen sollte. Es ist mir egal, dass ich noch vor einigen Stunden felsenfest behauptet habe, dass es niemals so weit kommen wird; jetzt gerade kann und will ich nicht von ihm ablassen. Blind knöpfe ich sein Hemd auf und dränge ihn dabei zur Treppe.

„Schlafzimmer?"

„Fuck, ja", murmle ich und das Hemd fällt auf den Boden. Ich habe seinen Oberkörper zwar schon einmal gesehen, aber *heilige Scheiße*. Von Nahem sieht er noch besser aus. Die Sonne hier in Atlanta hat seine Haut geküsst und seine Tattoos runden das Bild ab.

„Du kannst mich auch oben noch ansehen", flüstert Archer und greift beherzt nach meinem Hintern. Ich nicke schnell und dränge ihn die Treppe hoch. Meine Hand liegt auf seinem Rücken und streicht über seine warme Haut. Herr Gott, selbst seinen Rücken finde ich schön.

„Die Tür links", sage ich schnell und schubste ihn aufs Bett. Ohne zu zögern, zieht der heiße Mann mich auf seinen Schoß, küsst mich und vernebelt meine Sinne. Mein Oberteil fällt zu Boden und unsere Körper pressen sich wie von selbst aneinander.

„So viel dazu, dass du hetero bist."

„Versaue es jetzt nicht", warne ich ihn und er schmunzelt.

„Mache ich nicht." Bevor ich etwas sagen kann, küsst er mich wieder und öffnet meine Hose, ehe er seine Hand unter den Stoff schlüpfen lässt. Er greift mir in den Schritt und rau stöhne ich auf.

„Fuck. Mach schon."

Ich stoße meine Hüfte nach vorne und sein Daumen streicht provozierend über meine empfindliche Spitze. Er küsst wieder meinen Hals, meine Schultern und seine andere Hand liegt an meinem Rücken. Die Ekstase wandert kribbelnd meinen Rücken herab. Schnell stoße ich ihn nach hinten und öffne seine Hose. Er tritt sie weg und liegt schließlich nackt in meinem Bett. *Hallelujah.*

„Komm schon", provoziert er und legt die Hände unter den Kopf. Grinsend und nur zu gerne, komme ich der Aufforderung nach, umschließe seine harte Länge und er schließt genießend die Augen. Er ist schön, sehr. Er lässt mich machen, zerfließt unter meinen Berührungen förmlich. Unsere Lippen treffen aufeinander und ich merke, dass er seine Hände an meine Arme gelegt hat.

„Fuck, Elliot", stöhnt er und küsst mich wieder. Die Töne, die er von sich gibt, sind heiß, treiben mich weiter an und als er immer höher treibt, kann ich meinen Blick einfach nicht abwenden. Er spannt sich an, zieht mich zu sich und dann spüre ich, wie er seiner Lust den Raum verschafft, die sie braucht. Er kommt über meine Hand und atmet flach. Ich schnappe mir vom Nachttisch ein Taschentuch und mache mich sporadisch sauber.

Archer sieht mich lächelnd an.

„Gut?", frage ich trotzdem schmunzelnd nach. Er nickt.

„Jetzt du." Es ist keine Frage und ehe ich mich versehe, hat er mich zur Seite gedrückt.

„Ich will wissen, wie du schmeckst", sagt er unverblümt und meine Eier ziehen sich zusammen. Wer genau meine Hose öffnet und sie von meinen Beinen streift, weiß ich nicht, aber auch sie fällt zu Boden. Mein Blut beginnt schon zu kochen, als er nur seine Hand um meinen Schwanz schließt, aber als er dann mit einem Mal seine Lippen über meine Spitze stülpt, keuche ich laut auf, stöhne und vergrabe meine Hände in seinen Haaren. Archer lässt mich machen. Tief nimmt er mich in seinen Mund auf. Ich stoße meine Hüfte immer wieder nach oben und drücke meine Beine an seinen Oberkörper. Er sieht zu mir auf und als er im selben Moment meine ganze Härte entlang leckt, stöhne ich auf.

„Fuck, Archer..." Ich ficke seinen Mund, aber es scheint ihn nicht im Geringsten zu stören. Stattdessen leckt er wieder über meine Spitze, umgreift den Rest meines Schwanzes und legt seine andere Hand an meine Eier. Das gibt mir den Rest. Tief in seinem Mund komme ich und lasse mich von der Welle dieses berauschenden Gefühls mitreißen. Grinsend leckt er sich über die Lippen, als er sich von mir löst und über mich klettert.

„Gut?", fragt er provokant.

„Das weißt du", erwidere ich und ziehe ihn in einen Kuss.

„Worüber denkst du nach?", fragt er und streicht durch meine Haare.

„Es ist anzüglich", stellt er fest und ich lächle scheinheilig.

„Schlimm?"

„Vielleicht?"

„Mhm. Blöd. Dann hättest du meinen Schwanz vielleicht nicht auf diese Weise lutschen sollen", antworte ich trocken und er fängt an zu lachen. „Tragisch aber auch."

Archer Swan weiß, was Sarkasmus ist? Das ist neu. Aber es gefällt mir. Sehr.

„Also?"

„Ich will dich vögeln", sage ich geradeheraus under scheint nicht einmal überrascht zu sein. „Und das tust du nicht, weil?"

„Wir immer noch angetrunken sind", erwidere ich. Der Alkoholpegel in meinem Blut ist nicht mehr so hoch, wie vorhin noch, aber nüchtern bin ich definitiv noch nicht.

„Ich hab Hunger", meint Archer plötzlich. „Deine Küche ist unten?"

Ich nicke perplex. Ohne sich seine Kleidung wieder zu nehmen, geht er aus dem Raum. Ich laufe ihm nach.

„Ich will ein Käsetoast", meint er dann und geht an meinen Kühlschrank. Ich lehne mich an die Wand und sehe ihm zu.

„Was ist?", fragt er verwundert, aber ich schüttle nur den Kopf.

„Mach nur." Er mustert mich.

„Dann hast du Energie für eine zweite Runde", füge ich hinzu und mustere ihn ganz bewusst, während er sich den Toast macht.

Archer grinst anzüglich. „Ich dachte schon, du kannst nicht mehr." Er kommt auf mich zu und verwickelt mich in ein verführerisches, heißes Zungenspiel.

„Los, iss deinen Käsetoast", lache ich, aber er küsst mich nur wieder. Mit Leichtigkeit hebe ich ihn auf die Arbeitsplatte.

„Jetzt will ich wissen, wie dein Mund sich anfühlt", meint er und ich lecke mir über die Lippen. Anders als vorhin bestimmt Archer jetzt nicht. Er krallt sich an die Arbeitsplatte, als ich vor ihm auf die Knie gehe und ihn mit meiner Zunge und meinem Mund um den Verstand bringe.

Es dauert nicht lange, bis er lauter und tiefer stöhnt. Ich lasse von ihm ab.

„Elliot! Mach schon!", fordert er, aber vorher stehle ich mir einen weiteren Kuss.

„Geduld hast du nicht, kann das sein?"

„Verdammt, ich gedulde mich, seitdem ich dich das erste Mal in der Kabine gesehen habe!", flucht er und ich küsse seine Spitze. Sein Kopf fällt in den Nacken und ich sauge stärker. Gleichzeitig pumpe ich mit einer Hand und halte mit der anderen seine Hüfte fest. Er kommt direkt auf meiner Zunge. Lächelnd sehe ich auf. Er braucht einen Moment, um zu Atem zu kommen, aber die Zeit reicht aus, um mir den vergessenen Käsetoast zu klauen.

„Ey!", beschwert er sich, aber ich lehne mich nur an die Kücheninsel.

„Verdiene es dir."

„Oh bitte." Er kommt auf mich zu, drückt ein Bein zwischen meine. Er legt den Toast weg, küsst mich und greift gleichzeitig nach meinem Schwanz.

„Jetzt will ich noch ein Spiegelei dazu", fordert er wenig später, als wir verschwitzt und außer Atem in der Küche am

Kühlschrank stehen und er sich den Käse erneut raus nimmt. Den ersten Toast esse ich gerade.

„Ich habe es verdient, meinst du nicht?", grinst er, küsst mich kurz und bedient sich dann.

„Mach ruhig", lache ich und nehme mir selbst noch ein Wasser. Ich sehe zu, wie Archer am Herd steht. Er hat sich meine Schürze genommen, die ich sowieso nie nutze, aber ansonsten die Kleidung weggelassen. Es ist scharf und mir kommt der Gedanke, dass ich ihn gerne öfter so sehen würde.

Wir sind beide wieder nüchtern, mehr oder weniger zumindest, aber ich denke gar nicht daran, diese Situation anzuzweifeln. Nicht jetzt; das kann ich auch immer noch machen, wenn er nicht mehr da ist. Jetzt gerade denke ich nicht an die NHL, meine Vorsätze und all das. Jetzt gerade bin ich zufrieden, einem praktisch nackten, attraktiven Mann dabei zuzusehen, wie er sich in meiner Küche nach mehreren Runden heißem Sex Spiegeleier brät. Er dreht sich um, lächelt wissend und gibt mir eine zweite Gabel.

„Bist du schwul?", fragt er einen Moment später.

„Reicht es nicht, dass du gerade zwei Orgasmen hattest?", entgegne ich. Er zuckt mit den Schultern. „Hetero bist du nicht."

Ich sage nichts dazu, doch das stört ihn offenbar nicht. Wir essen auf, ich stelle die Sachen weg und bevor ich fragen kann, was als nächstes passiert, verschränkt er meine Finger mit seinen und zieht mich wieder, an der auf dem Boden liegenden Kleidung vorbei, die Treppe hoch.

9. Kapitel

Mein Wecker klingelt viel zu früh. Unzufrieden drehe ich mich um und tippe so lange auf meinem Handybildschirm blind herum, bis er ausgeht. Einen Moment lang halte ich meine Augen noch geschlossen. Ich habe ein bisschen Kopfschmerzen, aber keinen ausgereiften Kater. Nach einer Dusche und einem Tee sollte es mir wieder gut gehen. Ganz auf der Höhe bin ich noch nicht, als ich seufze, mich aufsetze und mich strecke. Dann aber fällt mir wieder ein, wieso ich so müde bin; also mehr als sonst, wenn wir mit dem Team im Hattrick's waren. Kurz halte ich inne, traue mich dann aber doch, zur Seite zu sehen.

„Fuck", murmle ich leise und starre den Mann in meinem Bett an. Er liegt auf dem Bauch und die Decke reicht bis zur Mitte seines Rückens. Kurz überkommt mich der Gedanke, ihn zu berühren, aber ich reiße mich zusammen und lasse es sein.

Plötzlich dreht er seinen Kopf und öffnet seine Augen. Einen Moment lang sieht er mich nur an, ehe er „Guten Morgen" sagt und seine raue Morgenstimme mir einen Schauer über den Rücken jagt.

„Hi", antworte ich unbeholfen. „Ich… ähm… gehe mal eben duschen", murmle ich und verschwinde aus dem Bett. Ich merke erst, als ich aufstehe, dass ich nackt bin. Kurz denke ich darüber nach, mir meine Boxershorts zu schnappen, aber bis ich die vom Boden aufgehoben und angezogen hätte, bin ich schon aus der Tür raus. Im Badezimmer angekommen atme ich tief durch. *Was eine Scheiße.* Das hätte nicht passieren dürfen. Wie viel habe ich denn getrunken, dass es mich nicht interessiert hat, was die Folgen dieser Nacht sein könnten? Ich gehe den Abend durch und muss feststellen, dass ich ein paar Shots zu viel getrunken haben muss. Dann fällt mir wieder ein, dass *ich* derjenige war, der Archer geküsst und anschließend in mein Haus geschliffen hat. Ich denke einen Moment darüber nach, einfach so lange unter der Dusche stehenzubleiben, bis er gegangen ist, aber ich hab nicht mehr viel Zeit, bis ich los muss. Widerwillig steige ich aus der Dusche, schnappe mir mein Handtuch und als ich das Schlafzimmer wieder betrete, ist Archer glücklicherweise nicht mehr da. Schnell ziehe ich mich an und gehe runter in die Küche. *Was ist, wenn er schon aus dem Haus ist?* Sollte ich mit ihm darüber reden, was geschehen ist? Der Kerl hat keine Ahnung von der NHL und vermutlich weiß er ebenso wenig, welchen Rattenschwanz diese Nacht haben könnte. *Oh Gott, bitte nicht.* Mir wird eiskalt bei dem Gedanken, dass ich womöglich meine Karriere beendet habe, nur weil ich unbedingt wissen wollte, wie der neue Pressemanager im Bett ist. *Ganz große Klasse, Leighton.*

Als ich in der Küche ankomme, sehe ich eben diesen Mann am Herd stehen.

„Ähm… du machst Frühstück?", stelle ich das Offensichtliche fest. Verwundert dreht er sich um. Er trägt nur seine Shorts.

„Ich mache Omelette. Ich hoffe, du hast nichts dagegen."

„Nein, alles gut."

„Ich habe Tee aufgesetzt. Ich wusste nicht, welchen du zum Frühstück trinkst, also habe ich den Earl Grey genommen, der war am leersten", meint er und erstaunt sehe ich ihn an.

„Den trinke ich morgens meistens", nicke ich und hole die Milch aus dem Kühlschrank.

„Möchtest du auch Milch in den Tee?"

„Nein danke." schüttelt er den Kopf. „Ich habe mich am Orangensaft bedient", fügt er hinzu und deutet auf das Glas, das auf dem gedeckten Frühstückstisch steht. Ein bisschen merkwürdig ist diese Situation schon und ich hadere noch, ob ich ihn darauf ansprechen sollte, oder nicht. Archer verteilt das Omelette auf die Teller und setzt sich. Ich tue es ihm gleich und fange an zu essen.

„Du hättest das nicht machen müssen, das weißt du?"

Er zuckt mit den Schultern. „Ich hatte Hunger und du musst auch Frühstücken, also wieso nicht?" Ich nicke nur. „Wann musst du los?", fragt er dann.

„In etwa einer halben Stunde", antworte ich mit einem Blick auf die Uhr. *Ob wohl irgendjemand der Jungs gestern etwas mitbekommen hat?* Hoffentlich nicht!

„Schmeckt es dir nicht?", möchte Archer plötzlich vorsichtig wissen.

„Nein, das Omelette ist gut!" widerspreche ich schnell. „Wie kommst du darauf?"

„Du schaust so… unzufrieden."

Ich schüttle den Kopf. „Nein, das ist es nicht. Keine Sorge."

„Sondern?"

„Mhm?"

„Du meintest gerade, es liegt nicht am Frühstück, woran liegt es dann?", hakt er nach und ich verdrehe die Augen. Das reicht offenbar als Antwort, denn er lehnt sich zurück und sagt: „Es liegt an letzter Nacht."

„Archer…"

„Willst du mir als Nächstes sagen, dass es ein Fehler war und dass du gar nicht auf Typen stehst, sondern der Alkohol an allem Schuld war?"

„Das ist es nicht."

„Sondern? Du kannst mir nicht erzählen, dass ich der erste Mann bin, mit dem du Sex hattest, nicht so wie du gestern…"

„Nein, bist du nicht", unterbreche ich ihn und stöhne genervt.

„Bist du nicht, zufrieden? Aber ich habe einfach Schiss, okay? Ich habe keine Ahnung, ob einer der Jungs etwas davon mitbekommen hat, geschweige denn, ob es nicht doch irgendwie rauskommen wird. Dann bin ich geliefert und kann meine Ausrüstung im Prinzip so, wie sie ist, in die Tonne hauen", rege ich mich auf und drücke mit Daumen und Zeigefinger auf meine Nasenwurzel. „Du verstehst das nicht. Du bist neu in dieser Branche, aber das darf nicht rauskommen."

Er sieht mich nur an, scheint nicht einmal überrascht zu sein. „Ich hatte mir so etwas in der Art gedacht", meint er schließlich.

„Ich bin mir sicher, dass ich nicht mit reingekommen wäre, wenn ich nicht auch getrunken hätte, aber das ist passiert und ich werde mich nicht dafür entschuldigen."

„Das sollst du ja auch nicht", antworte ich schnell. „Ich weiß nur nicht... wenn das jemand rausbekommt, dann..."

„Und wer?", fragt er lächelnd. „Niemand hat irgendetwas mitbekommen, Elliot, wirklich nicht. Du hast mich geküsst, als wir hier bei dir waren. Wir waren mutterseelenallein auf der Straße und in der Kneipe haben wir zwar geflirtet, aber du glaubst doch nicht wirklich, dass das jemand mitgekriegt hat, oder? Niemand deiner Kollegen hat auch nur den Hauch einer Ahnung. Für die meisten ist es sowieso kategorisch ausgeschlossen, dass ein Eishockeyspieler auf Typen stehen könnte, also mach dir darüber keine Gedanken", beruhigt er mich.

„Ich werde nichts sagen", meint er anschließend direkt und erleichtert atme ich auf.

„Ich mag dich Elliot und ganz abgesehen davon möchte ich diesen Job behalten. Das werde ich nicht, wenn ich in die Welt herausposaune, dass wir Sex hatten und gleichzeitig würde das bedeuten, dich nicht wiederzusehen."

Perplex sehe ich ihn an. „Du willst also..."

Amüsiert antwortet er: „Möchtest du es aussprechen, oder soll ich raten, was du gerade denkst?"

„Idiot", antworte ich, schmunzle aber dabei.

„Ich bereue es nicht, mit dir ins Haus gegangen zu sein. Und ich bereue den Sex nicht."

Ich lächle und nicke dann. *Oh ja, er war ziemlich gut.*

„Ich habe keine Ahnung, wohin das hier führt, aber wenn es nach mir ginge, könnten wir es einfach ausprobieren, meinst du nicht?"

„So etwas, wie eine Affäre?", frage ich vorsichtshalber. Er zuckt mit den Schultern. „Wenn du es so nennen willst. Für eine Beziehung ist es definitiv zu früh, aber nur Kollegen zu sein, ist mir ehrlich gesagt zu wenig, zumindest, außerhalb der Eishalle", erklärt er und ich brauche einen Moment, um zu verstehen, was hier gerade geschieht.

„Also willst du das, obwohl ich so tue, als wäre ich ein absolut heterosexueller Sportler?"

„Ein Versuch ist es doch wert; einfach etwas Spaß haben." Ich lächle. „Da wäre ich wohl ziemlich dämlich, diesen Vorschlag abzulehnen, oder?"

„Vermutlich", schmunzelt er und mustert mich bewusst auffällig.

„Aber du versprichst, dass wir geschäftlich ganz normale Kollegen sind?", betone ich erneut.

„Ja, Elliot. In der Halle werde ich deinen Arsch nicht ansehen", meint er provokant und ich schüttle lachend den Kopf. „Besser ist es, schließlich bist du da, um zu arbeiten."

Ich räume die Küche auf, als Archer ebenfalls kurz unter die Dusche springt.

„Ich fahre eigentlich immer mit dem Rad zum Trainingscenter", fällt mir ein, aber er winkt ab. „Ich muss sowieso noch kurz nach Hause, mich umziehen und meine Sachen für die Arbeit holen. Vor dem Spiel wirst du mich nicht wiedersehen, weil ich ins Büro muss", erklärt er.

„Dann bist du heute Abend da?"

„Klar. Auf Social-Media soll schließlich live übertragen werden, was geschieht", meint er nickend und sieht kurz auf sein Handy. „Ich will keinen Stress machen, aber wir sollten los", stellt er fest.

Als ich mein Rad aufschließe, bleibt er noch kurz stehen. „Morgen ist ein freier Tag. Du könntest nach dem Spiel mit zu mir."

„Hast du es schon wieder so nötig? Haben dir die drei Runden letzte Nacht nicht gereicht?", frage ich amüsiert.

Er lächelt scheinheilig. „Du meintest doch vor ein paar Stunden noch, du würdest mich am liebsten richtig vögeln, aber wenn du nach dem Spiel lieber nach Hause willst, kann ich das natürlich auch verstehen", meint er trocken, verabschiedet sich und lässt mich dort perplex stehen.

Ob wir wirklich heute wieder Sex haben? Man könnte meinen, ich sei ein pubertierender Teenager, so oft, wie ich den Tag über daran denke. Und dabei sollte ich mich gerade im Moment auf etwas ganz anderes konzentrieren. Ich wollte immer Karriere machen. Jetzt, wo ich schon wirklich weit gekommen bin, habe ich die Chance noch besser zu werden und was passiert? Es taucht einfach so ein Kerl in meinem Leben auf und bringt alles durcheinander. Seit der Schulzeit ist mir das nicht mehr passiert und ich verstehe nicht, weswegen ich bei Archer nicht widerstehen konnte. Vom Alkohol mal abgesehen. Jahrelang hat es immer gut geklappt; natürlich haben in dieser Zeit Leute meinen Weg gekreuzt, auf die ich unter anderen Umständen zu gegangen wäre und die ich nicht unattraktiv fand, aber noch nie ist es so eskaliert. Nicht einmal geflirtet habe ich sonderlich oft und jetzt *das.* Es waren bisher nicht einmal eine Handvoll Männer, die ich, wenn ich ehrlich zu mir selbst bin, schon ganz gerne näher kennengelernt hätte. Es hat immer gut geklappt, mich auf das Spiel und die NHL zu fokussieren, nur dieses Mal nicht und ich weiß verdammt nochmal nicht, wieso. Beim Training war Archer noch nicht da, aber kurz bevor wir zum Aufwärmen aufs Eis gehen, taucht er natürlich auf.

„Hallo zusammen", lächelt er und geht zur Bande, um ein Foto von den aufgestellten Pucks zu machen.

„Da ist aber jemand gut gelaunt", stellt Duncan fest, aber Archer lässt sich nichts anmerken.

„Du siehst aus, als hättest du gerade ziemlich guten Sex gehabt", meint Kenny amüsiert und Archer zuckt mit einer Schulter. „Ein Gentleman schweigt und genießt." Ich kann nicht anders als ein bisschen zu lächeln, auch wenn ich es zu verhindern versuche. *Scheiße ja, der Sex war verdammt gut!*

„Dann kann die Frau sich ja glücklich schätzen", lacht Duncan und Archer schmunzelt. „Ich hoffe doch."

„Also bist du in einer festen Beziehung?", fragt Kenny und nimmt sich seinen Helm.

„Nein, wir schauen, wohin es führt", antwortet er ehrlich.

„Klingt, als würde da ein *aber* kommen", meint Ian grinsend.

„Kein aber. Es ist gut, wie es ist und sollte es wirklich irgendwann etwas Ernstes werden, gebe ich euch Bescheid", meint er entspannt. Mein Herz allerdings schlägt mir bis zum Hals bei der Vorstellung, es könnte etwas Ernstes werden. Ich weiß nur nicht, ob das vor Aufregung oder vor Angst ist.

„Erde an Elliot?" Ich zucke zusammen. Lane sieht mich verwirrt an. „Wo bist du heute nur mit deinen Gedanken?"

„Sorry", winke ich ab und folge den anderen aufs Eis. Wenn es sogar schon auffällt, wie unkonzentriert ich bin, muss ich mich ab sofort wirklich zusammenreißen. Ob ich Archer wohl doch lieber sagen soll, dass wir es bei dieser Nacht belassen und nicht wiederholen sollten? Theoretisch habe ich dieses Konzentrationsproblem nicht mehr, aber mein Bauchgefühl sagt mir, dass es nur schlimmer und nicht besser werden würde. So kann ich zumindest ab und zu dem Drang, Archer nah zu sein, nachgeben und drehe nicht noch irgendwann vollkommen durch. Das Warm Up läuft gut und wir gehen wieder vom Eis, kurz bevor die Pre-Game-Show beginnt. Es sind nur wenige

Minuten, bis es losgeht. Warren ermutigt uns noch einmal, Lane spricht mit Drew und Archer macht mit Ian ein kurzes Video für Instagram und die anderen Social-Media-Kanäle. *Wieso macht er das Video nicht mit mir?* Ich seufze innerlich. Ian ist der Rookie. Natürlich interessieren sich die Fans dafür, wer dieser Kerl ist. Mich kennen sie schon seit mehr als zwei Jahren, da ergibt es nur Sinn, dass Archer sich gerade Ian ausgesucht hat. Kurz sieht er zu mir.

„Viel Glück heute", meint er und ich lächle kurz. „Danke."

„Und lass dir bloß nichts brechen oder so", fügt er leise hinzu und aus irgendeinem mir unerfindlichen Grund weiß ich, dass er damit meint, dass es eher ungünstig wäre, wenn ich mich nach dem Spiel schonen und ausruhen muss, weil ich verletzt bin.

„Das wird nicht passieren", verspreche ich zuversichtlich. Kenny ist der Erste, der aufs Eis geht. Lane folgt und der Rest der ersten Reihe ist kurz danach auch auf der weißen Fläche. Wir anderen setzen uns auf die Bank. Archer steht neben Drew dahinter und filmt den Spielbeginn.

Im ersten Drittel kassieren wir direkt ein Gegentor und kurz danach folgt das Zweite.

„Scheiße, das zählt doch nicht etwa!", beschwert Kenny sich. Lane hatte den Puck eigentlich schon, aber der Spieler von Colorado drückt ihn weg und schießt dann nach. In der Halle wird es laut. Das geht gar nicht. Wenn der Goalie den Puck hat, dann hat man das zu akzeptieren. Fast augenblicklich ist Duncan dort am Tor und schubst den Kerl weg von Lane. Ich höre nicht, was sie sagen, aber ich weiß, dass Duncan wütend ist. Verständlicherweise. Er schmeißt seine Handschuhe weg und die des anderen Spielers folgen. Duncan prügelt sich so gut wie nie, aber es ist immer etwas anderes, wenn es um den Goalie geht. Der Typ von Colorado hatte seinen Helm nicht zu. Manche Spieler machen das nicht, ich finde das ziemlich dämlich. Dadurch landet dieser Helm auf dem Eis und Duncan schlägt zu. Er steckt zwar auch ein, aber scheinbar ist es kein wirklich harter Treffer. Die Schiedsrichter pfeifen; Duncan hat gewonnen und der andere rappelt sich gerade wieder auf. Ich habe ihn noch nie gesehen, es ist ein Rookie. Duncan fährt, ohne noch etwas anderes zu machen, zur Strafbank, aber ihm war vorher klar, dass er das muss. Die Schiedsrichter sehen sich das Videomaterial an. Kein Tor. Erleichtert atme ich auf, dann springe ich über die Bande und durch den Kampf gerade, ist jedem einzelnen von uns anzumerken, wie sehr wir dieses Spiel nun noch mehr gewinnen wollen. Nur dreißig Sekunden später landet die Scheibe im Netz. *Endlich der Ausgleich.*

Nur wenige Minuten vergehen, bevor es in die nächste Pause geht. Nach zwei Dritteln steht es erst eins zu eins. *Das sind definitiv zu wenig Tore.* Duncan ist schlecht gelaunt, als er in die Kabine kommt.

„Alles gut bei dir?", fragt Kenny, aber Duncan winkt ab. „Halb so wild. Der Rookie hatte keine Ahnung, was er da tut, aber er wollte unbedingt selbst kämpfen."

„Gegen den Enforcer hättest du auch verloren", merkt Lane an und mustert Duncan.

„Das hättest du nicht tun müssen, es wurde sowieso nicht als Tor gezählt", fügt er hinzu, aber Duncan verdreht nur die Augen. „Halt die Klappe, Shelton."

„Keiner von uns hätte das einfach ignoriert", merkt Gibson an. Er hat recht und Lane weiß das eigentlich auch.

„Ist bei dir alles gut? Hat er deine Hand erwischt?", fragt Duncan Lane und man merkt ihm an, dass er sich langsam, aber sicher wieder abregt.

„Ja, alles cool, sonst wäre ich nicht auf dem Eis geblieben", meint er lächelnd und trinkt einen Schluck, bevor er nach einem Schokoriegel greift, die Drew immer für uns in den Pausen in die Umkleide bringen lässt. Ein bisschen Zucker tut bei einem Spiel immer gut, aber zu viel essen sollten wir nicht. Archer schnappt sich auch einen und stellt sich wieder an die Tür und sieht auf sein Handy.

„Wow, es schreiben wirklich viele, dass Duncan absolut richtig gehandelt hat", stellt er fest.

„Hast du den Kampf hochgeladen?", fragt Lane und Archer nickt. „Ja, ich hab eine Umfrage gemacht, ob der Kampf gerecht fertig ist, nachdem der Spieler von Colorado auf unseren Goalie losgegangen ist."

„Über 80% der Leute haben bisher auf *ja* gedrückt", meint er lächelnd. „Das ist ein guter Schnitt. Das bedeutet, dass der Kampf wahrscheinlich auch in einigen Zusammenschnitten auf YouTube landen wird. Wobei die Meinung ganz klar dahin geht, dass es gerechtfertigt war, den Kampf zu starten und das ist gut für die Promo für Lightning", erklärt er.

Die Motivation und der Drang zu gewinnen bleibt und so starten wir ins nächste Drittel. Colorado spielt offensiver und gleichzeitig auch aggressiver. Die Bodychecks werden härter und auch die Stimmung im Publikum kocht immer weiter hoch. Da drückt Duncan plötzlich einen der anderen Spieler weg, dieser fällt daraufhin und sofort ist ein anderer zur Stelle. Dass der Typ gefallen ist, liegt aber eher daran, dass er über seine eigenen Füße gestolpert ist, als daran, dass Duncan ihn gedrängt hat. Es war der Rookie von Colorado und jetzt steht unserem Verteidiger der Enforcer der anderen Mannschaft gegenüber.

Duncan geht darauf ein und innerlich haue ich mir die Hand vor die Stirn. *Wieso ist er so dämlich? Das gewinnt er nie!* Es dauert nur einige Sekunden, bis der Rookie plötzlich dazu kommt. Das geht gar nicht. Ein Kampf ist zwischen zwei Spielern, nicht drei. Sie stehen neben dem Tor und ehe irgendjemand reagieren kann, zieht Lane Duncan nach hinten. Dadurch verhindert er, dass Duncan einen Schlag abbekommt, der sehr wahrscheinlich direkt sein Gesicht getroffen hätte. Der Rookie pöbelt wieder Lane an. Lane kämpft nicht oft, kann es aber. Gibson stellt sich zwischen den Rookie und Lane, da wirft dieser plötzlich seine Handschuhe weg. Der Enforcer von Colorado hat schon einige Zeit seine nicht mehr an. Gibson drückt den Rookie aufs Eis, bevor der Kampf zwischen den beiden überhaupt begonnen hat. Lane allerdings braucht ein wenig länger und gewinnt vermutlich auch nur, weil sein Helm mehr schützt als die der anderen Spieler. Gibson muss auf die Bank und Duncan sitzt für Lane die Strafzeit ab.

„Ich dachte der Goalie kämpft nicht?", fragt Archer mich leise. Ich nicke nur. Eigentlich ist das auch so, aber keine Regel ohne Ausnahmen. In diesem Spiel gibt es mehr Kämpfe als Tore. Wir gewinnen zwei zu eins. *Ein verdammtes Fußballergebnis.* So etwas ist nicht gerne gesehen, aber immer noch besser als eine Niederlage.

„Was sollte das denn bitte? Wieso hast du mich weggezogen?", hört man Duncan schon wütend fragen, noch bevor wir in der Umkleide angekommen sind.

„Sag doch einfach danke", meint Lane genervt und beginnt, die Ausrüstung abzulegen. Duncan setzt sich und schüttelt den Kopf.

„Der Kerl hat mich herausgefordert, nicht dich."

„Ach was", meint Lane nur und Duncan schnaubt. „Jetzt stehe ich dar, als könnte ich nicht kämpfen."

„Du hast schon am Rookie gezeigt, dass du das kannst, jetzt reg dich ab und sei einfach froh, dass du keine gebrochene Nase oder einen gebrochenen Kiefer hast, denn genau das wäre dabei herausgekommen", antwortet Lane mit ernstem Blick. Duncan antwortet darauf nicht und geht als erster in die Dusche.

„Er hätte es nicht gepackt", meint Kenny einen Moment später und nickt Lane zu. „Das wird aber nicht zur Gewohnheit", fügt er direkt hinzu. „Wenn Duncan unbedingt kämpfen will, kann er das machen, er wird dann ja sehen, wohin das führt."

Nach und nach gehen wir in die Dusche. Duncan ist die schlechte Laune immer noch anzumerken. Augenrollend nehme ich mir mein Duschgel und überlege ein Gespräch anzufangen, aber wir sind alle ziemlich geschafft und ich bin mir sicher, dass jeder hier froh ist, gleich ins Bett zu fallen. In diesem Moment fällt mir wieder ein, dass ich gleich nicht direkt schlafen werde. Scheiße, ich werde etwas ganz anderes tun. *Wo ist Archer überhaupt?* Schnell wasche ich mir noch die Haare, denn ich merke, dass meine Gedanken einfach keine Ruhe geben wollen. Muss das jetzt wirklich sein, wo ich gerade unter der Dusche stehe? Mir ist zum Glück nichts anzumerken, aber ich muss es nicht drauf ankommen lassen. Um die Trikots und die Ausrüstung müssen wir uns wie immer nicht selbst kümmern. Auf dem Weg nach draußen laufe ich zwar Drew und Warren über den Weg, aber ich habe keinen blassen Schimmer, wo Archer hin ist. Ob er wirklich schon abgehauen ist, ohne etwas zu sagen?

Dann aber bekomme ich eine Nachricht. Er hat mir eine Adresse geschickt. Er wohnt wirklich nur ein paar Minuten von mir entfernt. Schmunzelnd stecke ich mein Handy wieder weg und schwinge mich aufs Fahrrad. Meine Beine brennen zwar, aber ich brauche für die Strecke sogar fünf Minuten weniger als sonst und das, obwohl Archer noch ein Stück weiter weg von der Arena wohnt als ich.

105

10. Kapitel

Eine Viertelstunde später schließe ich mein Rad an einem Straßenschild an und sehe das Haus an. Ein Mehrfamilienhaus, braun und beige mit Balkonen. Die ganze Straße entlang ziehen sich diese ziemlich gleich aussehenden Häuser und ich muss noch einmal auf mein Handy sehen, um nach der Hausnummer zu schauen. Einen Augenblick lang schwebt mein Finger über dem Klingelschild, ehe ich draufdrücke und wenige Sekunden später reingelassen werde. „Nach ganz oben", höre ich Archer sagen. Er steht an der Tür, hat eine lockere schwarze Hose an und ein schlichtes Shirt, nicht mehr den Anzug von vorhin. Er sieht mindestens genauso gut aus, wie noch in der Arena.

„Hi", sage ich unschlüssig, nachdem er die Tür hinter mir geschlossen hat.

Die Wohnung ist modern eingerichtet, sieht aber irgendwie aus, wie aus dem Katalog eines Möbelhauses.

„Hast du Hunger?", fragt Archer und geht durch das Wohnzimmer in die offene Küche.

„Ähm… sicher", antworte ich und bin für einen Moment lang verwirrt. Essen wir jetzt wirklich oder war das eine Metapher? Fast zeitgleich knurrt mein Magen. Archer hat gekocht. Seit wann ist er denn schon hier?

„Das ist von gestern übrig, ich hab es gerade warm gemacht", meint er. Es ist ein Auflauf. Ich frage gar nicht erst, was es ist, denn es riecht gut und wie ich wenig später feststelle, kann Archer wohl kochen.

„Möchtest du ein Bier?"

„Sicher", antworte ich und nicke dankend.

„Das Spiel heute war gut", meint er und sieht sichtlich unbeholfen aus.

„War es nicht", widerspreche ich. „Ein paar Kämpfe sind ja in Ordnung, aber heute wurde das Spiel alle drei Minuten unterbrochen."

„Dem Publikum hat es gefallen", meint Archer, ich zucke mit den Schultern. „Schon, aber so sollte es nicht sein. Die Kämpfe gehören zwar dazu, aber stell dir mal vor, es wäre immer wie heute. Da könnte man auch direkt Boxer statt Eishockeyspieler aufs Eis stellen", erwidere ich. Archer nickt verstehend.

„Geht es Lane gut?"

„Ja. Duncan ist angepisst wegen ihm, aber der kriegt sich wieder ein."

„Meinst du, Lane hätte sich nicht einmischen sollen?", fragt Archer nachdenklich, aber ich zucke nur mit einer Schulter.

„Lane weiß, was er tut und er meinte vorhin, dass Duncan sonst nicht unverletzt vom Eis gekommen wäre und damit hat er wahrscheinlich recht. Duncan ist kein Kämpfer. Mich hat es ja schon gewundert, als er im ersten Drittel auf den Rookie losgegangen ist, anstatt das jemand anderen regeln zu lassen", gebe ich zu. Ich mustere Archer. „Alles okay?"

„Was soll sein?", fragt er schnell und lächelt kurz.

„Du wirkst irgendwie weggetreten. Wenn dir das heute zu viel war und du lieber deine Ruhe möchtest, dann…"

„Nein! Ach was, es ist nichts. Ich hab das nur so noch nie live gesehen, also so viele Kämpfe so schnell hintereinander", meint er und winkt ab. „Ich schätze, daran werde ich mich gewöhnen."

Ich werde aus ihm nicht schlau. Er hat absolut nichts mit Eishockey am Hut; ob es jetzt die NHL oder irgendeine andere Liga ist; es ist nicht seine Sportart. Wieso also arbeitet er jetzt für Atlanta Ice Lightning? Wenn er einen Job bei einem NHL-Club bekommt, sollte er sich nicht schwer damit tun, woanders eine Anstellung zu finden.

„Ich habe mich informiert", meint er und räuspert sich. „Wie das mit der NHL und Homosexualität ist." Überrascht sehe ich ihn an und antworte: „So viele Kontaktpunkte gibt es da nicht." „Habe ich auch herausgefunden. Ich dachte wirklich nicht, dass es so schlimm ist." Entschuldigend sieht er mich an. „Ich hab von einem Spieler gelesen, der sich geoutet hat und dann rausgeekelt wurde. Ich dachte nicht, dass das so krass ist. Ich dachte hier und da fallen doofe Sprüche, die Presse macht sich darüber her, aber dass man deswegen tatsächlich gefeuert werden kann?"

„Deswegen ja nicht", antworte ich sarkastisch. „Man ist plötzlich nicht mehr gut genug. Man wird erst in die letzten Reihen verschoben, dann spielt man irgendwann gar nicht mehr und schließlich heißt es, man sei erst krank gewesen und dann schlicht und ergreifend nicht mehr so gut wie vorher gewesen." Ich lache bitter. „Ich will das nicht, Archer. Deswegen sage ich nichts dazu."

„Das verstehe ich jetzt wohl etwas besser", meint er und seufzt. „Tut mir leid, dass ich so darauf beharrt habe, dass du was dazu sagst. Ich dachte, es ist schon nicht so schlimm, wenn du es nur mir sagst, dabei hattest du recht. Wir kennen uns noch nicht lange und noch dazu bin ich für die Pressearbeit und die Promo zuständig."

„Schon ok", winke ich ab. „Ich meine, jetzt weißt du es ja sowieso. Ich bin nicht hetero, sondern schwul. Überraschung", sage ich trocken und er grinst. „Dann hat sich die Mühe ja doch ausgezahlt."

„Sonst wäre ich wohl kaum hier", entgegne ich.

Er schmunzelt und bringt die Teller zur Spüle. „Ich wusste nicht, ob du wirklich herkommst", meint er und dreht sich um. Er lehnt an der Arbeitsplatte und hat seine Handballen links und rechts an die Kanten gelegt.

„Ich habe es mir offensichtlich nicht anders überlegt", antworte ich. „Es muss nur zwischen uns bleiben. Wenn das jemand mitbekommt, bin ich am Arsch und so weit werde ich es nicht kommen lassen."

„Das ist mir klar", erwidert er und kommt auf mich zu. „Dann haben wir das geklärt, oder?" Er mustert mich und hält mir seine geöffnete Hand hin. „Oder bist du hier, damit wir den ganzen Abend nur reden?"

„Oh bitte." Ich verdrehe die Augen und stehe auf. „Wo ist das Schlafzimmer, Mister Swan?", frage ich provokant und er nimmt meine Hand, geht vor und nur zu gerne folge ich ihm. Er stößt die Tür auf und drängt mich hinein. Unsere Blicke treffen sich und mir wird augenblicklich wärmer. Für einen Moment stehen wir uns gegenüber, dann vergrabe ich meine Hand in seinen Haaren, ziehe ihn zu mir und küsse ihn endlich.

Ich bin seit fast einer Stunde hier und warte, aber *verdammt*, noch länger werde ich nicht einfach nur essen und reden. Ich achte nicht wirklich auf meine Umgebung. Ich weiß, dass wir in seinem Schlafzimmer sind, das reicht an Information. Einen Arm habe ich um seine Taille gelegt und drücke seinen Körper an meinen. Archer seufzt auf. Herr Gott, ich will ihn gleich stöhnend unter mir liegen sehen! Meine Hand wandert wie von selbst zu seinem Hintern und beherzt greife ich zu. Durch die Kleidung spüre ich im selben Augenblick, dass es ihn scharf macht. Zufrieden lächle ich und stoße meine Hüfte ein wenig nach vorne. Archer stöhnt mit rauer Stimme leise auf und nimmt meinen Mund dann wieder in Beschlag. Er kann küssen. Und wie! Seine Lippen sind weich und verführen mich mit jeder verstreichenden Sekunde erneut. Archer drückt mich sanft, aber bestimmend in Richtung des Bettes. Bevor er mich allerdings auf die Decke schubsen kann, drehe ich das Spielchen um und kurz danach sitzt er zwischen den Kissen. Schon fast gierig zieht er mich zu sich heran, aber mindestens genauso ungeduldig klettere ich zu ihm und als ich ihn wieder küsse, lasse ich eine Hand unter seinem Oberteil verschwinden. Eine Hand hat er in meinen Haaren vergraben, die andere liegt auf meinem Rücken, zieht mein Shirt höher und kurz löse ich mich von ihm, damit er mich ausziehen kann.

„Los, dein Hemd muss weg", fordere ich und er knöpft es auf, aber das dauert mir zu lang. Kurzerhand ziehe ich es ihm über den Kopf und werfe es neben das Bett. Augenblicklich küssen wir uns wieder und ich erschaudere, als sich unsere nackten Oberkörper treffen.

„Fuck, Archer", keuche ich und rolle meine Hüfte gegen seine. Er stöhnt auf und mit einer Hand nestelt er an meiner Hose herum. Schnell ist sie offen und mit einer flüssigen Bewegung verschwinden seine Finger unter dem Stoff.

„Fuck", keuche ich auf und drücke meine Nase an seinen Hals, als er seinen Daumen über meine Spitze gleiten lässt und gleichzeitig meine Schulter küsst.

„Fick mich, Elliot", fordert er und das allein reicht, damit ich stöhnen muss. Ich setze mich auf, öffne seine Hose und ziehe die restliche Kleidung, die er trägt, nach unten und lasse sie auf den Boden fallen. Er ist heiß. *Heilige Scheiße.* Archer leckt sich über die Lippen, sieht mich mit lustgetränktem Blick an und deutet auf den Nachttisch an der Seite.

„Sicher?", frage ich trotzdem. Er verdreht die Augen.

„Ich habe nicht gesagt, du sollst herkommen, damit wir zusammen stricken", entgegnet er trocken. Ich ziehe die Schublade auf und greife nach dem Gleitgel und hole umständlich mit einer Hand ein Kondom aus dem Karton. Beides lege ich neben uns und küsse ihn wieder. Seine Hand liegt wieder an meinem Rücken und er drückt mich an sich ran.

„Scheiße, mach", fordert er und macht sich wieder an meiner Hose zu schaffen. Schnell ziehe ich sie aus, schmeiße sie zu den restlichen Sachen und schließlich sind wir beide komplett nackt.

„Hattest du schon mal mit einem Mann Sex?", frage ich trotzdem, da ich ihm nicht wehtun möchte.

„Meinst du, sonst würde ich so einfach sagen, dass du mich jetzt vögeln sollst?", fragt er und verdreht amüsiert die Augen.

„Schon gut, ich möchte dir nur nicht weh tun." Er sieht mich für einen Moment an. „Wirst du nicht."

„Und da bist du dir so sicher?", frage ich und öffne die Tube. Archer möchte etwas erwidern, aber die Worte werden durch das tiefe, raue Stöhnen verschluckt, dass seinen Mund verlässt, als ich einen Finger in ihn gleiten lasse. Er schließt genießend die Augen, als ich einen zweiten Finger ins Spiel bringe. Er ist nicht so eng, wie ich erwartet hatte. Er seufzt auf, als ich meine Finger in ihm bewege und dabei seinen Oberkörper küsse.

„Mehr! Sei nicht so zimperlich!", verlangt er und überrascht sehe ich ihn an. Dann aber wandert mein Blick zu der noch geöffneten Schublade des Nachttisches.

„Wann hast du's dir besorgt?", will ich wissen.

„Was?", fragt er leise und ich nehme einen dritten Finger hinzu, was ihn wieder stöhnen lässt.

„Oh Archer… meinst du wirklich, ich merke das nicht?", frage ich leise und küsse seinen Hals.

„Mhm… heute Vormittag, als ich nach Hause gekommen bin", gibt er zu und im selben Augenblick entziehe ich ihm meine Finger. Er sieht auf und möchte schon protestieren, aber da sieht er, dass ich die Kondompackung gerade öffne. Er nimmt sie mir ab. Mit der freien Hand streicht er über meinen Oberkörper runter zu meiner Hüfte und meinen Oberschenkeln. Wieder leckt er sich über die Lippen und es macht mich schier verrückt, das zu sehen. Er lächelt verschmitzt. Scheiße, er weiß, dass mich das anmacht. Dann greift er um meinen harten Schwanz und ich stöhne auf. Wenn ich nicht wüsste, dass ich ihn gleich vögeln darf, würde ich ihn darum bitten, seine Hände nicht mehr wegzunehmen.

Er zieht mich zu sich heran, küsst mich und dreht uns plötzlich um. Ehe ich reagieren kann, sitzt er auf meiner Hüfte, sieht auf mich herab und seine Finger tanzen über meine erhitzte Haut.

„Fuck, mach schon!", fluche ich und lege meine Hände an seinen Hintern. Für einen Moment hält er inne, blickt mich einfach nur an. Meine Atmung ist flach und mein Blut beginnt zu kochen; dann lässt er sich auf mir nieder und empfängt mich heiß und eng in sich. Langsam gleite ich in ihn. Ich kann meine Augen nicht von ihm lassen; sein Kopf leicht nach hinten gelegt, die Augen geschlossen und der Mund ein wenig geöffnet. Immer wieder keucht und stöhnt er, seufzt genießend und gibt sich diesem Gefühl hin. *Hallelujah, wie kann jemand so verdammt heiß aussehen?* Einen Moment später bewegt er sich und ich glaube, in diesem Augenblick verabschieden sich meine Gedanken vollständig. Archer fühlt sich wahnsinnig gut an; sein Körper ist perfekt und er weiß ganz genau, was er tut. Er vögelt mich um den Verstand. Er nimmt sich, was er braucht und wenn es nach mir geht, darf er das ab jetzt jeden Tag machen. Wie soll ich nur je wieder etwas anderes als das hier wollen?

„Elliot…", stöhnt er und heizt mich dadurch noch mehr an. Ich stoße meine Hüfte passend zu seinem Rhythmus nach oben und er krallt sich in meinen Schultern fest. Sein Schwanz steht an seinem Bauch nach oben und seine Spitze glänzt verräterisch. Voller Lust drehe ich uns wieder um. Ich will ihn jetzt nehmen. Archer keucht auf und sieht mich an, grinst und wirft stöhnend seinen Kopf in den Nacken, als ich in ihn stoße.

„Oh scheiße, so gut", keucht er und drückt seine Schenkel seitlich gegen meine Hüfte und seine Finger in meinen Rücken. Immer schneller und stärker ficke ich ihn. Die Küsse sind unkontrolliert, verlangend und fordernd. Archer spannt sich an, sein Griff wird kräftiger und da lege ich eine Hand um seine Erregung. Im gleichen Tempo pumpe ich seine Mitte. Er erzittert, stöhnt wieder meinen Namen und als er sich noch enger um mich zusammenzieht, komme ich keuchend und stöhnend tief in ihm. Die Lust überflutet mich, gleitet meinen Rücken herab und durchfährt meinen Körper wie tausend Stromstöße.

Der Kuss wenig später ist so sanft; ich bin mir sicher, ich wurde so noch nie geküsst. Archer greift nach einer Packung Taschentücher aus der Schublade und säubert seinen Oberkörper. Wieder sehe ich kurz zur Schublade. Archer folgt meinem Blick und fängt an zu lachen.

„Was, dachtest du, ich lebe keusch?", fragt er.

„Ich mag einfach die Vorstellung, dass du dich selbst gefickt hast und dabei an mich gedacht hast", antworte ich provokant.

„Wer sagt, dass ich dabei an dich gedacht habe?", fragt er unschuldig.

„Oh bitte", grinse ich.

„Ich werde dazu nichts weiter sagen", beschließt Archer.

„Hast du noch mehr davon?", frage ich und verwundert sieht er mich an.

„Mehr… Spielzeug?"

Ich nicke und er sieht auf den schwarzen Vibrator in der Schublade.

„Nicht wirklich", antwortet er schulterzuckend. „Wieso fragst du?"

„Man wird doch wohl fragen dürfen."

„Was hast du denn so bei dir?"

„Nicht wirklich viel", antworte ich schulterzuckend.

„Ich hatte in letzter Zeit nicht viel Sex oder irgendetwas, was über einen One-Night-Stand hinausreicht."

„Und wir haben schon zweimal Sex gehabt, ich fühle mich geehrt", lacht er.

„Vielleicht kaufe ich bald noch ein bisschen was ein", überlege ich laut und sehe ihn fragend an.

„Reicht es dir nicht, mich so zu vögeln?", fragt er, aber ich sehe, dass er es nicht ernst meint.

„Ich meine ja nur, dass die Möglichkeit durchaus besteht, dass es noch besser werden kann", antworte ich. Archer schüttelt lachend den Kopf. „Jetzt brauche ich erst einmal etwas zu trinken."

„Und dann?", frage ich, nicht sicher, ob ich jetzt gehen sollte. „Dann will ich einen Käsetoast", antwortet er und lächelt scheinheilig. Ich bin einen Moment nicht sicher, was er damit meint, aber als er fragt, ob ich auch etwas trinken oder im Bett warten möchte, weiß ich, dass er gerade definitiv keinen Hunger hat.

„Du hast morgen frei", meint Archer fast zwei Stunden später, als wir nebeneinander auf dem Bett liegen und sich meine Atmung seit einigen Minuten wieder beruhigt hat.

„Ja, ausnahmsweise", antworte ich und sehe zu ihm. Er stützt sich auf einen Unterarm und lächelt.

„Bleib hier", bittet er mich.

„Was?"

„Es ist mitten in der Nacht, du musst morgen früh nicht zum Training und ich kann auch etwas später im Büro erscheinen. Also bleib hier."

„Ähm… okay", antworte ich verwundert und (wenn ich ehrlich zu mir selbst bin) etwas überfordert. Ich hatte nicht damit gerechnet, bis morgen früh hier zu bleiben. Ich bin davon ausgegangen, mich gleich auf den Weg nach Hause zu machen.

Ich mustere Archer, während ich darüber nachdenke und streiche ihm durch die verschwitzen und wirren Haare. Er lächelt und auf einmal ist es ungewohnt still in diesem Raum. Einige Minuten bleibt es so, ehe Archer die Decke über uns zieht und meine Hand in seine nimmt.

„Auf die Gefahr hin, dass du jetzt gleich abhaust; seit wann weißt du schon, dass du nicht hetero bist?", fragt er leise und ich seufze. „Ich schätze, so langsam kann ich es dir sagen", gebe ich nach und spiele an seinen Fingern herum. „Das vorhin war mein erstes Outing", stelle ich amüsiert fest. „Mehr oder weniger zumindest."

„Ich dachte, du hättest schon einmal was mit einem Mann gehabt?", fragt er verwundert.

„Ich hatte nur Sex mit Männern, bei denen ich sicher war, sie nie wieder zu sehen. Das betrachte ich nicht wirklich als Outing, weißt du? Bisher war es nur einmal anders. Damals in der Schule gab es einen Jungen, den ich sehr mochte. Wir waren fünfzehn und er war einer meiner besten Freunde. Ich dachte, es ist ganz normal, dass der beste Freund einem so wichtig ist, aber als ich dann meinen ersten Sextraum von ihm hatte, wurde mir langsam klar, dass das zwischen Freunden doch nicht so alltäglich ist", erzähle ich und bin amüsiert darüber, wie dämlich ich damals war.

„Jedenfalls habe ich da schon Eishockey gespielt. Er war in der gleichen Mannschaft. Es kam immer wieder vor, dass wir nach dem Training zusammen geduscht haben, also mit dem Team." Ich erinnere mich noch genau, wie panisch ich damals geworden bin. „Er stand auch unter einer der Duschen, nackt, und da sind meine Gedanken mit mir durchgegangen. Du kennst das ja; als Teenager macht der Körper sowieso, was er will."

Archer nickt schmunzelnd.

„Jedenfalls bin ich aus der Dusche gelaufen und habe gesagt, ich hätte vergessen, dass ich einen Arzttermin hätte. Ich weiß bis heute nicht, ob jemand etwas gemerkt hat, oder ob ich doch schnell genug war. Zumindest hat mich nie jemand darauf angesprochen", erzähle ich weiter und lasse meine Finger nun über seine Brust tanzen.

„Wenig später hat besagter Junge, Noah, erzählt, dass seine Familie umziehen müsste und er deswegen auch weggeht. Er durfte eine Abschiedsparty machen. Seine Eltern sind abends ausgegangen. Das war das erste Mal, dass ich getrunken hab. Ich hab keine Ahnung, wer damals so viel Alkohol besorgt hat. Noah war es nicht, aber auch er war total blau. Jedenfalls habe ich das Badezimmer gesucht, aber wie es der Zufall wollte, bin ich in seinem Zimmer gelandet, wo er gerade seine Jacke holen wollte, weil es frisch draußen im Garten geworden ist." Ich weiß noch ganz genau, wie überfordert ich mit dieser Situation war, von der ersten Erfahrung mit Alkohol mal ganz abgesehen.

„Er meinte dann, dass es sowieso schon egal wäre und dass er ja in ein paar Tagen wegziehen würde, hat die Tür geschlossen und mir gesagt, dass er in der Dusche mitbekommen hätte, dass ich einen Ständer gekriegt habe."

Archer schmunzelt. „Das ist ziemlich direkt."

Ich nicke. „Ja, aber er hatte ja recht. Irgendwie habe ich ihn geküsst, weil ich wissen wollte, wie das ist, nur so zum Ausprobieren. Aber dann hat er den Kuss erwidert."

„Klingt doch eigentlich ganz schön", meint Archer leise.

„War es auch. Wir hatten Sex. Wir wollten es beide und wenn ich daran zurückdenke, war es wohl nicht das Klügste, es betrunken zu machen und während seiner Party. Aber es war so. Scheiße, wir haben uns dabei so dumm angestellt", lache ich. „Er war mein erster Kuss und mein erstes Mal, ein paar Tage danach ist er weggezogen und der Kontakt ist irgendwann abgebrochen." Ich zucke mit den Schultern. „Gleichzeitig wurde die Sache mit dem Eishockey ernster und der Coach meinte schon, dass ich es weit bringen könnte, wenn ich mich reinhänge. Da habe ich das erste Mal daran gedacht, dass es eine reale Chance gibt, mit Eishockey mein Geld zu verdienen. Und ich wusste, dass ich auf Typen stehe. Ich habe es nie gesagt und das war gut so, denn sonst wäre ich heute nicht hier. Mir ist ziemlich schnell klar geworden, dass es niemand erfahren darf, wenn ich nach oben an die Spitze will. Also habe ich so getan, als wäre ich hetero", erzähle ich. Mir fallen hunderte Momente ein, in denen ich gelogen habe, damit es keiner erfährt.

„Also wissen es nur Noah und ich?", schlussfolgert er. „Nicht einmal deine Familie?"

Ich schüttle den Kopf. „Nein. Ich weiß, ich kann ihnen vertrauen, aber jeder der es weiß, ist einer zu viel. Ich weiß nicht einmal, ob Noah es damals verstanden hat. Ich hatte seitdem nie wieder mit ihm Kontakt. Ich habe weiterhin mit Mädchen geflirtet, aber richtig wohl habe ich mich dabei nie gefühlt, also blieb es auch nur beim Flirten."

Archer nickt verstehend. „Und das nur, damit die Presse davon überzeugt ist, dass du auf Frauen stehst."

„Und die Liga und der Vorstand und das Team. Im Prinzip alle, die irgendetwas mit mir oder meinem Job zu tun haben."

„Scheiße", murmelt Archer und streicht mir durch die Haare.

„Das tut mir leid."

„Ach was, passt schon. Es ist ja meine Entscheidung", antworte ich kopfschüttelnd.

„Du warst nie in einer echten, längeren Beziehung, konntest nie einfach mal flirten und Spaß haben und das nur, weil die NHL aus Hinterwäldlern besteht."

„Aber dafür kann ich meinen Traum leben, meine Geschwister gehen auf Privatschulen und gute Universitäten und das macht mich glücklich. Ich verdiene verdammt gutes Geld und liebe es, auf dem Eis zu stehen", argumentiere ich. „Man kann eben nicht alles haben, was man möchte."

„Akzeptanz sollte meiner Meinung nach selbstverständlich sein", entgegnet er. Ich verdrehe die Augen. „Wo auf dieser Welt ist Akzeptanz bitte selbstverständlich, Archer? Sieh dich doch um. Ich habe es im Vergleich zu anderen wirklich gut getroffen."

Er nickt verständnisvoll. „Danke, dass du mir das erzählt hast."

„Ich hatte einen sentimentalen Moment", antworte ich, aber Archer ignoriert das einfach.

„Das erste Outing ist immer das Schwierigste", meint er ermutigend.

„Wie oft hast du das schon gemacht?", möchte ich wissen. Ich konnte noch nie mit jemandem darüber sprechen und in diesem Moment fühlt es sich schlicht und ergreifend gut an, nicht immer alles nur mit mir selbst vereinbaren zu müssen.

„Keine Ahnung. Oft. Ich weiß noch, wie ich mit meiner Schwester darüber gesprochen habe, als ich mir nicht sicher war, ob ich schwul sein könnte. Sie war mir eine große Hilfe. Dann habe ich es erst meinen Freunden und dann meiner Mum gesagt. Schließlich wussten es immer mehr und am Ende der Schulzeit war es für mich selbstverständlich, dass die Leute es wussten. Ich habe das in der Uni so beibehalten und eigentlich war der Plan, das nie wieder zu ändern."

„Eigentlich?", frage ich verwundert.

„Ich habe inzwischen verstanden, dass die NHL anders tickt und ich bin mir nicht sicher, ob ich hier an die große Glocke hängen sollte, dass ich pansexuell bin", gibt er zu.

„Du machst deinen Job gut, es wird nur von uns Sportlern *verlangt,* dass wir hetero sind." Ich möchte nicht, dass er sich deswegen verstellt.

„Ich möchte aber nicht, dass das zwischen uns endet und falls Gerüchte auftauchen sollten, ist es einfacher, wenn man nicht weiß, dass ich unter anderem auf Männer stehe."

„Ok, wow, so weit hatte ich noch gar nicht gedacht." Erstaunt sehe ich ihn an, fasse dann aber einen Entschluss. „Du wirst dich nicht verstellen und es wird niemand herausfinden. Nur weil du pansexuell bist, heißt das ja nicht, dass du jemanden aus dem

Team flachlegst. Und außerdem bin ich nicht der einzige Spieler, der im Augenblick zufällig Single ist", lege ich fest.

„Bist du dir sicher?"

„Ja." Ich seufze und streiche ihm wieder durch die Locken. „Ich mag es nicht, mich zu verstellen; aber es ist notwendig. Du musst es nicht, also mach es nicht", betone ich noch einmal. Er soll es nicht machen, wenn er seit Jahren schon ehrlich und offen lebt. Ich kenne es nicht anders, deswegen macht es mir deutlich weniger aus, als wenn er das jetzt anfangen würde.

„Okay", lenkt er ein, lehnt sich zu mir und küsst mich.

11. Kapitel

Der freie Tag ist viel zu kurz. Noch einer wäre wirklich nicht schlecht, aber die NHL ist gnadenlos und wer nicht kontinuierlich trainiert, der fliegt raus. Diese Woche haben wir nur Heimspiele und es tut gut, öfter als zwei Tage am Stück, im eigenen Bett zu schlafen. Noch besser ist es, als Archer nach dem Spiel gegen Pittsburgh vor meinem Haus schon auf mich wartet. Nach dem Spiel gegen Nashville sind wir bei ihm. Ich dachte wirklich, wir hätten bereits grandiosen Sex, aber es steigert sich jedes Mal wieder. Es ist unbeschreiblich, was dieser Mann alles mit seinen Händen und seinem Mund anstellen kann. *Herr Gott*, ich denke viel zu oft an diesen verboten guten Sex, den wir im Moment haben. Wir sitzen im Flieger nach New York, wo wir direkt zwei Mal gegen das Team des Big Apple spielen werden. Das ist nicht optimal, aber manchmal ist es nicht vermeidbar. Wir fliegen über Nacht. Nachdem wir gegen Pittsburgh *und* Nashville verloren haben, müssen dringend wieder ein paar Punkte her.

Archer hat sich neben mich gesetzt und arbeitet an seinem Laptop. Ich habe keine Ahnung, worum es geht. Er meinte nur, dass es um einen der Sponsoren geht und dass es dringend ist. Ich sitze also am Fenster, lehne mich daran und schaue auf mein Handy. Eigentlich sollte ich schlafen, aber meine Gedanken wollen keine Ruhe geben. Am liebsten würde ich Archer einfach auf die Flugzeugtoilette ziehen und uns beide in den Mile-High-Club bringen, aber umsetzbar ist das nicht. Da kommt mir ein Gedanke. Wir hatten nur kurz darüber gesprochen und ich habe keine Ahnung, wie Archer dazu steht, aber ein Versuch ist es wert, oder? Mit möglichst neutraler Miene öffne ich einen Onlineshop. Ein Vorteil dieses Jobs ist definitiv das Gehalt, denn ich kann fast alles, was ich gut oder interessant finde, in den Warenkorb legen. Viele Dinge sind es am Ende zwar nicht, aber man läuft ja auch, bevor man rennt.

„Was ist deine Lieblingsfarbe?", frage ich ihn nachdenklich.

„Was?"

„Deine Lieblingsfarbe", wiederhole ich und verwirrt sieht er mich an. Ich lächle unschuldig.

„Ich mag hellblau, wieso… was machst du da?", unterbricht er sich selbst.

„Das ist eine ganz normale Frage."

„Hellblau und Schwarz", antwortet er, ohne mit der Wimper zu zucken und tut so, als wäre alles ganz normal und als hätte ich ihn gerade nicht danach gefragt, in welcher Farbe ich Sexspielzeug kaufen soll. Hellblau und Schwarz also. Beide Farben sind vorrätig, also wird beides in den Einkaufswagen gelegt. Ich lasse es mir nicht nehmen, auch etwas in Rot rauszusuchen. Kurz zögere ich und entferne zwei Sachen wieder. Den Rest bestelle ich zu mir nach Hause. Der Expressversand geht über Nacht. Das bedeutet spätestens übermorgen wird es in New York ankommen und dann sind wir noch dort. Kurzerhand bestelle ich eine Kleinigkeit ins Hotel. Auf der Packung wird etwas anderes stehen. Meine Teamkameraden müssen nicht mitbekommen, wo ich eingekauft habe und die Gefahr besteht durchaus, dass sie zu neugierig sind und dann auch wissen, *was* es ist. Nein, danke, das brauche ich wirklich nicht.

Archer sieht mich etwas später an.

„Was ist?"

„Soll ich fragen?"

„Lass dich überraschen", antworte ich nur und schließe doch die Augen, um noch eine Weile zu schlafen.

Wir landen recht unsanft und ich werde aus dem Schlaf gerissen.

„Guten Morgen. Ich war so frei, deine Sachen zusammenzuräumen", meint Archer und das Flugzeug bremst weiter ab.

„Mhm. Danke", gähne ich und reibe mir über die Augen. Das war zu wenig Schlaf. Man sollte meinen, ich wäre inzwischen daran gewöhnt. *Immerhin hat man keinen Jetlag, wenn man von Atlanta nach New York fliegt.* Es geht wie immer zuerst kurz ins Hotel, wir essen etwas und es geht zur Halle.

Das Spiel ist gut. Hart, aber gut. Archer steht hinter mir, als ich auf der Bank sitze und die erste Runde auf dem Eis geschafft habe.

„Ihr gewinnt das, ganz bestimmt!", sagt er grinsend und sieht wieder aufs Eis. Es vergehen einige Minuten, ich springe aufs Eis zurück. Kurz vor dem Ende des ersten Drittels, erzielt unser Team ein weiteres Tor. Es steht schon drei zu eins. Kenny springt über die Bande. Ian hat das Tor gemacht. Die erste Reihe wäre sowieso wieder dran gewesen, aber wenn jemand sein erstes NHL-Tor schießt, ist das immer etwas Besonderes. Ich weiß noch, wie wahnsinnig stolz ich war, als ich es geschafft habe und daher ist es nicht verwunderlich, dass ich mich, wie das ganze restliche Team auch, besonders über dieses Tor freue.

Wir gewinnen. Zwei Punkte mehr für uns, die wir wirklich gut gebrauchen können. Auch nach dem nächsten Spiel können wir zwei Punkte mehr auf unser Konto schreiben, wenn auch nur nach Verlängerung.

Zurück im Hotel gehe ich direkt zur Rezeption.

„Entschuldigung, heute müsste ein Paket für mich angekommen sein. Für Elliot Leighton?"

Die Dame nickt. „Ich schaue kurz nach, einen Moment."

Da steht plötzlich Drew neben mir. „Post?", fragt er verwundert. Ich nicke schnell. „Ja, meine Schwester hat bald Geburtstag und ich stelle ein kleines Paket zusammen, muss allerdings schnell gehen", lüge ich, ohne zu zögern.

„Liebe Grüße vom Team", meint er und verabschiedet sich. Die anderen sind schon weg, nur Archer steht noch am Aufzug, hat den Knopf aber noch nicht gedrückt. Die Dame kommt wieder. „Hier, bitte sehr."

„Vielen Dank. Schönen Abend noch", wünsche ich. Der Aufzug ist jetzt da und wir steigen ein. Wir sind allein.

„Du hast es hierher bestellt?", fragt er überrascht. „Oder ist das wirklich ein Geschenk für deine Schwester?"

„Scheiße nein", antworte ich direkt. „Eine Sache habe ich herbestellt. Der Rest dürfte morgen in Atlanta ankommen", erkläre ich und sein Blick fällt auf den Karton.

„Möchtest du es öffnen?", frage ich provokant.

„Du hast doch nichts bestellt, um den Karton geschlossen zu lassen", argumentiert er. *Okay, auch wieder wahr.* Es ist niemand auf dem Flur zu sehen; alle sind schon in ihren Zimmern.

„Komm mit", sage ich und öffne meine Zimmertür schnell. Erst, als sie hinter uns ins Schloss fällt, entspanne ich mich wieder. Archer setzt sich aufs Bett und stützt sich auf die Hände.

„Ich habe dich noch gar nicht gefragt, was du alles eingekauft hast."

„Eine Liebesschaukel", antworte ich nur und seine Augen werden groß, aber gleichzeitig fange ich an zu lachen.

„Oh verdammt, fast hätte ich es dir abgekauft."

„Ich dachte, wir fangen mit etwas… Kleinerem an."

„Also?"

„Hier." Ich werfe ihm das Paket zu.

„Ein Plug?"

„Bist du enttäuscht?", frage ich amüsiert und er sieht auf das hellblaue Spielzeug in seiner Hand.

„Oder ist er zu groß?"

„Oh bitte", er verdreht die Augen.

„Gut, sonst wäre der andere wohl unmöglich."

„Der andere, der morgen in Atlanta ankommt?"

„Der Schwarze", nicke ich und gehe auf ihn zu.

„Und was noch so?"

„Mhm… wäre doch langweilig, wenn ich es dir sage", antworte ich und setze mich breitbeinig auf seinen Schoß. Meine Haut kribbelt, als er seine Hände unter mein Shirt schiebt und sie auf meinen Rücken legt, um mich zu sich zu ziehen.

„Ein Seil."

„Standard. Das war leicht", antworte ich nur und er schmunzelt. Wieder greife ich in den Karton und hole das Gleitgel heraus, dass ich ebenfalls hierher bestellt habe.

„Ich habe einen ferngesteuerten Vibratorplug bestellt", meine ich dann. „Der Schwarze."

„Oh… okay. Ferngesteuert?"

„Schlimm?"

„Weiß ich noch nicht", antwortet er, schmunzelt dabei aber. Dann küsst er mich endlich und seufzend lasse ich meine Finger durch seine Haare gleiten und lege die anderen an seinen Nacken. Wir hatten seit Tagen schon keinen Sex mehr und ich kann nicht glauben, wie sehr ich ihn gerade will.

„Eigentlich… mhm… eigentlich wollte ich, dass du den Plug auf dem Rückflug trägst", murmle ich. „Es wäre so heiß zu wissen, dass du deswegen verrückt wirst und nichts machen kannst."

„Der Flug ist viel zu lang", antwortet Archer keuchend und küsst mich wieder tief und verlangend.

„Ich weiß… aber irgendwann. Oder bei einem Spiel… oh fuck."

„Darüber reden wir noch", meint er und grinst kurz, aber ich stoße ihn nur nach hinten in die Kissen.

„Rutsch mal weiter nach oben", fordere ich. Er kommt dieser Anweisung nach, zieht mich zu sich heran und küsst sich meinen Hals entlang.

„Geh ins Bad… Wasch den Plug", murmelt er leise.

„Was?"

„Mach schon", antwortet er und mit zitternden Beinen stehe ich auf. Schnell mache ich das neue Spielzeug unter heißem Wasser sauber, desinfiziere es und trockne es gründlich ab. Archer sitzt auf dem Bett, knöpft sein Hemd auf und mustert mich, als ich wieder komme. „Zieh dich aus."

„Soll ich jetzt etwa strippen?", frage ich belustigt und öffne meine Hose.

„Dagegen hätte ich nichts", antwortet er nur unschuldig und in wenigen Augenblicken entkleiden wir uns beide. Der Plug liegt neben dem Gleitgel. Archer unter mir liegen zu sehen, ist das Heißeste, was ich je gesehen habe. Dieser Mann ist unfassbar attraktiv und wenn ich ihm länger zusehe, wie er sich der Lust hingibt, brauche ich wohl keine Berührung mehr, dass ich komme. Meine Hände streichen über seine Haut, erforschen seinen Körper und ich lerne schnell, wo er besonders empfindlich ist. Wenn ich ihm in die Haare greife, seufzt er fast jedes Mal genießend auf und er ist an seiner Leiste und V-Linie besonders empfindlich, was Küsse angeht. Verdammt, das könnte ich den ganzen Tag machen und ihm zuschauen, wie er es genießt. Ich bereite ihn vor, lasse mir Zeit, denn ich möchte ihm nicht wehtun. Wenig später setze ich den Plug an und mit einer flüssigen Bewegung verschwindet er in ihm. Mein Schwanz sehnt sich bei diesem Anblick nur noch mehr nach Aufmerksamkeit. Archer hat die Hände an meinen Nacken und meinen Oberarm gelegt.

„Fuck, Elliot… mach", stöhnt er und ich lecke über seine Spitze. Gleichzeitig drücke ich den Plug tiefer in ihn und er drückt seinen Rücken durch, stöhnt tief und rau. *Heilige Scheiße.* Ich verwöhne ihn weiter, verschaffe ihm immer mehr Lust, aber kurz bevor er kommt, lasse ich von ihm ab und ziehe gleichzeitig den Plug aus ihm heraus. Schnell greife ich nach dem Kondom, aber da sieht er auch schon auf.

„Scheiße, was soll das?", fragt er, aber ich küsse ihn nur und versenke mich tief in ihm. Er wirft den Kopf in den Nacken, klammert sich an mich und lässt mich machen. So scharf es auch ist, ihn zu verwöhnen und ihm dabei einfach zuzusehen, mindestens genauso wahnsinnig gut ist es, seine Enge um mich zu spüren und immer und immer wieder tief und kräftig in ihn zu stoßen.

Es dauert nicht lange, bis die Lust unsere Körper erfasst und die Ekstase über meinen Rücken zu meiner Mitte gleitet, nur um mich mit sich zu reißen.

„Oh fuck!", stöhnt Archer und kommt einen Moment später. Schwer atmend lege ich mich neben ihn. Das Kondom landet im Papierkorb gegenüber des Bettes.

„Das war eine gute Idee... Sachen zu kaufen", murmelt er und streicht sich die Haare aus dem Gesicht. Ich lächle.

„Dir hat es gefallen", schlussfolgere ich.

„Du weißt aber schon, dass ich jetzt einen gewissen Standard erwarte?", fragt er grinsend.

„Ich hatte nicht vor, es schlechter werden zu lassen", antworte ich lachend und küsse ihn erneut.

Die Nacht verbringe ich allein. Noch etwa eine halbe Stunde ist er hier geblieben, aber dann in sein Zimmer verschwunden. Völlig ausgepowert schmeiße ich meine Sachen von heute zurück in die Reisetasche. Morgen können wir mehr oder weniger ausschlafen. Als ich zum Frühstück komme, sitzt Archer bereits mit Kenny und Drew zusammen und sie schauen auf seinen Computer. Er arbeitet schon wieder? Macht er eigentlich mal etwas anderes, außer arbeiten, essen und schlafen? Gut, wir vögeln zwischendurch, aber so früh am Morgen sollte man sich doch zumindest die Zeit nehmen können, seinen Tee in Ruhe zu trinken, bevor man sich über die Arbeit hermacht.

Ich setze mich zu Ian, der immer noch strahlt, als hätte er gerade den Stanley Cup gewonnen.

„Gut geschlafen?"

Er nickt. „Das war so geil gestern", meint er.

„Davon bekommt man nie genug, aber noch besser ist es bei Heimspielen", stimme ich zu.

„Das ist mein nächstes Ziel", antwortet er entschlossen. Archer kommt zu uns. Er sieht gar nicht erst zu mir, sondern unterbricht unsere Unterhaltung, ohne zu zögern, um mit Ian zu sprechen.

„Das war dein erstes Tor gestern. Ich habe mir gedacht, wir machen gleich ein kleines Q-and-A. Es sind schon dutzende Fragen eingetroffen", erklärt er und Ian sieht ihn etwas überfordert an. „Für Instagram?"

Archer nickt. „Ja genau, gleich im Bus zur Trainingshalle nimmst du das Handy. Ich habe schon einige Fragen rausgesucht, aber mal sehen, was bis dahin noch kommt. Dann antwortest du auf ein paar mit einem Video, das kannst du selbst machen, aber ich muss es mir ansehen, bevor es online geht", erklärt er ihm.

„Alles klar", stimmt Ian zu.

„Gewöhnt man sich daran? Also immer in der Öffentlichkeit zu stehen und so?"

„Es geht. Zwischendurch vergesse ich es tatsächlich, aber ja, irgendwann ist man nicht mehr über jeden Instagram-Post überrascht", nicke ich.

Das Krafttraining heute zerrt an meinen Nerven und ich bin froh um die Physiostunde und die Massage, die für mich heute noch auf dem Programm stehen. Jeder von uns kann und soll dort regelmäßig hingehen, um fit zu bleiben. Und zwischendurch schaffe ich es tatsächlich für zehn Minuten mit meiner Mum zu telefonieren. Den Mädchen und Kian geht es so weit gut, die Schule läuft mehr oder weniger vernünftig und sie hat sich meine Tore der letzten Spiele angesehen. Ich vermisse meine Familie. Am liebsten würde ich jetzt sofort in einen Flieger steigen und für ein Wochenende nach England reisen.

Archer sehe ich den ganzen Tag nicht, dafür laufe ich Lane ständig über den Weg. Er sieht gestresst aus.

„Was ist los?", frage ich, nachdem er mich das dritte Mal vor lauter Eile fast über den Haufen gerannt hat.

„Nichts… ähm… alles gut", stottert er und perplex sehe ich ihm nach, als er die Tür zu den Toiletten aufstößt.

„Weißt du, was mit ihm los ist?", frage ich Duncan am Abend, aber er zuckt mit den Schultern. „Was soll sein?"

„Lane ist völlig durch den Wind", meine ich.

„Habe ich auch mitbekommen", meint Ian. „Vielleicht hat er ja mit seiner Freundin Stress."

„Er hat keine Freundin", meint Duncan direkt.

„Hat ihn denn jemand gefragt?", möchte Kenny wissen.

„Er wollte nichts sagen", antworte ich, als besagter Goalie vom Buffet zurückkommt.

„Was starrt ihr alle so?", brummt er genervt.

„Scheiße, was ist denn mit dir los?", fragt Gibson, aber Lane verdreht nur die Augen. „Nichts, lass gut sein."

„Beziehungsstress?", fragt Ian neugierig.

„Sozusagen", antwortet er nur und ihm ist anzusehen, dass er darüber nicht reden möchte. Lane hat jemanden? Ich wusste nicht, dass er eine Frau kennengelernt hat. Er hatte letzte Saison eine Freundin, aber das hat nicht mehr funktioniert, meinte er. Er war ihr wohl zu viel unterwegs. *Kommt ja auch ganz überraschend, wenn man mit einem NHL-Spieler zusammen ist.* Es braucht keine Worte, damit wir uns einig darüber sind, Lane darauf heute nicht mehr anzusprechen. Er hat selten so schlechte Laune und wenn man es nicht noch schlimmer machen möchte, hält man besser die Klappe.

„Ich rede gleich nochmal mit ihm", beschließt Duncan, als Lane schon hoch in sein Zimmer geht, während wir anderen es uns in der Bar des Hotels gemütlich gemacht haben. „Meinst du, das ist so gut?"

„Ich will wissen, was los ist; wenn er morgen beim Spiel so drauf ist, wird das nichts", entgegnet Duncan.

„Meinst du, es geht um eine Frau?", fragt Kenny.

„Weiß ich nicht, ich glaube es eigentlich nicht", antwortet Duncan schulterzuckend. „Vielleicht ist er einfach mies gelaunt, weil er so wenig Schlaf bekommt."

„Also doch eine Frau!", lacht Gibson und schlägt mit Ian ab. Ich antworte daraufhin nichts.

Es wird später und irgendwann hat sich eine Gruppe junger Frauen zu uns gesellt. Gibson ist anzusehen, dass er sie am liebsten alle mit auf sein Zimmer nehmen würde. *Das wird sowieso nichts.* Kenny denkt das Gleiche, aber wir lassen es uns nicht entgehen, das Schauspiel, was sich uns bietet, zu genießen. Gibson redet mit einer schwarzhaarigen, ziemlich hübschen Frau, aber als er sie nach ihrer Nummer fragt, lacht sie nur und schüttelt den Kopf.

„Wir flirten nicht, nur dass das klar ist", antwortet sie ihm und verwirrt sieht er sie an.

„Ich bin vergeben", meint sie und sieht zur blonden Frau, die sich mit Kenny über irgendetwas anderes unterhält.

„Versuch es erst gar nicht", meint Kenny amüsiert und erst ds versteht Gibson es. „Du bist… mit ihr zusammen?" Perplex sieht Gibson zwischen den Frauen hin und her.

„Oh wow. Der ist echt überfordert", lache ich und Duncan nickt. „Wer kann es ihm verübeln. Heiß ist es schon."

„Mhm", stimme ich zu.

„Ein Versuch ist es doch wert", mein Gibson und trinkt einen Schluck Bier. „Lesben sind einfach heiß."

„Die stehen aber nicht auf Kerle", erinnere ich ihn amüsiert und bin mir gleichzeitig der bitteren Wahrheit bewusst, dass die Jungs zwar alle ein lesbisches Paar ohne Probleme akzeptieren, es bei zwei Typen aber schon ganz anders aussehen wird.

12. Kapitel

„Du ignorierst mich."

Ich zucke zusammen, als Archer mich plötzlich von der Seite anspricht. Wir laufen gerade durch die Tunnel des Stadions. Morgen früh geht es zurück nach Hause.

„Tue ich nicht", antworte ich leise.

„Und ob du das tust", widerspricht Archer, geht aber zum Glück nicht weiter darauf ein. *Ja, ich gehe ihm aus dem Weg.* Er hat nicht einmal mitbekommen, dass ich gesehen habe, dass er mit Duncan gestern in sein Zimmer verschwunden ist. Mein erster Gedanke war, dass Archer es sich wohl zur Aufgabe gemacht hat, die Spieler der Reihe nach abzuschleppen. Dann habe ich mir ins Gedächtnis gerufen, dass außer mir im Team niemand auf Männer steht und schließlich habe ich festgestellt, dass ich vielleicht ein bisschen eifersüchtig war und da wurde es zu viel. Ich sollte definitiv nicht eifersüchtig werden, wenn es um Archer geht. Wir sind kein Paar. *So weit kommt es noch.* Ich habe beschlossen, dass ich etwas auf Abstand gehen werde, zumindest während der Arbeit; was ja auch nur fast immer ist. Ich werde nicht mit ihm flirten und schon gar nicht werde ich ihn vor allen anderen fragen, wieso er gestern mit Duncan ins Zimmer verschwunden ist und nicht mit mir. *Scheiße, nein.* Ich werde mich einfach auf das Spiel konzentrieren und Archer seine Arbeit machen lassen.

Nach dem Spiel, was wir gewonnen haben, fängt er mich wieder ab; diesmal am Aufzug.

„Was hast du?", möchte er wissen, diesmal mit mehr Nachdruck.

„Nichts, alles gut."

„Lüg jemand anderen an", erwidert er trocken und ich verdrehe die Augen. „Scheiße, es ist nichts, lass mich."

„Wenn nichts wäre, hätten wir gleich wahrscheinlich Sex, aber du siehst nicht so aus, als würde das bald geschehen."

Ich sehe mich mit großen Augen um.

„Entspann dich, es ist niemand hier", meint Archer augenrollend.

„Das war Glück."

„Nein, ich habe mich vorher umgesehen. Meinst du echt, ich spreche das so unbedacht laut aus?"

Ich zucke mit den Schultern. Die Aufzugtüren öffnen sich und wir treten ein. *Kann er nicht einen der anderen Aufzüge nehmen? Bitte?*

„Ich kann keine Gedanken lesen, Elliot, aber noch einmal werde ich nicht fragen", stellt er klar und ich seufze. „Es ist dumm."

„Aha?"

„Ich habe dich mit Duncan gesehen", gebe ich zu. Archer sieht mich überrascht an. „Mit Duncan?"

„Ja, gestern. Er ist mit zu dir reingegangen. Wieso auch immer."

„Ich vögle ihn nicht, falls du das denkst", meint er amüsiert.

„Nein, vergiss es wieder."

„Ich brauchte ihn noch kurz für einen Instagram-Post. Er sollte nur die Bildunterschrift lesen, weil sie in seinem Namen ist", erklärt er mir. *Oh.*

„Okay, ist mir egal."

Archer sieht mich trotzdem noch an und schmunzelt. „Nicht, dass du eifersüchtig wirst."

„Bitte. Das kann nicht dein Ernst sein."

„Dann würde es dich nicht stören?"

„Wenn du jemand anderen fickst?"

Archer sieht mich fragend an.

„Doch es würde mich stören", sage ich geradeheraus. „Weil dann bekomme ich nur noch die Reste deiner Kondition ab und das brauche ich nicht." Scheinheilig sehe ich ihn an.

„Wie gut, dass ich mich dazu entschieden habe, mich auf eine Person zu konzentrieren."

„Ich gehe mal davon aus, du meinst mich", antworte ich und lächle verschmitzt. Die Stimmung ist umgeschlagen, ich habe keine Ahnung, wann dieses Knistern zwischen uns wieder angefangen hat, aber es ist definitiv da und ich kann es nicht ignorieren.

„Das musstest du jetzt sagen, oder?", fragt er schmunzelnd, und ich zucke mit den Schultern. Einen Moment später küsst er mich. Es ist nicht so, als würde ich es nicht wollen und als hätte ich nicht darüber nachgedacht, aber ich bin davon ausgegangen, dass wir zumindest bei mir oder ihm auf dem Zimmer wären. Archer ist das egal und ich verschwende auch keinen Gedanken mehr daran. Ich ziehe ihn näher zu mir, öffne meinen Mund und vertiefe den Kuss. Eine seiner Hände gleitet unter mein Shirt und ich seufze leise auf. *Scheiße, ich will ihn heute Nacht noch unter mir liegen und winden sehen!* Ein leises *Pling* ertönt und schnell drücke ich mich von ihm. Er lacht nur leise, die Türen öffnen sich und wir steigen aus dem Aufzug. Ist das gerade wirklich passiert? Haben wir im Aufzug geknutscht, als wären wir Teil irgendeiner kitschigen Serie? Er zieht die Schlüsselkarte aus meiner hinteren Hosentasche, sperrt die Tür auf und drückt mich in das Zimmer. Sobald die Tür geschlossen ist, küssen wir uns wieder. Für Zärtlichkeiten ist keine Zeit, aber das brauchen weder er noch ich in diesem Moment. Wir stolpern zum Bett, ich drücke Archer darauf, und gehe schnell zu meiner Reisetasche.

„Zieh dich aus", sage ich gleichzeitig und als ich mich wieder ihm zuwende, schmeißt er gerade sein letztes Kleidungsstück neben das Bett. Archer ist hart und sieht mich mit ungeduldigem Blick an. *Scheiße, er ist heiß.* Schnell bin ich bei ihm. Er zieht mich aus, während ich seinen Hals und seinen Oberkörper küsse.

„Mach schon", fordert er und stöhnt auf.

„Nicht so laut", murmle ich warnend. Es muss niemand mitbekommen, was wir hier gerade tun.

„Halt mich nicht so hin", antwortet er und ich ziehe meine Shorts aus. Archer zieht mich in einen Kuss, aber stöhnt dann mit rauer und tiefer Stimme auf, als ich direkt zwei Finger in ihm versenke.

„Oh fuck!"

Grinsend beobachte ich ihn, wie er es genießt, mir mit jedem Stoß entgegenkommt. Man könnte sagen, er fickt sich gerade selbst auf meinen Fingern. *Herr Gott, ist das scharf!* Er drückt den Rücken durch, legt beide Hände auf meinen Rücken und zieht mich an sich heran. Unsere Körper treffen aufeinander und gleichzeitig lasse ich einen dritten Finger in ihn gleiten. Archer tastet nach der Kondompackung neben dem Gleitgel.

„Sicher, dass das reicht?"

„Rede nicht so viel", antwortet er nur und greift nach meinem harten Schwanz. Ich keuche auf, schließe kurz die Augen und packe mit einer Hand in seine Locken.

Er verteilt das Gel großzügig auf mir, aber bevor ich ihn nehmen kann, dreht er uns um. Grinsend schwebt er über mir, pinnt meine Hände links und rechts neben meinem Kopf fest und lässt sich auf mir nieder.

„Scheiße… Archer…", stöhne ich auf, versuche nicht allzu laut dabei zu sein, aber meine Selbstbeherrschung schwindet immer mehr. Eng und warm empfängt er mich tief in sich drin und küsst mich wieder.

„Oh Gott!", stöhne ich und schnappe nach Luft, als er schneller wird. Er vögelt mich um den Verstand. Scheiße, der Mann weiß ganz genau, was er tun muss. Archers Lippen entfahren tiefe, aber doch so süße Töne, dass mein Blut zu kochen beginnt. Er stützt sich auf meinem Oberkörper ab, nimmt sich einfach, was er braucht und will. Ich kann meinen

Blick nicht von ihm nehmen. Am liebsten würde ich gerade ein Foto machen; ein Bild nur für mich von diesem Anblick.

„Oh Elliot…", keucht er immer wieder. Meine Hände liegen an seiner Hüfte, streichen über seine Beine, bevor ich seinen Schwanz berühre. Er lehnt sich nach vorne, stützt sich jetzt mit den Händen links und rechts neben meinem Kopf ab und sieht mich mit lusterfülltem Blick an, während ich seine harte Mitte auf und ab fahre. Mit meinem Daumen verteile ich das Precum auf seiner Spitze und sehe zu, wie er wahnsinnig wird. Ich weiß, ich halte nicht mehr lange durch, aber ich will das hier so lange wie möglich erleben und genießen. Wenn es nach mir ginge, könnte es die ganze Nacht so weiter gehen. Die Lust übermannt mich, reißt mich mit sich und ich komme tief in Archer. Wieder stöhnt er auf und schnell ziehe ich ihn zu mir heran, küsse ihn, als er kommt und dämpfe die Laute seiner Ekstase etwas ein.

„Fuck…", murmle ich atemlos, als er sich neben mich fallen lässt und das Kondom in den kleinen Mülleimer wirft. Er trifft sogar. Archer lächelt glücklich. „Dir hat es gefallen."

„So offensichtlich?", frage ich sarkastisch und lache kurz. „Das war verdammt gut."

„Fand ich auch", stimmt er zu, atmet tief durch und fährt sich durch die Locken.

„Ich glaube, ich sollte lieber rübergehen", meint er dann leise.

„Mhm… wahrscheinlich", antworte ich. Denken kann ich immer noch nicht so richtig.

„Morgen Abend komme ich zu dir."

„Tust du das?"

„Ich will wissen, was du eingekauft hast", sagt er geradeheraus und ich schließe die Augen. Dieser Mann macht mich verrückt.

„Okay." Ich sehe zu Archer, grinse und er schmunzelt auch, ehe er mich noch einmal küsst. „Schlaf gut."

Ehe ich reagieren kann, ist er in seine Kleidung geschlüpft.

„Du auch", murmle ich noch völlig benebelt.

13. Kapitel

Nach dem Spiel in New York haben wir einen Tag frei. Die anderen beiden Tage hintereinander haben wir fast ausschließlich Kraft- und Ausdauertraining. Nachmittags stehen wir auf dem Eis, festigen die Spielzüge, die wir alle sowieso schon in- und auswendig kennen und zwischendurch geht es zur Physiostunde und zur Massage. Donnerstag steigen wir in den nächsten Flieger. Es geht nach New York; nicht die Stadt, sondern den Staat. Das nächste Spiel ist gegen Buffalo, also geht es an die kanadische Grenze. Freitag ist das Hinspiel, am Samstag empfangen wir das Team bei uns. Wahrscheinlich fliegen die beiden Teams sogar zusammen von Buffalo zurück nach Atlanta.

Archer konnte ich in dieser Woche nur einmal sehen; viel zu wenig. Im Flugzeug schiele ich immer wieder kurz zu ihm. Er arbeitet schon wieder. Auf einmal dreht er sich um und sieht mich direkt an. Schnell sehe ich weg. *Wie konnte er das merken?*

„Alles okay?", fragt Duncan mich plötzlich.

„Mhm, was?"

„Du bist kirschrot im Gesicht."

„Nein, es ist nichts", antworte ich schulterzuckend und versuche mein Herz zu beruhigen. Wie soll das gut gehen, wenn mein Körper schon so reagiert, wenn er mich nur ansieht? Scheiße, das muss ich dringend in den Griff bekommen.

„Wenn du meinst", meint Duncan daraufhin und ich bin froh, dass er nicht weiter nachfragt. *Das bräuchte ich jetzt noch.* Ich sehe zu ihm und Lane. Der Goalie hat sich an ihn gelehnt und schläft.

„So sahst du letztens auch aus", meine ich amüsiert.

„Was?", fragt Duncan irritiert und sieht zu Lane. Ihm rutscht die Fleecedecke dabei von den Schultern und Duncan zieht sie wieder nach oben.

„Auf dem Flug zum ersten Spiel. Du hast in der Mitte gesessen, so wie jetzt", erzähle ich schulterzuckend. „Und da hast du dich an Lane gelehnt."

„Hat er mir gar nicht erzählt."

„Wieso auch?", antworte ich amüsiert. „Weißt du eigentlich, ob es stimmt, dass er eine neue Freundin hat?", frage ich spontan. Wenn einer aus dem Team das weiß, dann ist es Duncan.

„Äh… ne."

„Du weißt es nicht?", frage ich verwirrt.

„Nein, also doch. Er hat keine neue Freundin." erklärt er schnell. „Er ist im Moment ein bisschen durch den Wind, das hat doch jeder mal", winkt er ab. Glaubwürdig wirkt das zwar nicht, aber ich hake auch nicht weiter nach. Lane wird schon seine Gründe haben, wenn er etwas nicht erzählen will.

„Hast du eigentlich das mit Archer mitbekommen?"

„Ähm… was denn? Vielleicht, keine Ahnung", antworte ich nervös und sehe zu dem Pressemanager.

„Gibson meinte, er hätte da etwas gehört."

„Aha?"

„Na ja angeblich hat irgendjemand mitbekommen, dass der Typ wohl schwul ist." Mit großen Augen sehe ich Duncan an.

„Bitte was?" Ich versuche irgendein Zeichen zu finden, dass Duncan mich gerade verarscht, aber er scheint es ernst zu meinen.

„Keine Ahnung, woher Gibson das weiß, aber glaubst du, das stimmt?"

„Keine Ahnung. Woher soll ich das wissen?", frage ich und sehe wieder kurz zu Archer. Ich weiß, ich hab ihm gesagt, er soll sich nicht verstecken, aber dass es so schnell rauskommt, habe ich nicht erwartet. Ich versuche ruhig zu bleiben, normal zu atmen und die dutzenden Gedanken zu ordnen, die meinen Kopf gerade fluten.

„Ey, Gibson!" Duncan hat sich umgedreht und sieht über die Sitze in die hintere Reihe.

„Mhm?" Unser Kollege nimmt sich die Kopfhörer aus den Ohren.

„Woher weißt du das? Also das mit Swan", fragt er und Gibson antwortet: „Oh, Duckie meinte das." *Das kommt von John?* John Ducks, den wir alle nur *Duckie* nennen, sitzt neben Gibson und nickt.

„Ich war letztens kurz in der Geschäftsstelle und da war Michael mit Archer auf dem Flur. Er hilft ihm wohl noch ab und zu, keine Ahnung. Jedenfalls hat Michael ihn gefragt, wie es ihm so geht und wie er sich in Atlanta eingelebt hat. Dann aber wollte er wissen, ob er inzwischen eigentlich mal wieder jemanden kennengelernt hätte, weil es doch schon so lange her gewesen ist, dass er einen Freund hatte. Also festen Freund.", erklärt er und mir dreht sich der Magen um. *Musste das wirklich jetzt schon passieren?*

„Dann ist der Typ ein Schwanzlutscher", stellt Duncan trocken fest und sieht wieder zu Archer.

„Mhm. Scheint so. Kein Wunder, dass er unbedingt *diesen* Job wollte", meint Gibson trocken.

„Was meinst du?", frage ich, ohne darüber nachzudenken.

„Elliot, er bekommt Geld dafür, dass er den lieben langen Tag Fotos und Videos von Sportlern macht", meint Duckie.

„Oh." Ich weiß nicht, was ich darauf antworten soll.

„Meint ihr, Johnson weiß das?", fragt Duncan, aber beide schütteln sofort den Kopf.

„Mit Sicherheit nicht, sonst wäre er doch schon längst gefeuert. Wir brauchen doch keinen Pressemanager, der nur unsere Ärsche filmt", lacht er und Gibson schlägt ein. Am liebsten würde ich ja jetzt antworten, dass die Ärsche der beiden absolut nicht ansehnlich sind, aber ich verkneife es mir. Damit würde ich mir nur ins eigene Knie schießen.

„Scheiße, wie gut, dass wir schon aus der Dusche waren, als er letztens mit Bier überschüttet worden ist", lacht Duncan.

„Fuck, du warst doch noch da, Elliot", erinnert Gibson sich.

„Er… hat nichts gemacht oder so."

„Ich wette, er hat sich vorgestellt, wie es wohl ist, einen Sportler zu vögeln", meint Duckie abwertend und verzieht sein Gesicht zu einem angeekelten Ausdruck.

„Wenn er schon keiner werden konnte, weil er sich lieber in den Arsch ficken lässt, als richtig zu arbeiten", entgegnet Gibson daraufhin lachend und Duncan steigt ein. Ich lächle nur, obwohl ich den beiden am liebsten kräftig in die Fresse schlagen wollen würde. Stattdessen sage ich: „Solange er seinen Job gut macht."

„Ich will aber nicht von ihm *begafft* werden!" zischt Gibson. *Du glaubst doch nicht, dass ein Mann wie Archer dich wirklich so ansehen würde, oder?*

„Sollten wir ihn drauf ansprechen?", frage ich zögerlich.

„Wieso das?" Duckie sieht mich irritiert an. „Wir wissen es, das ist schlimm genug."

„Einfach aus Höflichkeit."

Duckie lacht. „Was ist denn mit dir los? Wenn er sich in der Öffentlichkeit darüber unterhält, muss er damit rechnen, dass es jemand mitkriegt. Außerdem ist er den Job sowieso bald los, wenn der Vorstand das mitbekommt. Wir können nicht zulassen, dass die Öffentlichkeit davon Wind bekommt, sonst sind wir bald nicht mehr Atlanta Ice Lightning, sondern Atlanta *Gay* Lightning." Gibson und Duncan fangen an zu lachen. Ich grinse nur belustigt, aber meine Laune wird mit jeder Sekunde schlechter.

Archer bekommt von dieser Unterhaltung zum Glück nichts mit. Ich bin ganz froh, dass er nicht hört, wie meine Teamkollegen über ihn herziehen. Ich sehe auf mein Handy. Der Flug dauert noch eine ganze Weile. Ich wende mich wieder nach vorne, nehme mir meine Kopfhörer und beschließe, dass ich mir die Scheiße, die meine Teamkollegen gerade reden, nicht länger geben kann. Früher oder später würde ich sonst einem von ihnen die Meinung geigen und das wäre wohl das Sahnehäubchen; von meinem implizierten Outing abgesehen. Den ganzen Flug lang wird der Drang, zu Archer zu gehen und bei ihm zu sein, größer. *Verdammt, das ist nur eine Affäre und das bleibt es auch, also hör auf dich anders zu benehmen, Leighton!* Archer hat sich tatsächlich eine Mütze Schlaf gegönnt. Er ist süß, wenn er schläft. Ich erwische mich dabei, mich zu fragen, ob wir diese Nacht wohl zusammen verbringen werden. Ich würde es gerne, aber jetzt, wo es nur noch eine Frage der Zeit ist, bis alle wissen, dass Archer nicht hetero ist, ist es nicht wirklich klug, gesehen zu werden, wie ich abends in sein Zimmer husche. Ich riskiere meine Karriere nicht, das habe ich ganz am Anfang festgelegt. Ich werde warten müssen, bis wir in zwei Tagen wieder in Atlanta sind. Nach dem Spiel kommt er zu mir oder ich gehe zu ihm, das werden wir sehen. Er wird das verstehen. Ich schließe die Augen und versuche zur Ruhe zu kommen, aber das klappt nur bedingt. Meine Gedanken wollen nicht still sein. Nicht einmal schreiben kann ich ihm gerade, weil Duncan neben mir sitzt. Es hat mir schon immer etwas ausgemacht, wenn homophobe Sprüche gefallen sind, aber ich habe mich an die sogenannten Witze gewöhnt. Das gerade war anders. Ich bin stinksauer geworden. Lästereien sind eine Sache, die gibt es in der NHL mehr, als es den Anschein macht, aber dabei muss man nicht abwertend und beleidigend werden. Auch das kann ich leider nicht laut sagen; nicht in so einer Situation.

Ich hadere den ganzen Tag mit mir selbst, ob ich es Archer sagen soll, oder nicht. Ich weiß nicht, ob die anderen sich wirklich trauen, ihn direkt darauf anzusprechen. Wenn sie es tun, sollte er es wissen, aber wenn es in einiger Zeit wieder vergessen ist, läuft alles weiter wie bisher. Vor dem Spiel sehe ich Archer nicht; also nicht allein. Nicht so, dass ich mit ihm sprechen könnte. Und dabei bin ich mir immer noch nicht sicher, ob ich das überhaupt will. Das lenkt mich ab und das ist ganz und gar nicht gut. Ich bin nur froh darum, dass niemand etwas bemerkt und dass das Thema nicht noch einmal aufkommt. Stattdessen spricht Ian in der Umkleide von einer jungen Frau, die er kürzlich kennengelernt hat.

„Sie ist der Wahnsinn, das glaubt ihr nicht! Wir sind verabredet, wenn wir wieder in Atlanta sind", grinst er.

„Bist du jetzt etwa schon verliebt? Ich dachte, du hast sie erst einmal gesehen?", fragt Kenny amüsiert.

„Es heißt doch immer, der erste Eindruck zählt. Mein erster Eindruck ist, dass ich sie wiedersehen möchte", stellt er klar und sieht auf sein Handy. „Und sie hat gerade geschrieben, dass sie uns viel Glück wünscht", fügt er gut gelaunt hinzu.

„Wo hast du sie kennengelernt?", fragt Lane interessiert.

„Ich war mit Freunden letztens in einer Kneipe und da arbeitet sie neben dem Studium. Sie ist Kellnerin", erzählt er weiter. „Ich hatte ein bisschen getrunken und sie dann gefragt, ob ich ihr meine Nummer geben darf. Ich weiß nicht, wie oft sie das schon gehört hat, aber ich wollte es versuchen. Irgendwie habe ich sie davon überzeugen können, mir ihre Nummer zu geben. Ich weiß auch nicht so ganz wie", lacht er und antwortet ihr anscheinend kurz auf die Nachricht.

„Und seitdem schreibt ihr", schlussfolgert Duncan und Ian nickt. „Genau. Habt ihr eine Idee, was wir machen könnten? Also irgendetwas, was sie beeindrucken könnte?"

„Nicht in eine Kneipe oder Bar gehen", sagt Gibson direkt und Ian verdreht die Augen. „Ach was, Sherlock."

„Weißt du denn, was sie mag?", frage ich daraufhin.

„Ähm... sie studiert die meiste Zeit und arbeitet halt. Ich weiß, dass sie im Sommer gerne mit Freunden draußen ist, aber es ist nicht Sommer."

„Frag' sie doch einfach, was sie in ihrer Freizeit sonst so macht", schlägt Duncan vor. „Besser du fragst sie einfach, als dass du dir irgendetwas ausdenkst, was sie am Ende gar nicht mag." Wieso weiß ich eigentlich nicht, was Archer in seiner Freizeit gerne macht? Hat er überhaupt richtig Freizeit?

„Elliot?"

„Mhm?" Ertappt sehe ich auf. Duncan mustert mich skeptisch.

„Was ist im Moment mit dir los?"

„Was soll denn sein?", frage ich so entspannt wie möglich. Ich bin nicht entspannt und das merkt er leider; und der Rest des Teams sieht mich jetzt auch an.

„Du bist so ruhig in letzter Zeit", antwortet Duncan mir.

„Was? Nein, mir geht es gut", winke ich ab, aber da meldet sich Kenny zu Wort. „Das ist mir tatsächlich auch schon aufgefallen. Wenn irgendetwas ist, kannst du es uns sagen, das weißt du, oder?"

Ich nicke stumm.

„Sicher, dass alles in Ordnung ist?", fragt Lane und ich verdrehe genervt die Augen. „Könnt ihr mal bitte aufhören mich so zu bemuttern?"

„Alter, entspann dich", entgegnet Gibson, aber ich schnaube nur und schüttle den Kopf. „Ich bin entspannt." *Lüge*.

„Leighton."

„Lass gut sein, Lane", unterbreche ich ihn direkt und er blickt mich erstaunt an. Schnell wende ich mich ab und ziehe mich zügig weiter um. Lane hat schon längst mitbekommen, dass etwas anders ist; und wenn nicht, dann weiß er es jetzt. *Schöne Scheiße.*

„Elliot, warte mal eben", bittet Kenny mich, als wir umgezogen sind und eigentlich zum Aufwärmen aufs Eis gehen wollen.

„Was ist?", frage ich möglichst neutral. Unsere Kollegen gehen alle schon vor. Sie wissen, dass Kenny sie indirekt dazu aufgefordert hat.

„Irgendetwas stimmt hier nicht." Es ist keine Frage, sondern eine Feststellung.

„Was soll sein? Ich möchte aufs Eis", erwidere ich lediglich.

„Verarsch mich nicht." Er ist nicht mehr so gut gelaunt, wie vorhin noch. „Ich will, dass mein Team in Topform ist und zu 100 Prozent konzentriert", stellt er klar.

„Das bin ich; beides", antworte ich selbstsicher und mit starker Stimme. „Ich habe kein Problem, Kenny, ich spiele so gut wie noch nie und nur weil ich zwischendurch etwas ruhiger bin, bedeutet das nicht, dass ich Probleme habe. Vielleicht bin ich auch einfach nicht mehr so vorlaut, wie früher. Wir werden alle älter", erkläre ich so ruhig wie möglich. Gleichzeitig werde ich aber wieder wütend. Nicht nur auf Gibson, Duckie und Duncan; ich werde wütend auf das ganze Team, weil ich die ganze Zeit schon daran denke, wie oft ich mir homophobe und sexistische Sprüche anhöre und so tue, als würde ich es lustig finden.

„Wenn du heute nicht konzentriert bist, werde ich die Möglichkeit auf die erste Reihe erst einmal wieder zur Seite schieben."

Meine Augen werden groß. „Bitte was? Ist das jetzt dein Ernst?"

„Das ist mein Ernst Elliot, denn offenbar merkst du nicht, was wir alle hier sehen; du bist ständig mit deinen Gedanken woanders, fokussierst dich nicht aufs Training und schließt dich selbst aus dem Team aus. So funktioniert das nicht und das weißt du ganz genau. Ich erwarte nicht, dass du so wirst wie früher, wenn du selbst sagst, dass du so nicht mehr bist, aber als dein Teamcaptain erwarte ich, dass du alles gibst. Wir wissen beide, dass du das im Moment nicht tust. Ich weiß nicht, was dich so ablenkt und offenbar willst du nicht darüber sprechen, aber bekomm das in den Griff."

Ich antworte nicht; ich wüsste nicht was. Kenny ist fast immer gut gelaunt und bis man so eine Ansprache von ihm zu hören bekommt, dauert es eine Weile. Ich habe es wohl tatsächlich zu sehr ausgereizt.

„Dass das Team eine Familie ist, brauche ich dir nicht zu sagen, aber ich kann dich auch nicht zwingen, den Mund aufzumachen. Sei aber verdammt nochmal ein Mann und hör auf dich zu verkriechen!"

Ich schlucke und versuche nicht auf den letzten Satz zu reagieren. *Sei ein Mann.* Ich hasse es, dass nicht einfach gesagt wird, *reiß dich zusammen.* Nein, dafür muss man ein *Mann* sein.

„Wir sollten zu den anderen. Und wie gesagt, du musst alles geben, wenn du es in die erste Reihe schaffen möchtest, denn alle anderen im Team wollen genau das Gleiche", erinnert er mich erneut. *Als wüsste ich das nicht.*

Ich nicke nur, verkneife mir jeglichen Konter und marschiere durch den Flur zur Eisfläche. Duncan kommt zu mir, als ich das Eis betrete. „Alles in Ordnung?"

„Hab eine Ansprache bekommen." Mehr muss ich nicht sagen, dass Duncan weiß, dass Kenny wirklich angepisst ist. „Und du willst weiterhin nichts sagen?"

„Mir geht es gut", antworte ich nur und Duncan schüttelt verständnislos den Kopf. Ach, soll er doch denken, was er will. Ich weiß schon, warum ich nichts sage und es geht mir gehörig gegen den Strich, dass man das nicht einfach akzeptieren kann. Ich fahre an der Bande bei der Spielerbank vorbei und sehe Archer. Er blickt mich an und lächelt kurz, aber ich erwidere es nicht. Das Spiel muss gut werden, ich habe zu viel schon ausgereizt.

Meine Spielweise heute ist offensiv, fast schon aggressiv. Der Ehrgeiz hat mich gepackt. Ich muss deutlich machen, dass ich aus gutem Grund hier bin und ebenso aus gutem Grund für die erste Reihe infrage komme. Kenny erzielt ein Tor. Dann liegen wir plötzlich zwei zu eins zurück. Wir gleichen aus, aber ich schieße die Scheibe nicht ins Netz. Immerhin habe ich vorlegt. *Als wüsste ich nicht, dass das nicht reicht.* Ich bin nicht umsonst auf der Position des Flügelstürmers. Innerlich fluche ich, als ich wieder aufs Eis springe. Ein Tor fällt. Ich habe wieder nur vorgelegt. Eigentlich ist es egal, wer das Tor macht, solange es für unser Team ist, aber es ärgert mich trotzdem. Ich weiß genau, dass Kenny mich beobachtet und ich bin mir sicher, Drew und Warren tun es ebenfalls. Also beiße ich die Zähne zusammen, kämpfe mich durch und... lege wieder nur vor. Es steht vier zu zwei. Ich sollte bessere Laune haben, aber das lässt sich nicht so einfach umstellen.

Wir gewinnen, aber ich habe kein Tor geschossen. Genervt verlasse ich das Eis, dusche und ziehe mich um. Kenny spricht mich zum Glück nicht darauf an und auch sonst greift niemand meiner Teamkollegen das Thema von vorhin wieder auf. Als wir schließlich wieder im Bus zum Hotel sitzen, bekomme ich von Archer eine neue Nachricht.

Archer: Du siehst unglücklich aus. Wir haben doch gewonnen, ist alles okay?

Ich bin nur müde.

Archer: Ich weiß, wie wir das ändern könnten. Ganz zufällig, habe ich das Zimmer neben deinem.

Heute nicht.

Archer: Okay? Sollte ich mir Sorgen machen?

Ich will heute Abend nur nicht mit dir vögeln. Ist das unrealistisch?

Archer: Wer sagt, dass wir unbedingt vögeln müssten. Wir könnten auch einfach reden.

Irritiert sehe ich auf mein Handy. *Reden?* Ich lese die letzte Nachricht noch einmal. Was soll ich darauf bitte antworten? Wir haben uns nie getroffen, um zu reden. Dass wir uns bei den Treffen unterhalten haben, war nur eine Nebensächlichkeit. Wir haben eine Affäre, nicht mehr, nicht weniger. Wir verabreden uns für den Sex, nicht für die Unterhaltungen. Ich weiß ja nicht einmal, ob man es wirklich eine Freundschaft Plus nennen könnte, schließlich waren wir nie Freunde und ich bin mir nicht sicher, ob wir es jetzt sind. Und worüber sollten wir bitte reden? Dass mein Team aus einem Haufen homophober Idioten besteht. Ich mich verstelle, um nicht aufzufallen? Dass sie über ihn lästern, als wären sie fünfzehnjährige, pubertierende Teenager oder dass Kenny mir eröffnet hat, dass ich vielleicht zurückgestuft werde, wenn ich nicht besser werde?

Angespannt verlasse ich als erster nach Drew den Bus und laufe mit schnellen Schritten direkt zum Aufzug. Erst, als ich in meinem Zimmer bin, beruhige ich mich wieder. Am liebsten würde ich in diesem Moment meine Mum anrufen und sie fragen, was ich tun soll. In diesen Momenten habe ich ganz und gar nicht das Gefühl, wirklich erwachsen zu sein. Ich werde sie nicht anrufen, denn dann werde ich darüber sprechen müssen, dass ich irgendwie etwas mit Archer habe und dass es einer der Gründe ist, warum ich mich so über meine Teamkollegen aufrege. Ich schmeiße meine Klamotten in die Ecke und steige ins Bett. Nicht einmal zwei Minuten später klopft es an meiner Zimmertür. *Ich glaube, ich drehe durch.* Als es wenig später wieder klopft, seufze ich genervt und stehe auf. Duncan und Lane stehen davor.

„Was gibt's?", frage ich irritiert.

„Was ist los mit dir?", fragt Duncan direkt. Irritiert sehe ich die beiden an. „Ähm… was soll sein?"

„Du kannst vielleicht Gibson oder Ian verarschen, aber uns doch nicht", meint Lane direkt. „Wir kennen dich, Elliot, irgendwas stimmt nicht."

„Danke. Das durfte ich mir von Kenny heute auch schon anhören", murre ich und möchte die Tür wieder schließen. In diesem Moment kommt Archer aus dem Aufzug und geht durch den Flur.

„Hey." Verwundert sieht er zu mir. „Alles okay?"

„Könnt ihr mal bitte alle aufhören, mich ständig zu fragen, ob es mir gut geht? Ja, mir geht es gut und wenn nicht, geht es euch auch nichts an! Ich werde schon nicht schlechter spielen." Ungewollt werde ich lauter, schließe die Augen und drücke mir dann Daumen und Zeigefinger gegen die Nasenwurzel.

„Was ist denn jetzt kaputt?", fragt Archer perplex und auch Lane und Duncan sehen mich beide irritiert an. Ich atme zittrig aus.

„Gute Nacht." Mit diesen Worten schließe ich die Tür wieder und lege mich ins Bett zurück. Ich habe die Hoffnung, dass sie es jetzt begriffen haben und mich nicht mehr darauf ansprechen, aber dafür kenne ich das Team zu gut. Ich bin nicht einmal ansatzweise eingeschlafen, als sich meine Tür öffnet. *Bitte was?* Als ich mich aufsetze, schließt sich die Tür schon wieder und kurz danach steht Archer vor meinem Bett.

„Woher hast du die Schlüsselkarte?"

Er zuckt mit den Schultern. „Von der Rezeption."

„Und die geben sie dir einfach so?"

„Ich habe gesagt, dass du deine im Zimmer vergessen hättest und dass ich einer der Manager bin."

„Und sie haben dir geglaubt?"

„Ja, ich musste zwar meinen Ausweis vorzeigen, aber ich würde mir auch Sorgen machen, wenn es nicht so gewesen wäre", erzählt er mir.

„Darf ich mich setzen?", fragt er und sieht auf die Bettkante. „Mhm." Ich nicke, aber er zögert kurz. „Irgendwas geht hier vor, oder?", fragt er. Ich fahre mir durch die Haare und zucke mit den Schultern.

„Wir sollten darüber nicht reden."

„Und wieso das nicht? Du glaubst doch nicht wirklich, dass Lane und Duncan dir jetzt glauben, oder? Wenn du Glück hast, erzählen sie Kenny nicht, was vorhin los war. Stimmt es, dass er dir die Leviten gelesen hat?"

„Du weißt es also auch."

„Ja, ich denke, es hat so ziemlich jeder mitbekommen", lenkt er ein.

„Super", sage ich leise und Archer rutscht daraufhin näher. Ich verdrehe die Augen. Archer wird nicht gehen, bis ich es ihm gesagt habe und ich bin nicht scharf darauf noch länger wach zu bleiben.

„Kenny hat mir gesagt, dass ich keine Chance mehr auf die erste Reihe bekomme, wenn ich mich nicht langsam wieder fange. Es ist quasi auf Stopp gedrückt worden", rege ich mich auf. Archers Augen werden groß. „Das hat er gesagt? Scheiße, dass wusste ich nicht. Kann ich da irgendwie helfen?"

„Du? Wie sollst du mir helfen? Willst du ihm erzählen, dass ich so durch den Wind bin, weil ich eine geheime Affäre mit einem Mann habe? Der ganz zufällig auch unser Pressemanager ist? Du merkst es gerade selbst, oder?" Es ist keine Frage, sondern eine Feststellung. Archer seufzt.

„Tut mir leid, dass es meinetwegen so problematisch geworden ist."

„Du denkst, du bist schuld?" Verwirrt sehe ich ihn an.

„Hätte ich akzeptiert, dass du nichts von mir willst, wärst du vielleicht in ein paar Wochen in der ersten Reihe", erklärt er und ihm ist anzusehen, dass er es genau so meint.

„Archer nein!", widerspreche ich ihm sofort.

„Nein?"

„Ich habe das entschieden, verdammt. Ich wusste, was auf mich zu kommt!", rege ich mich auf und schüttle den Kopf. Archer sitzt einfach nur da und sagt nichts. Er weiß nicht, was er machen soll, das ist ihm anzusehen.

„Ähm… ist zwischen uns alles gut?", vergewissere ich mich. „Wenn du das hier", er zeigt auf mich und sich selbst, „weiterführen möchtest, ja. Ich möchte dich aber nicht zwingen."

Ich verdrehe die Augen, kann nicht anders, als leise zu lachen. „Zwingen. Ich glaube kaum, Archer."

„Ich meine das ernst."

„Und um mir das zu sagen, hast du dir die Schlüsselkarte geholt?"

„Schlimm?", fragt er amüsiert.

„Idiot", antworte ich nur. „Und wenn du mich schon vom Schlafen abhältst, kannst du das wenigstens auf eine Weise machen, die mir besser gefällt als reden."

„Wie subtil. So willst du mich dazu bringen, mich auszuziehen?"

„Das musst du nicht machen, ich bin sicher, es geht auch mit Kleidung", antworte ich lediglich. Archer schüttelt den Kopf, lacht aber leise. „Wahnsinn."

„Was denn?"

„Gerade noch hast du unfassbar schlechte Laune gehabt und jetzt möchtest du vögeln."

„Du kannst auch gehen", antworte ich schnell. Archer aber fängt nur an zu grinsen, lehnt sich zu mir und küsst mich. *Damit hatte ich zwar nicht gerechnet, aber was dagegen habe ich auch nichst.* Ganz im Gegenteil! Fordernd ziehe ich ihn zu mir und erwidere den Kuss sofort.

„Elliot…", murmelt er leise und zieht meine Decke zwischen uns weg.

„Ich muss an meinen Koffer", sage ich leise. Er grinst. Ich brauche nicht weiter auszuführen, warum ich das gerade gesagt habe. Er klettert vom Bett und öffnet meinen Koffer.

„Unter den Shirts!" Ich mustere ihn und meine Lust steigt immer mehr. Mit der Tube in der Hand kommt er zurück. Schnell ziehe ich ihm das Hemd aus und nestle an der Anzughose herum, die ihm verdammt gut steht. Immer wieder küssen wir uns, Archers Hände streichen über meinen Körper und machen mich verrückt. Dann dreht er uns um und zieht mir die Shorts weg.

„Mach schon", verlangt er und zieht mich zwischen seine Beine.

„So ungeduldig?"

„Entweder du vögelst mich jetzt, oder ich gehe wieder rüber", stellt er klar, stöhnt dann aber sofort auf, als ich meine Hand um seinen Schwanz lege.

„Fuck", murmelt er gegen meine Lippen und drückt die Hüfte hoch. Archer lässt mich machen, genießt einfach nur und ich kann von dem Anblick nicht genug bekommen. Immer wieder seufzt er auf, stöhnt mit tiefer und rauer Stimme und küsst mich um den Verstand. Als ich meine Finger aus ihm rausziehe, hat er mir das schon Kondom übergestreift und zieht mich zu sich heran. Archer empfängt mich eng und warm in sich und ich keuche auf.

„Heilige Scheiße", stimmt er mir zu und schnappt nach Luft, als ich fest und tief in ihn stoße.

„Mehr", fordert er und natürlich komme ich dieser Bitte nach. Wie könnte ich nicht? Es fühlt sich so wahnsinnig gut an, immer wieder in ihm zu versinken und höher zu treiben. Mein Blut kocht und rauscht in meinen Ohren. Mein Blick ist immer noch auf Archer gerichtet. Er klammert sich an mich, drückt seine Finger in meinen Rücken und kommt mir bei jedem Stoß entgegen. Lange halte ich nicht mehr durch. Ich würde ihn am liebsten die ganze Nacht ficken, aber die Ekstase wandert jetzt schon meinen Rücken herab. Mein Körper ist geflutet von Lust und meine Gedanken vernebelt. Ich greife wieder seinen Schwanz, massiere ihn und rolle mit dem Daumen über seine Spitze. Archer küsst mich, kurz bevor er kommt, sich um mich zusammenzieht und mich mit sich reißt.

14. Kapitel

„Was ist denn mit dem los?", fragt Duncan irritiert, als ein breit grinsender Ian durch die Tür kommt. Erst bemerkt er nicht, dass es auffällt, wie gut gelaunt er ist, aber dann sieht er sich um. „Ähm… gibt es einen Grund, warum ihr mich alle so anseht?"

„Du bist mehr als nur gut gelaunt", meint Lane und Kenny lacht. „Du hattest Sex, richtig? Guten Sex."

„Nein", erwidert er aber nur und irritiert sehe ich ihn an. Was ist dann los?

„Ellie ist heute hier", meint er und wirkt nervös.

„Die Frau, die du letztens kennengelernt hast", stellt Gibson fest und er nickt. „Ja, sie hat mich damit überrascht. Sie hat mich vor fünf Minuten angerufen und gesagt, dass sie sich mit zwei Freunden spontan Tickets gekauft hat und da sein wird."

„Das ist doch toll", meint Kenny direkt. „Seid ihr inzwischen zusammen?"

Ian zuckt mit den Schultern. „Sie möchte es gerne langsam angehen lassen. Wir hatten auch noch keinen Sex oder so", erzählt er.

„Aber geküsst hast du sie", meint Duckie daraufhin. Ian nickt und lächelt wieder dümmlich. „Sie ist der Wahnsinn, ehrlich Leute."

Ich freue mich für Ian, dass es für ihn so gut läuft und mir kommt ein Gedanke. „Frag sie doch, ob sie kurz vorbeikommen möchte, also an die Bank", schlage ich vor.

„Das geht?"

„Klar geht das", lacht Duncan und Ian überlegt kurz, zückt dann aber sein Handy. Ihm ist anzusehen, dass er darauf wartet, dass das Spiel losgeht und dass ein Grund dafür bestimmt auch Ellie ist, die gleich zur Bank kommen wird. Archer steht bei

Drew hinter uns. Er weiß davon, dass sie gleich hier auftauchen wird.

„Hey", höre ich plötzlich jemanden sagen und drehe mich zur Seite. Auch alle anderen meiner Teamkollegen sind neugierig. Eine schwarzhaarige Frau Anfang zwanzig steht an der Tür. Drew und Archer öffnen sie kurz und achten dabei darauf, dass niemand anderes zu uns gelangt. Die Fans sind schon da und in wenigen Augenblicken geht es los.

„Hi Ellie, es ist toll, dass du hier bist", meint Ian sofort und ist aufgestanden, um sich zu ihr umzudrehen.

„Du hattest recht, sie ist verdammt hübsch", meint Kenny laut genug, dass sie es hört. Ian wird auf der Stelle dunkelrot im Gesicht und man könnte ihn in diesem Augenblick auch für einen pubertierenden Fünfzehnjährigen halten, aber das ist in Ordnung, denn Ellie scheint diese Bemerkung nichts auszumachen. Im Gegenteil; sie lächelt und fragt dann: „Du hast deinen Teamkollegen von mir erzählt?"

„Äh... war das doof?"

Sie schüttelt den Kopf. „Nein, quatsch, sie sehen mich jetzt doch sowieso", erwidert sie und Ian nickt schnell.

„Wo sind eure Plätze gleich?", fragt er.

„Im Mittelrang, direkt gegenüber", meint sie und zeigt auf einen Block. „Meine Freunde sind schon dort. Ich denke, die Plätze sind ganz gut."

„Das ist gut", lächelt Ian. „Also... äh... dann hoffe ich, dir gefällt das Spiel", stottert er heraus. Lane sieht aus, als würde er sich am liebsten die Hand vor den Kopf schlagen. Ich schmunzle.

„Bist du Eishockey Fan?", frage ich Ellie spontan.

„Ich war schon bei ein paar Spielen, aber wie du siehst, trage ich kein Trikot", antwortet sie und prompt schaltet Duncan sich ein. „Das sollten wir ändern."

„Was?", fragt Ian irritiert. Gleichzeitig merke ich, dass Archer gerade durch die Tür tritt und etwas in der Hand hält. „Hier." Er reicht es Ellie und verwundert nimmt sie den Stoff aus seiner Hand, ehe sie kurz danach das Trikot ein Stück von sich weg hält.

„Das ist eins von deinen", stellt sie fest. Ian sieht irritiert zu Archer. „Wo hast du das so schnell her?"

„Ich war gerade kurz in der Kabine", meint er schulterzuckend.

„Es war meine Idee", erklärt Duncan ungefragt.

„Wenn dir das zu blöd ist, musst du das nicht anziehen", sagt Ian nervös zu Ellie. Ihm geht gerade ordentlich die Pumpe. Ellie winkt ab und zieht es sich über.

„Ich finde, es steht dir gut", meint Archer lächelnd und kurz frage ich mich, wie er wohl in einem Trikot aussehen würde.

„Das finde ich auch", stimmt Ellie ihm zu und sieht an sich herab.

„Dann behalte es!", beschließt Ian grinsend. „Also für die nächsten Spiele?", fügt er zögerlich hinzu und es klingt eher nach einer Frage als nach einer Aussage.

„Werde ich", nickt sie und sieht zur Uhr. Es sind nur noch ein paar Sekunden, bis das Spiel losgeht und die Starting-Six sind schon auf dem Eis.

„Soll ich nachher auf dich warten?", fragt sie unseren Rookie.

„Ja, also wenn du möchtest", nickt Ian sofort glücklich. Ellie lächelt ebenfalls und kurz bevor das Spiel losgeht, lehnt sie sich zu ihm und küsst ihn. Es ist kein langer Kuss, aber es reicht, um Ian aus der Fassung zu bringen.

„Bis nachher", meint sie noch und geht wieder durch die Tür, ehe sie zu ihrem Platz eilt.

„Scheiße", murmelt Ian. Ich lache. „Scheiße? Das ist doch richtig gut gelaufen!" Er nickt verdattert.

„Sie ist schon scharf", meint Gibson und Ian verdreht die Augen. „Und sie ist klug und witzig und charmant."

Archer nickt zufrieden. „Richtige Einstellung."

Im Stillen stimme ich zu. Ian atmet tief durch. „Das war toll von euch Jungs, also mit dem Trikot und all dem. Ich wäre da niemals drauf gekommen."

„Dafür gibt es das Team", antworte ich nur, ehe ich wenige Sekunden später über die Bande aufs Eis springe. Meine Laune ist gut, meine Motivation ist hoch. Dem ganzen Team ist diese Stimmung anzumerken und zur ersten Pause steht es bereits zwei zu null. Ian hat eine Vorlage geliefert und auch wenn er es nicht ausspricht, weiß jeder, dass er doppelt stolz ist, weil Ellie ihm zu sieht.

Das zweite Drittel beginnt und Ian schießt tatsächlich auch noch ein Tor.

„Geil!", jubelt er und Kenny legt für einen Moment stolz seine Hand auf Ians Helm. Ich habe nie wirklich darüber nachgedacht, man macht das einfach, wenn jemand ein Tor geschossen hat. Ian sieht zur Tribüne gegenüber und winkt. Er sieht sie nicht, aber ich bin sicher, dass Ellie ihn im Blick hat. Abgesehen davon ist er gerade auf dem Monitor groß zu sehen.

Es steht drei zu null und es ist daher nicht verwunderlich, dass Buffalo den Goalie wechselt. Bisher war Lane mehr oder weniger entspannt, aber plötzlich wird Buffalo deutlich besser. Sie drängen uns zurück und nach wenigen Torschüssen geht die Scheibe ins Netz.

„Das wird schon", meint Archer zuversichtlich, bevor ich wieder aufs Eis springe. Buffalo erzielt ein zweites Tor und das nächste Drittel ist um. *Ich will das verdammt nochmal schaffen!* Im dritten Drittel bekomme ich es wieder hin. Ich schieße ein Tor und baue die Führung aus. Kurz vor Schluss nimmt Buffalo schließlich den Goalie raus und stellt einen weiteren Spieler fürs Center auf das Eis. Gespannt beobachte ich das Spiel. Ian steht wieder auf dem Eis und es dauert nur einen Augenblick, da hat er sich mit den anderen nach vorne ins Drittel der Buffalos gekämpft und versenkt mit einer unglaublichen Leichtigkeit den Puck im Tor.

„Mein erstes Empty Net Tor!", grinst er, als er sich setzt.

„Und das an dem Tag, wo Ellie hier ist", meint Drew zufrieden und wenige Sekunden später ist das Spiel beendet. Ian hastet schon fast in die Umkleide, da er Ellie nicht warten lassen möchte. Amüsiert sehe ich ihm hinterher und gehe mit Duncan und Lane entspannt durch den Flur.

„Man könnte meinen, es ist das erste Mal, dass er ein Date hat."

„Er ist Hals über Kopf verknallt", meint Archer schulterzuckend. „Ist es da nicht normal, dass man sich so freut?"

„Es ist einfach lustig mit anzusehen, wie er sich anstellt", meint Lane. „Aber auf eine gute Art", fügt er schnell hinzu und wir wissen alle, was er damit meint, schließlich war jeder von uns auch schon ein- oder zweimal in seinem Leben verliebt. Wobei, war ich damals wirklich so richtig in Noah verliebt? Ich hatte einen Crush, das weiß ich, aber wenn ich daran denke, wie Ian gerade drauf ist, fange ich an, daran zu zweifeln, jemals das gleiche für eine Person verspürt zu haben.

Ich sehe zu Archer. Ob er wohl schon so richtig verliebt war? Ich weiß nur, dass er seit längerem Single ist, aber ich weiß nicht, wie es davor war. Er weiß so ziemlich als Einziger über meine Vergangenheit in Sachen Liebe Bescheid und sie ist sehr überschaubar. Ich kann mir nicht vorstellen, dass es bei ihm genauso ist; denn abgesehen davon, dass er verboten gut aussieht, hat er sich nie verstellt.

15. Kapitel

„Sag mal, wer ist eigentlich dieser Mann, der neuerdings immer bei euren Spielen hinter der Bank steht?", fragt meine Schwester Clair mich ein paar Tage später, als wir es ausnahmsweise mal hinbekommen zu skypen. Ich frühstücke gerade und Mum und Clair sitzen zu Hause in England zusammen auf dem Sofa. Es ist viel zu lange her, seitdem wir das letzte Mal die Zeit dazu finden konnten.

„Das ist das Erste, was du wissen willst?", frage ich amüsiert und sie zuckt mit den Schultern. „Er ist mir nur aufgefallen. Wer ist er?", möchte sie wissen und ich bin sicher, dass sie Archer meint. Ich seufze, nehme mein Handy und rufe sein Profilbild auf.

„Meinst du ihn?"

Clair nickt. „Er ist schnuckelig", meint Mum und irritiert sehe ich sie an.

„Schnuckelig?" *Wohl eher unfassbar heiß, aber okay.*

„Also?", hakt Clair zum dritten Mal nach und sieht mich abwartend an.

„Das ist Archer, er ist der neue PR-Manager. Michael wurde befördert oder so", antworte ich schulterzuckend und sehe auf das Bild. Was er gerade wohl macht? Eigentlich wollten wir uns gestern Abend treffen, aber dann ist ihm etwas Berufliches kurzfristig dazwischen gekommen.

„Und?"

„Und was?", frage ich Clair irritiert.

„Ist er Single?"

„Clair, du wohnst in England."

„Du bist manchmal echt scheiße, weißt du das?"

Ich fange an zu lachen. „Er... keine Ahnung, er hat letzens so eine Andeutung gemacht, dass er jemanden kennengelernt hat", weiche ich aus. „Und außerdem bist du meine kleine Schwester."

„Wenn es also nach dir gehen würde, dürfte ich niemals einen Freund haben", beendet sie den Satz und Mum schmunzelt.

„Sehr richtig", stimme ich ihr zu.

„Wie geht es dir, Elliot?", fragt Mum dann und wechselt das Thema.

„Ganz gut. Ich spiele immer noch in der zweiten Reihe", erzähle ich.

„Ich hab gesehen, dass du dich neuerdings prügelst", wirft Clair ein.

„Miller ist verletzt. Er fällt erst einmal aus", erkläre ich, aber Mum schüttelt den Kopf. „Ich finde nicht gut, dass du da mit machst."

„Weiß ich doch." Ich kann gar nicht sagen, wie oft wir diese Unterhaltung schon geführt haben. Mum ist der Meinung, dass ich es anderen überlassen sollte. Sie möchte nicht, dass ich mich aufs Eis stelle, um zu kämpfen und ich denke, irgendwie verstehe ich sie. Aber ich weiß eben auch, dass es dazu gehört und dass Eishockey ohne die Kämpfe nicht so existieren würde, wie es das heute tut.

„Und sonst so? Was machen die Kleinen?", frage ich.

„Denen geht es gut", meint Mum. „Kian hat im Moment wieder eine mürrische Phase, aber das war ja bei dir in dem Alter nicht anders." Ich verdrehe nur die Augen, lächle aber. Ich weiß, dass sie recht hat und es bringt auch, jetzt etwas anderes zu behaupten.

„Und Millie ist verliebt."

Perplex sehe ich Clair an. „Wie bitte? Nein, dafür ist sie viel zu jung."

Mum lacht. „Schatz, deine Schwestern werden älter und da passiert so etwas eben."

„Nein, das bildet sie sich ein. Das ist Bullshit", beharre ich und Clair und Mum grinsen.

„Doch, sie ist verliebt und anscheinend läuft es gut. Sie erzählt mir nicht alles, aber genug, damit ich weiß, dass sie vielleicht bald einen Freund hat", erklärt Mum mir ruhig.

„Das ist nicht in Ordnung."

„Das hast du nicht zu entscheiden", erinnert sie mich und in diesem Moment würde ich am liebsten in einen Flieger nach England steigen. Ich weiß theoretisch, dass nichts daran auszusetzen ist, wenn die Mädchen sich verlieben oder Beziehungen haben, aber seitdem Clair ihren ersten großen Liebeskummer hatte, ist mein Großer-Bruder-Beschützer-Instinkt sehr ausgeprägt. Dazu kommt, dass ich sie so selten sehe. Für mich sind alle meine Schwestern noch kleine Mädchen und definitiv nicht in dem Alter, in dem Jungs auch nur ansatzweise interessant sein könnten.

„Stell dich nicht so an. Nur weil du Single bist, heißt das nicht, dass wir das auch bleiben müssen."

„Clair!" Empört sehe ich sie an.

„Was ist? Es ist nur die Wahrheit", meint sie und ich merke, dass sie es nicht böse meint.

„Gibt es bei dir etwas Neues?", fragt Mum und wechselt damit das Thema. Ich seufze und schüttle den Kopf. „Nein, es gibt nichts Neues. Schau nicht so enttäuscht, Clair."

„Ich finde, du solltest mal wieder eine Freundin haben", merkt sie an. *Mal wieder?* Ich verdrehe die Augen und kann nicht verhindern, dass meine Gedanken zu Archer schweifen. Einen Freund habe ich zwar nicht, aber eine Affäre. *Das muss meine Familie aber nicht wissen.* Schon gar nicht, nachdem Archer Clair sogar schon aufgefallen ist.

„Clair!", höre ich plötzlich jemanden rufen. Es ist meine Schwester Ruby. „Dein Freund ist hier!"

„Dein Freund?!", frage ich entgeistert. Sie grinst scheinheilig, steht auf und geht offenbar zur Haustür. Mum sieht mich amüsiert an und rutscht in die Bildmitte. „Sie sind erst seit ein paar Wochen zusammen."

„Und das sagt sie mir nicht?!"

„Das wollte sie eigentlich heute machen, aber da ist Ruby wohl schneller gewesen."

„Ich hoffe, er ist vernünftig."

„Er ist freundlich und behandelt sie gut, Elliot. Du brauchst dir darüber wirklich keine Gedanken machen", versichert sie mir.

„Und du?"

„Und ich was?", frage ich unschlüssig.

„Elliot, ich bin deine Mum. Ich weiß, wenn du mich anlügst."

„Wann soll ich dich bitte angelogen haben?", möchte ich verwirrt wissen.

„Als du Clair gerade gesagt hast, es gäbe bei dir nichts Neues." *Bitte was?* Das kann sie unmöglich bemerkt haben.

„Mum, es ist wirklich alles wie immer."

„Mhm."

„Was möchtest du denn hören?"

„An wen du vorhin gedacht hast."

„Ich habe an niemanden gedacht", beharre ich.

„Du weißt, du kannst mir so etwas sagen, oder?"

„Mum…"

„Schon gut", winkt sie ab, denn sie merkt, dass ich nicht weiter darüber sprechen möchte. Ich bin nervös und ja, vielleicht denke ich schon wieder an Archer. Meine Familie darf das nicht erfahren, auf gar keinen Fall. Niemand darf davon Wind bekommen!

„Elliot?"

„Mhm?" Ich zucke zusammen und merke erst jetzt, dass Mum mich besorgt ansieht.

„Irgendwas ist los", stellt sie fest und schnell schüttle ich den Kopf. „Nein, alles gut. Wirklich, Mum."

Sie glaubt mir nicht. „Elliot…"

„Mum, bitte." *Dass sie jetzt so anfängt, wie meine Teamkollegen, fehlt mir gerade noch.* Zu meinem Glück hüpft Kian da gerade neben sie aufs Sofa.

„Hallo Elliot!", grinst er und winkt in die Kamera.

„Hey, Großer", lächle ich.

„Weißt du was? Wir machen jetzt Hockey im Sportunterricht!", erzählt er grinsend und ich erfahre ausführlich, wie die erste Stunde Hallenhockey in der Schule abgelaufen ist.

„Vielleicht hat Mum ja noch irgendwo mein altes Trikot, dann kannst du das anziehen", überlege ich und er sieht sofort zu unserer Mutter.

„Bestimmt ist das in einem der Kartons im Keller", überlegt sie.

„Das wäre so cool!", stimmt Kian sofort zu. „Aber kann ich irgendwann auch mal ins Stadion zu dir kommen und richtig zusehen?", fragt er dann wieder. Diese Frage stellt er immer, wenn wir skypen.

„Kian, du musst in die Schule, Großer."

„Aber in den Ferien."

„Du weißt, dass das zeitlich nicht klappt", erinnert Mum ihn und streicht ihm durch die Haare.

„Aber wir waren doch noch nie bei dir", bettelt er weiter.

„Irgendwann werde ich euch alle zu mir holen, versprochen."

„Beeil dich damit besser", murmelt er und mein Herz zieht sich zusammen. Ich wünschte, ich könnte auf der Stelle einen Flug buchen. Das Geld habe ich, daran scheitert es nicht, aber leider spielen noch einige andere Faktoren eine Rolle.

„Ich schaue, ob ich über Weihnachten nach England kommen kann, wie klingt das?"

161

„Das schaffst du doch sowieso wieder nicht. Du wolltest auch an meinem Geburtstag hier sein", antwortet er vorwurfsvoll und ertappt nicke ich.

„Sei nicht so hart mit deinem Bruder. Du weißt doch, dass er sich nicht aussuchen kann, wann die Spiele sind", meint Mum versöhnlich, aber Kian zuckt nur mit den Schultern. „Kannst du nicht einfach mal eins ausfallen lassen? Schwänzen oder so?"

„Kian, es tut mir leid, wirklich. Ich sage die Tage Bescheid, wenn ich mit meinem Coach gesprochen habe, okay? Du weißt, ich vermisse euch alle unheimlich", betone ich und setze mir gedanklich eine Notiz, dass ich mit Warren sprechen möchte. Ich weiß tatsächlich nicht, ob ich es an Weihnachten schaffen könnte, rüberzufliegen, aber zu fragen schadet ja nicht.

„Okay", lenkt Kian ein.

„Wie läuft es in deinem Fußballverein?", frage ich ihn und es dauert nicht lange, bis Kians Laune sich wieder gebessert hat und er mir von dem Training und den letzten Spiele erzählt. Zu gerne, würde ich mal eins davon besuchen, aber auch das bleibt mir verwehrt. Ich liebe meinen Job, so ist es nicht, aber in diesen Momenten merke ich wieder, wie sehr er mich doch zeitlich einschränkt. Ich bekomme nicht wirklich mit, wie meine Geschwister groß werden; *scheiße, Clair hat wirklich einen Freund, Millie ist verliebt und ich kann Kian nicht bei seinen Spielen anfeuern.* Wenn ich kein Profispieler wäre. könnte ich sogar mit Archer zu Kians spielen gehen. Ich ertappe mich selbst dabei, wie meine Gedanken schon wieder zu diesem Mann wandern. Verdammt, das muss aufhören. Wir haben nur Sex! Guten Sex, das stimmt schon, aber scheiße, das ist doch kein Grund mir auszumalen, wie es wohl wäre, mit ihm auf ein Date zu gehen.

16. Kapitel

Fünf Tage zwischen zwei Spielen zu haben, grenzt an Luxus. Erst am Freitag werden wir die New Yorker empfangen, direkt einen Tag später schon Winnipeg. Mit guter Laune stehe ich auf, dusche und schreibe dann Archer.

Was machst du heute?

Es dauert nicht lange, bis er mir antwortet.

Archer: Arbeiten, was denn sonst? :)

Archer: Lass mich raten, du hast ausnahmsweise frei, richtig?

Korrekt. Wann hast du Feierabend?

Archer: Das weiß ich noch nicht.

Archer: Ich könnte dir jetzt erklären, was ich noch alles machen muss, aber das langweilt dich wahrscheinlich nur. Ich weiß nicht, ob ich es bis heute Abend schaffe.

Machst du eigentlich auch zwischendurch noch etwas anderes als arbeiten?

Archer: Zwischendurch vögle ich dich auch, schon vergessen?

Sehr subtil, wirklich.

Archer: :)

Archer: Wir wissen doch beide, dass du dich deswegen gemeldet hast, oder?

Sehr anmaßend.

Aber vielleicht möglich.

Hast du eine Mittagspause?

Archer: Hast du es so nötig?

Archer: Du könntest ins Büro kommen. So gegen eins?

Ich wusste, dass du nicht nein sagen wirst.

Archer: Provoziere es nicht.

Wenn ich dich provoziere ist der Sex aber besser.

Grinsend sehe ich auf mein Handy. In drei Stunden werde ich also Sex haben. Besser kann mein freier Tag gar nicht sein. Sogar, dass ich mal wieder putzen und die Wäsche machen muss, verhagelt mir die Laune nicht. Ich brauche etwa zwanzig Minuten mit dem Rad, um zu ihm zu kommen. Das Büro ist neben dem Trainingscenter in einem Gebäude, wo so gut wie alle von Atlanta Ice Lightning arbeiten, die nicht auf dem Eis stehen. Als ich mein Rad anschließe, fällt mir jedoch ein, dass ich nicht die leiseste Ahnung davon habe, wo genau sein Büro ist. In der Hoffnung, eine Übersichtstafel oder so in der Eingangshalle zu finden, gehe ich durch die große Eingangstür. Nein, eine Übersichtstafel gibt es nicht. Also bleibt mir nichts anderes übrig, als Archer anzurufen. Es dauert nur einen Moment, bis er abhebt.

„Lass mich raten, du findest das Büro nicht."

„Ich habe zwar nicht angefangen zu suchen, aber nein", antworte ich amüsiert.

„Siehst du den Aufzug?", fragt er und ich gehe dorthin.

„Ja, in welche Etage muss ich?"

„In die Dritte. Dann gehst du nach links und nach einigen Türen steht mein Name an einem Schild", meint er. „Bis gleich, Elliot." Ich höre in seiner Stimme, dass er grinst und betrete den Aufzug. Ich finde sein Büro recht schnell und öffne die Tür. Archer sitzt immer noch vor dutzenden Unterlagen, einem großen PC-Bildschirm und davor steht sein Laptop.

„Hallo? Erde an Archer?"

Er sieht auf. „Oh, hi."

„Komme ich ungelegen?", frage ich irritiert. „Wir haben doch erst vor zwei Minuten telefoniert."

Er seufzt, ehe er doch noch einmal etwas auf seinem Laptop tippt.

„Soll ich wieder gehen?", möchte ich vorsichtig wissen.

„Nein!", sagt er sofort und sieht wieder auf. „Tut mir leid, Johnson will, dass das bis Ende der Woche fertig ist, um es dem Vorstand vorzulegen und ich bin noch lange nicht so weit, wie ich gerne wäre und…"

„Moment. Halt", unterbreche ich ihn unbedacht. „Du brauchst eine Mittagspause. Wenn du dich überarbeitest, bringt das auch niemandem etwas."

Archer nickt. „Ja, ich weiß, aber noch bin ich in der Probezeit. Es gibt hunderte Leute, die diesen Job haben möchten, ich könnte sofort ersetzt werden."

„Es ist wie bei mir", bemerke ich. Wenn er nur 100% gibt, ist es zu wenig, mir geht es da nicht anders. Man muss das doppelte geben, andernfalls wird man ersetzt. Keine Fehler, keine Pausen. Das ist einfach nicht drin. Wenn ich auch nur ein paar Wochen zu meiner Familie fliegen würde, nicht trainiere, dann brauche ich mindestens doppelt so lange, um wieder so fit zu sein, wie vor dem Flug nach England.

„Schließt du die Tür ab?", bittet Archer mich und natürlich drehe ich den Schlüssel um.

„Du brauchst eine Pause", beschließe ich und gehe um den breiten Schreibtisch herum.

„Wozu hast du einen Rucksack dabei?", fragt er mich verwundert.

„Hast du etwa so etwas wie Gleitgel in deinem Büro?", entgegne ich und sehe mich um.

„Und wenn's so wäre?"

„Dann würde ich wohl denken, du lebst nicht monogam, denn ich war noch nie hier."

„Und wenn ich sagen würde, dass ich mir schon vorgestellt habe, dich hier zu haben? Und ich deswegen einfach vorbereitet sein wollte?"

Ich kann nicht anders, als zu lachen.

„So unrealistisch?" Empört sieht er mich an.

„Hast du etwas hier?", frage ich und er verdreht die Augen, schüttelt aber den Kopf. Also nehme ich meinen Rucksack und gebe ihn ihm.

„Ich wusste nicht, worauf du Lust hast, also habe ich alles mitgenommen."

„Das ist nicht dein Ernst."

„Natürlich ist es das. Wir haben die Sachen nicht gekauft, um sie verstauben zu lassen."

„Du hast die Sachen gekauft", korrigiert er mich. „Und ich weiß bis heute nicht einmal, was du alles bestellt hast."

„Oh das kann ich dir zeigen", grinse ich und öffne den Rucksack. „Das kennst du ja", sage ich und stelle das Gleitgel zur Seite.

„Ich habe uns den hier besorgt, den kennst du auch."

Archer sieht den Plug an. „Mhm."

„Dann diesen hier."

„Das ist der mit der Fernbedienung", stellt er fest. Ich nicke und lege sie daneben. Archer nimmt mir den Rucksack ab. „Was ist das?"

„Ein Seil."

„Das sehe ich." Als Nächstes holt er die Handschellen heraus. „Ich wusste nicht, was du lieber magst", erkläre ich.

„Und wieso denkst du, ich mag davon überhaupt etwas?", fragt er.

„Tust du nicht?", frage ich gespielt verwundert.

„Vielleicht doch", gibt er zu. „Und natürlich hast du eine Augenbinde gekauft, wieso auch nicht."

Das Letzte, was er danach aus dem Rucksack holt, ist der Penisring.

„Den wirst du aber tragen", beschließt er.

„Damit bin ich okay. Dann kann ich dich, so lange ich will, um den Verstand ficken."

Archer grinst unschuldig.

„Womit willst du anfangen?"

„Wie wäre es mit einem Kuss?", fragt er. Wie könnte ich da ablehnen? Archer lässt den Rucksack auf den Boden fallen und zieht mich wenig später auf seinen Schoß. Ich drücke mich an ihn, streiche durch seine Locken und seufze leise, als er seine Hände über meinen Rücken zu meinem Hintern gleiten lässt. Der Kuss wird hitziger, heißer und verlangender.

„Scheiße, irgendwann will ich, dass du mich reitest."

„Was?"

„Nicht jetzt. Irgendwann, in Ruhe", stellt er direkt klar. „Jetzt will ich, dass du mich über diesem Schreibtisch nimmst", sagt er leise, mit rauer Stimme und presst meine Hüfte an seine.

„Hier... nimm das", flüstert Archer gegen meine Lippen und drückt mir das Seil in die Hände.

„In deinem Büro?"

„Es ist abgeschlossen, entspann dich", beruhigt er mich und drückt mich von seinen Beinen. „Ich hab nicht viel Zeit, ich muss gleich wieder..."

„Stimmungskiller", unterbreche ich ihn und drücke ihn kurzerhand gegen die Tischplatte, ehe ich sein Hemd aufknöpfe. Gleichzeitig öffnet er meine Hose und zieht sie ein ganzes Stück herunter. Wir ziehen uns nur so weit aus, wie nötig, von seinem Hemd abgesehen, denn ich kann nicht widerstehen, es ihm vom Körper zu streifen. Bäuchlings liegt er kurz danach auf der Arbeitsplatte. Die Unterlagen habe ich zur Seite geschoben. Dann schnappe ich mir wie gewünscht das Seil.

„Leg deine Hände auf den Rücken", verlange ich und Archer macht es sofort. *Scheiße, ist das heiß.*

„Willst du mich nur anstarren? Dann mache ich's mir selbst."

„Verführerisches Angebot", erwidere ich und ziehe den Knoten um seine Handgelenke fest.

„Du sagst mir aber, wenn es zu viel ist, ja?", frage ich leise zu ihm heruntergebeugt.

„Ja." Er dreht seinen Kopf und lächelt. „Küss mich." Seine Lippen machen süchtig. Ich brauche mehr davon. Meine Hände streichen über seinen Rücken, seine Oberschenkel hin zu seinem Hintern. Er seufzt leise auf, löst den Kuss und drückt sich mir entgegen.

„Mach schon. Provozieren kannst du mich wann anders", fordert er und möchte seine Hände bewegen, aber es geht nicht. Stöhnend lässt er den Kopf nach vorne fallen, denn gleichzeitig stoße ich zwei meiner Finger tief in ihn.

„Fuck, das ist heiß", murmle ich und streiche über seinen Rücken.

„Mehr", befiehlt er nach wenigen Augenblicken. Schnell nehme ich mir ein Kondom aus der Packung, die ich vorhin mit in den Rucksack geworfen habe.

„Wenn ich dich einmal hier vögle, werde ich immer wieder herkommen, um dich an deine Mittagspause zu erinnern, das weißt du?"

„Willst du jetzt wirklich einen Rückzieher machen? Oh Gott, Elliot!", stöhnt er im selben Moment mit rauer Stimme und kommt mir entgegen. Verdammt, davon werde ich niemals genug bekommen. Meine Finger gleiten durch seine Haare, meine andere Hand hält ihn an der Hüfte fest. Ich werde schneller, stoße tiefer in ihn und merke, wie die Lust mich überrennt. Archer zuzusehen, wie er es genießt, wie er sich mir völlig hingibt, verstärkt dieses Gefühl in mir noch mehr.

„Fuck, Archer…" keuche ich, greife um ihn herum und lege meine Hand in seinen Schritt. Immer wieder lasse ich meinen Daumen über seine Spitze gleiten, verteile das Precum und sehe zu, wie er nicht mehr an sich halten kann. Er reißt mich mit sich, ich beuge mich über ihn und küsse immer wieder seinen Rücken und seinen Hals, seine Schultern und seine Wange.

„Heilige Scheiße", murmelt Archer außer Atem, als ich das Seil entknote und er sich umdreht.

„Wenn das immer so scharf wird, dann darfst du gerne öfter vorbeikommen."

„Vielleicht werde ich das", überlege ich und schiebe die Sachen zurück in den Rucksack. „Du gehst schon?"

„Was, möchtest du noch eine Runde?" Bevor er antworten kann, klopft es an der Tür. „Unter den Schreibtisch!", zischt Archer, drückt mich auf den Boden und schnappt sich sein Hemd. Der Schreibtisch ist nach vorne hin geschlossen, aber ist die Tür nicht abgeschlossen? Die Frage erübrigt sich, als ich einen Moment später höre, wie sie geöffnet wird. Archer rutscht mit dem Stuhl an den Schreibtisch heran. „Mister Johnson, was gibt's?", fragt er verwundert. Offenbar hat er nicht damit gerechnet, dass ihn jemand zu dieser Zeit aufsuchen könnte.

„Hallo Mister Swan. Läuft so weit alles gut?", fragt er und Archer bejaht. Ich überlege einen Moment, aber schmunzle dann. Archer zu provozieren, macht jedes Mal unfassbar Spaß und selbst wenn er dann wütend ist, wird das nur auf hitzigen, hemmungslosen Sex herauslaufen. Also lege ich meine Hand auf seinen Schritt. Archer spannt sich an, spricht aber normal weiter. Seine Hose ist noch geöffnet und es ist mir ein leichtes, sie etwas herunterzuziehen und meine Hand direkt auf seinen Schwanz zu legen. Archer wird hart. Es dauert nicht lange und sein Blut fließt wieder in seine Mitte.

„Haben Sie schon mit Mister Smith gesprochen?", fragt Mister Johnson und kurz bevor Archer antwortet, lege ich meine Lippen um seine Spitze. Archer rutscht ein Stück weiter nach vorne, räuspert sich und antwortet: „Ja, wir haben heute Morgen telefoniert und er ist sich sicher, dass meine Idee funktionieren kann, wenn man es richtig umsetzt."

„Es ist ein großer Plan", gibt Mister Johnson zu bedenken. Ich lasse Archers harten Schwanz tiefer in meinen Mund gleiten und umspiele ihn mit meiner Zunge. Wieder räuspert Archer sich und versucht mich, mit seinem Fuß wegzuschieben. Ich kann allerdings nirgendwo hin, also bringt das leider nichts.

„Mister Smith unterstützt mich und in anderen Ländern hat das auch schon geklappt. Es gab ähnliche Kampagnen und..."

„Wir sprechen hier aber von der NHL", wird Archer unterbrochen. Mister Johnson ist etwas lauter geworden und irritiert lasse ich von Archer ab. Was ist denn jetzt los?

„Die NHL ist die größte und wichtigste Eishockeyliga der Welt. Ich weiß, dass es wichtig ist, sich aus der Masse abzuheben und bisher machen sie ihren Job wirklich gut, aber sind sie sich sicher, dass das nicht zu viel des Guten ist?", möchte er skeptisch wissen.

„Wieso wurde ich eingestellt? Weil ich meinen Job gut mache, weil ich weiß, wie man gutes Marketing betreibt und wie die Presse funktioniert. Ich werde nicht von heute auf morgen eine Bombe platzen lassen. Ich werde dafür sorgen, dass Atlanta Ice Lightning ein Zeichen setzen wird und dass die Welt es sieht. Wir leben im 21. Jahrhundert Mister Johnson. Atlanta Ice Lightning ist ein wirklich guter Verein und angesehen noch dazu. Es ist eine gute Lösung, weitaus mehr Menschen, als nur die Eishockeyfans und Sportenthusiasten zu erreichen", erklärt er ihm ruhig und gefasst. Worum geht es bei diesem Gespräch? Mister Johnson ist ganz offensichtlich nicht angetan von Archers Idee. Ich denke nicht, dass Archer etwas Unüberlegtes tun würde, das anscheinend so große Wellen schlagen wird. Ich schätze, das ist das Projekt, das so dringend fertiggestellt werden muss.

„Wie Sie meinen, Mister Swan. Ich sage Ihnen nur, dass es nicht einfach wird, den Vorstand von Ihrem Plan zu überzeugen."

„Das ist mir durchaus bewusst" , antwortet er. „Aber ich werde es versuchen. Finden Sie nicht, es könnte gut für Atlanta Ice Lightning sein?"

„Es könnte den Verein genauso gut aus der NHL katapultieren. Ich weiß, Sie sind neu, aber das sollte Ihnen wohl bewusst sein. Wenn Sie das versauen, Mister Swan, sollten Sie hoffen, dass nur einer seinen Job verliert und nicht direkt alle", stellt er klar und ich schlucke. *So schlimm? Was hat er denn bitte vor?*

„Das weiß ich durchaus."

„Gut, dann sehen wir uns am Ende der Woche", antwortet Mister Johnson und ich höre Schritte, die sich zur Tür bewegen. Lächelnd wende ich mich wieder Archer zu. Meine Hand lag die ganze Zeit auf seinem Schwanz.

Ganz entspannt ist er noch nicht wieder und das wird er auch nicht sein, denn wieder küsse ich seine Spitze, lecke mit der Zunge darüber und necke ihn weiter. Als die Tür ins Schloss fällt, rutscht Archer zurück, zieht mich mit sich und seufzt auf.

„Verdammt, Elliot, das kannst du doch nicht machen, wenn mein… unser Boss im Raum ist", murmelt er und seine Finger fahren durch meine Haare.

„Soll ich etwa aufhören?"

„Jetzt bring zu Ende, was du angefangen hast!"

Grinsend mache ich weiter, lasse meine Zunge um ihn tanzen und Archer stößt seine Hüfte immer wieder ein Stück hoch. Ich lasse es zu und merke, dass es mich anmacht, wenn er sich nimmt, was er braucht. Das habe ich schon verstanden, als er sich auf mich gesetzt und mich geritten hat, ohne, dass ich groß bestimmen konnte. Aber das jetzt? Ich hätte nicht gedacht, dass ich Gefallen daran finde, ihn bestimmen zu lassen. Fuck, wieso mag ich es, wenn er meinen Mund vögelt? Archer stöhnt auf und drückt meinen Kopf wieder zu seinem Körper.

„Scheiße, so oft hatte ich selten guten Sex", grinst er und streicht mir sanft durch die Haare.

„Wenn du mich unter den Schreibtisch drückst. Wie soll ich dich dann bitte in Ruhe lassen? Zumal deine Hose offen war", erinnere ich Archer.

„Darf ich fragen, worum es bei dem Gespräch ging?", frage ich dann. Archer zögert. „Ich darf es dir nicht sagen, tut mir leid."

„Okay."

„Nicht, weil ich nicht möchte, ich würde es dir gerne sagen, aber wenn du es weißt und das rauskommt, stellt sich die Frage, wieso nur *du* es vor allen anderen wusstest. Außerdem ist noch nichts in trockenen Tüchern. Ich meine, du hast Mister Johnson gehört. Der Vorstand muss erst darüber entscheiden."

Archer ist sichtlich unzufrieden damit.

„Also könnte es auch sein, dass das ganze Projekt in den Müll verfrachtet wird", schlussfolgere ich und er nickt. „Ja, das kann passieren und ich glaube, dass die Chancen dazu im Moment 50 zu 50 liegen."

„So schlimm, ja?", frage ich im Spaß und er lächelt schief.

„Du hattest recht, die Leute in der Eishockeywelt sind wirklich alle Hinterwäldler."

„Wirklich alle?"

„Vielleicht gibt es ein paar wenige Ausnahmen", korrigiert er sich und ich lehne mich an seinen Schreibtisch. Ich sehe zur Seite.

„Das bringt dir alles nichts, die wichtigen Sachen, sind auf dem Laptop", stellt er direkt klar. „Und ich dachte eigentlich, dass du akzeptierst, dass du noch nichts erfahren wirst."

„Habe ich nie gesagt", antworte ich.

„Hast du nicht. Aber ich bitte dich darum."

„Und wenn ich mich nicht daran halte?"

„Dann wird es wohl das erste und letzte Mal gewesen sein, dass du in meinem Büro warst."

„Du meinst, dass wir hier Sex hatten", korrigiere ich ihn, denn es könnte durchaus noch geschehen, dass ich hier ab und an geschäftlich hin muss.

„Das hast du jetzt gesagt, aber wenn es als Druckmittel funktioniert, meinetwegen. Wenn du neugierig bist, gibt es keinen Sex mehr", legt er fest.

„Das hältst du nicht aus", erwidere ich.

„Du provozierst schon wieder", stellt er fest, aber ich zucke mit den Schultern und sehe ihn scheinheilig an. „Das war nur eine Feststellung. Du hast vorhin selbst gesagt, dass du noch nie so viel guten Sex hattest."

„Du wirst es früh genug erfahren, reicht dir das nicht?", fragt Archer jetzt seufzend.

„Ich mache doch nur Spaß. Ich verstehe das Meiste deiner Unterlagen wahrscheinlich sowieso nicht."

„Vermutlich." Er lächelt kurz. Da fällt mein Blick auf meinen Rucksack.

„Du willst schon wieder?", fragt Archer überrascht. „Du weißt aber schon, dass meine Pause schon längst um ist, oder?"

„Hier." Ich drücke ihm einen Plug in die Hand.

„Und was soll ich damit?"

„Ich habe die Sachen für uns gekauft. Es wäre doch unfair, wenn alles bei mir zu Hause ist."

„Du meinst wohl eher unpraktisch", antwortet er mir. Ist das nicht quasi das Gleiche?

„Und die Fernbedienung dazu?", fragt er, als er bemerkt hat, welcher der beiden Plugs es ist. Ich lächle nur.

„Die behältst du."

„Richtig. Und du wirst den Plug beim nächsten Spiel tragen."

„Ist das dein Ernst?", fragt er amüsiert. „Und wo willst du die Fernbedienung so lange hintun? In deine Rüstung, damit sie auf dem Eis rausfällt?"

„Gutes Argument." Darüber habe ich tatsächlich noch nicht nachgedacht. Also möchte ich ihn wieder in den Rucksack tun, aber Archer zieht meine Hand weg.

„Du hast recht. Ein bisschen sollte auch bei mir sein." Mit diesen Worten nimmt er sich das nicht mehr so ordentlich zusammengelegte Seil aus dem Rucksack und stopft es in seine Tasche.

17. Kapitel

Archer ist in New York. Es findet irgendeine Konferenz bei TAA statt, bei der er anwesend sein muss. Zwei Spiele verpasst er dadurch. Das erste Spiel gewinnen wir nur mit Mühe. Das Spiel gegen Winnipeg hingegen ist verdammt gut, ich schieße ein Tor, lege für zwei andere vor und Drew und Warren sind sichtlich zufrieden mit mir. Abends, als ich im Bett liege, wollen meine Gedanken mir keine Ruhe geben und ehe ich mich versehe, habe ich mir schon mein Handy geschnappt. Ich möchte ihn anrufen. *Das ist bescheuert.* Er ist in New York und hat sicherlich eine ganze Menge zu tun. Ich starre auf mein Handy und zwinge mich, nicht auf seinen Namen zu klicken. In dem Moment schreibt er mir.

Archer: Das Spiel war gut, deine Tore sahen toll aus.

Du hast es dir angesehen?

Archer: Ich habe mir gerade die Zusammenfassung angeschaut.

Okay.

Archer: Okay?

Was soll ich denn sonst sagen?

Archer: Wie wäre es mit Danke? Immerhin habe ich dir ein Kompliment gemacht.

Du hast mir geschrieben, dass ich gute Tore geschossen habe. Damit verdiene ich mein Geld.

Archer: Es sollte ein Kompliment sein.

Okay. Danke.

Archer: Wieso so abweisend?

Ich bin nicht abweisend.

Archer: Und ich bin hetero.

175

> *Ach so ist das. Schwierig.*

Archer: :)

Archer: Ich bin übermorgen wieder da.

> *Soll ich jetzt fragen, wo du bist?*

Archer: Habe ich dir das nicht gesagt?

> *Nein. Aber ich habe Drew gefragt. Ich weiß, dass du in New York bist.*

Archer: Ich dachte, ich hätte dir das gesagt. Mein Boss wollte, dass ich nach New York zu einer wichtigen Konferenz komme.

> *Wie ist es so?*

Archer: Die Konferenz dauert schon vier Tage an. Es ist anstrengend, ich wäre lieber wieder in Atlanta.

> *Auf welche Weise soll ich das verstehen?*

Archer: Wie willst du es denn verstehen?

> *Dass dir unser Sex fehlt.*

Archer: Das war ja so klar, haha.

Archer: Ich wäre gerne bei den Spielen gewesen.

> *Magst du Eishockey plötzlich doch?*

Archer: Ich habe nie behauptet, dass ich es nicht mag. Ich hatte nur nie wirklich Interesse.

> *Gut, dass sich das geändert hat.*

Archer: Ich verdiene ja auch mein Geld damit.

> *Sehen wir uns, wenn du wiederkommst?*

Archer: Hast du es schon so nötig?

> *Ich würde dich am liebsten jeden Tag vögeln.*

Archer: Subtil.

Archer: Aber ich hatte nichts anderes erwartet.

> *Davon bin ich ausgegangen.*

176

Schmunzelnd sehe ich auf mein Handy und merke nicht bewusst, wie meine Laune sich mit jeder neuen Nachricht von Archer hebt. Er kommt in zwei Tagen, das bedeutet er ist Montag wieder da. Dienstag fliegen wir schon zum nächsten Auswärtsspiel.

Kommst du zum Spiel gegen St. Louis mit?

Archer: Natürlich. Möchtest du wieder, dass unsere Zimmer nebeneinander sind?

Fällt das nicht auf?

Archer: Nicht, wenn ich die Schlüssel verteile.

Dann gerne.

Archer: Hat Mister Johnson schon mit euch gesprochen?

Nein, worum geht es?

Archer: Kann ich nicht sagen, wenn ihr es noch nicht wisst.

Und mit ihr meinst du das Team?

Archer: Ja, aber ich denke, dann wird er es bald machen.

Lass mich raten, du darfst es mir vorher nicht sagen.

Archer: Richtig, aber es ist nichts Schlimmes oder so, mach dir keine Sorgen.

Bis zu dieser Nachricht habe ich das auch nicht.

Archer: Oops.

Johnson taucht am Montag im Trainingscenter auf. Unangekündigt ist er selten hier, weswegen so gut wie alle ziemlich erstaunt sind, als er durch die Tür kommt; alle außer mir, denn ich habe nach Archers Nachricht damit gerechnet, dass er bald mit uns sprechen möchte.

„Es ist also abgesegnet?", fragt Drew und wirkt dabei überrascht. Warren verschränkt die Arme vor der Brust. „Habt ihr euch das auch wirklich gut überlegt?"

Johnson zuckt mit den Schultern. „Du weißt ganz genau, was ich davon halte, aber er war ziemlich überzeugend. Und es kann tatsächlich funktionieren."

„Nicht in der NHL", meint Warren kopfschüttelnd.

„Weißt du, wovon die sprechen?", fragt Duncan mich leise, aber ich schüttle den Kopf. „Ich habe keine Ahnung."

Keiner aus dem Team hat das. Wir verstehen kein Wort. Warren nickt dann und Johnson bittet uns in den Konferenzraum. Wenige Minuten später stehen und sitzen wir um den großen Tisch verteilt, während Mister Johnson einige Unterlagen herausholt.

„Bald wird es eine große Kampagne geben", beginnt er. „Sie wird der Werbung dienen, aber auch das Image von Atlanta Ice Lightning beeinflussen, zumindest, wenn alles so klappt, wie es soll."

Kenny sieht ihn verwirrt an. „Das klingt ja so, als könnte es uns ruinieren." Es war als Witz gemeint, aber als nicht einmal Drew schmunzelt, weiß jeder hier, wie riskant es offenbar ist.

„Der Vorstand hat abgestimmt und nach vielen Diskussionen und Analysen gibt es eine Entscheidung. Es wird eine große Kampagne für mehr Akzeptanz im Sport geben." Ich glaube, ich höre nicht richtig. Mein Herz bleibt für einen Moment stehen. Das ist es, wovon Archer gesprochen hat. Es ging um dieses Projekt.

„Und was genau soll das bedeuten?", fragt Duncan.

„Es wird Trikots geben, bei einem der nächsten Spiele gehen alle Erlöse an Einrichtungen, die Akzeptanz fördern. Es wird eine limitierte Auflage der Fantrikots geben und außerdem wird das alles und noch mehr auf den sozialen Netzwerken promotet.

Kenny, du wirst einem Sportmagazin zu dem Thema ein Interview geben."

„Moment, was soll das heißen, wir bekommen andere Trikots? Sollen wir etwa als Regenbögen oder so herumlaufen?", fragt Gibson missmutig.

„Das ist eine Option, ja, das wird noch diskutiert."

„Niemals", sagt Duckie sofort. „Wie soll uns dann irgendjemand noch ernst nehmen können? Wir werden als Schwanzlutscher-Mannschaft abgestempelt."

Ich sehe zu meinen Teamkollegen. Ob es wohl auffällt, wenn ich jetzt nichts sage? Duncan schüttelt den Kopf. „Diese Idee ist hirnverbrannt."

„Es gibt Länder, in denen diese Kampagnen funktioniert haben", erklärt Johnson. „Auf diese Art und Weise wird es möglich sein, Atlanta herausstechen zu lassen."

„Ja, als Tunten", erwidert Kenny. „Das ist unmöglich ein realistischer Plan."

„Der Vorstand hat dafür gestimmt", wiederholt Drew.

„Der Vorstand muss ja auch nicht als schwuler Regenbogen aufs Eis. Da könnten wir direkt zum Eiskunstlauf wechseln." Kenny ist wütend und mit einem Blick durch die Runde ist es ein Leichtes, zu erkennen, dass es allen in unserer Mannschaft so geht. Duncan sieht zu mir. „Bei dem Scheiß mache ich nicht mit."

„Meinst du etwa, ich?", erwidere ich und lache bitter. „Das ist Bullshit."

Mister Johnson lässt sich davon nicht aus der Ruhe bringen. „Die Details werdet ihr die Tage erfahren." Mit diesen Worten steht er auf und geht.

„Wer ist darauf gekommen? Atlanta wird zur Lachnummer", seufzt Lane genervt.

„Das war bestimmt der *tolle, neue Pressemanager*", antwortet Gibson. „Ich hab's doch gesagt, der ist 'ne Schwuchtel. Kein Wunder, dass er mit so etwas um die Ecke kommt."

„Johnson sollte Michael wieder herbringen und den anderen Kerl rauswerfen, sonst kann Atlanta bald dicht machen", pflichtet Duckie ihm bei.

„So eine Idee kann doch nur von einem Schwulen kommen. Wer hat den überhaupt eingestellt?"

„Ich glaube, das lief über TAA", überlege ich.

„Jetzt ist wirklich klar, warum er diesen Job haben wollte." Angewidert verzieht Gibson das Gesicht. „Der Typ hatte doch keine Ahnung von Eishockey, als der hier angefangen hat. Der ist nur scharf darauf, mit Sportlern zu arbeiten." *Niemand mit Geschmack würde dich freiwillig anmachen, Gibson.* Ich verkneife mir den Kommentar und nicke stattdessen knapp.

„Kenny, das können die nicht machen!"

Kenny sieht Lane an. „Ich bin davon auch nicht begeistert, aber ich denke schon. Niemand hier will in einem scheiß Regenbogen herumlaufen, aber es steht offenbar fest, dass die Kampagne kommt."

„Kannst du nicht wenigstens verhindern, dass wir diese Scheiße auf dem Eis tragen müssen?", höre ich mich fragen.

„Ich werde es versuchen", verspricht er nickend.

„Einen Teufel werde ich tun und mir von einer Schwuchtel sagen lassen, dass ich ein neues Trikot anzuziehen habe", brummt Duncan.

„Dann wird Atlanta untergehen", murmle ich. „Was eine Schwachsinns-Idee."

„Das hat uns noch gefehlt." Duckie deutet zur Tür. Für einen Moment weiß ich nicht, wie mir geschieht. Mir wird eiskalt und ich weiß augenblicklich, dass ich richtig verkackt habe. Archer steht dort und sieht nicht so aus, als wäre er gerade erst angekommen. Erst sagt er nichts. Er sieht uns nur an und als ich zu meinen Teamkollegen schiele, sehe ich, dass sie auch verstanden haben, dass er es definitiv mitbekommen hat. *Fuck.*

„Äh… hi Archer", sagt Ian zögerlich.

„Hallo. Wie ich mitbekomme, hat Mister Johnson euch also erzählt, wie die Promo der nächsten Wochen aussehen wird", erkennt er trocken und ich schlucke. *Ich sollte das jetzt definitiv nicht denken, aber er sieht verdammt nochmal heiß aus, wenn er so ernst ist.*

„Hat er", meint Gibson und verschränkt die Arme vor der Brust. Ich bin zwar gerade heilfroh, dass ich nichts sagen muss, aber gleichzeitig will ich nicht, dass Gibson wieder so einen Bullshit von sich gibt; und das auch noch Archer gegenüber.

„Es ist kompletter Schwachsinn, was du da vor hast", sagt Gibson und die Jungs nicken zustimmend. Ich stehe nur da und hoffe, dass diese Unterhaltung schnell ein Ende findet.

„Wir leben im 21. Jahrhundert. Es hat in anderen Ligen geklappt und es wird auch hier funktionieren."

„In der NHL? Niemals", lacht Duckie ironisch. „Sorry, aber nur weil du auf Schwänze stehst, heißt das nicht, dass ich im Regenbogentrikot übers Eis tanzen werde", stellt er klar und hebt beide Hände.

„Weil ich… was?"

Ich seufze leise und Archer sieht zu mir. Ich habe es nicht erzählt, das sollte er wissen. Kenny verdreht die Augen. „Wir wissen es alle, Archer. Du musst nicht so tun, als wäre es anders."

„Aha?" Er sieht durch die Runde, ehe Duckie erzählt, wie er es erfahren hat.

„Und du denkst, das wäre der Grund, ja?"

„Es ist mir egal, was du mit wem machst, aber die Mannschaft und der Verein hat damit nichts zu tun. Also benutze uns nicht, um dich besser zu fühlen."

181

„Ich soll mich persönlich besser fühlen, weil ich für Gleichberechtigung einstehe und plane, dass Atlanta Ice Lightning ein Zeichen für mehr Akzeptanz setzt? Und du denkst wirklich, es gibt keinen anderen Grund, warum ich mir diese Strategie ausgedacht habe?", fragt er und ich tue mich schwer damit, ernst zu bleiben. Archer schüttelt den Kopf und verdreht die Augen.

„Es geht darum, den Club weltweit in die Medien zu bringen und das im positiven Sinn. Es wird viele neue Fans geben, Aufmerksamkeit und damit mehr Geld." Archer sieht Duckie amüsiert an. „Aber klar, du hast ja so recht, ich mache das nur, damit ich persönlich mich besser fühle, wieso machst du meinen Job nicht?"

„Scheiße, was soll das?", fragt Lane. „Alles, was wir gesagt haben, ist, dass es definitiv nach hinten losgehen wird und dass wir es deswegen nicht machen werden. Du bist neu hier, jeder macht mal Fehler. Wir wollen dich nur davor bewahren, einen zu machen, der uns alle den Kopf kosten wird."

„Das geschieht aber nicht, Lane", betont Archer wieder. Die Situation heizt sich immer weiter an und ich weiß wirklich nicht, wie lange es noch dauert, bis die Stimmung hier zu angespannt ist.

„Dann werden wir alle für Schwanzlutscher gehalten und die NHL wird uns nicht mehr ernst nehmen. Kein Team wird nicht über uns lachen und wir werden die Clowns der Liga", betont Lane wieder. „Dann wird das hier die letzte Saison von Atlanta sein und dann du bist dafür verantwortlich."

„Was denkst du, sollte ich stattdessen tun? Allen Singles von euch eine Freundin verpassen, damit ihr bloß für hetero gehalten werdet?", fragt Archer sarkastisch und für einen Moment wird mir eiskalt. Nein, das würde er nicht tun. Er weiß genau, dass ich das nicht kann.

„Zumindest ist das besser, als uns als Regenbogenparade einlaufen zu lassen", erwidert Duncan trocken.

„Gut, wer von euch hat keine Freundin?" Es heben tatsächlich einige die Hand. Ich glaube, ich sehe nicht richtig. Zögerlich hebe auch ich den Arm.

„Wer will zuerst? Wie wäre es mit euch: Lane, Duncan und Gibson?" Es ist keine richtige Frage, aber die drei nicken nur.

„Reicht das dann? Sonst würde ich für Elliot auch noch jemanden arrangieren."

„Für mich?", frage ich perplex und er nickt. „Hast du da ein Problem mit? Man könnte ja ansonsten denken, alle hier sind schwul." Seine Stimme trieft vor Sarkasmus.

„Solange es eine hübsche Frau ist", antworte ich nur und Archer wird immer wütender. Er verbirgt es, so gut es geht, aber ihn weiter zu provozieren, ist eine dumme Idee. Gibson und Duckie machen weiter. Kenny ist schließlich derjenige, der das Ganze unterbricht.

„Hört auf! Merkt ihr nicht, dass keiner hier eine Fake-Freundin bekommen wird? Wenn das rauskommt, und das wird es früher oder später, hat Atlanta einen viel größeren Skandal am Arsch kleben", stellt er klar. Gibson verdreht die Augen. „Lieber so als der Schwulen-Mist."

„Ich denke, es bringt nichts, das weiter zu diskutieren", wirft Kenny ein und Gibson verstummt.

„Ich werde mit Mister Johnson sprechen, vielleicht finden wir ein Kompromiss. Bis dahin will ich, dass ihr euch auf das nächste Spiel konzentriert." Dass er daraufhin missmutig angesehen wird, interessiert Kenny nicht. Ich sehe wieder zur Archer, der sich gestresst durch die Haare fährt. Er ist noch kein halbes Jahr hier und schon hat er es geschafft, dass so gut wie die ganze Mannschaft gegen ihn ist. Das kann so nicht lange funktionieren. Ich mag Archer, aber ich weiß auch, dass ich mich definitiv fürs Eishockey entscheiden würde, wenn ich müsste.

Ich bin mir sicher, dass ihm das bewusst ist. Also sehe ich weg und ignoriere, dass er dort noch eine Minute länger steht und sich mit Kenny unterhält. Zu gerne würde ich zwar wissen, worüber die beiden sprechen, aber da weder Archer noch Kenny davon begeistert sein würde, lasse ich es.

„Das ist so ein Schwachsinn, was der Kerl vorhat", meint Lane zu mir. „Der hat doch keine Ahnung."

„Er wird es nicht durchziehen können", antworte ich, da ich es ehrlichweise bezweifle.

„Dann würd es Atlanta nicht mehr lange geben", nickt Duncan. Wenn ich es mir aussuchen könnte, würde ich natürlich entscheiden, dass es klappt, aber ich bezweifle es sehr stark. Die NHL ist nicht bereit dafür und leider weiß ich nicht, ob sie das jemals sein wird. *Ob ich mit Archer reden sollte?* Fuck! Was ist, wenn er das meinetwegen macht? Weil ich mich schon mein Leben lang verstecke, damit ich hier sein kann? Ob er wirklich deswegen diese Strategie entworfen hat? Das wäre definitiv zu viel des Guten. Dann muss ich daran denken, dass nun alle wissen, dass Archer auf Männer steht. Er hat es nicht bestritten, das hat gereicht. Er brauchte es überhaupt nicht zu bestätigen. Alle aus dem Team wissen es und ich glaube kaum, dass sie das so schnell wieder vergessen werden. Mir ist zwar klar, dass ich ihm gesagt habe, er solle es nicht verheimlichen, aber wer konnte wissen, dass es so schnell die Runde macht? Jetzt werde ich definitiv aufpassen müssen, wann wir uns sehen und vor allem wo. Mich beschleicht der Verdacht, dass es sich auf seine Wohnung und mein Zuhause beschränken wird. Ich kann nicht riskieren, dass einer der Jungs sieht, wie wir zusammen bei einem Auswärtsspiel in ein Hotelzimmer gehen. In dieser Hinsicht ist die NHL nicht besser als eine Schule voller Teenies: Man muss nur einmal jemanden falsch ansehen und schon sind die Gerüchte im Umlauf.

Das Training zieht sich, aber schließlich ist der Tag so gut wie vorbei. Ich bin einer der ersten, der die Umkleide verlässt und es kommt, wie es kommen musste. Auf dem Platz vor der Halle laufe ich Archer über den Weg.

„Oh. Hi", sage ich nur und schließe mein Fahrrad auf.

„Hey, Elliot", lächelt er. „Hast du heute noch etwas vor?"

„Ich habe keine Zeit, sorry", antworte ich schnell und sehe mich um. Es ist niemand hier. Archer seufzt. „Du weißt, ich frage dich so etwas nicht, wenn es jemand mitbekommen könnte."

Ich zucke mit den Schultern.

„Was denkst du darüber?"

„Deinen Plan die NHL Akzeptanz zu lehren?"

Er nickt.

„Was soll ich schon darüber denken?" Ich weiß nicht, ob ich mich wirklich dazu äußern sollte.

„Elliot, bitte. Ich wusste zwar, dass die Mannschaft nicht begeistert sein würde, aber dass es so heftig wird…"

„Das war doch zu erwarten", unterbreche ich ihn genervt. „Wie oft habe ich dir gesagt, wie es hier zu geht, huh? Du wolltest mir ja nicht glauben."

„Also siehst du es genauso", schlussfolgert er.

„Ich sehe es realistisch; es würde Lightning in den Ruin treiben."

„Dein Optimismus ist wirklich toll", entgegnet Archer trocken. Ich sehe mich wieder um.

„Und bevor ich es vergesse: Unsere… du weißt schon, das sollten wir bei Auswärtsspielen nicht mehr machen; jetzt wo die Mannschaft über dich Bescheid weiß."

„Das klingt, als wäre ich ein Krimineller", schmunzelt Archer, aber er bemerkt schnell, dass ich es nicht als Scherz gemeint habe. Also räuspert er sich und nickt. „Klar, verstehe ich."

„Wir sehen uns", antworte ich nur noch, da in diesem Augenblick die Tür zum Trainingscenter geöffnet wird. Ich weiß nicht, wer dort herauskommt, aber im Prinzip ist es auch egal. Schnell schwinge ich mich auf mein Fahrrad und mache mich aus dem Staub.

18. Kapitel

Eine Woche vergeht und wir bringen zwei Auswärtsspiele hinter uns. Archer und ich sprechen nicht einmal miteinander. Es geht mir auf die Nerven. Heute Abend ist das Spiel gegen die Anaheim Ducks und da werde ich ihn definitiv wiedersehen. Wenn ich mich nicht jede Stunde daran erinnern würde, warum wir seit Tagen schon nicht mehr miteinander gesprochen haben, würde ich ihm wohl sagen, dass er nach dem Spiel damit rechnen soll, dass ich zu ihm komme und er die Nacht nur wenig schlafen wird. Das werde ich mir allerdings verkneifen.

Anders als erhofft, ist der Plan der Kampagne immer noch Thema Nummer eins und natürlich muss jeder es mit Archers Sexualität in Verbindung bringen. Als ich in die Umkleide komme, herrscht bereits eine hitzige Diskussion.

„Wie bitte? Du bist *dafür*? Wie konnte das denn auf einmal passieren?", fragt Duckie Ian mit irritiertem Blick.

„Bist du jetzt etwa auch so ein warmer Bruder, oder was? Es reicht ja wohl, dass Archer auf Schwänze steht." Lane mustert ihn abwertend.

„Was ist hier los?", frage ich verwirrt und gehe zu meinem Platz.

„Ich habe nur gesagt, dass es vielleicht gar nicht so schlecht ist, was Archer vorhat; Akzeptanz und so zu schaffen", erklärt Ian vorsichtig und sieht auf den Boden. Ich glaube, ich höre schlecht.

„War ja klar, dass alle hier sofort denken, ich wäre schwul", fügt er genervt hinzu. „Bin ich nicht, nur dass das hier niemand falsch versteht. Aber ich bin trotzdem dafür, dass es als normal angesehen wird."

„Von mir aus, aber hier? Wie stellst du dir das vor?", möchte Kenny wissen. Ian, unser Rookie, lehnt sich gerade nicht wirklich gegen die gesamte Mannschaft auf, oder? Ich verstehe nicht, was hier vor sich geht und ich wäre nicht überrascht, wenn es plötzlich hieße, wir sind bei der versteckten Kamera. Einen Teufel werde ich tun und jetzt etwas dazu sagen.

„Ihr müsst ihn doch nicht direkt so fertig machen", bittet Duncan.

„Du hast aber schon mitbekommen, was hier gerade passiert, oder?", fragt Lane trocken.

„Der Kerl will, dass wir diese lächerlichen Trikots anziehen."

„Das habe ich doch gar nicht gesagt!", widerspricht Ian sofort.

„Die Trikots müssen nicht sein, da bin ich eurer Meinung. Ich sage nur, dass der Grundgedanke nicht so schlecht ist, wie ihr meint", betont er noch einmal.

„Ich dachte, wir waren uns einig. Wieso hast du letztens nichts dazu gesagt?", fragt Kenny ihn.

„Man wird doch wohl noch über etwas nachdenken dürfen", antwortet Ian genervt und zieht sich seine Ausrüstung an.

„Was gibt es denn dabei groß zu überlegen? Wenn du deine Karriere beenden willst, bitte, tue dir keinen Zwang an, aber zieh uns da nicht mit rein", erwidert Lane mit fester Stimme.

„So schlimm ist es doch nicht. Jungs, ehrlich…"

„Sorry, Ian, aber das, was du gerade sagst, ist Schwachsinn", unterbricht Lane ihn wieder und schüttelt den Kopf.

„Wir werden das nicht mitmachen, das würde kein Team der NHL", stimmt Kenny zu. Innerlich seufze ich. Nicht einmal unser Teamcaptain ist ansatzweise daran interessiert ein Kompromiss zu finden.

„Der Vorstand lässt die Trikots niemals zu, entspannt euch mal", versuche ich die Situation etwas zu entschärfen.

„Besser wäre es", murmelt Lane. Ich sehe zu Ian. Er würde am liebsten widersprechen, das ist ihm anzusehen, aber er tut es nicht. Ein Streit im Team vor einem Spiel ist nie gut und das weiß auch er. Man kann nicht gut auf dem Eis zusammen funktionieren, wenn es derart angespannt ist. Auf dem Weg zur Bank entdecke ich Ellie.

„Wie geht es Ellie?", spreche ich Ian an, aber dieser ist nur irritiert. „Sie ist hier." Er fährt herum und lächelt glücklich. „Hey", sagt sie lächelnd und ich bemerke, dass sie sein Trikot trägt. *Ob Archer wohl mal mein Trikot tragen würde?* „Du bist hier!", freut er sich. „Ich hoffe das ist in Ordnung", antwortet Ellie und kommt kurzerhand mit an den Eingang zum Eis. Es sind noch zwei Minuten, bis wir rausmüssen.

„Es ist toll, dass du hier bist", erwidert Ian. Ich stehe zwar mit dem Rücken zu den beiden, aber es ist schwierig nicht hinzuhören, was sie sagen. „Ich hab deine Nachricht gestern bestimmt drei oder vier Mal gehört", fängt Ellie an. „Es tut mir leid, ehrlich", wirft Ian da ein. Sie hatten Streit? „Ian, du weißt, es war nicht toll, als du das gesagt hast."

„Ja, ich war ein Idiot. Ich hätte nicht so voreilig urteilen sollen. Ich meine, ich hätte es doch wahrscheinlich sowieso nie bemerkt."

„Also ist es in Ordnung für dich?", fragt sie und zu gerne wüsste ich in diesem Moment, worum es geht, denn ich kann mir nicht erklären, worüber die zwei gerade sprechen.

„Ist es. Definitiv!"

„Ian hat wieder gute Laune", grinst Duncan neben mir und deutet zu Ellie und ihm. Sie küssen sich in diesem Moment.

„Scheint so."

„Gut für uns. Er spielt besser, wenn er Sex hatte", meint Duncan amüsiert und ich lächle kurz belustigt. Ich spiele hingegen tatsächlich besser, wenn ich nicht ständig über Archer nachdenke, sondern mich einzig und allein auf die Partie konzentrieren kann. *Guten Sex hätte ich trotzdem gerne.* Man kann nicht alles haben und gerade ist wichtig, dass Drew und Warren denken, dass ich zu 100 Prozent fokussiert bin.

Ellie verabschiedet sich, als wir aufs Eis müssen. Wie es aussieht, hat Ian zwei Tickets für sie und ihre beste Freundin besorgt, aber war nicht sicher, ob sie kommen würde.

„Wieder alles gut im Paradies?", fragt Kenny ihn nach dem Warm-Up.

„Ja, alles gut. Ich war einfach ein bisschen unsensibel, fürchte ich."

„Und deswegen hattet ihr so einen heftigen Streit?" Es ist das erste Mal, dass ich heute Archers Stimme höre und wenn es nach mir ginge, könnte es gerne das letzte Mal sein.

„Ich werde nichts mehr dazu sagen, dass überlasse ich ihr. Ich habe dazu gelernt", antwortet er und Lane lacht. „So schlimm, ja?"

„Nein, es ist ganz und gar nicht schlimm. Aber es ist ihre Sache, wem sie es erzählt und wem nicht." Ian zuckt mit den Schultern. Wenn jeder so denken würde, wie er, könnte ich Archer hier und jetzt zu mir ziehen und küssen. Leider ist sein Verhalten die Ausnahme und ich befürchte, früher oder später wird er es ablegen und sich anpassen. Das tut jeder Eishockeyspieler irgendwann.

„Wieso redest du nicht mit mir?", fragt Archer leise, als er sich neben mir vor beugt, um sich eine Wasserflasche zu nehmen. Ich zucke mit den Schultern, drehe mich aber nicht um. Er trinkt einen Schluck und als er sie zurückstellt, sagt er: „Du gehst mir aus dem Weg." Ich reagiere nicht. Ich werde garantiert nicht *hier* mit ihm darüber sprechen, das ist der denkbar ungünstigste Ort. Dass meine Reihe dran ist, rettet mich in diesem Moment, aber schon in der ersten Drittelpause fängt Archer mich auf dem Flur ab. „Was soll das, Elliot?"

„Geht's noch?", entgeistert sehe ich ihn an. „Wir sind im Stadion, Archer!", erinnere ich ihn und gehe schnell in die Umkleide, damit er bloß keine Unterhaltung anfangen kann. Ich weiß, dass er es nicht machen wird, wenn andere dabei sind. Er seufzt leise, aber da habe ich schon die Tür aufgestoßen und setze mich. Es steht eins zu eins. Eigentlich ist Anaheim nicht so gut, aber heute scheinen sie in Topform zu sein. Ich nehme mir einen Schokoriegel und höre Warren nur so halb zu. Archer steht an der Seite, sagt nichts, aber um meine Aufmerksamkeit zu bekommen, braucht er das auch nicht. Er trägt einen dunkelblauen Anzug mit hellblauem Hemd, dass sich nahezu perfekt an seinen Körper schmiegt. *Fuck, ich will ihm dieses Hemd nachher ausziehen.* So sehr ich auch versuche, meine Gedanken woanders hinzulenken, es klappt nicht. Kann er nicht einfach mal einen Anzug tragen, der vorne und hinten sitzt wie ein Kartoffelsack? Das würde es mir deutlich einfacher machen, mich zu konzentrieren.

„Wir reden nachher", sagt er leise, sodass nur ich es höre, als die Pause vorbei ist und wir wieder zum Spielfeld gehen. Es ist weder eine Bitte noch eine Frage und warum auch immer, erzeugt es eine Gänsehaut auf meinem ganzen Körper. *Reden. Wir werden nachher alles tun, aber nicht reden, das verspreche ich dir.* Als hätte er gehört, was ich gedacht habe, sieht er mich an, als ich durch die Plexiglastür zur Bank gehe und ich könnte schwören, er lächelt ein bisschen. Verdammt, er weiß mit Garantie, was in meinen Gedanken vorgeht. Bin ich wirklich so auffällig? Ich sehe auf die Eisfläche, aber ich spüre, dass er hinter mir steht und mich immer wieder anblickt. *Konzentriere dich auf das Spiel, Leighton,* ermahne ich mich selbst. Ich werde dadurch erlöst, dass ich an der Reihe bin, über die Bande auf die Eisfläche zu springen.

Nach dem Spiel fällt es mir wieder ein; bis dahin konnte ich es irgendwie ausblenden, aber als wir vom Eis zur Kabine laufen und ich an Archer vorbeigehe, höre ich seine Worte in meinen Gedanken. *Wir reden nachher.* Ich hoffe wirklich, dieses Nachher ist nicht mehr heute. Allerdings beschleicht mich das Gefühl, ich habe damit unrecht. Wir haben gewonnen, die Stimmung in der Kabine ist gut und ausgelassen, aber nach wie vor liegt ein unantastbarer Schleier wie eine dünne Wolke über der guten Laune.

„Ich bin weg, Jungs. Ellie wartet auf mich." Ian ist der Erste, die Kabine verlässt.

„Viel Spaß", grinst Lane und einige lachen.

„Idiot", antwortet Ian nur und verlässt die Kabine. Alle anderen scheinen amüsiert zu sein. Ich sage nichts dazu. *Aber ist es nicht seine Sache, ob er jetzt Sex haben wird oder nicht? Was geht es das Team an?* Ich weiß, wenn ich das frage, bricht hier der nächste Streit vom Zaun. Das kann ich nicht gebrauchen.

Ich fahre wenig später nach Hause. Archer hat nie gesagt, wo er reden will und ich werde jetzt nicht auf gut Glück bei ihm vorbeifahren. Das muss ich offensichtlich auch nicht. Er steht vor meiner Haustür, als ich vom Fahrrad steige und es in die Garage schiebe.

„Was machst du hier?", frage ich unbedacht und er sieht von seinem Handy auf. „Wir reden jetzt."

„Du meinst es also wirklich ernst", erwidere ich, rede aber eher mit mir selbst, als mit ihm.

„Tue ich", nickt er trotzdem und geht einen Schritt zur Seite, damit ich aufschließen kann.

„Das Spiel heute war gut", meint er, ganz offensichtlich, um eine Unterhaltung zu starten.

„Mhm. Danke", murmle ich und kicke die Schuhe zur Seite. Er legt seine Jacke ab und sieht sich kurz um. Bisher sind wir immer direkt ins Schlafzimmer gegangen, wenn er hier war. Heute machen wir das nicht. *Obwohl ich es für die bessere Art halte, unsere Zeit zu verbringen.*

„Willst du was trinken oder so?", frage ich unschlüssig. Er schüttelt den Kopf. „Ich würde gerne mit dir reden; darüber was passiert ist."

„Das klingt so ernst", entgegne ich und nehme mir ein Bier aus dem Kühlschrank.

„Sicher, dass du nichts willst?"

„Ich werde jetzt garantiert keinen Alkohol trinken", antwortet er und ich verdrehe die Augen.

„Wieso das denn nicht?", murmle ich und er stöhnt genervt auf. „Weil ich keine Lust darauf habe, zu vergessen, warum ich hier bin und dann wieder in deinem Schlafzimmer lande."

„So schlimm, ja?" Amüsiert sehe ich ihn an.

„Verdammt, kannst du es bitte ernst nehmen?", fragt er etwas lauter und überrascht sehe ich ihn an. „Okay, schon gut."

Er seufzt. „Sorry, ich wollte nicht laut werden."

„Wieso bist du hier?", möchte ich wissen und gebe mich damit geschlagen. Ich wäre zwar dafür, einfach Sex zu haben, aber ihm ist es offenbar wirklich wichtig. Was soll's. Dann reden wir eben.

„Du redest nicht mehr mit mir, seitdem das Team von meiner Idee weiß", spricht er aus und ich gehe zum Mülleimer den Bierdeckel wegwerfen, damit ich kurz wegsehen kann.

„Wie genau soll ich das verstehen?"

„Was gibt es denn da groß zu verstehen?" Irritiert sehe ich ihn an.

„Du hast einen Vorschlag gemacht, von dem du eigentlich wissen müsstest, dass er so nicht umzusetzen ist und dann denkst du ernsthaft, ich flirte mit dir vor den Jungs? Am besten treiben wir es direkt in der Dusche." Mein Tonfall trieft vor Sarkasmus, aber offenbar findet Archer es nicht lustig.

„Wir könnten stattdessen einfach weiter machen, wie bisher, aber nein, lass mich raten: Das wäre zu auffällig."

„Du hast es erfasst." Ich dachte eigentlich, dass es ihm klar war. Er schüttelt leicht den Kopf. „Das ist bescheuert. Bisher hat niemand etwas bemerkt, wieso sollten sie es jetzt tun?"

„Weil sie jetzt wissen, dass du auf Schwänze stehst, verdammt!"

Perplex sieht Archer mich an. „Du hast gesagt, dass du nicht willst, dass ich mich verstelle."

„Ich wusste ja nicht, dass es schon so schnell jeder erfährt und dass die Jungs wirklich *so* homophob sind."

„Was meinst du damit?", möchte er wissen. Ich stöhne genervt auf. „Dass sie dumme Sprüche bringen ist mir immer klar gewesen, aber du hast doch mitbekommen, was sie über dich gesagt haben, oder nicht? Dass du den Job nur willst, um Sportlern auf den Arsch geiern zu können und so etwas. Ich dachte nicht, dass die Jungs dermaßen intolerant sind, okay? Mit dummen Sprüchen bin ich immer klargekommen, das ist mir inzwischen fast egal, aber damit habe ich einfach nicht gerechnet!"

Archer sagt einen Moment lang nichts mehr und ich fange an, mich in meinem eigenen Zuhause unwohl zu fühlen.

„Was willst du jetzt tun?"

„Was soll die Frage?" *Hat er es immer noch nicht verstanden?*

„Willst du, dass ich dich einfach ignoriere, dass wir nicht miteinander sprechen, oder willst du es ganz sein lassen? Keinen Sex mehr und das, was auch immer es ist, einfach beenden."

„Dann könntest du mir zumindest eine Fake-Freundin aufhalsen", brumme ich genervt.

„Dass das nicht ernst gemeint war, als ich das vorgeschlagen habe, hast du aber schon mitbekommen, oder?"

„Vielleicht solltest du es tun", überlege ich laut.

„Dir einen PR-Stunt organisieren?"

„Nicht für die Presse, für das Team, für den Vorstand."

„Und du glaubst, das verstehen die nicht?"

„Es könnte klappen."

„Das ist Schwachsinn." Archer verschränkt die Arme vor der Brust. „Ich werde dir keine Frau zur Seite stellen, nur damit Gibson oder Duckie weiterhin denken, dass du hetero bist. Die

Mannschaft ist vielleicht homophob, aber ganz hell sind sie alle nicht."

„Na danke auch."

„Du weißt, was ich meine." Ich nicke nur. Vermutlich hat er recht. Es gab in den letzten Wochen dutzende Situationen, in denen es bestimmt erkennbar war. Niemand meiner Mannschaftskollegen zieht allerdings auch nur in Betracht, dass einer von uns schwul sein könnte. Es kommt nicht infrage. Vielleicht denken sie deswegen auch gar nicht erst darüber nach.

„Entscheide dich, Elliot. Dass du dich nicht outen willst, akzeptiere ich, aber so ein Theater drumherum, kann ich nicht gebrauchen."

Perplex sehe ich ihn an. „Was?"

„Wenn du so tun willst, als würden wir nicht vögeln, okay, dann machen wir das so, aber es spricht nichts dagegen, dass wir miteinander sprechen, auch in der Öffentlichkeit. Ich bin dein Pressemanager, da ist nichts dabei, wenn wir uns unterhalten. Ich werde also nicht so tun, als kennen wir uns nicht, wenn wir im Stadion oder sonst wo sind", sagt er geradeheraus und ich brauche einen Moment, um es einordnen zu können.

„Ich weiß nicht, ob ich das riskieren kann."

„Ich verlange ja nicht von dir, dass du dich beim nächsten Spiel outest, ich…"

„Das würde ich niemals", unterbreche ich ihn sofort.

„Ich werde mich immer für Eishockey entscheiden", stelle ich klar.

„Das weiß ich", antwortet er ruhig. „Ich sage nur, dass *auch ich* Bedingungen habe, von denen ich denke, dass sie realistisch sind."

Ich weiß nicht so ganz, was ich darauf antworten soll. Ist das, worum er mich bittet, realistisch? Die Jungs kann ich nicht fragen, aus offensichtlichen Gründen, und auch sonst ist Archer der Einzige, mit dem ich offen sprechen kann. Er ist der

Allererste überhaupt, bei dem ich mich nicht verstelle und wenn ich daran denke, dass das endet, wird mir flau im Magen. *Verfluchte Scheiße, ich hätte es nie anfangen dürfen.* Ob es zu spät ist, die Reißleine zu ziehen? Vermutlich.

„Kann ich darüber nachdenken?"

„Wenn du das musst, steht die Antwort fest", meint er mit fester Stimme.

„Archer…"

„Lass gut sein, Elliot. Du hast dich doch schon längst entschieden", unterbricht er mich und geht zur Tür.

„Wir sehen uns beim nächsten Spiel", sagt er noch und ich kann nur dastehen und zusehen, wie er die Tür hinter sich zuzieht.

19. Kapitel

Ich melde mich nicht bei Archer. Ich weiß schlicht und ergreifend nicht, was ich sagen soll und deswegen lasse ich es ganz sein. Erst Dienstag der nächsten Woche sehen wir uns wieder, als er für Instagram ein paar Ausschnitte des Trainings am Morgen filmt. Heute Abend ist ein Heimspiel, Donnerstag ist direkt noch eins. Ich bin froh darüber, für ein paar Tage in der Stadt bleiben zu können. Dass Archer am Rand steht, reicht, damit ich mir wieder Gedanken darüber mache, wie es weitergehen soll. Oder ob es weitergeht. Ich bin mir nicht sicher, aber inzwischen denke ich, dass er unsere Affäre beendet hat. Ich bin mir sogar recht sicher. Archer bleibt nicht lange und als er weg ist, kann ich mich endlich wieder vernünftig konzentrieren. Ich muss definitiv aufhören, mich dermaßen davon beeinflussen zu lassen, wer hinter der Bande steht.

„Elliot, warte mal kurz." Kenny kommt neben mir zum Stehen. Ich hatte nicht damit gerechnet, dass Kenny jetzt beim Training mit mir sprechen möchte.

„Was gibt's?", frage ich daher möglichst entspannt, aber kann nicht verhindern, dass ich in Gedanken dutzende Möglichkeiten in Sekundenschnelle durchgehe.

„Ich wollte dir nur Bescheid sagen, dass Drew, Coach Warren und ich ziemlich zufrieden mit deiner Leistungssteigerung sind."

Dass ich damit nicht gerechnet habe, sage ich zwar nicht, aber ich gehe davon aus, er sieht es an meinem Gesichtsausdruck.

„Bedeutet das, dass ich wieder die Chance habe, in die erste Reihe zu kommen?"

„Ich verspreche nichts, aber mach weiter so", antwortet er mir. *Wie geil.* Meine Laune steigert sich erheblich und ich sehe zur Bande. Drew und Warren stehen dort, Archer ist schon gegangen, aber das wusste ich. Drew sieht kurz zu uns, Kenny nickt nur und das Training geht weiter, wie vorher; mit dem Unterschied, dass ich eine reale Chance habe, bald in die erste Reihe zu kommen. Ich werde das schaffen. Ich war noch nie so nah dran, dieses Ziel zu erreichen und jetzt, wo das mit Archer beendet ist, habe ich auch nicht mehr das Problem, mich nicht konzentrieren zu können. Ich werde nicht mehr bei Spielen darüber nachdenken, wie gut der Sex danach sein wird, ob wir zu ihm oder zu mir gehen und ob irgendjemand etwas bemerkt. Niemand kann etwas bemerken, wenn nichts ist. *Problem gelöst.*

Trotzdem schaffe ich es nicht, meine Gedanken von ihm fernzuhalten. Bis zum Spiel sehe ich ihn nicht, erst wieder, als Warren in die Umkleide kommt und Archer auf dem Flur steht und offenbar wartet. Dann aber kommt er doch selbst in den Raum.

„Kenny, ich brauche dich noch einmal draußen für ein kurzes Video", bittet er unseren Teamcaptain und kurz darauf sind die beiden aus der Kabine verschwunden.

„Ist Ellie heute wieder da?", fragt Duncan Ian kurz danach, aber er schüttelt den Kopf. „Nein, sie hat keine Zeit, aber vielleicht schafft sie es am Donnerstag."

„Cool", meint Lane und nimmt sich den nächsten Schoner.

„Was ist mit euch? Ist einer von euren Familien da?", fragt Ian und sieht durch die Runde.

„Guter Witz", antworte ich sarkastisch.

„Meine Schwester, vielleicht", antwortet Lane. „Amy war sich noch nicht sicher, ob sie es wirklich schafft." Dann sieht er auf sein Handy. „Sieht, aber wohl eher schlecht aus."

„Ach, scheiße", antwortet Duncan, aber Lane winkt ab. „Schon gut, sie interessiert sich sowieso nicht wirklich für Eishockey."

Aus der folgenden Unterhaltung halte ich mich gekonnt zurück. Kenny kommt wieder, Archer nicht. Soll mir recht sein. Ich sehe ihn, als wir zum Warm Up gehen und denke kurz darüber nach, ihn anzusprechen und zur Seite zu nehmen, aber da er mich nicht einmal ansieht, sondern nur auf sein Handy blickt, lasse ich es sein. Ich sollte aufhören, über ihn nachzudenken. Es bringt niemandem etwas. Das Warm Up startet, Musik läuft im Hintergrund und die Ränge füllen sich immer mehr.

Duncan fährt an mir vorbei und deutet auf ein Schild, was zwei Zuschauer in der ersten Reihe an die Scheibe halten. Es ist normal, dass das gemacht wird und wir alle lesen sie beim Warm Up gerne.

Als ich auf die andere Seite fahre, sehe ich Archer, der wohl gerade die Szene gefilmt oder fotografiert hat. Das wird bestimmt gut bei den Fans ankommen. Er sieht auf und blickt mich direkt an, sagt aber nichts. *Ach was, ich bin auch nicht nah genug an der Box, als dass ich etwas hören würde.* Ich seufze leise, schnappe mir einen der Pucks und wärme mich weiter auf.

„Elliot!", ruft dann plötzlich jemand und ich erkenne, dass es Lane ist. Er winkt mich zu sich.

„Alles okay?", frage ich irritiert.

„Du hast echt krasse Fans", meint er und deutet hinter sich. Ich sehe das Plakat erst nicht, aber neben dem Tor an der Scheibe, entdecke ich meine Nummer.

#28!
We travelled 4.350 miles to see you!
Can we get your stick, please?

Kleine Kinderhände halten das Schild hoch und erst möchte ich einfach nur meinen Stick über die Bande werfen, aber dann bleibe ich wie vom Blitz getroffen stehen. 4.350 Meilen. Sie kommen nicht aus Amerika. Ich sehe über das Schild, das ihre Köpfe verdreckt und blicke direkt ins Gesicht meiner Mutter. Erst verstehe ich nicht so ganz, was hier passiert, aber dann lächelt sie und winkt, drückt das Plakat etwas herunter und da stehen Kian und Ruby. Beide grinsen und sehen mich freudestrahlend an. Ich fahre zum Tor, die zwei sind schon von ihren Plätzen aufgesprungen und quetschen sich an den anderen Zuschauern vorbei.

„Los, aufmachen!", fordere ich und irritiert sehen die Männer am Tor mich an. Ich sehe wieder zu Mum, sehe Millie und Clair eine Reihe über den beiden und auch sie winken mir glücklich zu. Da geht das Tor auf, nur ein kleines Stück, aber das reicht, damit meine beiden jüngsten Geschwister sich durch den Spalt zwängen und vorsichtig übers Eis zu mir laufen.

Eigentlich dürfen Zuschauer nicht aufs Eis, aber das könnte mich nicht weniger interessieren. Ich werfe meinen Schläger und meine Handschuhe weg, falle auf die Knie und schließe sie in meine Arme. *Scheiße, wie lange habe ich meine Familie nur nicht mehr gesehen?* Ich sehe auf, hebe Ruby auf meine Hüfte und streiche Kian durch die Haare. „Verdammt, seid ihr groß geworden", murmle ich. Die anderen Mädchen und meine Mutter stehen an der geöffneten Tür. Ohne Ruby runterzulassen, umarme ich meine Mum.

„Ihr seid wirklich hier."

„Überraschung", antwortet sie mir und nimmt mir den Helm ab, den sie einem der Mitarbeiter des Stadions gibt.

„Und was für eine", lache ich und kann nicht ganz glauben, dass ich alle meine Geschwister gerade der Reihe nach wieder in die Arme schließen darf.

Erst danach merke ich, dass alle Kameras auf uns gerichtet sind, aber das ist mir egal. Es könnte mich nicht weniger interessieren. Die einzige Kamera, die mir dazwischen auffällt, ist die im Handy, das Archer in der Hand hat. Er steht an der Seite neben uns und lächelt.

„Er hat das organisiert", sagt Clair und perplex blicke ich sie an. „Archer hat das geplant?"

„Er hat uns hergeholt. Es war seine Idee, weil am Donnerstag noch ein Heimspiel ist." Ich glaube, ich höre nicht richtig, aber bevor ich weiter darüber nachdenken kann, umarme ich Archer auch schon. „Mit viel Überredungskunst", fügt er hinzu, löst sich von mir und Mum nickt. „Allerdings, aber ich bin froh, dass wir hier sind."

Sie streicht mir mit beiden Händen durch die Haare.

„Spielst du heute?", fragt Kian aufgeregt und ich sehe auf die große Anzeigetafel, die über der Mitte des Felds hängt. Noch fünf Minuten, dann beginnt das Spiel; so lange kann ich noch hier bleiben.

„Ja, tue ich. In der zweiten Reihe", antworte ich meinem kleinen Bruder.

„Hey, du hast ja mein Trikot an!", stelle ich fest und er nickt stolz.

„Ja, ich habe es extra mitgenommen. Aber es ist ja alt, hast du eins von Atlanta für mich?" Ich sehe zu Archer und er nickt.

„Ich hole…" Er sieht kurz zu meiner Familie. „Fünf."

„Geil!", antwortet Kian begeistert und Archer verschwindet nach hinten.

„Das ist also Archer. Er ist süß", meint Clair scheinheilig.

„Ich dachte, du hast einen Freund?", frage ich und muss verhindern, ihr zu sagen, dass sie gar nicht erst an ihn denken soll.

„Habe ich auch, aber deswegen werden ja nicht automatisch alle Menschen in meiner Umgebung hässlich", antwortet sie schulterzuckend. *Verdammt, mir fällt kein Gegenargument ein. Jedenfalls keins, was ich jetzt sagen könnte.*

„Elliot? Gewinnt ihr heute?", fragt meine Schwester Ruby und sieht auf das Eisfeld.

„Ich gehe davon aus", lächle ich und sie grinst zufrieden.

„Du schießt bestimmt ganz viele Tore!", antwortet sie und ist offenbar fest davon überzeugt, dass ich mich auch allein aufs Eis stellen und gewinnen könnte.

„Ich hoffe. Aber ich verspreche nichts. Die Jungs in meinem Team sind alle gut und können alle Tore schießen", erkläre ich ihr und sie nickt verstehend.

„Aber er versucht es bestimmt", fügt Mum hinzu und ich nicke. „Natürlich werde ich das! Immerhin seid ihr jetzt hier und seht zu."

Kian sieht aus, als würde am liebsten gerade selbst aufs Spielfeld, aber er weiß, dass das nicht geht. Die Tür ist nur angelehnt, nicht mehr richtig geöffnet und das ist auch gut so. Ich habe wirklich keine Lust darauf, dass ein Torschuss zu weit nach rechts geht und der Puck hierher fliegt.

„Wie war der Flug? Wann seid ihr überhaupt hergekommen?"

„Wir sind erst vorhin gelandet", antwortet Millie. „Unsere Sachen wurden in irgendein Büro gebracht."

„Ihr seid vom Flughafen direkt hierher?" Überrascht sehe ich Mum an. Sie nickt. „Klar, wenn wir schon einmal in Atlanta sind, wollen wir doch den Start deines Spiels nicht verpassen", erwidert sie, als wäre es selbstverständlich. Ich lege einen Arm um Millie und ziehe meine Schwester zu mir heran. Sie lacht glücklich und umarmt mich. Dann sehe ich, dass Archer auf uns zu gejoggt kommt; in den Händen eine ganze Menge Trikots.

„Hier. Fünf Stück." Er verteilt sie und sieht dann zu mir.

„Du hast tatsächlich nicht mehr eins hier, also musst zuzusehen, es nicht wechseln zu müssen", gibt er mir Bescheid. Das passiert nicht oft, also wird das kein Problem darstellen. Ich helfe Kian und Ruby das übergroße Trikot anzuziehen. Beiden geht es fast bis zum Boden, aber das stört niemanden.

„Jetzt kann es losgehen", sage ich zufrieden.

„Wird auch Zeit", antwortet Archer und deutet auf die Uhr. Es ist nicht einmal noch eine Minute, bis das Warm Up zu Ende ist.

„Wir sehen uns nach dem Spiel."

Mum lächelt und zieht mir meinen Helm wieder an. „Viel Spaß, Großer."

„Danke Mum", lächle ich und hinter mir wird kurz danach die Tür wieder richtig geschlossen.

„Deine Familie ist hier?", stellt Kenny fest, als wir auf der Bank sitzen und darauf warten, dass es losgeht. Ich nicke glücklich. „Sind sie. Alle. Ich wusste nicht, dass sie herkommen. Kian und Ruby haben ein Schild gebastelt", erzähle ich. „Kommst du nicht aus England?", fragt Ian und wieder bejahe ich. „Archer hat sie hergeholt", erzähle ich wahrheitsgemäß. „Heftig", meint Gibson. „Ich freue mich für dich. Echt cool, dass sie da sind."

Archer tritt durch die Tür und stellt sich hinter die Bank. Niemand sagt noch etwas dazu, aber ich habe nicht das Gefühl, dass es jemand falsch verstanden hat. Ian sieht zu ihm und nickt anerkennend. Er lächelt kurz, reagiert aber nicht weiter. Ich atme durch, die erste Reihe springt über die Bande und das Spiel geht los. Ich weiß, dass ich mich definitiv noch einmal bei Archer vernünftig bedanken muss, aber ich traue mich nicht, das hier vor der Mannschaft zu machen. Schlimm genug, dass ich gerade nicht nachgedacht habe. Das hätte böse ausgehen können. Es vergeht nur etwas mehr als eine Minute, da treffen meine Kufen auf das Eis und mit dem Wissen, dass meine Familie im Stadion ist, gebe ich alles. Ich will heute ein verdammtes Tor schießen und ich will, dass wir gewinnen. Als wäre das nicht genug, habe ich im Hinterkopf, dass es keinen Kampf geben soll; nicht heute, wo Kian und Ruby dabei sind. Auch, wenn Mum es nicht gesagt hat, weiß ich, dass es ihr ebenfalls deutlich lieber wäre, wenn sich niemand prügelt. Es ist nicht bei jedem Spiel der Fall und ich hoffe einfach, dass es heute klappt. Das Spiel läuft gut, wir finden schnell rein, während Buffalo noch etwas braucht. Die erste Torchance ist da, aber der Schuss von Duncan wird gehalten.

„Es ist echt cool von Archer, dass er deine Familie hergeholt hat", meint Ian plötzlich leise zu mir.

„Ist es", antworte ich.

„Meinst du, er weiß, wie die Mannschaft über ihn denkt?"

„Ich glaube nicht, dass er dann so etwas tun würde", mischt Duncan sich ein. Ich blicke kurz zu Archer. Er steht bei Drew und hört uns offensichtlich nicht. *Das ist auch gut so.*

„Keine Ahnung. Ich bin glücklich, dass sie hier sind."

„Und so etwas macht sich immer gut in der Presse und den Medien. Er hat es gefilmt", erklärt Duncan Ian. Dieser nickt verstehend.

„Habe ich mir gedacht. Von mir aus soll er das tun." Ich zucke mit den Schultern.

„Vielleicht ist er ja doch nicht so scheiße", überlegt Ian.

„Vielleicht steht er einfach nur auf Elliot", lacht Duncan und ich schubse ihn gespielt amüsiert weg. „Vollidiot."

Ich weiß, dass er es nicht ernst gemeint hat, aber es hat gereicht, damit mir für einen Augenblick eiskalt geworden ist und mein Herz vergessen hat, wofür es in meiner Brust sitzt. *Ob er es deswegen gemacht hat?* Ich kann es nicht sagen und ich weiß nicht, ob ich ihn einfach so fragen sollte. Nach den letzten Tagen ist die Stimmung zwischen uns nicht gerade entspannt. *Und ich Volltrottel umarme ihn dann auch noch.* Wie dämlich bin ich eigentlich. Jetzt muss ich definitiv mit ihm reden, ob ich möchte oder nicht.

Kurz darauf stehe ich wieder auf dem Eis, Duncan liefert mir eine perfekte Vorlage und der Puck fliegt direkt nach oben links ins Netz. *Es sind nicht einmal zehn Minuten vergangen und ich habe ein Tor geschossen; das Erste in diesem Spiel.* Duncan klopft mir auf den Helm. Auch die anderen Jungs machen das, aber ich sehe nur zu meiner Familie, oder zumindest in die Richtung, wo sie sitzt und winke ihnen. *Scheiße, fühlt sich das gut an.*

„Leighton, Bennett, das war sehr schön", sagt Warren, als wir wieder in der Box sind und die nächste Reihe spielt. Er ist sichtlich zufrieden damit, Duncan in meine Reihe gesteckt zu haben.

„Danke Coach", antworte Duncan.

„So kann das gerne weitergehen", meint Drew. *Das wird es!* Heute wird die Partie uns gehören. Mit diesem Gedanken spiele ich weiter und zum ersten Drittel steht es bereits zwei zu null für uns. Dann gehen wir in die Kabine. Archer steht auf dem Flur und hat wieder sein Handy in der Hand. Er arbeitet, bestimmt ist er gerade auf einem der Social-Media-Kanäle des Teams. Ich bleibe stehen, die Jungs gehen alle rein.

„Hi."

Er sieht überrascht auf. „Hi. Solltest du nicht zu den anderen gehen?"

„Ich wollte mich bedanken", antworte ich. „Ich hätte nie damit gerechnet, sie plötzlich hier zu sehen."

„Habe ich gerne gemacht", lächelt er und ich werde nervös.

„Also... äh... reden wir die Tage oder so?" Ich sehe mich um, aber niemand ist hier.

„Wieso das?", möchte er irritiert wissen.

„Es ändert ein bisschen was, findest du nicht?"

Er zuckt mit den Schultern. „Eigentlich nicht, aber wir können natürlich reden. Ich denke, deine Familie wohnt bis Freitag bei dir?"

„Ich gehe davon aus", erwidere ich.

„Dann können wir ja im Hotel in Washington reden." *Ach ja, Freitag ist ja das Spiel gegen Washington.*

„Sicher. Also... danke", wiederhole ich und betrete dann die Kabine.

Freitag reden wir miteinander. Ich habe das dumpfe Gefühl, dass ich bis dahin wahnsinnig werde. Ich kann mir nicht erklären, wieso er das für mich gemacht hat. Eigentlich will ich es auch gar nicht wissen, weil ich gerade unfassbar glücklich bin, meine Geschwister und meine Mum hier zu sehen, aber gleichzeitig juckt es mich in den Fingern, den Grund zu erfahren. Niemand lässt einfach mal so fünf Personen von England in die USA einfliegen. Archer muss das schon länger geplant haben.

Wir gewinnen das Spiel. Und damit nicht genug; ich schieße im dritten Drittel noch ein Tor. Es steht am Schluss sechs zu zwei; wir haben haushoch gewonnen und ich lasse es mir nicht nehmen, hinter dem Tor an der Scheibe vorbeizufahren. Mum streckt beide Daumen hoch und Kian grinst zufrieden. Das Gefühl ist sogar noch besser als der Sieg: meine Familie stolz gemacht zu haben, bei dem ersten Spiel, bei dem sie dabei waren. Lane fährt mit mir zum Ausgang und ich klopfe ihm auf den Helm.

„Richtig geiles Spiel!", grinst Ian und hüpft vom Eis. „Heute Abend im Hattrick's?"

„Meine Familie ist zu Besuch", antworte ich. Das bedeutet, dass ich nicht dabei sein werde.

„Geht ihr essen? Dann könntet ihr mit dahin kommen, ruf doch einfach an."

„Da gibt es Alkohol", gebe ich zu bedenken.

„Kommst du nicht aus Europa?", fragt Duncan dann und irritiert sehe ich ihn an. „Was hat das denn jetzt damit zu tun?"

„Ihr dürft doch schon als Kinder trinken, oder nicht?"

„Mit 18", antworte ich. „Kian und Ruby sind aber noch lange nicht 18."

„Hast du eine bessere Idee als das Hattrick's? Fast das ganze Team wird da sein und wenn Kinder dabei sind, werden wir uns wohl kaum abschießen. Außerdem ist der Laden dann schon halbvoll; es wird nichts passieren", überlegt Lane.

„Ich frage Mum gleich mal", erwidere ich nachdenklich. Eigentlich haben sie recht; und ich bin sicher, Mum würde gerne die Jungs kennenlernen, mit denen ich so viel Zeit verbringe.

Schnell bin ich geduscht und als ich aus der Umkleide komme, renne ich Ruby fast über den Haufen.

„Ey, Elliot!", meckert sie und überrascht sehe ich sie an.

„Ihr seid hier", stelle ich unnötigerweise fest.

„Ich habe sie abgeholt und hergebracht. Ich hoffe, das war in Ordnung", meint Archer, den ich gar nicht bemerkt habe. Er steht links von mir an der Wand und neben ihm die Koffer und Rucksäcke meiner Familie.

„Danke. Das Team fragt, ob wir heute Abend mit ins Hattrick's gehen."

„Ist das eine Kneipe?", fragt meine Mum.

„So ähnlich. Es gibt auch etwas zu essen dort. Wir gehen da öfter hin."

„Das ganze Team ist da?", fragt Kian aufgeregt. „Mummy, können wir da mitgehen?"

„Wenn deine Jungs zu viel trinken, hauen wir ab."

„Das werden wir nicht." Kenny steht in der Tür zur Kabine, wirft einen Blick über die Schulter und macht somit unmissverständlich klar, dass das für alle gilt, die heute Abend dort sein werden.

„In Ordnung", nickt sie. „Ich schätze, wir sehen uns dann da?", wendet sie sich an Archer, der mich nur überfordert ansieht und zögerlich antwortet: „Äh... sicher."

„Okay. Elliot, gehen wir dann?"

„Natürlich. Bis nachher", verabschiede ich mich von den anderen, sehe kurz Archer an und gehe dann ohne ein weiteres Wort vor zum Ausgang. Ich habe einen großen Uber bestellt, nur mit meinem Fahrrad kommen wir zu sechst nicht weit. Nach den Spielen dauert es nie lange, bis man abgeholt wird, so auch heute nicht. Innerhalb einer Viertelstunde sind wir bei mir zu Hause. Es gibt in diesem Haus drei Gästezimmer, sie sind alle in der zweiten Etage und bisher nie benutzt worden. Ich bin unglaublich selten auf der Etage unterm Dach. Bis auf diese

Schlafzimmer und ein weiteres Badezimmer ist dort nichts. In diesem Moment bin ich froh darüber, mich damals für ein großes Haus entschieden zu haben, in dem meine Familie problemlos Platz findet.

„Hier wohnst du?"

„Ja, wieso?" Verwundert sehe ich Clair an. „Es ist so aufgeräumt", antwortet Millie für sie. Ich verdrehe die Augen. Mum schmunzelt. Wir sind nicht einmal zehn Minuten zu Hause und schon ist es wie früher, als ich noch in England gewohnt habe.

„Die Koffer können wir gleich hochbringen, in der zweiten Etage sind die Schlafzimmer, also eure, meins ist in der ersten. Die Küche ist offensichtlich hier, mein Kraftraum ist im Keller."

„Du hast einen Kraftraum?"

„Den ich so gut wie nie benutzte. Aber ja, habe ich."

„Hast du auch einen Pool?", fragt Ruby mich.

„Nein, einen kleinen Garten mit Terrasse, aber da bin ich nicht oft", erwidere ich, da haben die beiden, die Tür aber schon gefunden und laufen nach draußen.

„Schön hast du's hier." Clair öffnet den Kühlschrank. „Aber wir müssen einkaufen gehen."

„Das machen wir morgen, heute gehen wir essen."

„Wollt ihr euch noch frisch machen oder so?", frage ich.

„Kann ich kurz duschen?", möchte Clair wissen.

„Sicher." Mum ruft Kian und Ruby wieder rein und wir tragen die Koffer nach oben. Clair belegt direkt das Badezimmer, aber da ich drei Stück habe, ist das weniger schlimm. Auch ich ziehe mich kurz um, und sehe anschließend, dass Kenny mir geschrieben hat, dass er im Hattrick's schon Bescheid gesagt hat, dass ich meine Familie mitbringe.

„Fertig?", fragt Mum, aber wie üblich dauert es noch fünf Minuten, bis wir los können. Wir fahren wieder mit einem Uber dorthin und Archer steht bereits vor der Tür, als wir ankommen.

Ich lächle kurz etwas hilflos, ehe ich mich wieder meinen Geschwistern zuwende.

„Willkommen im Hattrick's", begrüßt Duncan uns gut gelaunt. „Hallo, ich bin Ruby", stellt die Jüngste der Familie sich vor und Duncan hockt sich hin.

„Hi Ruby, ich heiße Duncan."

„Du bist in Elliots Team, oder?", fragt sie und er nickt. „Bin ich, ganz genau. Ich spiele inzwischen sogar mit ihm in einer Reihe", erzählt er.

„Das ist cool. Hast du heute auch ein Tor geschossen?", fragt sie weiter.

„Ich habe Elliot beim ersten geholfen, ich spiele in der Verteidigung", erklärt er ihr lächelnd, ehe er sich wieder aufrichtet und wir zum langen Tisch gehen, der schon zur Hälfte besetzt ist.

„Leute, das ist meine Familie!", sage ich etwas lauter und die Jungs sehen zu uns.

„Meine Schwestern: Clair, Millie und Ruby, mein Bruder Kian und natürlich meine Mum Betty", stelle ich vor.

„Echt cool, dass sie hier sind", sagt Kenny sofort und stellt sich und das Team anschließend vor.

„Das kann ich mir nie merken", meint Mum leise, lacht aber dabei.

„Ach was, musst du auch nicht", winke ich ab und setze mich neben Ruby, die darauf besteht, neben mir zu sitzen. Archer sitzt mir schräg gegenüber, aber das bemerke ich erst, als es schon zu spät ist, sich woanders hinzusetzen.

„Archer, stimmt es, dass du Elliots Familie hergeholt hast?", fragt Ian kurz danach neugierig. Wieso muss dieses Thema das erste sein, was angeschnitten wird? Hätte Ian nicht irgendetwas anderes fragen können?

„Ja, hat er", antwortet Clair für ihn.

„Ich hab Clair auf Instagram gefunden, es war eigentlich eine Idee für Weihnachten, aber es hat jetzt besser gepasst, weil Donnerstag noch ein Heimspiel ist."

„Wie ging das eigentlich mit der Schule?", frage ich. Es sind keine Ferien in England.

„Wir wurden freigestellt", erklärt Millie. „Dafür müssen wir einen Aufsatz über Amerika und die NHL schreiben", fügt Ruby hinzu.

„Und das ging einfach so?", frage ich Mum überrascht.

„So leicht war das nicht", schüttelt sie den Kopf. „Aber es ging. Mein Chef hat mir den Urlaub gegeben, als Archer eine mehr oder weniger offizielle Einladung verschickt hat und den Rest hat er organisiert", erzählt sie.

„Eine Einladung?"

„Nur eine E-Mail", winkt er ab. „Ich habe kurz mit dem Boss deiner Mum telefoniert, weil er nicht geglaubt hat, dass es wirklich eine Einladung von Atlanta Ice Lightning ist, aber dann war der Rest ein Kinderspiel."

Mir wird mehr und mehr bewusst, wie viel Archer tatsächlich dafür gemacht hat, dass sie herkommen konnten. Wieso bin ich bis gerade davon ausgegangen, dass er einfach nur die Flüge gebucht hat?

Wenig später wird unser Abendessen gebracht. Ich trinke heute Abend nicht, habe Mum aber einen Wein bestellt, den sie mit überraschtem Blick annimmt.

„Ich werde schon zusehen, dass wir alle heile nach Hause kommen. Du hast dir den Wein nach dem langen Tag verdient."

„Da sage ich nicht nein", antwortet sie zufrieden und stößt mit mir an. Ich bleibe wie meine Geschwister bei Cola, Kian und Ruby freuen sich über ihren Eistee und machen sich dann über ihr Abendessen her.

Je länger wir hier sind, desto entspannter wird die Situation. Keiner aus der Mannschaft hat bisher einen Kommentar dazu abgegeben, dass Archer hier ist und Ruby unterhält sich aufgeregt mit Drew darüber, dass er bald heiratet. Sie hat dutzende Ideen, was er alles machen soll, manche mehr und manche weniger realistisch.

„Du hast also einen Freund, Clair", fällt mir dann ein und sie verdreht die Augen. „War ja klar, dass du das ansprechen wirst."

„Was? Ich bin dein Bruder, ist es so verwerflich, dass ich mich dafür interessiere?", frage ich. Sie seufzt, schüttelt dann aber den Kopf und lächelt schief. „Wir sind noch nicht so lange zusammen. Nicht einmal ein halbes Jahr."

„Und weiter?", möchte ich wissen. Sie zuckt mit den Schultern und holt ihr Handy heraus.

„Da hast du ein Foto." Sie reicht es mir. Das Bild zeigt sie und diesen Jungen, er hat einen Arm um ihre Taille gelegt, sie lacht offenbar und er sieht sie verliebt an.

„Er ist toll, Elliot. Reicht das nicht?"

„Ich sollte ihn kennenlernen", beschließe ich und sehe Mum schmunzeln.

„Sag ihm bitte, dass er sich nicht so aufführen soll", wendet sie ich an Mum.

„Ich führe mich nicht auf. Du bist meine kleine Schwester und Männer sind Arschlöcher", stelle ich klar und Archer sieht mich belustigt an, sagt aber nichts dazu.

„Er ist ein gut erzogener, vernünftiger, junger Mann", bekräftigt Mum.

„Du könntest ihn doch bald über Skype kennenlernen", schlägt Ruby vor und Clair wirft ihr einen Blick zu, der sie auf der Stelle töten könnte.

„Das werde ich", stimme ich meiner jüngsten Schwester zu und Clair stöhnt genervt auf. „Muss das sein?"

„Wieso ist das so schlimm?"

„Was ist mit dir, Archer? Was machst du so, wenn du nicht gerade gezwungen bist, mit meinem Bruder Zeit zu verbringen?", fragt sie scheinheilig. Archer sieht sie überrascht an und blickt dann zu mir. Ich schüttle leicht den Kopf. *Glaubt er allen Ernstes, ich hätte ihr von der Affäre erzählt?*

„Ich arbeite für Lightning, ich habe ziemlich viel zu tun."

„Du hast keine Freizeit?", fragt Millie verwundert. „Boah ne, so einen Job würde ich nicht wollen", fügt sie murmelnd hinzu. Archer schmunzelt. „So schlimm ist es nicht. Ich mag meinen Job. Und in der freien Zeit, die ich habe, treffe ich mich gerne mit Freunden oder schaue eine Serie oder so. Ich mache nichts Besonderes, was ist mit euch?" Er sieht durch die Runde.

„Ich spiele Fußball!", schaltet sich Kian ein. „Und ich bin richtig gut. Aber wir hatten in der Schule jetzt Hockey im Sportunterricht."

„Feldhockey?", fragt Duncan nach und Kian nickt. „Ja und ich habe sogar ein Trikot dafür."

„Mein altes Trikot", korrigiere ich den kleinen Angeber.

„Weiß doch keiner, da steht ja nur Leighton drauf", antwortet er frech.

„Kannst du Eislaufen?", fragt Kenny und Kian sieht ihn mit großen Augen an und nickt. „Könnte ich mal mit euch trainieren?"

„Ich will das auch machen!", meint Ruby direkt und blickt Mum an. „Das ist doch bestimmt okay, oder? Elliot ist dann dabei."

„Ach, bin ich das?"

„Ja", bestimmt Kian kurzerhand und Mum sieht zu den Jungs meiner Mannschaft. „Ich möchte nicht, dass das Umstände bereitet."

„Ach was, wir spielen gut, Drew hat da sowieso nichts gegen und Warren ist zufrieden, wenn wir in den Spielen eine gute Leistung abliefern. Das ist im Moment so", antwortet Kenny und damit ist es beschlossene Sache.

„Du bist der Chef, oder?"

„Captain, aber wenn du mich Chef nennen willst, ist das okay", grinst er.

„Dann dürfen wir?", wendet Kian sich an Mum.

„Gibt es Ausrüstungen für Kinder?", möchte sie noch wissen.

„Ja, für die Kinder- und Jugendmannschaften", antworte ich. „Davon können wir uns welche ausleihen, das sollte nicht das Problem sein."

„Dann seid ihr wohl morgen dabei", sagt Lane und Kian grinst zufrieden. „Das wird super! Mummy, kannst du dann Fotos machen? Für meinen Aufsatz?" Mum nickt. „Sicher."

„Das wird der beste Aufsatz, den du je geschrieben hast!", prophezeit Duncan.

„Die Jungs werden euch alle helfen", legt Kenny fest und sieht durch die Runde. Niemand widerspricht, aber sie hätten es auch gemacht, ohne dass Kenny es extra erwähnt hätte.

„Was haltet ihr davon, wenn ihr euch bis morgen nach dem Training ein paar Fragen zur NHL überlegt und dann darf sich jeder von euch einen der Spieler aussuchen, der euch die Fragen beantwortet", schlägt Archer vor und ich lache, aber da Kian im Namen aller Leighton-Kinder zustimmt, ist es beschlossene Sache.

„Kannst du meine Fragen beantworten, Kenny? Du bist der Chef, also der beste Spieler, oder?", fragt mein Bruder dann sofort und unser Captain nickt lachend. „Das mache ich gerne."

Ich bemerke, dass Millies Blick an Duncan hängengeblieben ist. Im selben Moment merkt der Schwarzhaarige es auch und lächelt ihr zu.

„Wag es ja nicht mit meiner Schwester zu flirten, Bennett."

„Entspann dich, Elliot", lacht Lane und Duncan sieht mich belustigt an. Ich schnaube nur und trinke einen Schluck meiner Cola. Millie hingegen ist rot wie eine Tomate geworden und ihr ist anzusehen, dass sie am liebsten im Boden versinken würde.

„Selbst schuld", zieht Clair sie auf und grinst schadenfroh.

„Und was ist eigentlich mit mit…"

„Halt die Klappe", unterbricht Millie Clair sofort, als sie sie offensichtlich daran erinnern will, dass es noch einen Jungen in England gibt, den sie eigentlich gut findet.

Nach dem Essen verschwinde ich zu den Toiletten. Als ich gerade Hände wasche, tritt Archer durch die Tür. *Oh nein.*

„Hi."

„Äh… hi?", antworte ich unsicher.

„Deine Familie ist wirklich nett." Ich weiß nicht, was ich darauf antworten soll.

„Es ist schön, dass sie hier sind", entgegne ich daher nur und nehme mir zwei Papierhandtücher „Danke, dass du sie hergeholt hast, das bedeutet mir viel."

„Du hast dich schon bedankt. Ich habe das gerne gemacht", lächelt er und ich atme zitternd aus.

„Alles okay?", fragt er nach einem kurzen Augenblick. Oh, ich stehe hier nur, ohne irgendetwas zu machen. Oder besser gesagt, ich stehe hier nur und sehe ihn an.

„Kommst du damit klar?"

„Was meinst du?"

„Wie die Mannschaft über dich spricht."

„Ich bin kein kleiner Junge mehr. Ich verkrafte ein paar dumme Sprüche", antwortet er und zuckt mit den Schultern. „Das legt sich wieder."

„Meinst du echt?"

„Es ist wie in der Highschool. Sobald es etwas Neues gibt, worüber man reden kann, interessiert es niemanden mehr, dass ich auf Männer stehe."

„Mhm." Ich sollte nicht einmal darüber nachdenken, aber ich tue es. *Dumm.*

„Tut mir leid, dass ich dich vorhin umarmt habe."

„Wieso tut es dir leid?", fragt er irritiert.

„Es hat doch jeder gesehen und das Gerücht wegen deiner Sexualität und…"

„Das klingt für mich aber eher danach, als hättest du Angst davor, ob es falsch war, nicht dass du dir Sorgen um mich machst", unterbricht er mich. *Ertappt.*

„Nein, das… äh…"

„Elliot, hör mal. Nur weil du mich umarmt hast, wird niemand denken, dass wir vögeln, alles klar? Du hast dich wahnsinnig gefreut und das ist absolut nachvollziehbar, also mach dir darüber bitte keinen Kopf."

„Wieso machst du das?"

„Was meinst du?"

Ich zögere. *Ach was solls.* Jetzt gerade bin ich mit ihm allein und das wird in Zukunft wohl kaum noch sehr häufig passieren.

„Wieso holst du meine Familie her? Wieso versuchst du gerade, mich zu beruhigen? Das alles", erkläre ich ihm. „Deine Familie einfliegen zu lassen, wollte ich nicht abbrechen, nur weil du es beendet hast. Und genauso wenig werde ich dich jetzt mit diesem Thema komplett allein lassen."

„Dann… danke."

Er macht einen Schritt auf mich zu. „Das mache ich gerne, Elliot. Wirklich", antwortet er mit sanfter Stimme und streicht mir durch die Haare. Ich sollte etwas dagegen tun. Ich sollte mich dabei nicht wohlfühlen, aber ich kann nicht anders, als hier zu stehen, ihn anzusehen und diese wenigen Sekunden zu genießen.

„Schreib mir einfach, wenn etwas ist", lächelt er, reißt mich wieder in die Realität zurück und stumm nicke ich, ehe ich fluchtartig den Waschraum verlasse. *Scheiße, was war das denn gerade?* Mit klopfendem Herzen setze ich mich zurück an den Tisch und zum Glück kommt in diesem Augenblick ein Kellner, der die leeren Gläser einsammelt und ein paar neue Getränkebestellungen aufnimmt.

„Darf ich einen Nachtisch?", fragt Ruby Mum leise.

„Darfst du", entscheide ich für sie.

„Und das entscheidest du, ja?", fragt sie gespielt empört. Ruby lacht.

„Ja, tue ich, weil ich bezahle", antworte ich scheinheilig und wende mich dem Kellner zu. „Und für meine Mum bitte noch ein Glas Wein. Das entscheide ich jetzt auch." Er nickt amüsiert und schreibt es auf.

„Elliot!"

„Was denn?", frage ich grinsend, aber sie lacht und schüttelt den Kopf. Mum lehnt das weitere Glas Wein nicht ab.

Der Nachtisch ist nur wenige Minuten später hier und ich lasse es mir nicht nehmen, Ruby ihren Löffel zu klauen und selbst ein bisschen zu probieren.

„Ey! Hol dir selbst Nachtisch und iss nicht meinen!", beschwert sie sich.

„Denk dran, dass du nur meinetwegen überhaupt welchen hast", erinnere ich meine kleine Schwester und missmutig lässt sie zu, dass ich mir noch einen Löffel nehme, ehe ich ihr den Rest überlasse.

Normalerweise wäre ich wahrscheinlich noch länger geblieben, aber als Kian irgendwann fast die Augen zufallen, beschließen wir, dass es Zeit für den Heimweg ist. Zu meinem Verwundern entscheidet Archer als einziger, auch zu gehen. „Ich rufe uns mal zwei Uber", murmle ich und bin nicht sicher, ob Archer bei uns mitfährt, oder nicht, aber einen großen Uber bekomme ich gerade nicht.

Die kühle Nachtluft empfängt uns und weht Archers Parfum zu mir. Für einen kurzen Augenblick habe ich das Bedürfnis mich einfach an ihn zu lehnen, aber ich ignoriere es, so gut es geht.

„Wie kommst du nach Hause?", fragt Clair Archer.

„Ähm… habt ihr noch einen Platz frei?", fragt er unschlüssig und sieht zu mir.

„Klar. Ich dachte mir schon, dass du mitfährst", antworte ich wahrheitsgemäß.

„Er wohnt nicht weit von mir. Wir teilen uns meistens den Uber", erkläre ich meiner Familie anschließend kurz. Zwei Autos fahren kurz hintereinander um die Ecke und halten am Straßenrand.

„Uber für Elliot?", fragen beide und ich nicke. Mum steigt mit Millie und Ruby in das eine Auto, Clair und Kian setzen sich zu Archer und mir. *Wieso sitze ich eigentlich in der Mitte auf der Rückbank und nicht Clair?* Nein, meine Schwester hat sich selbstverständlich nach vorne gesetzt und gar nicht erst gefragt.

Archer lässt sich neben mich fallen und sein Oberschenkel drückt gegen meinen. *Scheiße, ich darf jetzt nichts Falsches denken.* Als er sich anschnallt streifen seine Finger gezwungener Maßen meinen Hintern und das macht es nicht gerade besser. Ich räuspere mich leise, rutsche etwas zur Seite und sehe zu Kian. Wie kann so ein kleiner Mensch sich so breit machen? Der Wagen setzt sich in Bewegung, Clair sieht auf ihr Handy und schreibt offenbar ihrem Freund.

„Der Abend war schön", sagt Archer auf einmal.

„Äh… ja", stottere ich und greife ebenfalls nach meinem Handy. Archer seufzt leise und einen Moment später erscheint eine Nachricht von ihm auf meinem Display.

Archer: Ich hätte vorhin schwören können, du hättest etwas getrunken.

Was?

Archer: Auf den Toiletten. Ich habe nicht gedacht, dass du nüchtern warst.

Wieso das?

Archer: Du hast zugelassen, dass wir in der Öffentlichkeit über die Affäre sprechen.

Ich weiß nicht, ob der Waschraum eine große Gefahr darstellt.

Archer: Und du hast zugelassen, dass ich dich anfasse.

Du hast nur meine Haare angefasst. Wir hatten keinen Sex oder so.

Archer: Und was, wenn jemand reingekommen wäre?

Das ist nicht passiert.

Wieso ist das plötzlich wichtig?

Archer: Am liebsten würde ich dich jetzt mit zu mir nehmen.

Meine Augen werden etwas größer, aber ich versuche, mir nichts anmerken zu lassen. *Heilige Scheiße.* Das kann er doch nicht einfach so schreiben! Was soll das werden? Er drückt sein Knie gegen meins. Vermutlich bemerkt man es als Außenstehender überhaupt nicht, aber seinen Oberschenkel wieder an meinem zu spüren, reicht, damit meine Gedanken in eine Richtung wandern, die sie jetzt ganz und gar nicht einschlagen sollten. Mein Bein kribbelt und ein warmes Gefühl macht sich nach und nach in meinem gesamten Körper breit. Das ist nicht normal. Und es soll aufhören; meine Gedanken sind wirr und durcheinander. *Er soll sein Bein da wegnehmen!*

Werde ich aber nicht.

Archer: Das weiß ich.

Archer: Ich hätte das nicht schreiben sollen.

Zu spät.

Archer: Wofür?

Dass ich mir nicht ausmale, wie ich dich heute Nacht vögeln würde.

Archer spannt sich neben mir an und tippt seine Antwort. Wenn ich an meiner Karriere nicht hängen würde, würde ich Clair jetzt wahrscheinlich sagen, dass ich gleich noch einmal losmuss, wenn wir angekommen sind. Nein, das wird nicht passieren.

218

Archer: Du hast die Affäre beendet.

*Wir

Archer: Nein, du.

Willst du jetzt wirklich darüber streiten und ignorieren, dass ich
mir vorstelle, wie du unter mir liegst und dich verlierst?

Archer: Himmel, Elliot.

Oder, wie ich dich überall küsse? Vielleicht hole ich dann etwas von
unserem Spielzeug. Was würdest du am liebsten benutzen?

Archer: Du kannst mir das doch nicht schreiben, wenn wir in einem verdammten Uber sitzen!

Macht dich das scharf?

Archer: Das weißt du.

Gut. Das soll es auch.

Archer: Wieso?

Weil ich dich vögeln will, aber nicht kann. Und ich es mag, wie du
aussiehst, wenn du hart wirst.

Archer: Verdammt, hör auf, sonst werde ich das hier gleich wirklich und das wollen wir beide nicht.

Archer: Und noch einmal: Du hast es beendet.

Ich antworte darauf nicht. Ich weiß nicht was; er hat recht. Ich
sollte das nicht schreiben, weil wir nicht mehr miteinander ins
Bett gehen. *Verdammt.* Ich will ihn wieder küssen. Ihm kann es
nicht so egal gewesen sein, wie er getan hat, wenn er meine Familie für mich hat einfliegen lassen; zumindest rede ich mir das
gerade ein und für mich ergibt es Sinn. Es war ihm nicht egal
und genau deswegen reagiert er in diesem Moment, wie er eben
reagiert. Ich stecke mein Handy weg und sehe ihn einen kurzen
Moment lang an. *Verflucht, ich will ihn in meinem Bett unter mir sehen.
Jetzt sofort.*

219

„Wir sind da", werden meine Gedanken von den Worten des Überfahrers unterbrochen. Archer steigt als Erstes aus, dann folge ich und schnell gehe ich um den Wagen, um meinen nun endgültig tief schlafenden Bruder aus dem Auto zu heben.

„Wir sehen uns", verabschiedet sich Archer.

„Komm gut nach Hause", antwortet meine Mum. Am liebsten hätte ich ihm das gesagt. Wir betreten das Haus und schnell habe ich Kian ins Bett verfrachtet.

„Schlaf gut, Großer." Mum streicht mir durch die Haare und drückt mir einen Kuss auf die Schläfe, ehe sie im Badezimmer verschwindet.

20. Kapitel

Verschlafen laufe ich am nächsten Morgen die Treppe herunter. Es ist deutlich leiser, als ich erwartet hatte, aber ich schätze, das liegt am Jetlag. Neben meinem Wasserkocher schalte ich die Kaffeemaschine an, die ich so gut wie nie benutze. Ich mag keinen Kaffee; aber ich weiß, dass Clair und Millie es inzwischen tun. Für Kian und Ruby hole ich aus der Vorrats-Schrägstrich-Abstellkammer Orangensaft. Dann sehe ich mich in meiner Küche um. Was frühstückt meine Familie normalerweise? Etwas überfordert sehe ich in meinen Kühlschrank. Ich muss gleich definitiv einkaufen gehen. Sehr viel gibt er nicht mehr her. Ich finde allerdings zum Glück alles, was ich brauche, um Pancakes zu machen; nicht das gesündeste Frühstück, aber es wird seinen Zweck erfüllen. *Mum wird begeistert sein, dass ich immer noch nicht gelernt habe, meine Lebensmittel regelmäßig wieder aufzufüllen.* Mit einem Videotutorial auf meinem Handy fange ich an. Das wird schon. Gerade, als ich anfangen möchte, verschwindet das Video vom Bildschirm und ein eingehender Anruf wird angezeigt.

Archer Swan ruft an.

Irritiert hebe ich ab. „Guten Morgen?"

„Hi Elliot", antwortet er und klingt so, als wäre er schon mindestens eine Stunde auf den Beinen. Ich hingegen schlafe noch halb.

„Habe ich dich geweckt?"

„Nein, hättest du aber vor zehn Minuten noch", erwidere ich und merke, dass ich aus irgendeinem Grund lächle.

„Okay gut. Hast du einen Moment Zeit?", fragt er und ich setze mich aufs Sofa. „Sicher. Was gibt's?"

„Das Spiel gestern, oder besser gesagt der Moment, als du deine Familie begrüßt hast, geht im Internet gerade viral. Noch sind es nur Handyvideos der Fans. Ich habe natürlich auch eins.

Es ist sehr viel besser, aber ich wollte dich fragen, ob es in Ordnung ist, wenn ich es hochlade; immerhin sieht man auch deine Familie sehr deutlich", erklärt er mir.

„Das ist schon okay. Ich habe gestern Abend kurz mit Mum darüber gesprochen und ihr war klar, dass es passieren wird, wenn sie herkommen", antworte ich ihm. Es ist nur ein Video, ein sehr schönes noch dazu. Außerdem sind sowieso schon andere Aufnahmen von gestern online, also hat sie gesagt, dass es okay ist, wenn der Account von Lightning es auch postet. Ich hatte nur nicht damit gerechnet, dass Archer mich danach explizit fragen würde. Ich bin eigentlich davon ausgegangen, dass er es schon hochgeladen hat.

„Alles klar, dann lade ich es gleich hoch, oder willst du es dir vorher noch einmal ansehen?"

„Ich vertraue dir da." Einen kurzen Moment ist es still.

„Fragst du das alle Spieler?", möchte ich dann, zugegeben etwas unbedacht, wissen.

„Was meinst du?" Es ist deutlich zu hören, dass er von meiner Frage ziemlich irritiert ist.

„Wenn du etwas hochlädst, fragst du immer jeden Spieler, ob das in Ordnung ist?", erkläre ich und er seufzt leise. Eigentlich hätte ich die Frage gar nicht stellen brauchen. Er ist nicht umsonst dafür eingestellt worden, PR und Marketing zu managen. Er wird wohl kaum die Einverständniserklärungen von uns Spielern brauchen; Michael musste auch nie fragen, bevor er etwas veröffentlicht hat.

„Es geht um deine Familie und das ist etwas anderes als ein einfaches Video vom Training oder eine Pressemitteilung bei einem Spielerzuwachs", antwortet er mir schließlich.

„Okay."

„Ich schicke dir eine Nachricht, sobald es online ist."

„Danke."

Ich bin versucht zu fragen, wann wir uns wiedersehen, aber nur eine Sekunde später erinnere ich mich daran, dass es morgen beim Spiel der Fall sein wird; vielleicht sogar heute beim Training.

„Wieso bist du schon so früh auf?", fragt Archer mich auf einmal.

„Ich konnte nicht mehr schlafen. Und ich versuche Pancakes zu machen." Er fängt an zu lachen. „Wenn das mal gut geht." „Arsch."

„Ich kann nichts für deine Fähigkeiten in der Küche", erwidert er amüsiert.

„Was sollte ich deiner Meinung nach machen, wenn nicht Pancakes?", möchte ich wissen und Archer antwortet, ohne zu zögern: „Käsetoast." Bilder tauchen vor meinem inneren Auge auf, aber nicht vom Käsetoast. *Verflucht, wie kann es sein, dass ich sogar etwas zu essen mit dem Sex mit Archer in Verbindung bringe?*

„Ich weiß sogar von hier, was du gerade denkst", stellt er trocken fest.

„Ich kann nichts dafür. Du hast dafür gesorgt."

„Dass du bei Käsetoast ans Vögeln denkst?"

„Ja. Aber mit dir", entgegne ich und sehe mich kurz um. Keine Kinder in Sichtweite; sie schlafen alle noch.

„Dann solltest du dir überlegen, ob du sie akzeptierst."

„Wen?", frage ich verwirrt.

„Nicht wen. Was. Meine Bedingungen."

„Ähm…", stottere ich und er seufzt. „Elliot entweder oder. Wenn du dich nicht einmal ganz normal mit mir in der Arena oder beim Training unterhalten kannst, sehe ich nicht ein, dich an meinen Schwanz zu lassen."

Subtil.

„Nur weil dein Team weiß, dass ich auf Männer stehe, musst du mich nicht behandeln, als wäre ich Luft. Und wenn du das nicht kannst, dann hör auch auf, mit mir zu flirten."

„Du hast gestern ja wohl angefangen!", widerspreche ich sofort.

„Und das tut mir leid."

„Was?"

„Ich habe im Gegensatz zu dir gestern Alkohol getrunken und
es war offenbar nicht wirklich klug", stellt er klar und ein flaues
Gefühl macht sich in mir breit. *Das bedeutet im Prinzip nichts anderes, als dass er es nüchtern nicht gemacht hätte.*

„Gestern hast du auch ganz normal mit mir gesprochen, also
dachte ich, ob wir im Hattrick's sind oder im Trainingscenter,
ist egal, aber da du nichts mehr sagst, irre ich mich anscheinend."

„Du möchtest, dass es so ist, wie gestern?", frage ich noch
einmal nach.

„Ja", antwortet er nur und ich reibe mir mit der freien Hand
über die Augen. Gestern hat niemand etwas gesagt, aber ich
weiß nicht, ob es daran lag, dass meine Familie mit am Tisch
saß. Das könnte leider durchaus sein. Mein Gewissen schaltet
sich ein; ich weiß, dass Archer sehr große Schritte auf mich zu-
gekommen ist und dass ich nicht von ihm verlangen kann, noch
mehr zu tun.

„Es ist zu dreist, dich um einen Versuch zu bitten, oder?",
frage ich leise und möchte seine Antwort eigentlich gar nicht
hören.

„Einen Versuch? Was meinst du damit?"

„Dass ich mich bemühen werde, deine Bedingungen zu erfüllen, aber ich einen Rückzieher machen kann, wenn die Jungs
Wind davon bekommen."

„Elliot, noch einmal, das wird nicht passieren. Keiner kommt
nur auf die Idee, dass ein anderer schwul sein könnte."

„Oh doch."

„Nein. Du denkst es von den anderen doch auch nicht, oder?"

„Sie sind ja auch alle hetero!", widerspreche ich und Archer schweigt einen Moment.

„Ich bin nicht dein Versuchskaninchen. Das hatten wir alles schon einmal und sobald die erste Hürde kommt, tust du so, als kennst du mich nicht. Ich werde das nicht noch einmal mitmachen. Dann beende es lieber, diesmal richtig, und ich kann…"

„Okay!", unterbreche ich ihn forsch. Ich will nicht wissen, was er dann kann. *Andere vögeln. Andere daten. Sich wieder neu umsehen.* Das alles klingt schon in meinem Kopf nicht richtig. Ich will nicht, dass er jemand anderen mit in sein Bett nimmt.

„Gut, keine Versuche oder Probeläufe mehr", gebe ich nach.

„Ich habe noch eine Frage, Elliot."

„Und zwar?"

Archer zögert einen Moment, aber schließlich höre ich seine Stimme wieder. „Was ist, wenn es mehr wird?"

„Wie mehr? Mehr Sex?"

„Mehr Gefühle."

„Hast du Gefühle für mich?", frage ich perplex und mein Herz setzt einen Schlag aus.

„Ich frage nur, was ist, wenn es dazu kommen würde. Oder wenn du Gefühle entwickelst."

„Ich?"

„Ja du", erwidert er trocken.

„Ähm… keine Ahnung. Ich meine, das hier ist etwas Lockeres, oder nicht?"

„Bisher war es das."

„Willst du mir sagen, dass du eine Beziehung möchtest?", frage ich, ohne darüber nachzudenken.

„Nein. Und abgesehen davon weiß ich, dass du es nicht willst."

„Mhm."

„Mhm?"

„Das würde alles noch komplizierter machen", murmle ich.

„Machen wir es einfach. Du hast keine Gefühle für mich, richtig?"

„Äh… ne."

„Dann wird da auch keine Beziehung draus. So kompliziert war das doch jetzt nicht." Ich weiß, dass er schmunzelt und das bringt mich wiederum zum Lächeln.

„Wieso hast du das angesprochen?", möchte ich wissen, doch bevor er antworten kann, höre ich jemanden die Treppe herunterkommen. „Weil…"

„Können wir wann anders weitersprechen?", unterbreche ich ihn im selben Augenblick. „Meine Geschwister sind wach und die Pancakes sind nicht einmal ansatzweise fertig."

„Sicher. Guten Appetit. Und fackle deine Küche nicht ab."

„Haha. Sehr witzig", antworte ich. „Bis dann."

„Wer war das?", fragt Ruby, die sich schon ein Glas Orangensaft genommen hat und jetzt auf einem Stuhl steht, um meine Teesorten im oberen Regal zu inspizieren.

„Nur Archer. Er hat gestern ein Video davon gemacht, wie ich euch entdeckt habe", erzähle ich, aber es scheint sie nicht weiter zu kümmern.

„Okay. Machst du Pancakes?"

„Ich versuche es", grinse ich, stehe auf und schalte das Tutorial wieder an, ehe ich mich daran mache, den Teig zu mischen.

„Du kochst", stellt Clair fest, als sie wenige Minuten später die Treppe herunter geschlurft kommt.

„Denkst du, ich bestelle mir seit drei Jahren nur mein Essen?"

„Ich dachte, du hast eine Haushälterin und wolltest es uns nur nicht sagen", antwortet sie und zuckt mit den Schultern, ehe sie sich an der Kaffeemaschine zu schaffen macht.

„Kann eine von euch die anderen wecken? Das Frühstück ist gleich fertig", bitte ich meine Schwestern. „Ruby, geh hoch", meint Clair daraufhin.

„Wieso muss ich das machen? Er hat auch dich gefragt", antwortet die Jüngere der beiden patzig.

„Weil ich mir gerade einen Kaffee mache und Elliot steht am Herd. Los, weck die anderen", erwidert Clair. Ruby stöhnt genervt, verdreht die Augen und stampft wieder nach oben. *Es hat sich also nichts geändert.*

Wenig später decken Ruby und Clair den Tisch, Mum macht sich einen Tee und Kian angelt sich ein Glas aus dem Schrank, um sich Orangensaft zu nehmen, während ich den letzten Pancake aus der Pfanne hole.

„Ich hoffe, es schmeckt euch."

„Bestimmt", grinst Ruby und nimmt sich den Obersten. Zu meinem Erstaunen, ist das Frühstück besser geworden, als erwartet, aber das sage ich natürlich nicht.

„Fahren wir gleich direkt zur Halle?", fragt Kian mich und ich schaue auf die Uhr.

„Eigentlich müssen wir noch einkaufen gehen", überlege ich laut.

„Lass mich raten, dein Kühlschrank ist leer", schmunzelt Mum und ich muss wohl oder übel nicken und überlege kurz.

„Ihr fahrt gleich schon zur Halle. Ich sage Kenny Bescheid, dann ist das kein Problem. Ich gehe schnell einkaufen und komme nach."

„Das kann ich doch auch machen", meint Mum, aber ich schüttle sofort den Kopf. „Ich bin der Hausbesitzer und Gastgeber, also werde ich auch einkaufen gehen."

„Okay, fahren wir wieder Uber?", fragt Ruby und ich nicke. „Klar."

„Wieso hast du eigentlich kein Auto, Elliot?", fragt Millie mich daraufhin.

„Ich habe ein Auto", korrigiere ich sie.

„Seit wann?", fragt Mum verwundert.

„Ich hab mir das doch schon im ersten Jahr in der NHL gekauft", erinnere ich sie. „Aber ich mag den Rechtsverkehr nicht, die Straßen sind immer voll und Parkplätze gibt es auch nicht. Mein Fahrrad tut seinen Job und sonst gibt es Uber", erkläre ich und Mum nickt verstehend.

„Wie lange geht das Training?", fragt Clair.

„Wieso, was hast du vor?", erwidere ich amüsiert.

„Ich dachte, du zeigst uns die Stadt."

„Klar. Ich glaube nicht, dass Coach Warren dazu etwas sagen wird. Wir könnten auch auswärts essen gehen, wenn ihr mögt", schlage ich vor.

„Ja, das machen wir", beschließt Clair und schnappt sich ihr Handy.

„Du kannst nach dem Frühstück schauen, was du alles sehen willst. Leg das Ding weg", sagt Mum direkt und Clair seufzt, kommt der Bitte aber nach.

Nach dem Frühstück machen wir uns auf den Weg. Kenny weiß Bescheid und als der Uber los zum Trainingscenter fährt, mache ich mich auf den Weg zum nächsten Supermarkt. Eine Stunde später schwinge ich mich endlich aufs Fahrrad und mache mich auf den Weg. Gerade, als ich das Rad anschließe, kommt Archer vom Parkplatz angelaufen.

„Hey Elliot."

Ich drehe mich zu ihm um und stocke. „Äh… hi", antworte ich und stecke meinen Fahrradschlüssel ein.

„Du kommst erst jetzt?", fragt er verwundert und wir gehen zum Eingang.

„Ich musste noch einkaufen gehen. Meine Familie ist aber schon da", erwidere ich.

„Und haben die Pancakes geklappt?"

„Ja, allerdings. Sie waren sogar ziemlich gut." Er schmunzelt.

„Dann wirst du das wohl bald nochmal machen müssen."

„Wieso das?" Irritiert sehe ich ihn an.

„Weil ich Pancakes gerne mag; genauso wie Frühstück im Bett."

„Noch auffälliger ging es nicht, oder?", lache ich und öffne die Tür. Er zuckt nur mit den Schultern und wir betreten das Center. Auf dem Weg zur Umkleide kommt mir ein kleiner Eishockeyspieler in voller Ausrüstung entgegen.

„Hallo Archer! Hallo Elliot!" Kian winkt und watschelt Kenny hinterher, der mit ihm wohl auf dem Weg zur Eisfläche ist.

„Hallo Kian", antwortet Archer und winkt zurück. In der Kabine angekommen, würde ich am liebsten sofort ein Foto von der Szene machen, die sich mir bietet.

Mum sitzt an der Seite, Duncan zieht Millie gerade die Schienbeinschoner an und Lane hilft Ruby.

„Man könnte meinen, sie könnten keiner Fliege was zuleide tun", murmelt Archer und da sehe ich, dass er bereits ein Bild geschossen hat.

„Schickst du mir das?"

„Klar", nickt er und ich setze mich zu Clair.

„Es ist so lange her, seitdem du mich gezwungen hast, mit dir Eislaufen zu gehen", meint sie.

„Das verlernt man nicht."

„Du hast leicht reden", wirft Millie von der anderen Seite ein.

„Das wird super", grinse ich, gehe zu meinem Platz und fange an, mich ebenfalls umzuziehen. Bei mir ist das egal, und die Jungs tragen bis auf ihre Schlittschuhe alle schon die Eishockeyausrüstung. Ich weiß zwar, dass Millie Duncan zu gerne beim Umziehen zugesehen hätte, und auch Clair sicher nicht abgeneigt gewesen wäre, aber abgesehen davon, dass Mum das nicht zugelassen hätte, kann ich mich zumindest in dieser Hinsicht auf meine Mannschaft verlassen.

„Die Interviews wollen sie danach machen", erklärt Archer mir. Oh, er ist ja auch noch hier in der Umkleide.

„Fertig?", fragt Mum und ich bin kurz nach den anderen fertig.

„Dann los." Duncan geht vor und Millie ist hin und weg von meinem Kollegen. *Scheiße, das kann doch nicht wahr sein.* Ich bin nur froh, dass der Schwarzhaarige es ignoriert und so tut, als würde Millie ihn nicht mit großen Augen anschmachten. Ruby nimmt meine Hand, als wir vor dem Eis stehen.

„Was ist, wenn ich falle?", fragt sie leise. Ich klopfe gegen den Panzer, der sie schützt.

„Das tut überhaupt nicht weh, versprochen."

Sie nickt und ich schließe das Gitter des Helmes. Alle meiner Geschwister tragen einen Torwarthelm, das tun grundsätzlich alle, die unter 18 sind. Kian steht schon mit Kenny und den Jungs, die gerade nicht in der Kabine geholfen haben, auf dem Eis. Unser Teamcaptain weiß zwar, dass Kian schon einige Male auf dem Eis stand, aber ich bemerke, dass er doch sehr genau schaut, dass nichts weiter passiert. Ich gleite als erster übers Eis und sehe dann, dass Duncan Millie hilft, durch die Tür der Bande zu kommen. Mit großen Augen und dem Blick nach unten zu ihren Kufen gerichtet, klammert sie sich an seine Unterarme. Clair läuft ziemlich gut, aber das ist nicht verwunderlich, so oft, wie ich sie dazu gezwungen habe, sonntags mit mir in die Eishalle zu gehen, bevor ich in einen Verein eingetreten bin. Archer steht an der Seite neben meiner Mum und beide machen fleißig Fotos und Videos. Einen Moment zu lange, sehe ich die zwei an und pralle fast mit Clair zusammen.

„Pass doch auf!"

„Du bist in mich reingefahren!"

„Und du hättest ausweichen können", antwortet sie nur. Ich verdrehe die Augen und fahre zu Kian. „Wie läuft's, Großer?"

„Wettrennen!", fordert er. „Von der Linie bis zur anderen." Er deutet auf die beiden Torlinien.

„Wenn du meinst. Aber ich lasse dich nicht extra gewinnen", antworte ich.

„Du bist eh schlechter als ich", antwortet er. *Dieser kleine, freche Scheißer.* Neben dem Tor stellen wir uns hin, er zählt von drei runter und ruft dann: „Los!"

Natürlich mache ich etwas langsamer, aber trotzdem bleibe ich vor ihm. Dann schießt er plötzlich an mir vorbei und überholt mich kurz hinter der Mittellinie.

„Haha!", grinst er zufrieden.

„Du hast geschummelt!", rufe ich und sehe ihn empört an. Kenny, der ihn gerade angeschoben hat, grinst scheinheilig. „Du hast nie gesagt, dass er keine Hilfe haben darf."

„Ihr seid beide blöd", antworte ich nur und Kian lacht.

„Willst du das Video von eurem Rennen haben?", fragt Archer etwas später, als ich an der Bande stehe und zusehe, wie Duncan Millie beibringt zu bremsen und Kian konzentriert von Kenny beigebracht bekommt, überzusetzen. Lächelnd sehe ich zu und bemerke erst einen Moment später, dass Drew sich Schlittschuhe geschnappt hat und zu Kenny und Kian fährt. Es kommt nicht oft vor, dass der ehemalige Spieler zu uns aufs Spielfeld kommt. Kian genießt die Aufmerksamkeit der NHL-Spieler sichtlich.

„Elliot! Schau mal!", ruft er und ich nicke. Er fährt die Kurve hinterm Tor entlang und setzt zwei, nein dreimal über. Ich zeige beide Daumen nach oben, drehe mich zu Mum und blicke direkt in die Kamera von Archers Arbeitshandy. Ohne es zu wollen, lache ich etwas und er grinst zufrieden.

„Das Video brauche ich!", fordert Mum sofort.

„Mum", seufze ich, aber sie ignoriert mich.

„Sicher", nickt Archer und Mum gibt ihm ihr Handy.

Dadurch dass Kian so unfassbar viel Spaß hat und auch alle anderen sehr glücklich aussehen, verdränge ich die Sorgen in meinem Kopf schnell. Ich sollte die Zeit genießen und nicht damit zubringen, mir nur Gedanken darüber zu machen, was alles *theoretisch* und auch nur *vielleicht* passieren *könnte*, wenn ich *Pech* habe. Nachdem Drew aufs Eis gekommen ist, besteht das Training mehr daraus, Kian zu einem Nachwuchsspieler zu machen, als aus irgendetwas anderem. Wenn ich Drew so ansehe, glaube ich, dass er Kian am liebsten sofort für die U10 Mannschaft anmelden würde.

Nach dem Training auf dem Eis und als alle wieder umgezogen sind, schnappen sich meine Geschwister jeder einen Spieler für die Interviews für die Schule. Sie haben vorhin zwischendurch Pause gemacht und sich Fragen notiert. Kian löchert nicht nur Kenny, sondern auch Drew. *Mein kleiner Bruder hat die beiden ganz schön im Griff.* Amüsiert sehe ich zu.

„Na, will keiner mit dir sprechen?", spricht Archer mich amüsiert an und lehnt sich zu mir an die Bande, von der man auf die Tribüne sehen kann, wo sich meine Familie und die Jungs verteilt haben. Archer macht ein Foto und ich sehe, dass er es Mum und mir schickt.

„Ich bin ihr großer Bruder. Sie könnten immer mit mir sprechen", antworte ich schulterzuckend.

„Außerdem siehst du doch selbst, dass Kian Kenny viel cooler findet als mich und Millie schockverliebt ist", füge ich trocken hinzu und Archer fängt an zu lachen. Es klingt wirklich schön, wenn er lacht.

„Da ist was dran. Es ist wirklich cool von Coach Warren gewesen, dass er nicht darauf bestanden hat, heute richtiges Training zu machen, obwohl morgen ein Spiel ist", meint er.

„Schon. Aber noch sind wir weit von den Play-offs entfernt. Da hätte er es garantiert nicht zugelassen."

„Und ihr gewinnt im Moment wirklich oft."

„Es ist okay", erwidere ich.

„Klingt gar nicht arrogant", grinst er und ich zucke mit den Schultern. „Letzte Saison waren wir besser."

„Aber ihr habt den Stanley Cup nicht gewonnen", merkt Archer an.

Ich verdrehe die Augen. „Danke. Das hatte ich ja ganz vergessen."

„Immer wieder gerne." Scheinheilig lächelt er.

„Vollidiot", murmle ich, aber es ist keinesfalls böse gemeint und das weiß er auch.

„Meinst du, ihr habt eine Chance, es dieses Jahr zu schaffen?" Überrascht sehe ich ihn an. „Wieso die Frage?"

„Ist es so unrealistisch, dass ich mich für Eishockey interessiere?"

„Na ja, du hattest nie damit zu tun. Du wusstest vor ein paar Wochen nicht einmal, was ein Penalty ist."

„Dinge ändern sich."

„Mhm. Vielleicht. Mit diesem Team schon, aber ich würde nicht drauf wetten", erwidere ich. „Das habe ich nicht offiziell gesagt. Dann würde es heißen, dass es außer Frage steht und wir die Saison für uns entscheiden", füge ich schnell hinzu.

„Natürlich", nickt er verstehend.

„Hast du das eigentlich mit Ian mitbekommen?", möchte ich unüberlegt wissen.

„Was meinst du?"

„Der Rookie hat sich gegen Kenny aufgelehnt", erzähle ich und mit großen Augen sieht er mich an. „Wieso denn das?"

„Schon", murmle ich und achte darauf, dass niemand so nah bei uns steht, als dass derjenige uns hören könnte.

„Ian mag deine Idee wegen Akzeptanz und dem ganzen Kram. Er meinte, er hätte sich das noch einmal durch den Kopf gehen lassen und er findet es prinzipiell gut, nur die Umsetzung sieht er auch kritisch."

„Das ist besser als das, was der Rest des Teams sagt."

„Danke."

„Was? Du denkst auch nicht anders darüber", erwidert er.

„Oder? Erfahre ich jetzt, dass du den Plan insgeheim total toll findest und eigentlich liebend gerne unterstützen würdest?"

„Mach dich nicht lächerlich", brumme ich und Archer seufzt leise. „Tue ich nicht. Du solltest dafür sein."

Ich antworte darauf nicht, denn ich weiß, dass er recht hat. Ich sollte ihn unterstützen. Er spricht nur aus, was ich seit Jahren schon denke. Aber mein Arsch hängt von diesem Job ab. Er kann als Pressemanager auch in hundert anderen Unternehmen arbeiten. Eishockeyspieler haben nicht die große Auswahl. *Nicht, dass ich nicht ausgesorgt hätte, aber darum geht es nicht.*

Nach und nach kommen die Jungs wieder von der Tribüne herunter und Millie ist die Erste, die bei Mum steht und ihr vorliest, was sie aufgeschrieben hat. Duncan sieht mich etwas irritiert an, als er sieht, dass ich neben Archer stehe und mich mit ihm offenbar bis gerade noch unterhalten habe.

„Und? Wie schlimm war's?", frage ich ihn, aber er winkt ab.

„Als wäre es schlecht, über seine Karriere ausgefragt zu werden."

„Noch dazu von einem Mädchen, dass die Augen nicht von dir lassen kann", meint Lane lachend und kommt ebenfalls zu uns. Archer verdreht die Augen.

„Es ist Elliots Schwester", erinnert er die beiden.

„Entspann dich", sagt Duncan. „Elliot weiß doch ganz genau, dass ich das nie machen würde", grinst er. „Aber auch nur, weil sie deine Schwester und noch etwas zu jung ist."

„Sackgesicht", antworte ich und er lacht.

„Sind sie morgen beim Spiel auch da?", fragt Lane.

Ich nicke. „Sie fliegen übermorgen wieder nach Bristol. Wir fahren also zusammen zum Flughafen", erkläre ich.

„War echt 'ne coole Aktion von dir, Swan", meint Duncan plötzlich und überrascht sieht Archer ihn an.

„Danke", antwortet er knapp.

„Bringt auch bestimmt viel für die Medien", merkt Lane an.

„Eigentlich ging es hauptsächlich nicht darum", antwortet Archer. *Ging es nicht? Ich dachte eigentlich, dass seine Beweggründe mindestens zur Hälfte den Medien und dem Marketing zuzuschreiben sind.* Mum kommt zu uns. „Danke, dass ihr das gemacht habt."

„Keine Ursache", lächelt Duncan charmant, sieht zu Millie und zwinkert ihr zu. Sie wird augenblicklich puterrot im Gesicht.

„Finger weg", sage ich aus Reflex und sowohl Mum als auch Archer und Clair müssen grinsen.

„Wenn es nach ihm geht, würden sie alle als alte Jungfern enden", meint Mum.

„Sie sind zu jung!"

„Schätzchen, du warst wie alt? 15?" Perplex sehe ich sie an. Wir haben nie darüber gesprochen. Woher weiß sie das bitte?

„Dann solltest du wohl wirklich nicht so übertreiben, oder?", entgegnet Archer.

„Lass den Scheiß."

„Schon gut. Wieso so grantig heute?"

„Ich will nicht darüber sprechen, dass meine Geschwister erwachsen werden. Das ist alles."

„Also sollen sie für immer Kinder bleiben?", fragt Lane.

„Zumindest noch", antworte ich.

„Da muss ich dich enttäuschen", wirft Mum ein. „Das wird nicht passieren. Aber jetzt will ich euch nicht länger aufhalten", lächelt sie.

„Fahren wir direkt von hier in die Innenstadt?", fragt Mum mich einen Moment später.

„Können wir gerne machen", nicke ich. Duncan und Lane haben sich schon verabschiedet und wir sind gerade auf dem Weg nach draußen.

„Archer, hast du Empfehlungen, was man hier in Atlanta gesehen haben muss?", fragt sie ihn, aber er sieht sie entschuldigend an und schüttelt den Kopf.

„Ich lebe selbst erst seit Anfang der Saison hier, ich kenne noch so gut wie nichts, vom nächsten Supermarkt mal abgesehen."

„Dann komm doch mit", schlägt Clair vor und ich sehe sie entgeistert an.

„Schau nicht so, als hätte ich gesagt, ich will in einen Stripclub."

„Clarine!"

„Nenn mich nicht so!", faucht sie zurück.

„Jedenfalls wollen wir uns Atlanta ansehen und Elliot ist unser Reiseführer."

„Danke", antworte ich, aber sie ignoriert es gekonnt. *Wie schön, dass diese Fähigkeit wohl nie verschwinden wird.*

„Ähm… ich möchte mich nicht aufdrängen oder so. Immerhin habt ihr nur noch eineinhalb Tage hier", erwidert Archer vorsichtig.

„Ach was, das wird bestimmt toll, oder Schätzchen?", fragt Mum und ich seufze.

„Natürlich kann er mitkommen." *Was soll ich schon antworten?* Nein danke, sonst habe leider den ganzen Abend das Problem, ihm die Kleider vom Leib reißen zu wollen, weil wir schon seit einer gefühlten Ewigkeit keinen Sex mehr hatten und er ganz nebenbei heute in dem legeren Anzug verdammt scharf aussieht? *Wohl eher nicht.*

„Cool", lächelt Archer.

„Wir fahren Uber nehme ich an?", fragt er und ich nicke.

„Ja, die sind schon auf dem Weg." Schon wieder Uber mit Archer fahren. Das ist gestern schon fast nicht gut ausgegangen, wo soll das bitte hinführen, wenn es so weiter geht?

„Wo geht's zuerst hin?", fragt Ruby mich.

„Downtown", antworte ich ihr. Wir hätten auch zu dem großen botanischen Garten oder einem der Museen gehen können,
aber ich denke, es ist schöner, einfach durch die schönen Ecken
der Stadt zu gehen. Und da Eishockeyspieler nicht unbedingt
oft auf der Straße erkannt werden, sehe ich darin auch kein
Problem. Das ist einer der Vorteile der breiten Rüstung und dem
Helm. Fußballer werden deutlich häufiger angehalten.

„Du warst noch nie hier?", frage ich, als wir aussteigen und
das bunte Leben dieses Stadtteils uns empfängt. Es erinnert ein
bisschen an Camden Market in London, nur größer und schril-
ler. Er schüttelt den Kopf.

„Nein, ich wusste nie, wo ich anfangen soll, wenn ich Atlanta
erkunden wollte und wirklich Zeit hatte, ich auch so gut wie nie",
antwortet er mir.

„Wenn ich nicht gerade arbeite, gehe ich einkaufen. Für so
etwas hat sich bisher nie die Gelegenheit ergeben."

„Elliot kann dir doch bald den Rest zeigen!", schlägt Millie
enthusiastisch vor. Ich überspiele meine plötzliche Nervosität
mit Lachen, aber Archer bleibt ruhig und antwortet nur: „Ich
fürchte, dein Bruder arbeitet mindestens genauso oft wie ich,
wenn nicht mehr. Aber prinzipiell finde ich die Idee gut."

21. Kapitel

Den ganzen Nachmittag lang erkunden wir Atlanta und irgendwann denke ich nicht mehr darüber nach, wie merkwürdig es eigentlich ist, dass Archer mit uns mitgegangen ist. Erst, als Clair und Millie sich darüber unterhalten, wo sie gerne essen gehen möchten und Archer dann fragen, was er gerne mag, bemerke ich wieder, was ich eigentlich davon halten sollte.

„Das *Waves* soll eins der besten Restaurants der Stadt sein", sagt Clair, während sie auf ihr Handy sieht. „Und es ist gar nicht so weit von hier. Wir könnten hinlaufen?", schlägt sie vor. Mum nimmt ihr das Handy aus der Hand und zögert. Kurz weiß ich nicht wieso, aber dann fällt es mir ein.

„Mum, ich lade euch ein. Das ist doch selbstverständlich."

„Clair musste natürlich eins der teuersten Restaurants der Stadt raussuchen", antwortet sie und seufzt. Essen zu gehen, wenn man für vier Kinder zahlen muss, ist nicht gerade günstig. Ich schätze, daran, dass ich mehr als genug Geld habe, wird sie sich wohl nie gewöhnen.

„Danke. Du weißt, du musst das nicht machen. Du bezahlst schon die guten Schulen der Kleinen."

„Wir sind nicht mehr klein", antwortet Ruby sofort.

„Mum, du weißt, dass ich das gerne mache. Also, Clair, wo müssen wir lang?"

Auf dem Weg dorthin bemerke ich, dass Archer auf seinem Handy die Speisekarte geöffnet hat.

„Du bist auch eingeladen", sage ich unüberlegt und überrascht sieht er mich an. „Fühl dich bitte nicht dazu gezwungen."

„Wieso sollte ich das tun? Weil ich für meine Familie bezahle?" Er nickt.

„Ich werde für alle bezahlen", lege ich fest und er steckt sein Handy weg.

„Dann sollte ich wohl danke sagen", erwidert er und lächelt.

„Gerne", antworte ich grinsend und meine Laune hebt sich erneut. Es dauert nicht mehr lange, bis wir das besagte Restaurant betreten. Das große Backsteingebäude steht ganz allein an der Avenue und vor der Tür ist ein großer, offener Außenbereich mit Bar.

„Lass uns schauen, ob wir hier einen Platz finden", schlägt Mum vor und wir gehen zum Eingang. „Guten Abend und willkommen im *Waves*. Haben Sie reserviert?", fragt der Kellner uns höflich.

„Nein, wir haben uns spontan entschieden herzukommen. Haben Sie noch Platz für sieben Personen?", frage ich und sein Blick spricht Bände.

„Das muss ich nachschauen, ich bin in einem Moment wieder bei Ihnen." Er schnappt sich das Tablet von dem kleinen Sekretär und geht ins Gebäude.

„Wenn nicht, finden wir bestimmt etwas anderes", meint Mum direkt, aber Clair winkt ab. „Elliot ist ein NHL-Spieler." Sie wendet sich zu mir. „Bekommst du so etwas wie einen Star-Bonus?"

„Einen Star-Bonus? Ist das dein Ernst?"

Sie nickt.

„Ich denke nicht", antworte ich kopfschüttelnd. Ich bin nur ein Sportler, kein Sänger oder Schauspieler.

„Wie viele Follower hast du noch einmal?", schaltet Millie sich ein.

„Halt die Klappe."

„Elliot!", ermahnt Mum mich direkt, denn ich soll nicht so reden, wenn Kian und Ruby dabei sind. Wieso, weiß ich allerdings nicht. Als wäre das für die zwei etwas Neues. Die sind doch nicht mehr im Kindergarten. Der Kellner kommt wieder.

„Sie haben Glück, wir können gerne zwei Tische zusammenschieben, folgen Sie mir", bittet er. Archer setzt sich mir gegenüber. *Das musste ja so kommen.* Uns werden die Speisekarten gereicht und Rubys Augen leuchten förmlich, als sie sieht, dass es hier auch Menüs für Kinder gibt.

„Such dir was aus, der Preis ist egal", sage ich und Archer nickt stumm.

Die Getränke kommen recht schnell und wir stoßen an.

„Also Archer, du bist seit Anfang der Saison in Atlanta? Was hast du vorher gemacht?", fragt Mum ihn.

„Ich arbeite für eine Agentur", antwortet er. „Ich hatte bisher eigentlich nur kleine Aufträge, also verglichen hiermit. Die gingen nie länger als einen Monat", erzählt er.

„Und wie kommt es, dass du jetzt hier bist?", fragt Millie ihn.

„Mein Vorgänger und ich sind mehr oder weniger befreundet und er hat mich empfohlen. Sie sind umgezogen und seine Frau ist außerdem schwanger, also wollte er nicht mehr ständig unterwegs sein", erklärt er. „Ein Glücksfall für mich", fügt er hinzu und sieht zu mir. Mir wird warm und aus einem mir unerfindlichen Grund werde ich nervös. *Was ist denn jetzt kaputt?*

„Wisst ihr schon, was ihr werden wollt?", fragt Archer meine Geschwister.

„Fußballer!", antwortet Kian sofort. „Ein ganz berühmter Sportler, so wie Elliot!" Grinsend wuschle ich meinem kleinen Bruder, der links neben mir sitzt durch die Haare.

„Das wirst du bestimmt", ermutige ich ihn. Er soll es versuchen. Wenn das nichts wird, kann er sich immer noch nach etwas anderem umsehen.

„Ich will Journalistin werden. Oder Astronautin. Oder Präsidentin", erzählt Ruby.

„Das sind ja ganz schön viele Ziele", antwortet Archer mit großen Augen.

„Ich werde erst Astronautin, dafür darf man nicht so alt sein, dann Journalistin und wenn ich älter bin Präsidentin", erklärt sie ihm ihren geplanten Werdegang.

„Na, dann sollte ich zusehen, dich nicht zu ärgern. Ich will ja keinen Streit mit einer Präsidentin haben", antwortet Archer und Ruby lacht glücklich.

„Was wolltest du früher werden, Archer?", fragt sie ihn.

„Sänger, so wie Freddie Mercury", antwortet er direkt. *Das passt zu ihm.*

„Kannst du gut singen?"

„Mehr schlecht als recht", erwidert er belustigt. „Deswegen war meine Gesangskarriere auch vorbei, bevor sie angefangen hat. Ich habe es nie über den Schulchor hinausgeschafft."

„Magst du das, was du jetzt tust?", fragt Ruby ihn und er nickt sofort. „Auf jeden Fall, ich liebe meinen Job!" Das Essen wird serviert und unterbricht die Unterhaltung für einen kurzen Augenblick.

„Hast du eine Freundin?", fragt Ruby ihn plötzlich und ich verschlucke mich fast am Wein.

„Ruby!", zischt Clair, aber Archer winkt ab. „Alles gut, die Frage ist doch völlig in Ordnung."

„Weißt du, Clair hat jetzt einen Freund, weil sie sehr hübsch und schlau und so was ist", meint Ruby. „Und Clair hat gesagt, du bist auch hübsch, dann hast du bestimmt eine Freundin, oder?", fragt sie mit unfassbarer, kindlicher Naivität. Clair wird augenblicklich dunkelrot im Gesicht.

„Scheiße, Ruby, musste das sein?"

„Wieso, war das falsch?", fragt sie irritiert.

„Nein, alles gut", antwortet Archer ihr schmunzelnd. „Ich bin in keiner Beziehung."

„Wieso nicht?", will Kian dann wissen und ich seufze lautlos auf. *Können wir nicht bitte über etwas anderes sprechen als über Archers Liebesleben?*

„Du musst darauf nicht antworten", murmle ich, aber er ignoriert es einfach. Ich bin sicher, er hat es gehört, daran liegt es nicht.

„Ich möchte im Moment nichts überstürzen. Weißt du, wenn man sich zu schnell für eine Beziehung entscheidet, kann es passieren, dass sie nicht lange hält. Das muss nicht so sein, aber ich möchte es nicht riskieren."

„Also gibt es da jemanden!", schlussfolgert Millie grinsend.

„Vielleicht. Vielleicht auch nicht. Ich weiß es noch nicht", weicht er aus.

„Vielleicht schaffst du es deswegen nicht, eine Freundin zu finden", meint Clair plötzlich zu mir. „Weil du es zu schnell angehst."

„Sei nicht albern", erwidere ich so entspannt wie möglich.

„Ich bin noch jung und gerade nicht auf der Suche."

„Clair sagt, es ist toll in einer Beziehung zu sein", sagt Ruby. „Wieso willst du keine?"

„Ich konzentriere mich im Moment aufs Eishockey. Ich würde einer Frau nicht gerecht werden können", antworte ich ihr, sehe aber meiner kleinsten Schwester an, dass sie es nicht so ganz versteht.

Zum Glück wechseln wir wenig später das Thema. Noch länger möchte ich wirklich nicht über Archers Liebesleben sprechen. Und über meins auch nicht. Die Zeit verfliegt und nach dem Essen entschuldige ich mich, um auf die Toilette zu gehen.

„Da wollte ich auch gerade hin", sagt Archer und steht zeitgleich mit mir auf. Ich nicke nur und betrete das große Restaurant, ehe ich geradewegs zu den Waschräumen gehe. Archer folgt mir stumm. Bis wir händewaschend nebeneinander stehen, ist es still zwischen uns, nicht diese angenehme vertraute Stille; es ist angespannt und peinlich. Ich sehe ihn durch den Spiegel an und sein Blick trifft meinen. Ich möchte etwas sagen, aber meine Kehle ist auf einmal staubtrocken. Ich bekomme kein Wort heraus und sehe ihn weiter an.

„Ist es dir zu viel?"

„Mhm?" *Was hat er gefragt?*

„Ich möchte mich nicht aufdrängen. Ich hatte nicht vor mitzukommen, aber ich konnte nicht ablehnen", erklärt er und schnell schüttle ich den Kopf.

„Nein, es läuft doch ganz gut, oder? Findest du es nicht gut, hier zu sein?", frage ich unsicher, aber schüttelt lächelnd den Kopf.

„Ich mag deine Familie", antwortet er mir. „Und ich mag es, Zeit mit dir zu verbringen, einfach mal so."

Ich lächle und sehe zur Seite.

„Du bist süß, wenn du nicht weißt, was du sagen sollst."

„Süß?", frage ich perplex.

„Ja, süß. Oder auch niedlich."

„Ich bin nicht süß", widerspreche ich, aber Archer schmunzelt nur. *Er findet mich süß. Was ist denn jetzt kaputt?*

„Du bist natürlich auch heiß. Nicht, dass du dich in deinem Ego verletzt fühlst", schiebt er hinterher und grinst scheinheilig.

„Das musste jetzt sein, oder?"

„Sag doch einfach, danke, ich finde dich auch heiß", provoziert er mich weiter. *Scheiße, irgendwie habe ich das vermisst.*

„Und wer sagt, dass das der Wahrheit entspricht? Man soll doch nicht lügen", erwidere ich und er schmunzelt. Wir wissen beide, dass die plötzlich aufkommende Stimmung und Spannung zwischen uns nicht einfach so aufgetaucht ist; und er geht darauf ein.

„Wieso solltest du mich sonst küssen?"

„Dich küssen?", frage ich und noch bevor ich ihn irritiert ansehen kann, macht er einen Schritt auf mich zu, nimmt mein Gesicht in seine Hände und drückt seinen Mund auf meinen.

Überrascht brauche ich einen Moment, bis ich reagieren kann, dann aber erwidere ich den Kuss augenblicklich.

„Elliot", murmelt er gegen meine Lippen, aber ich unterbreche ich, indem ich ihn wieder küsse und ihm damit das Wort abschneide. Mit einer Hand auf seinem Rücken und der anderen an seinem Nacken ziehe ich ihn näher zu mir heran. Archer legt seine Arme um mich, streicht mit einer Hand durch meine Haare und küsst mich inniger. Verdammt, wieso haben wir das so lange nicht gemacht? Wie habe ich das nur ausgehalten?

Ich kann nicht anders und lecke bittend über seine Lippen, bis er nur einen kurzen Moment später den Mund öffnet und mich hungriger küsst.

„Wir sollten aufhören", murmle ich gegen seine Lippen. „Wir können nicht so lange wegbleiben."

„Mhm…", mehr antwortet er nicht, sondern küsst meinen Hals und ich stöhne leise auf. „Scheiße, Archer…" Als Antwort darauf greift er mir beherzt in den Schritt. Ich bin hart. Nicht nur ein bisschen; ich bin so richtig hart.

„Tu doch nicht so, als würde es dich nicht scharf machen."

„Habe ich nicht gesagt", antworte ich leise und er massiert mich durch den Stoff meiner Hose. Ich habe keine Ahnung, wie Archer es schafft, mich derart heiß zu machen, aber er weiß genau, was er tut. Sein Blick ist verlangend und durchdringend. Der Raum wird augenblicklich um einige Grad wärmer und mein Körper fängt an zu kribbeln.

„Rein da", fordert er und drängt mich in eine der Kabinen. „Sei leise und ich mache weiter", flüstert er mir ins Ohr und ich keuche auf. „Fuck…Archer."

„Oder möchtest du nicht?" Unschuldig sieht er mich an und wenn ich könnte, würde ich ihn gegen diese Wand drücken und ihm den Verstand aus dem Leib vögeln. Wir hatten zu lange keinen Sex mehr und zu wenig Zeit, als dass ich es ohne Probleme machen könnte. Darüber denke ich nicht weiter nach, als er meine Hose öffnet, sie so weit wie nötig herunter zieht und meinen Schwanz umgreift. „Mhm.“

„Shht“, haucht er gegen meine Lippen, küsst mich wieder und grinst. „Du musst leise sein, wenn ich das hier zu Ende bringen soll.“

„Fang endlich an“, antworte ich ihm und lege meine Hände auf seine Schultern. Kurz kommt mir der Gedanke, den Hinterausgang zu nehmen, einen Uber zu bestellen und zu ihm zu fahren. Scheiße, ich will ihn vögeln, sofort. Ich will ihn ausziehen, ihn aufs Bett legen und ihn überall berühren. Ich will, dass er sich windet unter mir, ich will ihn provozieren, sehen wie er sich verliert. Er fesselt mich mit seinem Blick, küsst mich dazwischen immer wieder heiß und verlangend und ich drücke mich gegen ihn. Er hat andere Pläne. Archer hält mich zwischen ihm und der Wand gefangen. Mir wird wärmer und meine harte Mitte lechzt nach Aufmerksamkeit von ihm. Er leckt sich über die Lippen, rollt seinen Daumen über meine Spitze und gerade, als ich lautlos aufstöhne, senkt er seinen Mund zu meiner Mitte und empfängt mich darin. Seine warme, feuchte Zunge leckt immer wieder über meinen Schwanz. Er saugt an meiner empfindlichen Spitze. Dann umfasst er auch noch meine Hoden, massiert mich und ich kralle mich in seinen Haaren fest, um irgendwie still zu bleiben.

„Fuck…“, keuche ich leise auf und er wird schneller. Tief nimmt er mich in seinem Mund auf und lässt zu, dass ich ihn näher an mich drücke und seinen Mund ficke. Er leckt von der Wurzel bis zu meiner Spitze, umspielt sie mit seiner Zunge und umfasst den Rest meines Schwanzes mit seiner Hand. Immer wieder lässt er sie fest auf und ab gleiten, bringt mich damit an den Rand der Lust und findet einen Rhythmus, der mich verrückt werden lässt.

„Archer…", murmle ich in Ekstase und sehe zu ihm herab. Er blickt auf, lächelt und ich schwöre, ich habe noch nie so etwas Heißes gesehen; außer vielleicht ihn stöhnend und sich windend unter mir liegend. Sein Blick gibt mir den Rest und er saugt mich vollkommen leer, als ich tief in seinem Mund komme. Er schluckt alles, sieht mich an, lächelt und drückt dann einen fast schon zaghaften Kuss auf die Haut unter meinem Hüftknochen.

Schwer atmend lehne ich an der hellblauen Wand und versuche wieder zu Atem zu kommen, während Archer wieder aufsteht, meine Hose schließt und sich mit dem Daumen über den Mundwinkel wischt. Er leckt ihn danach ab und allein davon könnte ich wieder hart werden.

„Ich werde also morgen dafür sorgen, dass unsere Zimmer nebeneinander liegen?", fragt er und ich nicke stumm. Meine Gedanken sind noch ganz vernebelt von der plötzlichen und so starken Welle der Lust, die mich überrollt hat.

„Gut", antwortet er, entriegelt die Tür und geht zum Waschbecken, um sich erneut die Hände zu waschen und sich die Haare zu richten.

„Hattest du das geplant?", frage ich ihn leise und bin heilfroh, dass in den letzten Minuten außer uns niemand hier war. *Das hätte auch ganz anders enden können.*

„Nein, aber seitdem du mir gesagt hast, dass du meine Bedingungen annimmst und es heute wirklich umgesetzt hast, will ich dich endlich wieder vögeln, Elliot", antwortet er geradeheraus.

„Und ich denke, dir geht es da nicht anders."

„Nimm den Plug am Freitag mit. Pack ihn ein", erwidere ich. Es ist keine Bitte und das weiß er.

„Werde ich", antwortet er verschmitzt grinsend, drückt mir einen sanften Kuss auf die Lippen und verlässt den Waschraum. Perplex und überfordert kontrolliere ich mein Aussehen im Spiegel und folge ihm zum Tisch.

„Verlaufen?", fragt Ruby belustigt, aber Archer bleibt ruhig und antwortet nur: „Ich musste kurz geschäftlich telefonieren und Elliot hat sich mit einem Kellner unterhalten." *Ach, so ist das. Gut zu wissen.* Ich nicke nur zustimmend und bemerke, dass der Nachtisch bereits serviert wurde.

22. Kapitel

„Das Bad ist frei", gibt Clair Bescheid und ich sehe, dass sie auf der Treppe steht. Mum geht ins Bad und gerade, als ich aufstehen möchte, setzt sich meine älteste kleine Schwester neben mich.

„Du glaubst, es merkt niemand."

„Bitte?"

„Ich bitte dich. Ich bin deine Schwester und ich kenne dich, seitdem wir Babys waren."

„Du warst ein Baby. Ich war keins mehr, als du geboren wurdest", korrigiere ich sie, aber Clair verdreht nur die Augen. „Du weißt ganz genau, was ich meine."

„Mhm."

„Und deswegen kenne ich dich sehr gut."

„Worauf willst du hinaus?", frage ich verwirrt.

Sie seufzt leise und zuckt mit den Schultern. „Ich weiß nicht, wie und ob ich es ansprechen soll."

„Wieso denn das? Wie schlimm ist es?", frage ich halb im Spaß, halb ernst gemeint.

„Ich glaube nicht, dass jemand anderes es bemerkt hat. Die anderen sind zu jung und Mum, keine Ahnung, vielleicht weiß sie es auch, aber sagt nur nichts."

„Clair, worum geht es hier überhaupt?", möchte ich noch einmal mit mehr Nachdruck wissen.

„Elliot, bitte versteh das nicht falsch oder so... oder raste aus, vielleicht vertue ich mich auch."

„Clair!"

„Hast du mit Archer geflirtet?", spricht sie aus und meine Augen werden groß. „Äh... was?"

„Ich hatte zumindest den Eindruck", sagt sie leise und sieht zur Seite. Ich brauche einen Moment, um zu verstehen, was hier gerade geschieht. *Clair hat es bemerkt.* Oh Gott.

„Wie gesagt, es kann sein, dass ich mich vertue, aber du sagst gar nichts und widersprichst nicht", meint sie.

„Clair…ähm…"

„Wir müssen da auch nicht drüber sprechen", weicht sie aus, aber schnell schüttle ich den Kopf. *Verfluchte Scheiße.* Dass sie es weiß, ist ganz und gar nicht gut, aber dass es aufgefallen ist, ist noch viel schlimmer.

„Du darfst es niemandem sagen."

„Das hatte ich nicht…"

„Wirklich *niemandem!* Hörst du Clair? Wenn das irgendjemand mitbekommt, auch nur ein Gerücht, dann ist meine Karriere vorbei! Und das für immer. Oh Scheiße, sag es niemandem, bitte Clair." Ich atme zitternd ein und wieder aus. Mir wird eiskalt.

„Elliot, beruhig dich", sagt sie leise und mustert mich. Ob ihr Blick kritisch oder doch besorgt ist, kann ich nicht sagen.

„Das ist nicht gut, Clair. Das ist gar nicht gut. Du darfst es nicht wissen."

„Ich sage es niemandem, nicht einmal Mum, wenn du das nicht willst. Ich verspreche es dir." Ich nicke leicht, sehe sie aber nicht an; ich sehe an ihr vorbei.

„Also… seid ihr zusammen oder so etwas?"

Ich schüttle leicht den Kopf und ein beklemmendes Gefühl macht sich in mir breit. „Wir… keine Ahnung."

„Aber da läuft doch was, oder?" Ich antworte nicht, aber das reicht schon aus, damit sie versteht, was die Wahrheit ist. Dann werden ihre Augen groß. „Scheiße, er hat vorhin gar kein Telefonat geführt, oder? Ihr habt es auf der Toilette getrieben."

„Schrei es noch lauter."

„Sorry", sagt sie schnell und versucht meinen Blick zu fangen, aber ich weiche ihr immer wieder aus.

„Es ist einfach… ich weiß nicht. Seitdem er angefangen hat bei Lightning zu arbeiten, war da diese Spannung und dann waren wir betrunken und sind zusammen mit dem Uber zurückgefahren."

„Weil er hier in der Nähe wohnt?"

„Ja. Und dann – du weißt schon."

„Wurdest du flachgelegt."

„Mhm." Ich zucke mit den Schultern. „Wir haben uns darauf geeinigt, es locker angehen zu lassen. Es ist keine Beziehung oder so."

„Aber?", hakt sie nach und ich seufze leise. „Wir hatten Streit. Er meinte, dass ich zu vorsichtig bin und dass er das so nicht möchte. Also wollte ich heute anders sein; nicht so vorsichtig. Aber offensichtlich war das zu viel", stelle ich fest und schließe die Augen, ehe ich mit Daumen und Zeigefinger auf meine Nasenwurzel drücke.

„Also erstens, ich bin deine Schwester, das bedeutet, ich bemerke so etwas viel schneller als alle anderen und zweitens weiß ich, dass du auf Männer stehst."

„Wie, du weißt das?"

Sie grinst. „Ich sage es mal so. Ich hatte eine Ahnung, aber du hast dich gerade geoutet. Glückwunsch. Sagt man das so?", fragt sie.

„Was weiß ich. Ich habe mich noch nie geoutet."

„Außer vor Archer."

„Ja, aber das war anders."

„Weil ihr nackt wart."

„Clair?! Geht's noch?", frage ich entgeistert, aber sie lacht nur. „Stimmt doch. Entspann dich."

„Wie soll ich mich bitte entspannen?!", frage ich sie und schüttle den Kopf.

„Archer und du, ihr seid süß zusammen."

„Bitte?"

„Wäre doch schön, wenn du mal in einer Beziehung wärst. Das warst du doch noch… nie?" Ich verdrehe die Augen. „Was interessiert dich das?"

„Du bist mein Bruder und wenn du Archer ansiehst, siehst du glücklicher aus", antwortet sie mir.

„Ich bin nicht verliebt oder so."

„Was nicht ist, kann noch werden."

„Ah ja. Was ein schlauer Spruch, hast du dir den gerade ausgedacht?", frage ich sarkastisch.

„Ach, sei doch leise."

„Du hast doch angefangen", antworte ich trocken.

„Du magst ihn also."

„Sonst wäre es nicht so, wie es jetzt ist", weiche ich aus.

„Wärst du gerne mit ihm zusammen?"

„Nein."

„Nein?"

„Das macht es kompliziert. Das habe ich ihm auch schon gesagt."

„Also hat er dich gefragt, ob ihr eine Beziehung habt?", fragt sie weiter.

„Bist du mit deinem Interview langsam mal fertig?"

„Also ja", schlussfolgert sie. „Und du hast abgelehnt. Weißt du, wie ich das nenne? Dumm, Elliot. Richtig dumm."

„Ich hasse dich", antworte ich und sie schmunzelt. „Dafür bin ich deine Schwester."

„Er ist okay damit. Er hat keine Gefühle für mich." Sie glaubt mir nicht, das ist ihr anzusehen. *Klasse.*

„Genau. Deswegen lässt er uns mitten in der Schulzeit einfliegen, regelt alles mit den Schulen und kontaktiert extra Mums Boss, damit sie freigestellt wird. Oh, und hat er dir erzählt, dass wir Businessklasse fliegen?"

„Clair, bitte. Es ist gut, wie es ist. Und ich werde meine Karriere nicht für ihn aufgeben", antworte ich entschlossen.

„Das habe ich nicht gesagt. Ich sage nur, dass du es zumindest versuchen solltest. Wie lange hattest du nichts mehr, was an eine Beziehung rankommt?", fragt sie, aber ich antworte nicht.

„War Noah wirklich der Letzte?", fragt sie überrascht und für einen Moment, vergesse ich zu atmen und mein Herz weiß auch nicht mehr, was seine Aufgabe ist.

„Wirklich, Elliot? Scheiße."

„Wieso weißt du von Noah?"

„Ich denke, ich war die Einzige, die es mitbekommen hat, keine Sorge. Noah hat mich mal gefragt, ob ich weiß, was du in deiner Freizeit gerne machst. Es war nicht sonderlich schwierig zu verstehen, dass er dich auf ein Date einladen wollte. Ich bin nicht dumm, Elliot."

„Verdammt, Clair. Wieso hast du mir das nicht schon vorher gesagt?"

„Weil ich wusste, wie du reagierst und weil ich keinen Grund dazu hatte", antwortet sie schulterzuckend. „Und du hast genauso panisch reagiert, wie ich es erwartet hatte."

„Du weißt, warum."

Sie nickt verstehend. „Ich möchte nur, dass du weißt, dass ich meine Klappe halten werde. Das tue ich, seitdem du 15 warst. Das Einzige, worum ich dich bitte, ist, Archer eine Chance zu geben. Niemand spricht das Thema Beziehungen an, wenn man sich darüber nicht schon Gedanken gemacht hat. Und ganz offensichtlich hat er das. Ich lehne mich jetzt einfach mal ganz weit aus dem Fenster und behaupte, dass er sehr wohl mit dir eine Beziehung möchte."

„Aber er meinte selbst, er will es nicht."

„Bist du wirklich so dämlich?", fragt sie trocken.

„Was?"

„Er hat gelogen, du Trottel", antwortet sie amüsiert. „Dass ich dir mal erklären muss, wie so etwas funktioniert."

„Sei doch leise", murre ich. „Ich gehe schlafen. Solltest du auch tun", antworte ich und stehe auf.

„Aber du sagst mir bitte Bescheid, wenn ich recht habe", lächelt sie scheinheilig und ich nicke nur. Sie wird sowieso nicht aufhören, bis ich zustimme.

23. Kapitel

Am Vormittag vor dem Spiel hat Coach Warren Trockentraining angesetzt. Meine Familie ist in Atlanta unterwegs. Archer ist noch nicht hier, aber ich bin sicher, dass er spätestens zur Mittagspause da sein wird. Wir sind schon in der Arena und St. Louis wird erst später hier ankommen. Das, was wir gestern an Training versäumt haben, setzt Warren heute obendrauf und als wir eine Pause einlegen, schnappe ich mir schwer atmend meine Wasserflasche. In dem Moment kommt gerade Archer durch die Tür spaziert.

„Guten Morgen", flötet er fröhlich und geht zu Drew. Ich höre sie nicht, aber bemerke, dass Drew zufrieden nickt, dann kurz durch die Runde sieht und sein Blick bei mir hängen bleibt.

„Leighton, deine Pause ist heute länger. Archer braucht dich für ein Video und ein paar andere Social Media Sachen." Ich seufze, stehe aber auf. Niemand fragt, wieso nur ich zu ihm muss; es geht natürlich um den Besuch meiner Familie. Drew gibt Archer einen Schlüssel und der Pressemanager winkt mich zu sich. Ohne weiter zu warten, geht er durch eine der angrenzenden Türen und ich folge ihm durch das lange Netz der Flure dieser Halle.

„Was für ein Video muss ich machen?", frage ich ihn, als ich ihn eingeholt habe. „Nur ein Kurzes für heute Abend, dass du dich aufs Spiel freust, besonders, weil du weißt, wer zusieht, sowas."

„Und wo?"

„In der Loge von Lightning", antwortet er und wir gehen die Treppen zu den VIP-Logen hoch. In dieser Loge werden häufig exklusive Pressetermine wahrgenommen und Interviews gedreht, da ein Bild mit dem Logo die komplette linke Wand schmückt und man außerdem direkt auf die Eisfläche blicken kann. Dazu ist es leise, niemand läuft ungeplant durchs Bild und die Technik, die gebraucht wird, ist auch vor Ort. Archer schließt auf und stellt seinen Rucksack ab.

„Hier, zieh das an." Er wirft mir ein Shirt von Lightning zu. Dann gibt er mir einen Kamm und deutet auf meine Haare. *Wie soll ich schon nach stundenlangem Kraft- und Ausdauertraining aussehen?*

Ich seufze, ziehe mir mein Shirt über den Kopf und merke, dass Archer in seiner Bewegung stoppt und mich mustert. Verschmitzt lächelnd sehe ich ihn an und er bemerkt, dass ich ihn beim Starren erwischt habe.

„Los, wir haben nicht ewig Zeit", murmelt er und wendet sich dem Handystativ zu, in das er das Arbeitshandy einspannt.

„Geht das so?", frage ich, da ich hier gerade keinen Spiegel sehe. Er sieht auf und nickt. Den Kamm und mein verschwitztes Trainingsoberteil nimmt er mir ab und legt es zur Seite.

„Weißt du, was du sagen möchtest?"

„Ja, wie lang soll das Video sein?"

„Nicht länger als dreißig Sekunden", erwidert er. *Alles klar.* Es ist ja nicht so, als hätte ich das nicht schon gemacht, aber aus irgendeinem Grund bin ich trotzdem nervös. Er startet das Video und nickt.

„*Hi, hier ist Elliot Leighton, eure Nummer* … scheiße, nochmal."

Archer sieht mich amüsiert an und ich seufze. Er startet ein neues Video.

„*Hi, hier ist Elliot Leighton, eure Nummer 28 von Atlanta Ice Lightning und heute Abend spielen wir gegen* … fuck, wen? Sr. Louis, oder?", unterbreche ich mich wieder selbst.

„Genau", antwortet Archer mir. „Aber mach ruhig so weiter, dann habe ich ein paar gute Outtakes."

„Arsch", erwidere ich, aber das scheint ihn herzlich wenig zu kümmern. Ich atme tief durch und versuche es noch einmal. So schwierig kann das doch nicht sein!

„Hi, hier ist Elliot Leighton, eure Nummer 28 von Atlanta Ice Lightning und heute Abend spielen wir gegen St. Louis! Es ist ein ganz besonderes Spiel, denn meine Familie ist aus England zu Besuch; wir werden St. Louis also den Arsch aufreißen! Wir sehen uns gleich. Also nachher. Also – Shit"

„Noch mal?", fragt Archer und kann sein Grinsen nicht vollkommen unterdrücken.

„Jetzt aber. Das kann doch nicht sein", sage ich eher zu mir als zu ihm.

„Hi, hier ist Elliot Leighton, eure Nummer 28 von Atlanta Ice Lightning und heute Abend spielen wir gegen St. Louis! Es ist ein ganz besonderes Spiel, denn meine Familie ist aus England zu Besuch; wir werden St. Louis also den Arsch aufreißen! Wir sehen uns beim Spiel!" Ich grinse in die Kamera und blicke einen Moment später fragend zu Archer.

„Das war gut. Das kann ich so nehmen."

„Man könnte meinen, ich hätte das noch nie gemacht", murmle ich und er legt das Handy weg.

„Ist doch nicht schlimm, passiert doch jedem mal."

„Und jetzt? Was brauchst du noch?", möchte ich von ihm wissen.

„Nichts, das war alles", erwidert er. „Aber Drew meinte doch, dass ich noch anderen Social-Media-Kram machen soll." Irritiert sehe ich ihn an.

„Das habe ich alles schon fertig gemacht. Aber so haben wir mehr Zeit", antwortet er lediglich. In dem Moment, indem er es ausgesprochen hat, habe ich es auch schon verstanden und mein Körper reagiert augenblicklich auf ihn. Ob er mich zuerst küsst, oder ob ich es bin, der den Kuss beginnt, kann ich wirklich nicht sagen, aber nur einen kurzen Moment später, presse ich mich an ihn und vergesse, wieso wir eigentlich hier in der Loge sind.

Ich sehe mich noch einmal um, bevor wir die Loge verlassen. Bis auf die Tatsache, dass Archers Equipment noch herumliegt, ist alles ordentlich und aufgeräumt. *Und vor allem sauber.* Wir können froh sein, dass wir das Sofa einfach so abwischen konnten und dass es nicht mit Wildleder oder so etwas bezogen ist. Ich schnappe mir noch einmal Archers Kamm und tausche wieder die Shirts. Kritisch sehe ich an mir herunter.

„Es merkt keiner", sagt Archer da plötzlich und ich sehe auf.

„Ja… wie auch."

„Schließlich hast du mich gefickt", erwidert er und grinst unschuldig.

„Anders wäre es auch nicht gut gegangen beim Spiel heute Abend", antworte ich schulterzuckend.

„Dann weißt du, wie es ist?", möchte er wissen und trinkt einen Schluck Wasser, ehe er mir die Flasche gibt, die ich, um nicht zu antworten, sofort an meine Lippen setze. Archer sieht mich fragend an und schmunzelt dann. „Also nein."

„Wie auch?", murre ich und schraube die Wasserflasche wieder zu. Er öffnet die Tür, schließt hinter mir ab und wir machen uns auf den Weg zurück.

„Hätte ja sein können." Wir treten in den Aufzug und die Türen schließen sich. „Ich meine, dein Arsch ist der Wahnsinn."

„Äh… danke?" *War das jetzt ein Kompliment?* „Also… willst du mal… du weißt schon."

„Wieso so schüchtern plötzlich?", fragt er amüsiert.

„Bin ich nicht", widerspreche ich, merke aber im selben Moment, dass ich etwas zu schnell geantwortet habe.

„Ah ja."

Ich seufze leise.

„Würdest du es mal wollen?", fragt er und ich zucke unbeholfen mit den Schultern.

„Keine Ahnung", antworte ich wahrheitsgemäß und damit ist das Thema beendet; die Fahrstuhltüren öffnen sich wieder und wir gehen zurück zum Team. *Und wieder schwirrt eine neue Frage in meinen Gedanken herum, die ganz zufällig auch etwas mit Archer zu tun hat.* Große Klasse. Als wären da nicht schon genug, auf die ich partout keine Antwort finde.

„Du Arsch musst nur Instagram-Sachen machen und wir dürfen weiter trainieren", sagt Duncan leise, aber ich weiß, dass er es nicht böse meint. Grinsend zucke ich mit den Schultern und reihe mich zurück ins Training ein. Archer sehe ich nicht mehr, aber vermutlich hat er einfach zu tun. Immerhin hat er gerade schon in seiner Arbeitszeit etwas gemacht, dass ganz und gar nicht zu seinen Aufgaben gehört. Ich muss mich schwer zusammenreißen, um nicht wie ein dümmlicher Schuljunge zu grinsen. Scheiße, ich muss wirklich lernen, mich besser im Griff zu haben, wenn Archer und ich uns jetzt öfter sehen. Ob er das im Aufzug wohl ernst meinte? Verdammt, ich habe daran das letzte Mal als Teenager gedacht, als ich das erste Mal Schwulenpornos geschaut habe. Danach nie wieder.

„Elliot, konzentrier dich!", reißt Drew mich aus meinen Gedanken und schnell nicke ich. Kaum schlafe ich wieder mit Archer, fängt das wieder an. Das gibt es doch nicht. Das Training geht zum Glück nicht mehr allzu lange. Wir machen eine weitere Pause und treffen uns dann im Konferenzraum, um die Strategie noch einmal durchzugehen. Als etwas später die Türen für die Fans geöffnet werden, dauert es nicht lange, bis ich einen Anruf von Mum bekomme.

„Hi, seid ihr schon da?", frage ich und sehe auf die Uhr.

„Noch nicht ganz, aber wir gehen durch den VIP-Eingang, richtig?"

„Ja genau. Ihr solltet Armbänder bekommen, dann könnt ihr in den Pausen zum VIP-Buffett; da ist alles kostenlos."

„Das hättest du doch nicht machen müssen."

„Mum, bitte. Das ist selbstverständlich", widerspreche ich ihr sofort.

„Kian hat gefragt, ob wir vor dem Spiel zu euch auf die Spielerbank dürfen", meint sie.

„Natürlich! Ich sage jemandem Bescheid, der euch am Eingang abholen soll", antworte ich sofort und sehe mich um. *Archer.* Er unterhält sich gerade mit Coach Warren.

„Clair soll Archer schreiben, wenn ihr beim Eingang seid", beschließe ich kurzerhand und gehe auf ihn zu.

„Okay, sage ich ihr. Bis gleich, Schätzchen."

„Archer!"

Verwundert sieht er zu mir. „Alles gut?"

„Ja, sicher. Kannst du meine Familie gleich am VIP-Eingang abholen? Kian möchte gerne die Spielerbank sehen. Clair schreibt dir, wenn sie da sind."

„Klar, mache ich", nickt er und sieht kurz auf sein Handy.

„Danke." Ich gehe wieder zurück. Die Ersten beginnen schon damit, sich umzuziehen und auch ich setze mich jetzt auf meinen Platz in der Umkleide.

„Jungs, wir werden heute gewinnen", sagt Kenny plötzlich. „Elliots Familie ist hier, Lanes Schwester ist im Stadion und auch Eve und ihre Eltern sehen zu", meint er. „St. Louis ist ziemlich gut, aber wir werden heute besser sein, verstanden?" Alle stimmen motiviert zu.

„Das bedeutet auch, kein Kampf. Gegen Washington beim nächsten Spiel, von mir aus, aber heute werden wir denen zeigen, was es bedeutet, richtig Eishockey zu spielen!", fordert er motiviert.

Wir ziehen uns um und als wir nach dem Warm-Up zur Spielerbank kommen, steht meine Familie schon dort. Sie stehen hinter der Bank, nur Kian hat sich zur Tür der Bande vorgemogelt und öffnet sie breit grinsend, als wir dort ankommen.

„Hi, Großer. Spielst du etwa heute mit?", fragt Kenny ihn grinsend. „Was? Nein! Ich bin doch noch nicht so alt."

„Was soll das denn heißen?", fragt Duncan übertrieben empört.

„Ihr seid alt und ich nicht. Und deswegen müsst ihr es wohl ohne mich versuchen", grinst mein kleiner Bruder und ich schiebe mich an ihm vorbei auf die Bank.

„Ob wir das wohl schaffen?", fragt Lane daraufhin.

„Ihr müsst!", wirft Millie ein. „Wir sind schließlich nur noch heute hier."

„Da ist was dran", antwortet Duncan ihr und wie zu erwarten war, errötet meine kleine Schwester sichtlich.

Sie bleiben nicht mehr lange. Kenny erklärt Kian in der Zeit, was wir heute vorhaben und interessiert lässt mein Bruder sich das alles erklären.

„Dann hat das andere Team doch keine Chance, oder?", fragt er aufgeregt, aber Kenny zögert. „Mhm, die sind auch ziemlich gut."

„Aber ihr seid doch besser."

„Auf jeden Fall!", stimmt unser Teamcaptain zu und Kian nickt zufrieden.

„Lane? Du bist wieder im Tor, oder?", fragt Kian ihn. Verwundert nickt der Goalie.

„Dann musst du doch dafür sorgen, dass wir gewinnen. Du bist ja ganz wichtig dafür."

„Ich gebe mein Bestes, so wie immer", verspricht er und wendet sich Duncan und mir zu. „Das ist jetzt auch gar kein Druck."

„Von Kian? Schau wie viele Leute hier sitzen und das gleiche von dir erwarten."

„Ja, aber bei Kindern ist das etwas anderes", widerspricht er.

„Also wird das heute ein Shutout?", fragt Duncan scheinheilig. „Sei doch leise, du Idiot", entgegnet Lane genervt.

„Was ist das?", fragt Ruby und Lane dreht sich zu ihr um. Sie steht neben Mum hinter der Bank.

„Das ist, wenn ich jeden Torschuss halte, also das andere Team keinen einzigen Treffer macht."

„Hast du das schon einmal geschafft?", möchte Millie wissen und Lane nickt. „Ja, ein paar Mal."

Wenig später geht das Spiel los. Archer war so lieb und hat sie alle zu ihren Plätzen gebracht, bevor die erste Reihe aufs Eis gegangen ist, um auf das erste Bully zu warten. Ich atme tief durch und sehe zu Duncan.

„Wir gewinnen heute."

„Und ob", bekräftigt er, bevor wir wenige Augenblicke später die erste Reihe ablösen.

Das Spiel ist schnell, St. Louis sehr gut. *Verdammt.* Wieder schaffen sie es, uns den Puck abzunehmen und nur wenige Sekunden später fliegt er an Lanes Stockhand vorbei ins Netz.

„Das war's dann wohl mit dem Shutout", brummt Duncan leise und ich seufze. Wir verlassen die Eisfläche und bei Beginn der ersten Pause steht es zwei zu null. Es muss besser werden, das wissen wir alle. Die beiden Tore hätten weiß Gott nicht sein müssen. *Vielleicht war es doch nicht so gut, das Training gestern sausen zu lassen.* Warren ist sichtlich unzufrieden, aber das ändert sich, als wir direkt zu Anfang des zweiten Drittels, den Puck für uns gewinnen und Kenny die Scheibe versenkt.

„Scheiße, endlich!" Drew nickt zufrieden und wir tauschen die Reihen. Duncan spielt mir zu, ich spiele ab, wir sind innerhalb weniger Augenblicke im gegnerischen Drittel und noch schneller geht es, als ich mit einem gezielten Slapshot ein Tor schieße. Zwei zu zwei. Duncan fährt sofort zu mir, klopft mir grinsend auf den Helm und auch der Rest meines Teams freut sich. Jetzt kommen wir im Spiel an.

Es wird noch besser. Ich schieße kurz vor Schluss des zweiten Drittels noch ein Tor. Besser könnte es kaum sein. Wir führen, meine Coaches sind beide sehr zufrieden und meine Familie sieht zu. *Kian wollte, dass ich ganz viele Tore schieße; das mache ich heute!*

Das letzte Drittel beginnt mit der gleichen Geschwindigkeit, mit der das Zweite aufgehört hat. Lane hält mehrere Torschüsse, Duncan steht kurz vor dem Tor, schießt plötzlich nach hinten zu mir und der Puck geht gerade durch die Beine des Goalies aus St. Louis.

„Verdammte scheiße!", höre ich jemanden rufen, werde aber im selben Moment von den vier anderen Spielern meiner Reihe umarmt und bejubelt. Dann bemerke ich es erst und sehe auf die große Anzeigetafel über uns.

Hattrick für #28 Elliot Leighton!

„Fuck, wie geil!" freue ich mich und winke in die Richtung, in der meine Familie sitzt. Besser könnte das Spiel nicht laufen. Ein Gegentor kassieren wir zwar noch, gewinnen aber vier zu drei.

24. Kapitel

Meine Feierlaune bleibt den ganzen Abend über. Wir gehen nicht essen, wir bleiben zu Hause und Mum und Clair kochen für alle. Wie ich ihr Essen vermisst habe! Daran, dass es der letzte Abend für eine lange Zeit ist, an dem wir so zusammen sitzen, denkt hier niemand und ich bin froh darum. Als ich irgendwann kurz auf die Toilette gehe, sehe ich, dass Archer mir eine Nachricht geschrieben hat.

Archer: Du warst wirklich gut heute, Glückwunsch zum Hattrick :)

Danke :)

Archer: Du solltest nochmal einen Hattrick machen.

Haha. Und du denkst, das ist so leicht?

Archer: Ich habe nicht gesagt, dass es bei einem Spiel sein muss :)

Meine Augen werden groß und für einen Moment glaube ich, ich habe mich verlesen oder verstehe irgendetwas falsch. Nein, ich verstehe es genau richtig.

Und was genau stellst du dir da vor?

Archer: Wenn ich dir alles verrate, ist die Spannung doch dahin.

Aber die Vorfreude nicht.

Archer: Morgen früh fliegen wir nach Washington. Am liebsten würde ich dich schon im Flugzeug vögeln.

Scheiße, sag so etwas nicht.

Archer: Nicht gut?

Doch! Aber zu riskant. Wir warten, bis wir im Hotel sind. Dann bekommst du deinen Hattrick.

Archer: Jetzt habe ich Erwartungen, das weißt du, oder?

Und ich kann nie wieder ins Hattrick's gehen, ohne daran denken zu müssen, dich zu ficken.

Archer: Hahaha

Schön, dass dich dieses Thema amüsiert.

Archer: Was packst du morgen ein?

Was möchtest du, was ich einpacke?

Archer: Ich würde sagen, alles, dann entscheide ich spontan :)

Mit einem Schmunzeln auf den Lippen verlasse ich das Badezimmer wieder. Clair wirft mir einen skeptischen Blick zu, versteht aber schnell, wieso ich noch besser gelaunt bin, als ich es vor einigen Minuten schon war und verdreht die Augen.

„Wenn du wirklich willst, dass es niemand merkt, solltest du dir dieses Grinsen aus dem Gesicht wischen."

„Halt die Klappe", antworte ich nur augenrollend und sehe, dass Millie und Ruby das Eisfach plündern. Schokoladen- und Erdbeereis. Sie lieben es und natürlich habe ich es bei meinem Einkauf auch besorgt. Die Nacht löst den Tag viel zu schnell ab und ehe ich mich versehe sind die meisten meiner Geschwister schon schlafen und Clair, Mum und ich räumen die Küche auf.

„Es war toll, dass ihr hergekommen seid", sage ich leise und Mum lächelt. „Ja, finde ich auch. Es wurde wirklich Zeit."

Clair nickt. „Es war toll von Archer, uns herzuholen." Ich werfe ihr einen kurzen, warnenden Blick zu, Mum bemerkt es nicht und Clair verdreht nur die Augen. Sie muss wirklich nicht provozieren, dass es noch jemand erfährt. Ihr Blick verrät gerade genau ihre Gedanken: Mum kann es wissen. Sie würde niemals etwas tun, dass mir schadet und verurteilen würde sie mich schon gar nicht. Eigentlich weiß ich das, aber dennoch möchte ich es nicht sagen. Vielleicht irgendwann, aber definitiv nicht heute und nicht jetzt.

„Du hast da wohl einen sehr guten Freund gefunden", erwidert Mum und sieht zu mir.

„Ja, ich denke schon", stimme ich zu und lächle kurz. Clair sieht mich wissend an, aber ich ignoriere diesen Blick. Trotzdem muss ich wieder daran denken, was sie mir zu dem Thema Gefühle und Beziehung gesagt hat. *Meine Güte, mein Kopf macht es ständig komplizierter, als es eigentlich ist.*

„Alles okay?"

„Mhm?" Ich schrecke aus meinen Gedanken auf.

„Was hast du gesagt?"

„Was ist los?", fragt sie und Clair räuspert sich, ehe sie weiter die Küche aufräumt und Mum mich nur skeptisch ansieht.

„Was soll sein? Es ist alles gut", antworte ich schulterzuckend.

„Elliot, ich bin deine Mum. Ich merke das doch. Irgendetwas geht dir nicht aus dem Kopf, oder?"

„Mum, lass bitte gut sein, ja?"

„Hast du etwas angestellt?"

„Nein, habe ich nicht. Ich habe im Moment nur viel um die Ohren", erwidere ich und weiß genau, dass Clair sich auf die Zunge beißen muss, um jetzt nichts zu sagen. Sie bleibt still und innerlich danke ich ihr dafür.

„Früher oder später sagst du es mir sowieso. Oder ich finde es raus", sagt Mum und lässt das Thema damit glücklicherweise sein.

Viel zu früh müssen wir am nächsten Tag zum Flughafen fahren. Wir stehen an ihrem Gate, als ich sehe, dass die halbe Mannschaft inklusive Archer zu uns kommen.

„Hallo!", winkt Kian aufgeregt und grinst.

„Du hast ja unser Trikot an!", stellt Kenny fest und mein Bruder nickt stolz.

„Ja, das ist so groß, dass ich es über meine Jacke anziehen kann", antwortet Kian und plötzlich leuchten seine Augen. „Hat einer von euch einen Edding?", möchte er wissen, aber niemand nickt.

„Ich hole kurz einen", meint Archer und ehe ich mich versehe, ist er auf dem Weg zu einem der Shops hier im Flughafen.

„Wo ist der Rest des Teams?", fragt Ruby und kramt in ihrem Rucksack.

„Ich will auch Unterschriften haben, bitte."

„Das heißt, ich möchte", korrigiert Millie sie, aber das interessiert die Jüngste der Familie nicht.

„Hier." Archer reicht Kian einen schwarzen Edding.

„Du zuerst. Und ganz groß, weil du bist ja der Chef!", fordert er und sieht Kenny erwartungsvoll an. Dann zieht er sein Trikot aus und gibt es ihm.

„Soll ich auch oder ist das uncool?", frage ich ihn halb im Spaß, halb ernst gemeint.

„Ja, aber direkt über unserem Namen!", verlangt Kian und Ruby möchte das Gleiche. Immer mehr Spieler von Lightning trudeln hier ein und schließlich hat die ganze Mannschaft auf den beiden Trikots unterschrieben.

Der Flug nach England wird aufgerufen.

„Ach verdammt", murmle ich und würde meine Familie am liebsten einfach mit nach Washington nehmen.

„Wir müssen los", sagt Mum und es ist deutlich zu hören, wie schwer ihr der Abschied fällt. Millie ist die Erste, die mich umarmt und Ruby kommt von der Seite dazu.

„Das darf jetzt aber nicht wieder so ewig dauern, bis wir uns sehen", murmelt sie und ich schüttle den Kopf.

„Wird es nicht, versprochen", antworte ich und verabschiede mich nacheinander von meinen Geschwistern, bis Mum mich in eine Umarmung zieht.

„Pass auf dich auf."

„Du auch Mum", lächle ich. „Ich hab dich lieb."

„Ich dich auch, Schätzchen. Und deine Schwestern haben recht, du solltest mal wieder nach England kommen."

Ich nicke und merke, dass Clair sich gerade wohl auch von Archer verabschiedet hat. Das Team verabschiedet sich winkend, als sie zum Gate gehen und ich muss mich zusammenreißen, um das Brennen in meinen Augen zu ignorieren. *Scheiße, wie ich Verabschiedungen hasse.*

„Alles gut?", fragt Kenny mich und schnell wische ich mir über die Augen. „Ja. Sicher."

„Wir sollten langsam zum Flieger", meint Archer vorsichtig und ich nicke sofort, nehme meine Reisetasche und folge den anderen, die schon losgegangen sind. Archer läuft neben mir und hat sein Handy aus der Tasche gezogen. Plötzlich vibriert meins in meiner Hosentasche.

„Ich schicke dir nur die Videos", meint er und verwundert blicke ich ihn an. „Welche Videos?"

„Ich habe gerade gefilmt, wie das Team die Trikots unterschrieben hat", antwortet er und verblüfft sehe ich ihn an. „Das ist toll, danke."

„Ach was, nicht dafür", winkt er ab und als die beiden Letzten betreten wir das Flugzeug. Dadurch bleibt mir nichts anderes übrig, als mich neben ihn zu setzen, aber das interessiert mich gerade herzlich wenig. Ich vermisse meine Familie jetzt schon und weiß nicht recht, wie ich es die letzten Jahre ausgehalten habe, dass sie nicht hier waren. *Verdammte scheiße.*

„Hier."

Verwundert sehe ich Archer an, der mir einen Schokoriegel unter die Nase hält.

„Clair meinte gerade zu mir, dass du immer Schokolade isst, wenn du traurig bist."

„Das hat sie gesagt?"

Er nickt und ich nehme die Süßigkeit an. „Äh… danke", erwidere ich unsicher und reiße die Packung auf.

„Kann ich dich etwas fragen?", möchte er wissen.

„Sicher."

„Ich bin mir nicht sicher, also flipp nicht aus, wenn es nicht stimmt."

„Sag schon."

Er nickt, zögert einen Moment und fragt dann: „Hast du mit Clair darüber gesprochen?"

„Worüber?", verwundert sehe ich ihn an.

„*Darüber*", wiederholt er mit mehr Nachdruck und meine Augen werden groß. „Scheiße, wieso fragst du das?" *Oh Gott, was hat sie angestellt?* Archer zögert, bevor er antwortet, aber niemand schenkt uns Beachtung.

„Sie meinte, dass falls irgendetwas sein sollte, ich sie anrufen kann."

„Was sollte bitte sein?", frage ich irritiert und schüttle leicht den Kopf.

„Mit… uns", murmelt er, sodass es wirklich niemand außer mir verstehen kann.

„Das war ja so klar", brumme ich und verdrehe die Augen.

„Also hast du es ihr gesagt?"

„Nicht direkt. Sie hat es irgendwie mitbekommen", erwidere ich. „Sie hat mich vorgestern Abend darauf angesprochen."

„Oh. Uhm… kommst du damit klar?", fragt er unschlüssig und ihm ist anzusehen, dass er sich in diesem Augenblick absolut nicht sicher ist, ob er diese Frage hätte stellen dürfen.

„Ich denke schon", entgegne ich und zucke mit den Schultern.

„Sie hat es wohl damals schon gewusst."

„Du meinst mit…"

„Ja, genau", unterbreche ich ihn schnell. „Sie meinte auch, sonst hätte sie es wahrscheinlich nicht verstanden und das ist auch gut so. Clair ist meine Schwester. Es ist nicht unbedingt toll, aber ich weiß, dass ich ihr vertrauen kann", erkläre ich ihm ruhig und Archer lächelt kurz. „Das ist doch eigentlich schön, oder? Dass es jemand weiß."

„Mhm. Da bin ich mir noch nicht so sicher. Aber besser sie als jemand anderes."

Archer nickt verstehend. „Ich finde es schön, dass du mit ihr darüber gesprochen hast. Also generell *darüber.*" *Darüber, dass ich schwul bin,* ergänze ich in Gedanken.

„Es war nicht so schlimm, wie ich dachte", gebe ich zu.

„Es wird einfacher", lächelt Archer.

„Ich habe nicht vor, es noch jemand zu sagen", werfe ich direkt ein und mustere ihn skeptisch.

„Nein, das meine ich auch nicht; zumindest nicht jetzt, aber wenn das hier alles mal vorbei ist…"

„Ich weiß nicht, was ich dann machen werde", antworte ich schulterzuckend. Wer weiß, vielleicht werde ich Trainer, so wie Drew. Dann bleibe ich in der NHL und das Thema endet erst gar nicht.

„Ich glaube nicht, dass du für immer so leben möchtest."

„Ich bin bisher auch klargekommen."

„Das weiß ich, aber ich habe die Erfahrung gemacht, dass wenn man einmal anfängt, ehrlich zu sein, man nicht mehr damit aufhören will."

„So weit wird es nicht kommen. Und selbst wenn, dann ist das so", meine ich. Nur weil meine Schwester es weiß, verspüre ich noch lange nicht das Bedürfnis, es der ganzen Welt zu sagen; ganz zu schweigen von dem Team. *Scheiße, nein!*

Wir erreichen die Reiseflughöhe und dürfen uns abschnallen.

„Lässt du mich kurz durch? Ich muss meinen Laptop von oben holen."

„Was ist das?", frage ich irritiert, als er ein Programm öffnet, das verschiedene Bilder anzeigt. Lightning-Kleidung und Accessoires des Fanshops.

„Es ist doch letztens erst die neue Kollektion rausgekommen? Soll es wieder eine neue geben?", frage ich irritiert und sehe mir die Bilder an. Dann werden meine Augen groß. „Scheiße, das meinst du doch nicht ernst."

„Ich dachte eigentlich, dir ist inzwischen klar, dass mein Plan kein Vorschlag ist."

„Ein Regenbogen-Puck?!", entgeistert sehe ich auf den Bildschirm und schüttle den Kopf. „Das wird nicht gut enden."

„Sei nicht so pessimistisch. Das wird funktionieren."

„Ich bin realistisch", korrigiere ich ihn, aber das interessiert ihn ganz offensichtlich nicht.

„Ich werde ein neues Shooting dafür ansetzen müssen", überlegt er laut. *Oh Gott, bitte nicht.*

„Was meinst du, wen aus dem Team kann ich damit am meisten ärgern?", fragt er mich und lächelt scheinheilig.

„Ich brauche nicht so viele Fotos, wie zu Anfang der Saison, also auch nicht alle Spieler."

„Du fragst mich gerade, wen du in diesen Fummel stecken sollst?", frage ich amüsiert. Das neue Shirt ist wie beim normalen Design blau und der Blitz ist vorne auf der Brust groß zu sehen. Jetzt ist er allerdings nicht mehr weiß, sondern diese Farbe ist durch einen Regenbogen ersetzt worden. Bei den Hoodies wurde das gleiche gemacht und bei den Designs, bei denen ein Spielername und die Nummer auf dem Rücken dazukommt, ist der Regenbogen an der Stelle, der weißen Nummer. Es sind verschiedene Varianten; es wurde also noch keine endgültige Entscheidung getroffen.

„Ich… äh… also Kenny, als Captain ist doch bestimmt gut, oder?", frage ich und er nickt, schreibt es in ein kleines Textfeld an die Seite und sieht mich abwartend an.

„Und… äh… Lane, als Goalie?", schlage ich vor. *Wenn er rausbekommt, dass ich dafür verantwortlich bin, dass er diesen Regenbogen tragen muss, bin ich geliefert.*

„Keine Ahnung, wer dafür am besten geeignet ist, ehrlich nicht. Und ich will das auch nicht entscheiden", breche ich ab.

„Ich entscheide es am Ende, nicht du. Ich habe dich nur nach deiner Meinung gefragt", antwortet er. „Ich werde mich schon nicht vor das Team stellen und sagen, *Elliot hat entschieden, dass,* also kein Grund zur Panik", beruhigt er mich. „Ich wäre ja für Gibson und Duckie. Die beiden haben sich so wunderschön darüber aufgeregt, da wird es die zwei nur noch mehr ärgern, wenn sie das auch noch machen müssen", sagt er trocken und perplex sehe ich ihn an. „Meinst du das gerade ernst?"

„Absolut. Oder willst du dich lieber vor die Kamera stellen?"

„Scheiße, nein!", widerspreche ich sofort.

„Und Ian. Ich habe das Gefühl, er ist der Einzige aus dem Team, der die Eier in der Hose hat, zu dieser Kampagne zu stehen." *Danke.* Ich weiß, dass er recht hat, aber es so direkt zu hören, ist trotzdem nicht schön. Dann sehe ich, dass Archer auch Duncans Name auf die Liste gesetzt hat. „Wieso Duncan?"

„Weil die Kamera ihn liebt", antwortet er schulterzuckend. „Er sieht wirklich gut aus und das ist nicht ganz unwichtig bei einem Werbeshooting."

„Du findest Duncan gutaussehend?"

„Schön, dass *das* das Einzige ist, was dich interessiert", schmunzelt er und da merke ich es auch. *Ach scheiße.*

„Findest du ihn etwa hässlich?", fragt Archer und ich sehe zu Duncan, der wie letztens schon an Lanes Schulter gelehnt, schläft.

„Nicht unbedingt. Aber ich finde ihn auch nicht heiß."

„Das habe ich nicht gesagt", erwidert Archer. „Aber ich finde es amüsant, dass du Angst hast, ich könnte jemanden attraktiv finden."

„Bullshit."

„Wenn du es bestreitest, machst du es nur schlimmer."

„Arschloch." Archer sieht mich belustigt an und wendet sich wieder seiner Arbeit zu.

„Sind das Instagram-Storys?"

„Mhm, ja", murmelt er konzentriert. Sie sind für seine Kampagne.

25. Kapitel

Das Warm-Up ist beendet und das Spiel geht los. Wir brauchen eine ganze Weile, bis wir reinkommen, aber Washington geht es nicht anders. Zum Glück; ansonsten würden sie garantiert schon führen. Wenig später ist Lane nicht unwesentlich damit beschäftigt, die Torschüsse aufzuhalten und in der ersten Pause kommt er angepisst vom Eis.

„Was soll die Scheiße?", fragt er laut, als wir in der Kabine sind.

„Ich habe das Gefühl, Lightning hätte nicht einen Spieler in der Verteidigung!", beschwert er sich und sieht zu Duncan. Er sagt zwar nichts, aber das ist auch nicht notwendig.

„Sorry, Alter. Das wird besser", entschuldigt der Schwarzhaarige sich.

„Davon gehe ich aus", erwidert Lane schlecht gelaunt und Drew nickt. „Das war wirklich nicht gut, bisher. Wir können von Glück reden, dass Washington genauso schlecht drauf ist."

Ich seufze leise. Das Spiel ist beschissen bisher und das sollte sich schleunigst ändern; das muss es! Es steht null zu null und die Torchancen, die wir hatten, kann man an einer Hand abzählen. Das sind zu wenige und das Resultat ist nicht zu übersehen.

„Los, nehmt euch Proteinriegel und dann bewegt eure Ärsche wieder aufs Eis." Drew sieht durch die Runde und die meisten greifen in die Schale, die er wie immer vor der Pause aufgefüllt hat.

„Man könnte meinen, ihr würdet zum erste Mal auf dem Eis stehen", fügt er missmutig hinzu.

„Tolle Motivationsrede", erwidert Duncan, aber das interessiert Drew nicht wirklich.

„Gewinnt das Spiel, jeder Punkt ist wichtig und das wisst ihr", meint Warren daraufhin. „Washington darf nicht gewinnen."

Wieder nicken die meisten von uns und Warren belässt es dabei. Archer sagt nichts, sieht auf sein Handy und schüttelt leicht den Kopf.

„Was ist?", frage ich wenig später, als wir wieder auf dem Weg zur Bank sind.

„Ich konnte bisher nur nicht wirklich etwas Gutes in den Videos finden", meint er. „So langweilig?", frage ich belustigt, obwohl ich weiß, dass es genau der Grund ist. Er nickt und sieht mich entschuldigend an. „Bisher war das Spiel wirklich sehr öde."

„Mal schauen, ob ich da was machen kann", erwidere ich und augenblicklich steigt meine Laune, wie auch meine Motivation. Archer will etwas für Social Media? Das soll er bekommen. Als ich mit der zweiten Reihe über die Bande springe, bemerke ich, dass auch Duncans Wille zu gewinnen sich mindestens verdoppelt hat. Niemand wird gerne vom Goalie zurechtgewiesen. Das hat offenbar ziemlich gesessen.

Das Spiel wird schneller. Washington hält allerdings mit und da fällt das erste Tor. Lane schüttelt den Kopf und trinkt dann einen Schluck. Duncan stöhnt genervt und lässt sich neben mir auf die Bank fallen.

„Was für eine Scheiße", flucht er, aber da gelingt es der dritten Reihe plötzlich, den Puck nach vorne zu bringen und mit einem wunderschönen Schuss direkt ins Netz zu befördern. Es steht eins zu eins.

„So soll das aussehen!", freut Warren sich. Ich reiße mir den Arsch auf, aber ich schaffe es nicht, ein Tor zu schießen. Stattdessen nimmt der Frust zu und als Ian direkt an der Bande bei unserer Bank von hinten einen Bodycheck abbekommt, der glasklar nicht erlaubt war, reicht es mir. Ohne weiter darüber nachzudenken, springe ich über die Bande, schnappe mir den Spieler von Washington und werfe meine Handschuhe weg. Der Rookie wird nicht verletzt. Das ist eine der unausgesprochenen, aber streng geltenden Regeln im Eishockey und die wurde vor wenigen Augenblicken gebrochen. Ich bemerke nicht einmal, dass Duncan Ian zurück in die Box zieht und die Schiedsrichter uns abschirmen. Der Kampf ist schnell, aber heftig. Ich konzentriere mich nicht richtig und plötzlich bekomme ich die Faust meines Gegners direkt ab; genau unter mein Auge.

„Fuck!", fluche ich und möchte zurückschlagen, aber er ist schneller und ehe ich mich versehe, knutscht meine Wange das Eis.

„Verdammte Scheiße", murmele ich, stöhne vor Schmerz auf, als ich noch einen Schlag abbekomme, bevor die Schiedsrichter den Spieler aus Washington von mir wegziehen.

„Das war definitiv ein Schlag zu viel", meint Duncan, der mir sofort aufhilft.

„Alter, das sieht echt mies aus", meint Gibson.

„Du hättest ja kämpfen können", antworte ich nur und sehe schon O'Doyle an der Seite stehen.

„Ich spiele weiter."

„Das ist Schwachsinn", antwortet Drew und schüttelt den Kopf.

„Ich spiele weiter, wir brauchen die Punkte", bekräftige ich und wische mir mit einem Handtuch über die Wange. Zischend ziehe ich die Luft ein.

„Scheißdreck!", fluche ich und merke, wie meine linke Gesichtshälfte beginnt zu pochen.

„Ich sehe mir das jetzt an, dann entscheiden wir, ob du im letzten Drittel mitspielst", legt O'Doyle fest.

„Schön."

„Ian, du rückst in die zweite Reihe vor", beschließt Warren kurzerhand. Seine Augen werden groß.

„Versau es nicht, Rookie", sage ich und er schüttelt sofort den Kopf.

„Werde ich nicht!", verspricht er und da ist er auch schon wieder auf dem Eis. Ich folge O'Doyle nach hinten und wenig später sitze ich auf einer Liege im Sanitätsraum, während er die Wunde reinigt. Es brennt unfassbar, aber ich habe gelernt, stillzusitzen und es über mich ergehen zu lassen.

„Es ist nichts gebrochen", meint er nach einer Weile und erleichtert atme ich auf. „Aber ich glaube, es hätte nicht viel gefehlt. Wer hat dir beigebracht, so zu kämpfen, Junge? Das ist wirklich nicht gut gewesen."

„Ich habe das Kampftraining wohl etwas schleifen lassen", lenke ich ein. „Wann kommt Miller wieder?"

„Das dauert noch, aber ich bin zuversichtlich, dass er vor den Play-offs wieder gesund ist und spielen kann." Ich nicke verstehend. Das bedeutet, dass ich noch wochenlang für den Enforcer einspringen muss. *Super.*

O'Doyle versorgt die Wunde, ehe er fragt: „Du musst nicht weiter spielen, das ist dir klar, oder?"

„Ja, aber ich werde. Mir geht es gut." Er sieht auf meine Finger. Meinen Knöcheln ist anzusehen, was gerade geschehen ist.

„Wie du meinst, ich halte es aber nicht für klug."

„Danke, Doc", antworte ich lediglich und gehe zurück zur Kabine. Die Pause hat bereits begonnen.

„Alles gut", sage ich nur, als ich die Kabine betrete. *Ich bin nur froh, dass das nicht geschehen ist, als meine Familie zugesehen hat.* Archer mustert mich.

„Ich hoffe, du hast das auf Video", meine ich und er sieht mich ertappt an.

„Äh, ja habe ich." Ich sagte doch, dass ich dafür sorgen werde, dass es nicht mehr so langweilig ist. Eigentlich dachte ich zwar mehr an ein Tor oder zumindest ein paar gute Torchancen, aber immerhin war der Kampf nicht ganz umsonst.

„Wir führen übrigens", meint Lane zu mir. „Kenny hat gerade noch ein Tor geschossen."

Bei diesem Spielstand bleibt es schließlich auch und das letzte Drittel ist genauso unspektakulär, wie das Erste. Warren und Drew sind sichtlich unzufrieden und auch Kenny ist anzusehen, dass es heute hätte besser laufen müssen. Lane ist einfach nur völlig fertig, für ihn war das Spiel bestimmt doppelt so anstrengend wie sonst. Das Erste, was ich mache, als ich die Kabine betrete, ist eine Schmerztablette zu nehmen. Mein Gesicht pocht immer noch. Vielleicht hätte ich es nach dem Kampf gut sein lassen sollen. *Das kann ich jetzt auch nicht mehr ändern.* Niemand redet viel auf dem Weg zum Hotel, einige verschwinden direkt auf ihre Zimmer, andere gehen noch an die Bar.

„Ich gehe pennen. Gute Nacht, Leute", verabschiede ich mich kurz angebunden und laufe zum Aufzug. Wo Archer gerade ist, weiß ich nicht. Die Frage erübrigt sich, als ich ihn in meinem Zimmer finde.

„Du bist hier."

„Zwischentür", antwortet er und da bemerke ich sie auch. Wieso ist mir die Tür vorhin noch nicht aufgefallen?

„Ich habe mit O'Doyle gesprochen. Er meinte, du sollst das Pflaster heute noch einmal wechseln."

„Aha?"

„Ich glaube du warst da auf der Toilette, deswegen hat er mir gesagt", erklärt er kurz. „Los, setz dich." Ich komme seiner Bitte nach und setze mich aufs Bett. Neben mir steht eine kleine Badezimmertasche, aus der Archer jetzt ein großes neues Pflaster herausholt.

„Das könnte jetzt weh tun", warnt er mich vor und löst vorsichtig das Pflaster von meiner Haut. Ich bleibe still sitzen und lasse ihn machen. Ich kann gar nicht sagen, wie oft ich das schon vor dem Spiegel selbst getan habe. Es ist ungewohnt, dass es jemand anderes macht, aber Archer ist sehr vorsichtig und sagt mir die ganze Zeit, was er als Nächstes tut.

„Das sieht nicht gut aus", meint er leise und betrachtet meine Wange. „Schon gut. Das heilt", winke ich ab.

„Das ist etwas angeschwollen", stellt Archer fest, aber ich zucke mit den Schultern. Er seufzt, versorgt mein Gesicht weiter und wenig später klebt er das neue Pflaster auf.

„Fertig."

„Danke", antworte ich, unsicher, was jetzt kommt.

„Geht es dir sonst gut?", fragt Archer mich.

„Was sollte sein?", frage ich irritiert. „Du hast dich geprügelt, vielleicht hat dein Kopf etwas abbekommen", meint er, aber ich verneine. „Es ist nur die Wange."

„Gut." Archer räumt die Badezimmertasche wieder weg.

„Ist das Video gut geworden?", frage ich, um die Stimmung etwas zu lockern, aber er blickt mich verständnislos an.

„Du hast dich nicht wirklich für ein Instagram-Video geprügelt, oder?"

„Nein, aber wenn ich schon kämpfe, kann es dafür ja auch genutzt werden."

„Du hast verloren", erwidert Archer lediglich.

„Das heißt, es ist nicht online?" Er schüttelt den Kopf. *Super. Nicht einmal dafür hat es gereicht.*

„Ähm… ich gehe dann mal rüber", sagt er, aber ich schnappe mir seine Hand und halte ihn davon ab.

„Ich denke nicht."

„Du hast dich geprügelt", wiederholt er. „Na und? Mir geht es gut, ich bin nicht schwer verletzt und ich warte den ganzen Tag schon, dass es Abend wird, also wehe, du verschwindest jetzt einfach!" Kurz hält er inne, lächelt dann aber. Einen Moment später hat er meine Zimmertür abgeschlossen und geht in sein Zimmer.

„Hier." Er hält mir den Plug und Gleitgel hin. „Du wolltest, dass ich ihn mitbringe."

Ich nicke und stehe auf. „Ich möchte, dass du mir sagst, was du magst. Und ich wollte vorbereitet sein", erwidere ich.

„Was ich mag?"

„Im Bett."

„Schon klar."

„Also?", hake ich nach, aber er zuckt mit den Schultern.

„Unterschiedlich."

„Unterschiedlich?"

„Es kommt auf die Person an, mit der ich Sex habe", antwortet er mir.

„Mhm. Und was magst du mit mir?"

„Das weiß ich noch nicht."

„Hilfreich."

Archer schmunzelt. „Was magst du denn?"

„Dich zu vögeln", antworte ich direkt und er verdreht die Augen.

„Das ist mir klar. Antworte richtig", fordert er und ich sehe zu meiner Reisetasche, in der sich noch einige andere Sachen befinden, mit denen ich Archer um den Verstand bringen will.

„Ich will dich ficken, am liebsten jetzt sofort und die ganze Nacht lang", sage ich geradeheraus und er lächelt ein bisschen, ehe er sich auf die Bettkante setzt.

„Erzähl mir mehr", verlangt er und legt den Plug und das Gleitgel zur Seite.

„Ich will, dass du dich verlierst und dich mir hingibst." *Klingt das bescheuert, wenn ich es ausspreche?* Archers Blick nach zur urteilen, nicht. Er leckt sich über die Lippen, mustert mich und rutscht etwas weiter nach hinten.

„Das klingt gut", sagt er leise.

„Jetzt du."

Er lächelt. „Ich mag das auch." *Das ist sehr gut.* „Aber ich mag es auch anders."

„Anders?", frage ich verwirrt und er nickt. „Ich liebe es, wenn du mich auf meinen Schreibtisch drückst und mich hart vögelst, aber ich mag es eben auch, wenn es etwas langsamer und bedachter ist. Ich finde es intensiver."

„Ähm. Okay?"

„Und ich will deinen Arsch, Elliot." Meine Augen werden groß. *Was ein Umschwung.* „Meinen Arsch?"

„Richtig. Das habe ich dir im Aufzug schon gesagt."

„Mhm. Ich wusste nicht, was ich davon halten soll", gebe ich zu.

„Das hat Zeit."

„Gut."

„Würdest du es ausprobieren?"

„Weiß ich nicht."

„Es ist mit dem richtigen Partner wahnsinnig gut."

„Und das wärst du?"

„Das bin ich", korrigiert er mich. „Und ich bin sicher, du würdest es lieben."

„Mhm. Vielleicht. Keine Ahnung", murmle ich.

„Du musst nicht", sagt er schnell und hält mir seine Hand hin. Ich lege meine hinein, er zieht mich zu sich an die Bettkante und plötzlich stehe ich zwischen seinen Beinen. „Wir können es auch erst einmal dabei belassen, dass du mir in diesem Bett den Verstand rausvögelst", sagt er mit tiefer, rauer Stimme. Das, und seine Hand, die über meine Oberschenkel zu meinem Schwanz streicht, reicht, um mich augenblicklich hart werden zu lassen.

„Mhm. Klingt gut", stimme ich zu und lasse ihn machen.

„Das war der Wahnsinn", grinst er und ich seufze befriedigt. „Ich weiß, was ich mag. Ich mag es, wenn du mich reitest und dir nimmst, was du brauchst", antworte ich und er rutscht zu mir. „Wie schön, ich mag das auch, sehr sogar", flüstert er und küsst meine Brust.

„Archer…", murmle ich. „Pause."

„Schwächling."

„Ich habe gerade erst ein Spiel gehabt", erwidere ich.

„Mhm… gut, das lasse ich gelten", lenkt er ein und amüsiert sehe ich ihn an. „Da bin ich aber froh."

Er sieht zur Seite. „Und wieso sollte ich den mitnehmen?", fragt er und hält den Plug hoch.

„Am liebsten hätte ich es, wenn du ihn morgen beim Flug trägst."

„Von Washington nach Atlanta? Vergiss es", lacht er und hält inne. „Aber vielleicht trage ich ihn beim nächsten Spiel", sagt er leise. Meine Augen werden groß und ich sehe ihn an. Er lächelt nur scheinheilig, stützt sich dann auf einen Unterarm und küsst mich.

26. Kapitel

„Los, steh auf."

„Steh doch selbst auf", brummt Archer und denkt offenbar gar nicht daran, den Wecker auszuschalten.

„Ich komme nicht an dein scheiß Handy", bemerke ich genervt und möchte einfach nur, dass dieser grauenhafte Ton aufhört, der mich gerade aus dem Schlaf gerissen hat.

„Ach fuck", stöhnt Archer genervt, dreht sich um und einen Augenblick später ist es endlich wieder still im Zimmer. Ich sehe zu ihm. „Guten Morgen."

„Hi", lächelt er und stützt sich auf seinen Unterarm.

„Gut geschlafen?"

„Mhm. Schon. Wenig."

„Tragisch. Nächstes Mal sollte ich dich wohl lieber sofort schlafen lassen", erwidert er sarkastisch.

„Vollidiot", antworte ich, lächle aber. „Schlafen kann ich gleich im Flieger noch."

„Mhm… bis dahin ist aber noch Zeit", meint er und sieht auf die nicht existierende Uhr an seinem Handgelenk. „Ich denke, ich gehe Duschen."

„Aha?"

„Und ich habe gehört, deine ist leider kaputt und du musst bei mir duschen", fügt er scheinheilig hinzu. „Aber ob dafür die Zeit gleich noch reicht, weiß ich nicht."

„Und was sollte ich deiner Meinung nach jetzt machen?", frage ich nur, er zuckt mit den Schultern, schlägt die Decke zur Seite und steht ungeniert nackt aus dem Bett auf.

„Lass dir etwas einfallen", erwidert er und geht aus dem Zimmer. *Scheiße, wie sollte ich diesem Mann nicht folgen können?* Er hat das Wasser schon aufgedreht, als ich mein Handtuch auf den Toilettendeckel lege und an ihn herantrete. Ich versuche so leise, wie möglich zu sein und zu meinem Glück bemerkt er mich nicht. Dann küsse ich seinen Nacken, seinen Hals und seine Schultern, noch bevor meine Hände ihn berühren. Archer seufzt leise auf und legt den Kopf zur Seite. Mit kleinen Schritten betreten wir die bodentiefe Dusche, ich schließe die Glastür hinter mir und das warme Wasser empfängt uns. Eine Regendusche; was auch sonst?

„Wir haben nicht so lange", murmelt er und seufzt erneut genießend auf.

„Das hat uns in der Loge auch nicht abgehalten", antworte ich.

„Mhm…"

Ich streiche weiter über seinen Bauch, seine Brust und küsse seine Haut. Immer wieder verlassen Töne seinen Mund, die mein Blut dazu bringen, in eine ganz bestimme Richtung zu fließen. Er streicht über meine Hüften und meine Oberschenkel.

„Du bist hart", stellt er fest und streift immer wieder meinen Schwanz.

„Du doch auch", erwidere ich belustigt. *Hatte er wirklich etwas anderes erwartet?*

„Wieso hast du dann noch nicht angefangen?", fragt er leise und lehnt sich mit einem Arm gegen die Fliesen. „Wieso nimmst du mich noch nicht?"

„Oh Gott…", murmle ich und presse meinen Schwanz gegen seinen Hintern. Er stöhnt auf und drückt sich gegen mich.

„Mach schon, sonst besorge ich es mir selbst."

„Schon wieder so ungeduldig", antworte ich nur und umfasse seine Härte.

„Fuck!", keucht er auf und lehnt sich mit seiner Stirn an seinem Unterarm gegen die Wand.

„Mach schon", fordert er.

„Wir haben kein Kondom", stelle ich ernüchternd fest, aber Archer drückt mir im selben Moment schon eins in die Hand.

„Du hast eins mitgenommen?"

„Meinst du wirklich, ich bin so dumm und mache es nicht?", fragt er nur, als ich die Packung aufreiße und es mir überstreife. Ich drücke mich in ihn, langsam und vorsichtig, aber da wir die halbe Nacht gevögelt haben, dauert es nicht lange, bis ich mich tief in ihm versenke.

„Ah… fuck, Archer!"

„Du musst dich endlich testen lassen", verlangt er.

„Mhm, mache ich, wenn wir in Atlanta sind", verspreche ich, ohne weiter darüber nachzudenken.

„Oh Gott!", stöhnt er mit tiefer Stimme und ich lege eine Hand an seine Hüfte, um ihn gegen die Wand zu drücken. Bei jedem Stoß kommt er mir entgegen. *Er fickt viel mehr mich als ich ihn.* Dann greift er nach meiner Hand, nimmt sie von seiner Hüfte und führt sie mit seiner an die Wand. *Verdammt, ist das heiß.* Unsere Finger liegen zwischen einander, als auch ich mich an den Fliesen abstütze und härter und schneller in ihn stoße. Gleichzeitig bearbeite ich seinen Schwanz im selben Rhythmus und necke immer wieder seine empfindliche Spitze. Archers Stöhnen gibt mir den Rest. Noch vor ihm komme ich, meine Beine zittern und nur einen Moment später drückt er sich mir fester entgegen. Ich spüre an meiner Hand, wie die Lust auch ihn mit sich reißt.

„Verdammt, so will ich immer in den Tag starten", keucht er außer Atem und seufzt leise, als ich seinen Hals erneut küsse.

„Immer, wenn wir in Hotels sind", erwidere ich und er lächelt zufrieden. Er dreht sich um, ich öffne kurz die Glastür, um das Kondom in den Müll zu werfen und sofort zieht er mich wieder zur sich. Bevor ich fragen kann, beginnt er damit, meine Schultern einzuseifen und mich ganz nebenbei zu massieren. *Himmel, fühlt sich das gut an.* Ich lasse ihn machen. Er wäscht meinen Rücken, meinen Bauch, meine Beine und auch meinen Schwanz. So kommen wir nie pünktlich unten an. Ich lehne mit dem Rücken gegen ihn und schließe die Augen.

„Du magst das", stellt er fest und beginnt, meine Haare einzuseifen.

„Mhm. Vielleicht."

„Ich hätte dich nicht für jemanden gehalten, der nach dem Sex gerne kuschelt."

„Wir duschen", korrigiere ich ihn.

„Nur weil wir nicht in einem Bett liegen."

„Aha."

„Ich wette, du liebst es, nach dem Sex zu kuscheln", flüstert er gegen meinen Hals.

„Weiß ich nicht", antworte ich unüberlegt und lasse ihn den Schaum aus meinen Haaren waschen.

„Geh dich schon einmal anziehen, ich komme gleich nach." Er legt die Hände an meine Hüfte, dreht mich vorsichtig um und küsst mich. Lächelnd nicke ich, stehle mir noch einen Kuss und verlasse die Dusche. Erst in meinem Zimmer merke ich, wie ungewohnt liebevoll und sanft die letzten Minuten waren. Schnell ziehe ich mich an und trockne meine Haare mit dem Handtuch, soweit es möglich ist, ehe ich meine Klamotten und das Sexspielzeug in meine Tasche werfe und sie verschließe. Seit wann duschen Archer und ich zusammen? Und seit wann waschen wir einander, küssen uns auf diese Art und Weise und *scheiße*, ich glaube, er hat heute Morgen halb auf mir gelegen, als der Wecker geklingelt hat. Wieso habe ich das alles nicht mitbekommen? Also schon, aber gleichzeitig merke ich es erst jetzt. Dass ich überfordert bin, ist gar kein Ausdruck. Ich schüttle den Kopf, sehe mich Hotelzimmer um und blicke dann auf mein Handy. Ich sollte los. Schnell schließe ich die Zwischentür wieder und schnappe mir meine Sachen, ehe ich aus dem Zimmer nach unten ins Foyer flüchte. Die meisten meiner Teamkollegen sind schon dort und ich gebe meine Schlüsselkarte nach Ian an der Rezeption ab.

„Weißt du nicht mehr, was ein Spiegel ist?", fragt Duncan mich belustigt, aber ich verstehe nicht, was er meint.

„Du siehst aus, wie ein Igel". Deine Haare haben schon besser ausgesehen", meint Lane grinsend. *Ach Mist.*

„Ich war noch duschen", antworte ich und versuche meine Haare wieder etwas zu richten. Einen Augenblick später kommt Archer aus dem Aufzug. Er sieht aus, als hätte er ausgeschlafen, seine Haare sitzen und lächelnd geht er auf Drew und Warren zu. Da sehe ich, dass ich heute Nacht schon von Clair Nachrichten bekommen habe.

Clair: Hi. Wir sind gut zu Hause angekommen, soll ich dir von Mum sagen.

Clair: Und ich hab das Spiel gesehen, was war da los?

Clair: Oh, du hast mal wieder gekämpft. Geht's dir gut? Du hast ja verloren, haha.

Clair: Wie läuft's mit Archer? Du hast es vielleicht nicht bemerkt, aber er sah ziemlich besorgt aus, als du dich geprügelt hast.

Clair: Hast du schon mit ihm gesprochen?

Ich seufze. Natürlich muss sie mich gerade jetzt daran erinnern. Eigentlich hat sie das schon vor Stunden geschrieben, aber gerade wünsche ich mir, dass sie es nicht getan hätte; oder zumindest, dass ich es nicht gelesen hätte.

Ich weiß, dass das Spiel scheiße war, aber mir geht's gut. Ich hab mit ihm noch nicht darüber gesprochen. Shit Happens.

Und ich weiß auch noch nicht, wann ich mit ihm rede oder ob ich mit ihm rede. Grüß die anderen von mir.

Wenig später steigen wir in den Bus zum Flughafen. Archer arbeitet schon wieder. Am liebsten würde ich mich neben ihn setzen, aber da sitzt Drew schon. Also nehme ich mir meine

Kopfhörer und möchte meine Musik anmachen, da kommt eine Nachricht von Archer.

Archer: Du warst vorhin einfach weg. Ist alles in Ordnung?

Ich stocke und meine Daumen schweben über den angezeigten Buchstaben. Ich kann ihm schlecht antworten, dass ich *schon wieder* überfordert bin. Nein, dann läuft er garantiert schreiend davon und von dem guten Sex kann ich mich endgültig verabschieden.

Wir hatten keine Zeit mehr. Ih dachte, es wäre klar, dass ich schon runtergehe.

Archer: Ach so.

Hätte ich da bleiben sollen?

Archer: Nein, schon in Ordnung :)

Okay. Sehen wir uns nachher?

Archer: Wenn wir in Atlanta sind?

Ja.

Oder musst du arbeiten?

Archer: Ich erledige das jetzt auf dem Flug.

Zu mir?

Archer: Wenn du das möchtest.

Und wie ich das möchte.

Archer: Hattest du immer noch nicht genug?

Von dir werde ich nie genug bekommen.

Archer: Danke für das Kompliment.

Kann ich dich etwas fragen?

Archer: ?

War es vorhin komisch für dich?

Wieso frage ich ihn das? Bin ich jetzt vollkommen durchgedreht? Am liebsten würde ich die Nachricht sofort wieder löschen, aber da hat er sie schon gelesen und tippt eine Antwort ein.

Archer: War es das denn für dich?

Das ist keine Antwort.

Archer: So ernst plötzlich?

Archer: Lass mich raten, du bist überfordert.

Ich verdrehe die Augen. Ich hätte es definitiv nicht schreiben sollen. Ich sehe zu Archer, der auf sein Handy sieht und offenbar wartet. Dann dreht er sich um und sieht mich erwartungsvoll an. Er möchte, dass ich ihm antworte. Wieder sehe ich auf den Bildschirm und lese die Nachricht erneut, als plötzlich eine Neue ankommt.

Archer: Okay, du bist ganz sicher überfordert.

Archer: Ist es wegen dem, was wir in der Dusche gemacht haben?

Was meinst du?

Archer: Tu doch bitte nicht so, als wüsstest du nicht, was ich meine.

Archer: Nachdem wir Sex hatten, bist du da geblieben und du hast auch mehr oder weniger gesagt, dass du es wahrscheinlich magst, nach dem Sex zu kuscheln.

Ach das.

Archer: Ja, das.

Scheiße, keine Ahnung, okay?

Ich habe so etwas noch nie gemacht und ich weiß nicht, was ich denken soll. Ist es das, was du hören möchtest?

Archer: Es ist ein Anfang.

Ich mochte es irgendwie, denke ich.

Archer: Darf ich dich etwas fragen?

Okay?

Archer: Hattest du jemals öfter als einmal mit der gleichen Person Sex?

Es dauert einen Moment, bis ich darauf antworte. Auf diese Frage war ich nicht vorbereitet, obwohl mir schon längst hätte klar sein müssen, dass er es weiß. Wie sollte er nicht? Er kennt mich inzwischen sogar besser als meine Teamkollegen.

Nein. Nie.

Archer: Es ist nicht schlimm, dass du noch nicht genau weißt, was du magst und wenn du nach dem Sex kuscheln willst, machen wir das.

Dich stört das nicht?

Archer: Auf die Idee, dass ich es vielleicht auch mag, bist du nicht gekommen, oder?

Vielleicht nicht.

Archer: Ich übernachte heute bei dir.

Äh okay?

Archer: Und wir werden heute ruhigen und langsamen Sex haben.

Hatte ich noch nie.

Archer: Ich weiß, aber ich denke, du wirst es mögen.

Wenn ich mich nicht vollkommen dumm anstelle.

Archer: Das wirst du nicht.

Und da bist du dir sicher?

Archer: Du hast zu hohe Erwartungen an dich.

Was?

Archer: Du setzt dich gerade schon wieder unter Druck, weil du denkst, dass du dich dumm anstellen wirst. Das ist

Schwachsinn, Elliot, vertrau mir in diesem Punkt bitte.

Komisch, so über Sex zu reden.

Archer: Schlimm?

Weiß ich noch nicht.

Archer: Dann entscheide ich das jetzt für dich. Es ist ganz normal, wenn wir, die miteinander Sex haben, auch darüber sprechen.

Ich denke, ich sollte das so hinnehmen, oder?

Archer: :)

Okay, ist akzeptiert.

Archer: Ich finde es toll, dass du dich darauf einlässt.

Auf Blümchensex?

Archer: Auch. Aber eigentlich meinte ich, dass du nicht sofort abblockst, wenn ich dieses Thema anschneide.

Ok.

Muss ich irgendetwas zu Hause vorbereiten?

Archer: Was meinst du?

Kerzen und ein Dinner oder so? Das machen die ganzen Leute in diesen kitschigen Filmen.

Archer: Haha, nein musst du nicht. Es sei denn, du möchtest, dass es ein romantisches Date wird.

Nein. Ich denke nicht.

Archer: Habe ich mir schon gedacht.

Möchte er das? Würde er ein Date mit mir haben wollen? Ich frage ihn nicht, aber ich kann nicht verhindern, darüber nachzudenken, wie es wohl wäre, wenn wir ein Date hätten. Ich schließe den Chat mit Archer und sehe mich kurz um. Niemand hier sieht auch nur ansatzweise in meine Richtung und Duncan, der neben mir sitzt, schläft schon wieder an Lane gelehnt tief und fest. Ich hätte gemerkt, wenn jemand die Nachrichten mitliest. Ich sollte aufhören, mir selbst Panik zu machen.

27. Kapitel

Die Nervosität will nicht vergehen. Vom Flughafen geht es mit einem Uber direkt zu mir nach Hause und kurz habe ich das Bedürfnis, mich einfach in mein Bett fallen zu lassen. Allerdings taucht Archer gleich hier auf. Er meinte, er schreibt, sobald er auf dem Weg ist. Meine Reisetasche räume ich kurz aus und sehe mich dann um. Ich habe weder geputzt, noch aufgeräumt, nachdem meine Familie hier war und erst jetzt bemerke ich, dass es mal wieder Zeit wird, das in Angriff zu nehmen. Also versuche ich, die Küche einigermaßen akzeptabel aussehen zu lassen, bringe den Müll raus und verfluche mich dafür, dass ich die Spülmaschine nicht angestellt habe, bevor ich nach Washington aufgebrochen bin. Mein Kühlschrank ist nicht ganz leer, aber da es auf dem Flug schon ein kleines Menü gab, hoffe ich einfach, dass Archer nicht wirklich ein Dinner erwartet. *Ach, scheiß drauf, zur Not bestelle ich uns eben etwas zu Essen.* Ich bekomme nicht mit, dass er mir schreibt, da ich ins Bad haste, mich frisch mache und mich dann umziehe. Ich sehe es erst danach, aber nur wenige Augenblicke später, klingelt es an meiner Tür.

„Super", murmle ich, gehe wieder nach unten und öffne ihm.

„Hi, tut mir leid, dass ich so spät bin. Drew wollte unbedingt noch mit mir reden, wegen der Kampagne und dann ist das Uber nicht gekommen."

„Äh, kein Problem", antworte ich nur und schließe hinter ihm die Tür. Ich weiß nicht recht, was ich sagen soll, als er sich die Schuhe und Jacke auszieht, also beobachte ich ihn einfach.

„Hier." Er reicht mir eine Tüte.

„Ähm… danke?" Ich sehe hinein. *Er hat Wein gekauft?*

„Stell den am besten noch einmal kalt", bittet er mich und ich nicke, ehe ich in die Küche verschwinde.

„Ich bringe meine Sachen schon hoch, ist das okay?", fragt er und deutet zur Treppe.

„Mhm. Klar."

Er verschwindet und ich habe einen Moment Zeit, um durchzuatmen.

„Du siehst aus, als hättest du einen Geist gesehen", sagt er amüsiert und ich sehe, dass er die Treppe wieder hinunterkommt. Ich antworte nicht.

„Elliot, mach dir nicht so viele Gedanken, bitte", sagt er ruhiger und kommt zu mir. Er stellt sich mir gegenüber, streicht durch meine Haare und lässt seine Hand an meinem Hals liegen. Sein Daumen streicht über meine Wange und mein Herzschlag wird schneller. *Scheiße, so überfordert kann ich doch nicht wegen einer Weinflasche sein!*

„Ich mag Wein und habe deswegen welchen mitgebracht", beginnt er.

„Ich habe doch gar nichts gesagt."

Er schüttelt leicht den Kopf und lächelt. „Das musst du auch nicht." Ich sehe an ihm vorbei, da kommt er mir auf einmal näher und noch bevor ich reagieren kann, küsst er mich. Sanft. Ruhig. Liebevoll.

„Lass dich bitte drauf ein." Er flüstert schon fast, so leise sagt er es.

„Ich versuche es. Aber ich weiß nicht ob..." Archer küsst mich wieder.

„Okay, schon verstanden", murmle ich, kann aber nicht verhindern, dass ich lächle.

„Hast du Hunger?", frage ich ihn. „Ich habe aber nicht viel da."

„Darf ich schauen, was du hast?" Ich nicke und er geht in die Küche. Dann grinst er. „Deine Mum hat wohl was dagelassen", sagt er und holt eine Dose aus dem Kühlschrank.

„Sie kennt mich", erwidere ich grinsend und Archer holt zwei Teller raus, ehe er das Essen in die Mikrowelle stellt. Erst da sehe ich, dass auch bereits zwei Weingläser auf der Arbeitsplatte stehen.

„Rosé?", frage ich verwundert und er nickt. „Ich dachte, das ist besser, als ein Bier. Ich mag Wein außerdem lieber."

„Äh ok."

„Du trinkst sonst nur Bier", stellt er fest.

„Schuldig."

Er öffnet die Flasche und schenkt uns ein.

„Müssen wir jetzt anstoßen oder so?", frage ich unschlüssig.

„Darauf, dass du heute aus deiner Komfortzone herauskommst", antwortet er und hebt das Glas.

„Okay."

„Ist das okay für dich?", fragt er wenig später, als das heiße Essen auf dem Tisch steht.

„Ich denke schon. Wieso fragst du das ständig?", möchte ich wissen und trinke noch einen Schluck.

„Ich möchte nicht, dass es dir zu schnell geht", antwortet er.

„Wieso machst du das alles?"

„Was meinst du?"

„Wein kaufen. Rücksicht nehmen."

„Du fragst, warum ich hier bin?", verwundert sieht er mich an.

„Vielleicht. Ja."

„Weil du das noch nie erlebt hast. Einfach mal nicht darüber nachzudenken, dass es schlecht sein könnte, dass du schwul bist."

„Mhm."

„Das ist es nicht."

„Es ist unvorteilhaft", erwidere ich. Archer verdreht die Augen. „Sag das nicht. Tu für einen Abend einfach mal so, als gäbe es dieses… Problem nicht, okay?"

294

„Du bittest mich um ganz schön viel", schmunzle ich und er zuckt mit einer Schulter. „Bisher scheint es dir aber zu gefallen." Tut es das? Ich weiß es noch nicht. Wir essen weiter, wechseln das Thema und so langsam werde ich warm mit dieser Situation. Es ist eigentlich nicht anders als im Hotelzimmer damals. Ich schenke uns nach und Archer steht auf, um die Teller zur Spüle zu bringen. Als er sich wieder setzt, sieht er mich einen kurzen Augenblick an. Er streicht durch meine Haare und küsst mich sanft. Ich lächle und stehe auf.

„Komm, lass uns hochgehen."

„Wir gehen es aber ruhig an", erinnert er mich.

„Ja, weiß ich. Jetzt steh auf." Ich halte ihm eine Hand hin und er legt seine hinein, ehe ich ihn zur Treppe führe und er vor mir hochgeht. Ich kann nicht anders, als eine Hand auf seinen Hintern zu legen. Ich folge ihm in mein Schlafzimmer und er schließt die Tür hinter mir.

Er macht einen Schritt auf mich zu und ich erwarte schon, dass er mich auf das Bett hinter uns schubst. Stattdessen küsst er mich. Der Kuss ist so sanft und vorsichtig, dass man denken könnte, es wäre mein Erster. Trotzdem wird mir schwindelig und ich ziehe ihn näher zu mir heran. Er küsst so gut, er soll jetzt bloß nicht damit aufhören. Seine Fingerspitzen tauchen unter den Stoff meines Oberteils, aber er lässt sich Zeit. Archer zieht mich nicht aus. Stattdessen streicht er unter meinem Shirt über meinen Rücken, lässt seine Fingerspitzen über meine Haut tanzen und ich merke, wie meine Gedanken immer weiter abdriften.

„Mhm…" Ich seufze auf und drücke mich gegen ihn. Langsam zieht er mir das Oberteil über den Kopf und küsst danach meinen Hals. Ich stehe mitten in meinem Schlafzimmer und genieße seine Berührungen. *Oh verdammt, wieso wusste ich nicht, dass das so scharf sein kann?* Er küsst meine Schultern, geht um mich herum, küsst meinen Nacken und knabbert hier und da an meiner Haut.

„Archer…", murmle ich und schließe die Augen.

„Magst du das?", fragt er leise und ich nicke ergeben.

„Mach weiter", bitte ich und sehe ihn wieder an. Er zieht sein Hemd aus und küsst mich noch einmal. Unsere Oberkörper treffen aufeinander und ein warmer Schauer erfasst meinen Körper. Eine Hand vergrabe ich in seinen Haaren, die andere liegt auf seinem Rücken. Ich merke, dass er hart ist. Seine Mitte drückt gegen meine, reizt mich, aber er lässt sich nicht beirren. Und ich lasse ihn machen. Dann öffnet er meine Hose und zieht sie meine Beine herab, während er seine Lippen immer wieder auf meinen Bauch und meine Hüfte drückt. Er küsst meine Oberschenkel und als er bei meiner V-Line ankommt, keuche ich erregt auf. Meine Shorts fällt und vollkommen nackt stehe ich vor ihm.

„Hat dir schon einmal jemand gesagt, dass du sehr schön bist?", fragt er mich leise und richtet sich auf. Ich schweige.

„Denn das bist du. Sehr sogar", flüstert er gegen meinen Hals und küsst die Stelle unter meinem Ohr. Es ist unfassbar kitschig, aber ich merke, dass es genau das ist, was ich in diesem Augenblick will.

„Zieh dich aus, bitte."

Er nickt und streift sie sich mit der restlichen Kleidung an seinem Körper ab.

„Du bist auch sehr schön", sage ich, ohne weiter darüber nachgedacht zu haben.

„Danke", lächelt er und fängt meinen Blick wieder ein, nachdem ich ihn über seinen Körper habe gleiten lassen. Er führt mich zum Bett, wir rutschen in die Mitte und wieder küsst er mich. Unsere Zungen tanzen, mir ist warm und Lust kontrolliert meinen Körper, aber es ist weder hektisch noch stürmisch. Dafür ist es viel intensiver als sonst und ich weiß nicht, ob ich es noch lange aushalte, so von ihm berührt zu werden. Archers Hände streichen über meinen Körper, necken mich immer wieder und ich stöhne in die Küsse hinein. Dann greift Archer zur Nachttischschublade und holt Gleitgel und ein Kondom heraus. „Mhm...", seufze ich, als er meine Brust küsst und sanft an meiner Haut saugt. Plötzlich leckt er über meine linke Brustwarze und ich keuche auf. „Oh fuck." Er lächelt, küsst die andere und provoziert meinen Körper weiter. Er streift mir das Kondom über, küsst meine Spitze und bringt mich mit jeder weiteren Berührung etwas mehr um den Verstand. Sein Blick liegt wie ein hauchzartes Tuch auf meiner kribbelnden Haut. Ich muss ihn küssen, jetzt sofort.

„Komm her", fordere ich leise und lächelnd vereint er unsere Lippen erneut. Noch nie habe ich ein so langes Vorspiel erlebt, aber ich würde es nicht kürzer haben wollen. Sein Schwanz liegt neben meinem, sie reiben gegeneinander und mir wird immer wärmer. Archer positioniert sich über mir und umschließt meinen Schwanz warm und eng, als ich in ihn eindringe. Erst schließt er die Augen, drückt seinen Rücken durch und lässt sich langsam auf mir nieder. Dann sieht er mich an und verharrt einen Moment in dieser Position. *Oh Gott, fühlt sich das gut an.* Der Mann auf mir lächelt, lehnt sich zu mir herunter und küsst mich. Er fängt meine Lippen in einem nicht enden wollenden Duett und beginnt, sich minimal auf mir zu bewegen.

„Oh fuck", keuche ich auf. Archer wird nicht schneller oder fester, aber trotzdem spüre ich schon jetzt, dass ich es nicht mehr lange durchhalten werde.

„Du fühlst dich so gut an", sagt er plötzlich und nimmt meine Hand, um sie zu seinem Schwanz zu führen. „Fass mich an." Mein Daumen rollt wie von allein über seine bereits feuchte Spitze und er stöhnt gegen meinen Hals.

„Ah… Archer", stöhne ich und drehe uns um. Überrascht sieht er mich an, lächelt aber und schlingt seine Beine um meinen Körper. Langsam, aber tief stoße ich in ihn. Es wird noch intensiver und meine Hände streichen immer über seine Arme, seine Brust und wieder zu seinem Schwanz.

„So gut!", stöhnt er erregt, zieht mich an sich heran und presst meinen Körper gegen seinen. Ich werde etwas schneller, nicht viel, bearbeite seine Mitte weiter und als er sich noch enger um mich zusammenzieht, gebe ich der Ekstase nach und komme tief in ihm. Ich koste jede Sekunde meines Orgasmus aus, stoße weiter in ihn und genieße den Anblick, der sich mir bietet. Archer schmilzt unter mir dahin, verteilt seine Lust auf seinem und meinem Bauch und sieht mich dabei die ganze Zeit an.

„Lio…", stöhnt er. Ich küsse ihn, bis mein Herzschlag sich langsam beruhigt und ich mich aus ihm ziehe.

„Mhm…" Er seufzt und lächelt, als ich das Kondom weggeworfen habe und wieder zu ihm rutsche. Archer hat seinen Kopf auf meine Brust gebettet und die Decke über uns gezogen. Auch das Licht hat er ausgemacht.

„Kuscheln wir jetzt?"

„Magst du es nicht?", fragt er und sieht auf.

„Ich weiß nicht. Ich denke, doch", überlege ich laut und er küsst meine Brust. „Danke, dass du dich darauf eingelassen hast."

„Ich habe wohl eher dir zu danken", lache ich. „Immerhin hast du mir heute gezeigt, dass man ruhigen Sex haben kann."

„Und du hast dich gar nicht so doof angestellt", grinst er.

„Arsch", antworte ich nur und ziehe ihn dann aber enger zu mir heran.

„Willst du darüber sprechen?"

„Dass ich mit Mitte zwanzig lerne, was ich mag und was nicht?", frage ich amüsiert und streiche durch seine Haare.

„Mhm. Wenn du es so formulieren möchtest", erwidert er.

„Soll ich anfangen?"

„Ich weiß nicht, was ich sagen soll", erwidere ich ehrlich.

„Das ist okay."

„Mhm."

„Ich fände es schön, wenn wir das öfter machen."

„Ruhigen Sex?"

„Keinen Sex."

„Was?" Perplex sehe ich ihn an. „War ich etwa so schlecht, dass du jetzt gar nicht mehr vögeln willst?", frage ich sofort, aber Archer lacht nur und schüttelt den Kopf

„Scheiße, nein, es war wunderbar! Ich meine, dass wir uns nicht nur sehen, um Sex zu haben." Ich brauche einen Moment, bis ich verstehe, wovon er spricht und muss mich zwingen, nicht aufzuspringen, um wegzurennen. Archer seufzt und richtet sich auf.

„Was machst du?"

„Du hast aufgehört an meinen Haaren zu spielen und dich keinen Millimeter mehr bewegt. Es ist offensichtlich, dass es das falsche Thema war", erklärt er. *So auffällig?*

„Archer, komm wieder her", bitte ich ihn, aber stattdessen setzt er sich richtig auf. Meine Fingerspitzen berühren seinen Rücken und er seufzt. „Lass das bitte."

„Magst du das nicht?", frage ich entschuldigend und nehme die Hand wieder weg.

„Doch, sehr sogar."

„Aber?"

„Fuck, Elliot, du begreifst es wirklich nicht, oder?", fragt er und lacht bitter auf, ehe er sich zu mir dreht. „Das heute war der Wahnsinn. Der Sex unter der Dusche, der Sex hier, aber vor allem, was danach passiert ist. Ich weiß, dass du keine Ahnung hast, wie das alles funktioniert, aber ich weiß es!"

Ich antworte ihm nicht.

„Verdammt!", flucht er und streicht sich die Haare aus der Stirn. „Verstehst du wirklich nicht, dass ich es am liebsten jeden Tag machen würde?"

Meine Augen werden groß und er schüttelt den Kopf, bevor er die Decke zur Seite schlägt und aufsteht.

„Archer."

„Nein, Elliot. Es tut mir wirklich leid. Du weiß gar nicht, wie gerne ich einfach weiter machen würde, aber das geht nicht."

„Und natürlich sagst du mir nicht wieso", antworte ich sarkastisch und merke, dass ich wütend werde. „Was bitte verlangst du von mir Archer?! Ich setze jedes Mal, wenn wir uns sehen, so viel aufs Spiel. All das, was wir heute gemacht haben, ist neu für mich und jetzt ist es doch falsch? Scheiße, sag doch einfach, was du sagen willst!", fordere ich. Archer dreht sich zu mir, sieht mich an und blickt dann an mir vorbei. „Ich wollte dich nicht unter Druck setzen. Vielleicht war das doch dumm."

Genervt verdrehe ich die Augen. „Mit einer Mitleidsnummer musst du jetzt wirklich nicht…"

„Ich mag dich", unterbricht er mich plötzlich und perplex sehe ich ihn an. „Was?"

Er atmet tief durch und zuckt dann mit den Schultern, sieht mich aber wieder an. „Ich mag dich, Elliot. Schon länger."

„Du… Moment, du meinst…"

„Dass ich gerade auf dem besten Weg bin, mich in dich zu verlieben", beendet er den Satz, bevor ich es kann.

„Wenn es dafür nicht schon zu spät ist", sagt er leise und atmet zitternd aus.

„Seit wann?"

„Ich weiß es nicht."

„Wie lange schon, Archer?", wiederhole ich meine Frage. Mir ist eiskalt geworden und ich ziehe die Decke enger um mich, als könnte sie mich irgendwie beschützen.

„Keine Ahnung. Ich glaube, es ist mir klar geworden, als deine Familie hier war. Und dann hat Clair mir gesagt, dass ich nicht aufgeben soll und dass es sich lohnen wird, aber offenbar siehst du das vollkommen anders", erzählt er. „Und wenn ich hier weiter mache, weiß ich, dass es schlimm für mich wird."

„Clair hat dir was gesagt?"

„Ist das das Einzige, was dich interessiert?", fragt er trocken.

„Sie hat mir geschrieben, dass ich mit dir reden sollte und wollte wissen, wie es zwischen uns läuft."

„Mhm." Ich mustere Archer. Er steht immer noch nackt vor meinem Bett. *Herr Gott, wieso ist alles plötzlich so kompliziert? Gerade war doch noch alles gut?*

„Kannst du dich setzen?", frage ich nach einem Moment der Stille.

„Du willst nicht, dass ich gehe?"

„Das hatten wir schon einmal und ich glaube nicht, dass ich noch eine Chance bekommen würde."

„Würdest du nicht", nickt er und nimmt sich seine Shorts. Auch das Hemd zieht er sich wieder an und setzt sich.

„Reden wir Klartext. Du hast mit Clair über uns gesprochen."

„Habe ich."

„Was genau hast du ihr erzählt, dass sie mir sagt, ich soll nicht aufgeben?"

„Das weißt du doch."

„Nein, das weiß ich eben nicht!"

„Ich habe ihr nur gesagt, dass wir irgendwie was haben, mehr nicht!", sage ich lauter. „Scheiße, was willst du hören Archer, dass ich auf dich stehe oder so?!"

„Das wäre doch mal ein Anfang!"

„Ich weiß aber nicht, wie sich das anfühlt! Ich habe keine Ahnung, ob ich in dich verliebt bin, weil ich es noch nie war!"

„Und Noah?!"

„Ich war fünfzehn, verdammt! Das weißt du doch! Ich hatte seit Jahren nicht mehr als ein paar wenige One-Night-Stands, geschweige denn ein Date! Um genau zu sein, hatte ich noch *nie* ein Date! Ich weiß nicht, was genau ich für dich fühle und eigentlich dachte ich, es ist egal! Ich weiß nur, dass ich es mag, bei dir zu sein und das ich mich nach jedem scheiß Spiel darauf freue, dich zu sehen!", schreie ich ihn an. „Und ich weiß auch, dass ich nicht will, dass es *schon wieder*, vorbei ist!"

„Ich kann das so aber nicht weitermachen! Ich will keine geheime Affäre sein!"

„Was denn dann? Ein geheimer Freund?!"

„Ja, verdammt!"

Ich möchte antworten, meiner Wut Raum geben, aber kein einziges Wort verlässt meinen Mund.

„Fuck, das alles hier war ein großer Fehler!", flucht er und steht wieder auf, um sich anzuziehen.

„Jetzt hau doch nicht ab!"

„Doch, das ist besser für dich und das ist definitiv besser für mich!"

„Bullshit!" Ich klettere ungeschickt aus dem Bett, schnappe mir meine Shorts, aber dem Rest meiner Kleidung schenke ich keine Beachtung.

„Bleib doch stehen, verdammt!", fordere ich laut, aber er verlässt mein Zimmer und läuft die Treppe hinunter.

„Swan!", rufe ich ihn, aber er ignoriert mich, also bleibt mir nichts anderes übrig, als ihm nachzulaufen. Meine Gedanken sind alle durcheinander und wirklich wissen, was ich hier mache, tue ich nicht. Ich habe nicht die Zeit dafür, mir jetzt großartig darüber den Kopf zu zerbrechen. Archer steht im Flur und zieht sich die Schuhe an.

„Du beschissener Feigling!", feuere ich ihm entgegen und er sieht auf. „Ich bin ein Feigling?! Das kann nicht dein Ernst sein." Er lacht sarkastisch. „Du traust dich nicht einmal in der Öffentlichkeit mit mir zu reden!"

„Das habe ich doch geändert!", widerspreche ich wütend.

„Oh toll." Seine Stimme trieft vor Ironie.

„Fuck, Archer! Hör mir doch mal zu!"

„Warum denn? Damit ich mir wieder anhören kann, dass du das alles nicht kennst und keine Beziehung willst? Nein danke, Elliot. Davon habe ich genug gehört." Er nimmt sich Schuh Nummer zwei und ich erkenne, dass mir nicht mehr viel Zeit bleibt. Wenn er durch diese Tür geht, ist er weg und dann war es das wirklich. Dann ist es nicht wie letztes Mal, dass wir eine Zeit lang nicht miteinander sprechen und am Ende übereinander herfallen, als hätten wir uns jahrelang nicht gesehen.

„Scheiße, dann haben wir halt eine Beziehung!" Es ist eine Kurzschlussreaktion, die mich diese Worte sagen lässt.

„Es ist so ekelhaft, dass du dich darüber lustig machst." Er steht auf, um sich seine Jacke zu greifen.

„Das mache ich aber nicht!", feuere ich ihm entgegen. „Das… verdammt, Archer. Leg die Jacke weg und zieh die Schuhe wieder aus." Er hält inne, aber zumindest zieht er die Jacke nicht an.

„Was soll ich machen? Mhm?"

„Wehe du verarscht mich", sagt er ruhiger, hängt die Jacke weg, lässt die Schuhe aber an, bevor er aus dem Flur ins Wohnzimmer geht. Ich atme erleichtert auf und erkenne einen Augenblick später, was hier gerade passiert ist. *Dann haben wir halt eine Beziehung.* Habe ich das wirklich gerade gesagt? Ich schließe kurz die Augen und lasse die letzten Minuten Revue passieren, bevor ich tief durchatme und zu Archer ins Wohnzimmer gehe.

Ich sehe ihn an. Er sieht zum Garten hinaus und steht mit dem Rücken zu mir.

„Du wolltest reden und jetzt sagst du nichts", meint er plötzlich und dreht sich zu mir um.

„Ja. Ähm."

„Weißt du überhaupt, was du sagen möchtest?"

„Kannst du mir eine Sekunde Zeit geben?"

„Wieso das?"

„Weil ich noch nie in einer ernsten Beziehung war", antworte ich.

„Das weiß ich doch", antwortet er und verdreht die Augen.

„Und deswegen habe ich leider keine Ahnung, wie man mit jemandem spricht, mit dem man zusammen ist", beende ich meinen Satz und ignoriere mein nervös schlagendes Herz. Meine Handflächen sind so nass, als hätte ich sie gerade erst gewaschen und meine Beine zittern, als hätte ich mindestens zwei Spiele hinter mir. Verwirrt sieht er mich an. Er möchte antworten, schließt seinen Mund aber wieder.

„Wenn du das nicht ernst meinst und nur sagst, damit wir weiter vögeln..."

„Tue ich nicht. So ein Arschloch bin ich nicht", unterbreche ich ihn sofort.

„Und das sagst du jetzt einfach so? Obwohl du sonst immer über alles dreimal nachdenkst?", möchte er skeptisch wissen.

„Ich hatte keine Zeit darüber nachzudenken und das weißt du!", antworte ich und mache einen weiteren Schritt auf ihn zu. „Clair meinte, dass niemand eine Beziehung anspricht, wenn man nicht schon darüber nachgedacht hat. Du hast mich darauf angesprochen, vor ein paar Tagen am Telefon." Er nickt. „Und ich Vollidiot habe es nicht verstanden."

„Und jetzt weißt du es?"

„Ich schätze schon."

„Es war beschissen."

„Du hattest da schon... äh Gefühle, oder?" Er nickt wieder und innerlich schlage ich mir gegen die Stirn. *Dumm, Leighton.*

Dumm. „Tut mir leid, dass ich so schwer von Begriff bin", entschuldige ich mich und daraufhin meine ich, ein Lächeln auf seinen Lippen zu sehen.

„Du verarschst mich nicht? Ich will kein Versuchskaninchen sein."

„Ich kann nicht versprechen, dass ich mich nicht absolut dämlich anstelle, aber ich will es wirklich versuchen, also... äh... als Beziehung", stottere ich heraus und als Archer einen Moment lang nicht antwortet, glaube ich, dass ich nun vollkommen versagt habe.

„Du stellst dich gar nicht so dumm an", sagt er lächelnd und kommt auf mich zu.

„Nicht?"

„Ein bisschen vielleicht. Aber das tut jeder."

„Keine Ahnung." Ich zucke mit den Schultern. Als Archer mir schließlich gegenüber steht, wechselt mein Blick zwischen seinen Augen und seinen Lippen hin und her.

„Küss mich schon, du Idiot", fordert er und zu gerne komme ich dieser Bitte nach. *Verdammt, das war definitiv die richtige Entscheidung!*

28. Kapitel

Ich weiß jetzt schon, dass es alles andere als schön gewesen wäre, ihn jeden Tag zu sehen und zu wissen, ihm nie wieder so nahe sein zu können. *Nicht schön... es wäre grauenhaft gewesen.* Ich lege meine Arme um ihn, ziehe ihn enger an mich heran und mit einer Hand streicht Archer mir durch die Haare und über meinen Hals. Ich erschaudere, mir wird im selben Moment wärmer und ich spüre, dass Archer ein bisschen lächelt.

Langsam löst er sich, küsst mich noch einmal, aber nur ganz kurz und lächelt ein bisschen mehr.

„Möchtest du deine Schuhe nicht wieder auszieheu?", frage ich und er nickt, bevor er sie zur Seite kickt.

„Lass uns wieder hochgehen, ja?" Er verschränkt unsere Finger miteinander und ich folge ihm. Er zieht sich bis auf die Shorts aus und sieht zum Bett.

„Ich schlafe doch hier, oder?"

„Natürlich tust du das!"

Er grinst und klettert unter meine Decke. „Kommst du her?" *Oh, ich stehe hier ja immer noch.* Ich mache das Licht wieder aus und liege einen Moment später neben ihm. Archer stützt sich auf einen Unterarm und sieht mich an. „Danke, dass du mich aufgehalten hast zu gehen."

Ich schmunzle. „Freu dich nicht zu früh."

„Jetzt tu dich nicht so, als wäre es eine Strafe, dein Freund zu sein."

„Das weißt du nicht."

„Noch nicht. Aber ich bezweifle es doch sehr stark", antwortet er und ich grinse. „Dann wollen wir mal hoffen, dass du recht behältst."

Archer beugt sich zu mir herunter und küsst mich sanft. Meine Finger streichen durch seine weichen Haare, ziehen ihn näher zu mir und leckt er mir über die Unterlippe. Zu gerne öffne ich meinen Mund und lasse zu, dass er mich nach allen Regeln der Kunst verführt. Dann spüre ich sein Bein an meinem. Er rutscht enger zu mir und legt es zwischen meine Beine. Meine Haut kribbelt, mein Herz hat vergessen, wozu es da ist und meine Gedanken – welche Gedanken? Ich weiß nicht, wie lange wir uns küssen, aber ich weiß, dass es sich wahnsinnig gut anfühlt. *Ich will, dass diese Nacht niemals aufhört.*

„Du solltest Clair schreiben", meint Archer irgendwann, als er halb auf mir liegt und ich mit seinen Haaren spiele.

„Wieso das?"

„Weil wir ohne deine Schwester wahrscheinlich nicht zusammen wären", antwortet er und ich nicke leicht, bevor ich nach meinem Handy angle. Spontan öffne ich die Innenkamera und mache ein Foto. Archer versteckt sein Gesicht an meinem Hals und lacht. „Idiot!"

„Ich möchte ein paar Bilder mit meinem Freund haben", antworte ich lachend und drücke noch ein paar Mal den Auslöser. Archer lacht. „Schick mir die."

„Mache ich sofort. Was soll ich Clair schreiben?"

„Dass wir zusammen sind?"

„Einfach so?"

„Wieso nicht? Sie kennt den Kontext. Oder ist es dir zu früh?"

„Ich weiß nicht, ab wann man so etwas normalerweise erzählt", erwidere ich schulterzuckend.

„Es gibt kein normalerweise, Lio."

„Lio?"

„Magst du das nicht?"

„Doch. Schon."

Er lächelt zufrieden. „Schreib es ihr, wenn es sich richtig anfühlt, wenn nicht, lass es sein. Es ist nicht schlimm, wenn du lieber noch ein bisschen warten möchtest."

„Ehrlich?"

„Klar", antwortet er und drückt einen Kuss auf meinen Hals. „Dann warte ich noch etwas. Sie wird mich ausfragen. Sie ist viel zu neugierig", entgegne ich und er nickt. „Und ich glaube, ich habe selbst noch nicht ganz verstanden, was passiert ist", gebe ich zu.

„Ich auch nicht. Aber ich finde es wundervoll." Er sieht zu mir und klaut sich einen weiteren Kuss.

Wir haben heute Abend keinen Sex. Nicht noch einmal zumindest und auch, wenn es wirklich ungewohnt ist, es bei Küssen und Kuscheln zu belassen, erwische ich mich dabei, dass ich daran denke, dass ich nirgendwo lieber wäre; mit niemandem. Vielleicht hat Archer recht und mir gefällt es tatsächlich ganz gut, nicht immer stürmischen Sex zu haben.

„Lio?"

„Mhm?"

„Ist es okay für dich, wenn ich es jemandem sage?"

„Das mit uns?" Einen Moment lang bin ich mir nicht sicher, ob ich die Antwort hören möchte.

„Ja."

„Äh… wem?", frage ich, um ihm nicht direkt antworten zu müssen.

„Ich würde es gerne meinen Eltern und meiner Schwester erzählen."

„Du willst deiner Familie von mir erzählen?", überrascht sehe ich ihn an.

„Würde ich gerne."

„Und was genau?"

„Am liebsten, alles."

„Alles?"

„Ich kann ihnen vertrauen, sie sind meine Familie", meint er schulterzuckend. „Aber ich denke, ich würde es fürs Erste dabei belassen, zu sagen, dass ich einen Freund habe, der Sportler ist und sich deswegen noch nicht outen möchte."

„Würdest du ihnen sagen, wer ich bin?"

„Nicht, wenn du das erst einmal nicht möchtest."

„Das klingt nach einem Kompromiss", stelle ich fest.

„Erst einmal", betont Archer noch einmal. „Ich weiß, dass außer Frage steht, ob wir uns in der Öffentlichkeit zusammen zeigen, aber ich finde, da Clair es erfährt, ist es nur fair, dass ich meiner Schwester auch irgendwann die Wahrheit erzähle. Und sie würde dich nie outen, versprochen."

„Aber noch nicht?"

„Nein."

„Okay. Mach es."

„Danke." Ich küsse ihn wieder und wieder und wieder. Ich kann gar nicht anders. *Scheiße, wie soll ich in der Halle nur so tun, als wüsste ich nicht, wie wahnsinnig gut er küssen kann?* Wir schlafen diese Nacht nicht viel. Ich bekomme nicht genug von ihm und zu meinem Glück, geht es Archer nicht anders.

29. Kapitel

Es vergeht ein Monat. Nein, eigentlich sind es sogar fünf Wochen. Fünf Wochen, in denen wir uns mindestens jede zweite Nacht sehen; abgesehen von den Spielen, Trainingszeiten, Presseterminen und Hotelaufenthalten. Das neue Jahr hat angefangen und er ist über Weihnachten und Silvester zu seiner Familie in New York geflogen. Ich konnte mal wieder nirgendwo hin: Das letzte Auswärtsspiel vor Weihnachten war am 23. Dezember und das erste Spiel danach, ein Heimspiel, am 26. Die Tage um Silvester sahen auch nicht viel leerer aus, also war ich wie immer nur per Videotelefonat dabei, zumindest am ersten Weihnachtsfeiertag. An Silvester war ich, wie die letzten Jahre auch schon, im Hattrick's. Es ist super dort, aber Archer war nicht da und aus meiner Hoffnung, meinen allerersten Neujahrskuss zu bekommen, wurde nichts. Heute Abend ist das nächste Spiel gegen Montréal. Es ist der zweite Januar und ich habe Archer seit zehn Tagen nicht mehr gesehen. Es kommt mir vor, als wären es mindestens zehn Wochen.

„Wieso bist du so glücklich?", fragt Lane und setzt sich neben mich in den Flieger.

„Ich hab gerade noch mit Mum gesprochen", lüge ich schnell.

„Und Kian und Ruby und Millie", zähle ich sicherheitshalber noch ein paar meiner Familienmitglieder auf. Er nickt verstehend. Duncan lässt sich kurz darauf neben Lane fallen und stöhnt genervt.

„Was ist los?", frage ich verwundert.

„Ich hasse diesen Tag", antwortet er und fährt sich gestresst durch die Haare. „In meinem Haus gab es heute Morgen einen Wasserrohrbuch", sagt er und grinst ironisch.

„Oh scheiße."

„Und leider war ich da schon weg. Um genau zu sein, hat die Feuerwehr mich vor fünf Minuten angerufen, wie ihr merkt, rollt das Flugzeug schon."

„Was machst du jetzt?", fragt Lane. Duncan zuckt mit den Schultern. „Ich hoffe darauf, dass es nicht ganz so dramatisch ist, wie ich es mir gerade ausmale und verlasse mich darauf, dass die Feuerwehr sich so lange darum kümmert. Der Kerl am Telefon meinte, dass er dafür sorgen wird, dass das Wasser abgepumpt wird oder so und ich mir keine Sorgen machen soll."

„Aha?"

„Dafür bekommt er VIP-Tickets fürs nächste Spiel", fügt Duncan hinzu. „Da kommen noch riesige Ventilatoren in mein Haus. Er schaut, dass das alles funktioniert und in der Zwischenzeit niemand meine Bude leerräumt, weil sie leider die Tür aufbrechen mussten. Er hat einen Schlüsseldienst engagiert."

„Das ist nett von ihm", antworte ich und er verdreht die Augen. „VIP-Tickets, Elliot", wiederholt er. „Ich darf mir wahrscheinlich trotzdem erst einmal ein Hotel suchen", brummt er. „Es wird wohl auf eine vollständige Renovierung hinauslaufen."

Lane sieht kurz zu mir und blickt dann wieder Duncan an. „Zieh zu mir."

„Zu dir?"

„Ja. Wieso nicht?", fragt er.

„Ihr seid doch sowieso Nachbarn", meine ich schulterzuckend.

„Äh. Okay. Danke, Lane."

Dieser winkt ab. „Schon gut." Duncan nickt, aber ist nur minimal entspannter.

Der Flieger hebt ab und ich schaue auf die Uhr. In ein paar Stunden wird Archer mich im Hotel empfangen. Gut, er wartet dort auf die ganze Mannschaft, aber ich bin der Einzige, dem er nicht nur ein frohes Neues wünscht und dann einen Schlüssel in die Hand drückt. *Zumindest hoffe ich das.*

Vom Flughafen geht es direkt zur Arena. Wir sind fast eine Stunde zu spät gelandet.

„Ah, da seid ihr ja endlich!" Mein Herz setzt einen Schlag aus. Archer steht in der Umkleide und wartet offenbar schon eine ganze Weile.

„Hi, Archer. Frohes Neues", antwortet Ian als Erstes. „Wie war dein Weihnachten?"

„Ich war in New York bei meiner Familie, es war toll", lächelt er. „Und wie war's bei euch?"

Einige antworten, ich nicht. Wir haben telefoniert, er weiß, wie mein Weihnachten war. Ich setze mich und fange an, mich umzuziehen. Archer dreht sich um, dreht sich zu mir und einen Moment sieht er mich nur an. Mein Herz flattert und ich zwinge mich, ihn nicht auf der Stelle zu küssen und ihn an mich zu ziehen. *Verdammt, fühlt es sich so an, verliebt zu sein?*

„Also, nach den nächsten beiden Auswärtsspielen, wird es in Atlanta ein Shooting geben. Ich möchte das ganze Team dabei haben, aber es wird nicht von allen Einzelfotos geben."

„Wer sind die Auserwählten?", fragt Gibson.

„Das sage ich euch dort", antwortet er. „Und ihr solltet wissen, dass die Kampagne fertig geplant ist; von vorne bis hinten ist alles strukturiert und deswegen bitte ich euch inständig, nach außen hin die Kampagne auch dann zu vertreten, wenn ich nicht dabei bin. Das bedeutet, keine sexistischen, rassistischen, homophoben und diskriminierenden Sprüche oder Anmerkungen. Das gilt für alle hier." Er sagt zwar, dass es eine Bitte ist, aber sein Tonfall verrät, dass es eine strikte Anweisung ist.

„Kenny, du kümmerst dich bitte darum, dass das ernst genommen wird."

Unser Captain nickt. „Werde ich." Er sieht durch die Runde.

„Was ein Schwachsinn. Nur weil man mal einen Spruch sagt, heißt das nicht, dass man sexistisch oder so ist", brummt Duckie und verdreht die Augen. Einige lachen.

„Doch, genau das heißt es", antwortet Archer ernst. „Weil es Menschen gibt, die sich tatsächlich dadurch angegriffen fühlen, aber ich schätze, das Problem kannst du als weißer, heterosexueller, reicher, gebürtiger Amerikaner nicht nachvollziehen."

Entgeistert sieht Duckie Archer an. „Weil ich was bin?"

„Du hast mich schon verstanden." Er sieht zu Kenny. „Du siehst hoffentlich, was ich meine."

Kenny nickt stumm und Archer verlässt die Umkleide.

„Spinner", sagt Gibson, sobald die Tür zufällt und ich versuche mich dadurch abzulenken, indem ich die geplanten Spielzüge in Gedanken durchgehe.

„Nur weil er sich bei Johnson eingeschleimt hat und vom Vorstand das Okay für diese bescheuerte Kampagne bekommen hat, heißt das doch nicht, dass wir uns jetzt immer verstellen müssen, wenn wir rausgehen", beschwert sich Lane und Duckie lacht. „Ich wette, er hat Johnson den Schwanz gelutscht, damit er die Kampagne bekommt."

Ich atme tief ein und wieder aus. *Nicht aufregen. Bloß nicht aufregen.* Ich ziehe mich weiter um, beeile mich ein wenig mehr, als sonst und bin fertig, als die anderen nicht einmal ihre Schuhe rausgenommen haben.

„Ich gehe schon einmal vor. Ich habe meinem Bruder versprochen, ein Foto der Halle zu machen", gebe ich Bescheid und flüchte aus der Kabine. Auf dem Flur wenige Meter später fängt Archer mich ab.

„Hi."

„Komm mit." Ich ziehe ihn in einen ungenutzten Raum. Länger kann ich mich nicht zusammenreißen. Ich drücke ihn gegen die Tür, die dadurch ins Schloss fällt, und ziehe mir den Helm vom Kopf.

„Wie war dein Silvester?"

„Ohne Neujahrskuss? Ich bitte dich." Dann *endlich*, küsst er mich. Ich lege meine Arme um ihn, drücke mich gegen Archer und merke, wie sehr ich es die letzten Tage vermisst habe, ihn um mich zu haben.

„Du warst viel zu lange weg", murmle ich gegen seine Lippen. Er grinst, küsst mich noch einmal und leckt über meine Unterlippe. Sofort öffne ich den Mund und lasse zu, dass er uns umdreht, mich gegen die Tür drückt und den Kuss vertieft. Ich seufze leise, werfe die Handschuhe zur Seite und streiche durch seine Haare.

„Ich warte nachher im Hotelzimmer auf dich", sagt er wenig später.

„Davon gehe ich aus", antworte ich ihm, küsse ihn noch einmal. Archer zieht mich an meiner Ausrüstung zu sich heran.

„Verdammt, du musst langsam los", seufzt er leise nach dem nächsten Kuss.

„Ich weiß. Ich würde lieber mit dir hierbleiben."

Archer lächelt, bevor er meinen Hals küsst und ich die Augen schließe. *Herr Gott, er kann damit doch nicht einfach anfangen!*

„Für jedes Tor, dass du heute schließt, wartet im Hotel etwas auf dich."

„Was? Ein Blowjob?", frage ich grinsend.

„Was immer dich kommen lässt. Jedes Tor ist ein Orgasmus für dich. Alle heute Nacht", verspricht er und es wird unangenehm eng in meiner Ausrüstung.

„Viel Spaß beim Spiel, Lio", lächelt er scheinheilig und tritt einen Schritt zurück.

„Geh du zuerst", meint er dann und schiebt mich schon fast aus der Tür. *Ach du scheiße.* Schnell ziehe ich mir meinen Helm wieder auf, die Handschuhe an und laufe zum Spielfeld. Drew und Warren sind schon da. Sie stehen vor dem großen Tor und unterhalten sich. Archer steht nur wenige Augenblicke später hinter mir.

„Machst du noch ein Foto von der Halle?"

„Wieso das?"

„Weil ich den Jungs gesagt habe, ich würde früher herkommen, um eins für Kian zu machen", erkläre ich schnell. Archer macht das Bild und schickt es mir.

„Denk dran. Ihr solltet heute gewinnen."

„Neue Bedingung?", frage ich leise. „Nur ein Extra", antwortet er und unbewusst lecke ich mir über die Lippen. *Wir werden heute definitiv gewinnen.* Die Jungs kommen nach und nach aus der Umkleide. Archer geht zu Drew.

„Das erste Spiel des Jahres", meint Miller. Er ist endlich wieder gesund und heute ist das erste Mal seit seiner Verletzung, dass er wieder spielt. Das bedeutet allerdings auch, dass ich ab heute wieder in der dritten Reihe spielen werde. Ian spielt heute wahrscheinlich gar nicht. Ich weiß nicht, was mir lieber ist, dass ich in der zweiten Reihe bleibe oder dass ich nicht mehr den Enforcer spielen muss.

Beim Spiel gebe ich alles. Abgesehen davon, dass es das erste Spiel des Jahres ist, hat Archer mir einen Grund mehr gegeben, mich doppelt anzustrengen. Und verdammt, ich will wieder in die zweite Reihe. Es vergehen nicht einmal zehn Minuten, bis Miller das erste Mal kämpft. Natürlich legt die Mannschaft von Montréal es darauf an, aber er gewinnt mit wenigen, sauberen Schlägen. Es gibt eine Zeitstrafe für beide, aber das war vorher klar. Grinsend fährt Miller zur Box auf der anderen Seite. Etwa 90 Sekunden später springe ich über die Bande. Wir stehen nicht einmal eine Minute auf dem Eis, da feuere ich den Puck mit einem Slapshot im Tor. Eins zu null.

„Das war wirklich gut", grinst Kenny und klopft mir auf den Helm.

315

„Ihr solltet mich wieder in die zweite Reihe holen", antworte ich und Kenny sieht zu Drew und Warren.

„Gut. Beim nächsten Spiel tauschst du mit Duckie."

„Bitte was?", fragt dieser entrüstet.

„Das wäre die erste Reihe", murmle ich ungläubig.

„Sehr richtig. Aber dafür musst du auch was tun", meint Drew.

„Ich werde in die Dritte zurückgestuft?", fragt Duckie wütend. „Was soll der Scheiß? So gut ist Leighton wirklich nicht!"

„Ich bin der Trainer, nicht du", antwortet Warren. „Und außerdem hat er sich seit Beginn der Saison extrem gesteigert. Du nicht."

„Sei froh, dass du noch dabei bist", meint Drew dann. „Die Transferperiode ist noch nicht vorbei."

„Ihr habt sie doch nicht mehr alle", murmelt er, aber sowohl Kenny als auch Drew haben es genau gehört. Mein Blick schwenkt automatisch zu Archer. Er lächelt zufrieden. Grinsend schnappe ich mir wenig später den Puck von einem Spieler der Montréals und fahre aufs Tor zu. Eine saubere Vorlage später steht es zwei zu eins. Das eine Tor, das wir kassiert haben, mindert meine Laune nicht wirklich und in der Pause habe ich das Bedürfnis, mir die Belohnung für Tor Nummer eins abzuholen, aber das muss noch warten. Zählen Vorlagen auch? Das hätten wir vorher abklären müssen. Kenny bringt uns zum drei zu eins. Kurz danach holt Montréal auf. Drei zu zwei. Das letzte Drittel hat begonnen, es zieht sich. Dann wird der Goalie unserer Gegenspieler gegen ihren Topscorer eingetauscht. Ich grinse. Das muss klappen. Nur wenige Sekunden später gleitet der Puck, nicht einmal unglaublich schnell, auf das leere Tor zu. Zwei der Spieler von Montréal versuchen, ihn zu erwischen, aber zu spät; der Puck war über der Linie. Vier zu zwei. Zwei Tore durch mich, besser hätte es nicht laufen können.

„So geil!", freut Kenny sich und klopft mir auf den Helm, als das Spiel gewonnen ist und wir zur Kabine laufen. Warren nickt zufrieden. Duckie hingegen sieht ganz und gar nicht glücklich aus. Es ist nicht so, als hätte er schlecht gespielt, aber ich war eindeutig besser, auch in den letzten Spielen schon. Ein wenig Schadenfreude verspüre ich schon. Das sollte ich nicht, aber ich kann es nicht verhindern. Grinsend lasse ich mich auf die Bank fallen und klaue mir einen der Proteinriegel aus der Schale, die hier noch von der Pause steht.

„Erste Reihe?", frage ich Drew noch einmal und er nickt. „Auf jeden Fall, du warst sehr gut heute. Zieht euch um, ich will ins Hotel an die Bar", meint er und verlässt den Raum. Ich will eigentlich nicht mehr zur Bar, aber dann sitze ich doch mit den Jungs dort. Als die erste Runde Drinks kommt, setzt sich Archer plötzlich dazu. *Wollte er nicht oben warten?* Er sieht mich an und sein Blick beantwortet die Frage. Er war oben und hat gewartet. *Verdammt.* Mein Handy vibriert plötzlich.

Archer: Du lässt mich warten?

Tut mir leid, die Mannschaft wollte noch Anstoßen.

Archer: Ich bekomme es mit.

Ich beeile mich.

Archer: Ich habe dich vermisst.

Heute wieder kitschig?

Archer: Ich habe den Plug mitgebracht.

Ich verschlucke mich fast an meinem Bier und lasse den Bildschirm schwarz werden. Archer schmunzelt und trinkt einen Schluck seines Weins. *Dieses fiese Arschloch!* Ich sehe mich um. Duncan und Lane reden über den Wasserrohrbruch und erzählen es Kenny und Ian. Gibson und Duckie geiern beide einigen Frauen nach, die an der Bar sitzen. Ekelhaft. Der Rest der Mannschaft feiert den Sieg.

Archer: Und weil du nicht ins Zimmer gekommen bist, habe ich vielleicht auch schon ohne dich angefangen.

Jetzt sag nicht, der Plug ist hier.

Archer: Süß, dass du dich nicht traust, es zu schreiben.

Archer: Der Plug ist in meinem Hintern, ich sitze die ganze Zeit darauf und warte, dass du deinen Arsch endlich hoch ins Schlafzimmer bewegst, damit du ihn durch deinen Schwanz ersetzen kannst.

Verdammt, Swan!

Archer: Ich weiß, du magst es, wenn ich so schreibe.

Das tue ich, aber doch nicht hier!

Archer: Gerade das macht es doch amüsant.

Amüsant?!

Archer: Ich sehe, dass es dich anmacht. Es ist dir anzusehen.

Ich schlucke und versuche ruhig zu atmen, während ich mir nicht länger vorstellen will, was Archer in der letzten Viertelstunde in seinem Hotelzimmer gemacht hat. Dadurch denke ich nur noch stärker daran.

Beweg deinen Arsch ins Schlafzimmer. Ich bin in fünf Minuten bei dir.

Archer: :)

318

30. Kapitel

Er steht wenig später auf, verabschiedet sich mit den Worten, dass er noch etwas für Social-Media vorbereiten muss und geht in Richtung der Aufzüge. Ich trinke, mehr oder weniger, in Ruhe mein Bier aus.

„Noch eine Runde?", fragt Kenny wenig später.

„Ich denke, ich gehe schon einmal hoch. Meine Mum ruft gerade an, ich denke, sie hat das Spiel gesehen", antworte ich.

„Gute Nacht, Jungs." Ich stehe auf, lasse etwas Geld für das Bier auf dem Tisch liegen und gehe gezwungen ruhig zu den Aufzügen. Es dauert viel zu lange, bis einer kommt und mich nach oben zu meinem Zimmer bringt, bevor ich über den Flur jogge. Als meine Tür geschlossen ist, atme ich auf.

„Du hast lange gebraucht."

„Kein Hallo?"

„Wir haben uns vorhin schon begrüßt."

„Aber nicht richtig", antworte ich und er grinst, bevor er mich an meinem Shirt zu sich und in einen Kuss zieht. Ich seufze auf, drücke ihn zum Bett und Archer grinst.

„Das haben wir viel zu lange nicht mehr gemacht."

„Du musstest ja nach New York fliegen", murmle ich gegen seine Lippen und drücke mich an ihn.

„Oh fuck, mach schon!", fordert er mit rauer Stimme. Ich ziehe ihm sein Hemd aus, küsse seinen Hals und genieße seine Hände, die über meinen Rücken streichen. Seine Fingerspitzen tanzen auf meiner Haut, hinterlassen undefinierbare Muster und mir wird wärmer. Es dauert nur wenige Augenblicke, bis unsere Kleidung auf dem Boden liegt. Ruhiger Sex ist ja schön und gut, aber jetzt gerade nicht das, was wir brauchen.

„Drei Stück, Archer", lächle ich und drücke ihn auf die Matratze. Er rutscht ein Stück zurück und runzelt die Stirn.

„Zwei Tore."

„Und eine Vorlage, also bin ich für das Dritte auch mit verantwortlich", argumentiere ich und er fängt an zu lachen. „So war das nicht ausgemacht."

„Du hast es vorher nicht anders festgelegt."

„Oh doch! Tore, keine Vorlagen!"

„Ich bin für drei."

„Vor allem bist du gierig", erwidert er und dreht uns um. Ich keuche auf. „Küss mich."

Er rollt seine Hüften immer wieder nach vorne und reibt seinen harten Schwanz gegen meinen. Ich stöhne an seinen Hals, küsse ihn und schließe die Augen. „Mehr, Archer."

„Zwei Tore."

„Gut. Ja. Zwei Tore. Ist mir egal, aber mach was!", gebe ich nach und nur eine Sekunde später, ist er zwischen meine Beine gerutscht und saugt an meiner Spitze.

„Oh fuck!", stöhne ich auf und vergrabe meine Finger in seinen Haaren. Er brummt irgendetwas gegen meinen Schwanz, aber ich verstehe es nicht. Dann leckt er über meine Länge, provoziert mich mit seiner Zunge und ich schnappe nach Luft.

„Ah… Herr Gott, ist das gut!" Ich sehe zu ihm herab und fange seinen Blick. Er lächelt und umfasst mit einer Hand meine Eier.

„Verdammt…", murmle ich erregt und stoße meine Hüfte nach oben. Er lässt mich machen, erlaubt mir, seinen Mund zu vögeln und umfasst meinen Schwanz an der Wurzel mit der zweiten Hand. *Hallelujah, dieser Mann gibt unfassbar gute Blowjobs!* Er leckt wieder und wieder über meine Spitze, lässt meinen Schwanz zwischendurch tief in seinen Mund gleiten und mein Körper steht in Flammen. Mein Blut kocht, meine Haut kribbelt und als der Druck zu groß wird und Ekstase meinen Rücken wie eine Welle hinabrollt, saugt er mich vollkommen aus.

„Archer... ah!", stöhne ich immer wieder, schlinge die Beine um seinen Körper und drücke ihn näher an mich heran.

„Oh Scheiße!"

Schwer atmend sehe ich zu ihm, streiche ihm durch die Haare und sehe zu, wie er sich über die Lippen leckt.

„Scheiße? So schlecht?", fragt er amüsiert.

„Spinner", antworte ich und strecke meine Arme nach ihm aus. „Komm her. Küss mich."

„Wenn du so lieb fragst..."

„Das war keine Frage", unterbreche ich ihn und er lacht kurz, küsst mich dann aber dennoch.

Eine ganze Zeit lang küssen wir uns nur. Die Hektik und die Eile klingt ab und macht Platz für eine angenehme Ruhe. Archer verwöhnt mich, küsst meinen Hals und meinen Oberkörper. Immer wieder seufze ich leise.

„Ich wusste, dass du es lieben wirst", lächelt er und saugt an der Haut unter meinem Ohr.

„Mhm... mach weiter", antworte ich nur und streiche immer wieder durch seine Locken und über seinen Rücken. Archer ist hart, sehr. Er drückt seinen Schwanz gegen meinen und ich stöhne auf.

„Fick mich. Es ist viel zu lange her", flüstert er gegen meinen Hals und dreht uns um. Meine Hände streichen über seinen Körper, meine Finger erkunden seinen Bauch, seinen Rücken, seine Hüfte und seinen Hintern.

„Elliot... mhm...", keucht er leise und drückt sich mir entgegen.

„Wo ist der Plug?", frage ich verwundert und greife nach dem Gleitgel.

„Du wolltest nicht herkommen", antwortet er und lächelt unschuldig.

„Du hast gelogen", stelle ich fest, wohl wissend, dass ich definitiv vorsichtiger sein muss, als ich angenommen hatte.

„Sonst wärst du noch ewig an der Bar geblieben", antwortet er und stöhnt danach augenblicklich, als ich einen Finger in ihm versenke.

„Mehr", bittet er und klammert sich an meinen Armen fest.

Ich nehme einen zweiten Finger dazu.

„Sekunde... bitte." Archer hält mein Handgelenk fest. Ich küsse seinen Bauch, seine Hüfte und lasse meine Zunge über seine V-Linie gleiten. Sein Griff wird lockerer und dann löst er seine Hand ganz, um über meinen Arm zu streichen. Meine Finger bewege ich ganz langsam in ihm, weite ihn vorsichtig und dringen tiefer in ihn. Ich beobachte ihn, ich möchte ihm nicht weh tun. Immer wieder warte ich kurz, lasse ihm Zeit sich daran zu gewöhnen. Archer genießt meine Berührungen sichtlich und als ich die Innenseite seiner Oberschenkel küsse, stöhnt er auf.

„Oh, Lio!"

Lächelnd mache ich weiter, knabbere an seiner Haut und reize ihn. Wenn ich ihn so ansehe, möchte ich doch wissen, wie es sich anfühlt, auch wenn ich nicht glauben kann, dass es nicht zumindest ein bisschen weh tut.

„Okay... mehr", bittet er wenig später und ich drücke einen dritten Finger in ihn. Er schließt die Augen, öffnet seinen Mund und tiefe, raue, aber süße Töne sind immer wieder zu hören. Ich wiederhole meine Bewegungen, drücke meine Finger tiefer in ihn und er keucht auf. „Oh fuck!"

Sofort ziehe ich mich etwas zurück.

„Nein! Hör nicht auf!", sagt er daraufhin sofort und stöhnt, als ich meine Finger bis zu den Knöcheln in ihn gleiten lasse. Er ist eng und warm. *Verdammt, ist das scharf.*

„Okay?"

„Ja. Ja, mach!"

Ich nicke, küsse seine Spitze und sauge ein paar Sekunden daran. Dann lasse ich es mir nicht nehmen, über die Unterseite seines Schwanzes zu lecken, die ganze Länge entlang.

„Lio!"

„Ich mache ja schon", schmunzle ich und greife nach der Kondompackung. Archer sieht mir ungeduldig zu. Sein Blick wandert immer wieder über meinen Körper.

„Verdammt, Elliot."

„Mhm?", fragend sehe ich ihn an.

„Du bist so heiß. So schön", murmelt er erregt und lässt seine Finger durch meine Haare gleiten.

„Du auch. Sehr", antworte ich, küsse seine Brust, küsse ihn einen Moment lang und gleite langsam in ihn. Er klammert sich an meinen Rücken, drückt sich mir entgegen und atmet flach.

„Oh fuck... mhm." Er stöhnt immer wieder und ich verharre einen Moment, als ich vollständig in ihm bin.

„Fang an. Fick mich endlich!", befiehlt er und zieht mich in einen lustgetränkten Kuss. Wie könnte ich ihm diese Bitte nicht erfüllen? Ich stoße in ihn, tief und hart, nicht unbedingt schnell, aber Archer liebt es. Er bäumt sich unter mir auf, windet und verliert sich, als ich den Punkt in ihm, der ihn wahnsinnig werden lässt, immer wieder treffe. Sein Anblick macht alles noch heißer und ich spüre, dass ich nicht mehr lange aushalten werde. Als ich meine Hand um seinen Schwanz lege, schnappt er nach Luft, sieht mich mit durchdringendem Blick an und kommt mir bei jedem Stoß entgegen. *Heilige Scheiße.* Ich küsse ihn, presse meinen Körper an seinen und stöhne immer wieder. Eng zieht er sich um mich zusammen und augenblicklich reißt die Welle der Lust mich mit. Ekstase erfasst meinen Körper und ich komme tief in ihn. Archer atmet schnell und flach, er streicht sich die verschwitzen Locken von der Stirn.

„Oh Fuck, war das gut", murmelt er und sieht zu mir. Ich habe mich neben ihn gelegt und komme selbst gerade erst wieder zu Atem. Ich stütze mich auf meinen Unterarm und lächle. „Danke schön."

„Scheiße, das tut deinem Ego nicht gut, wenn ich so etwas sage", grinst er und zieht mein Bein zu sich, sodass mein Knie zwischen seinen liegt.

„Hör bloß nicht damit auf", warne ich ihn und verteile zarte Küsse auf seinem Hals und seiner Brust. Er nickt, zieht mir das Kondom herunter und knotet es zu, ehe er es in den Mülleimer wirft.

„Ich hätte nicht gedacht, dass du triffst."

„Das nächste Mal werfe ich extra daneben, damit du aufstehen musst", antwortet er und zieht mich an sich heran. Er legt einen Arm um meine Schulter und ich lege meinen Kopf auf seinen Oberkörper. Bisher war es immer andersherum und er hat sich an mich gekuschelt. Es ist ungewohnt, aber ich würde es gerade nicht anders haben wollen.

„Wir sind schon über einen Monat zusammen", sagt Archer plötzlich.

„Bereust du es etwa schon?", frage ich belustigt und sehe zu ihm hoch. Er schmunzelt und schüttelt den Kopf.

„Nein, tue ich nicht. Du?"

Ich schüttle den Kopf. „Ich habe zwar immer noch das Gefühl, mich dämlich anzustellen, aber ansonsten..."

Archer lacht leise. Ich liebe es, wenn er lacht. „Tust du nicht. Du machst dich gut, als fester Freund."

Ich drücke mich an ihn. „Wir sollten auf ein Date gehen. Wir hatten noch nie ein Date."

„Und wie stellst du dir das vor?", fragt Archer amüsiert. „Ich habe nichts dagegen, wenn du mich in ein Restaurant oder so ausführen möchtest, aber dann habe ich eindeutig etwas verpasst."

Ich seufze. „Du weißt, dass ich das gerne machen würde. Irgendwann werden wir das alles nachholen, versprochen."

„Irgendwann?", fragt er verwundert. „Ja. Nach meiner Karriere oder so." Ich merke es erst nicht, aber dann sehe ich, dass Archer grinst und mich ansieht.

„Was ist denn jetzt los?"

„Du denkst, wir sind dann immer noch ein Paar? Ich weiß, dass Eishockeykarrieren lange dauern können, du könntest noch zehn Jahre spielen und du sagst, dass wir danach..." Ich lache. „Wenn du bis dahin nicht schon die Schnauze von mir voll hast."

„Spinner. Das werde ich nicht", antwortet er und beginnt, meine Kopfhaut zu kraulen. Ich seufze auf. „Lass mich raten, das hat bisher auch noch niemand nach dem Sex gemacht."

„Mhm... nein", murmle ich genießend. „Ich werde mir etwas überlegen. Ich will, dass wir ein Date haben."

„Das wäre dein Erstes, oder nicht?", fragt er und ich nicke. „Ja, allerdings." Ich lache unsicher. „Eigentlich hatten wir sogar schon ein Date. Mehr oder weniger."

„Wann das?"

„Das Nicht-Candle-Light-Dinner, hier in Montréal. Im Oktober."

„Mhm. Nein, das war kein Date."

„Und wieso nicht?"

„Weil ich mich bei unserem ersten Date dann richtig beschissen aufgeführt hätte."

„Deswegen zählt das nicht?", fragt Archer belustigt und ich nicke. „Gut erkannt."

„Und wann haben wir unser erstes Date?"

„Das weiß ich noch nicht." Ich muss mir vor allem erst einmal überlegen, was wir bei unserem ersten Date machen werden.

Plötzlich klopft es an der Tür. Ich schrecke zusammen. Mit großen Augen sehe ich zu Archer. Es klopft noch einmal.

„Elliot? Pennst du schon?", höre ich Duncan laut fragen.

„Scheiße", murmle ich, klettere aus dem Bett und schnappe mir meine Shorts.

„Du hast da was." Er deutet auf meinen Bauch. Sein Sperma klebt neben meinem Bauchnabel. Ich stöhne leise genervt und nehme mir mein Shirt.

„Hi? Was gibt's?", frage ich, nachdem ich die Tür ein Stück geöffnet habe.

„Alles okay?", verwundert sieht er mich an.

„Was soll sein?"

„Du siehst aus, als hättest du Sport – vergiss es." Er grinst und ich verdrehe die Augen. Ich weiß genau, was er gerade denkt.

„Du hast deine Jacke unten liegen lassen."

„Oh. Danke."

„Kein Ding… viel Spaß noch", scheinheilig sieht er mich an und augenrollend schließe ich die Tür wieder.

„Super", murre ich und lasse mich wieder zu Archer ins Bett fallen.

„Zieh das aus." Er zupft an meinem Shirt und wenig später fällt es neben das Bett.

„Was wollte er?"

„Ich habe meine Jacke vergessen", antworte ich und deute auf den Stuhl gegenüber des Bettes, wo ich sie achtlos draufgelegt habe. „Und er denkt, du hättest dir gerade einen runtergeholt."

„Du hast es mitbekommen", stelle ich trocken fest.

„Allerdings." Ihm ist anzusehen, wie lustig er die Situation findet.

„Arschloch", brumme ich und er zieht mich zu sich. „Und doch hast du mich gern."

„Mhm."

Er küsst meinen Hals. „Archer…", murmle ich leise und seufze.

„Kannst du nicht mehr?", fragt er provokant. „Du wolltest drei", meint er und streicht über meine Brust und meinen Bauch.

„Oh Gott."

„Oder kannst du nicht mehr?", fragt er erneut.

„Ich… keine Ahnung", antworte ich ehrlich. Er zeichnet meine V-Linie nach und ich keuche auf.

„Du bist hart."

„Archer…" Ich klammere mich an ihn und schnappe nach Luft, als er meinen Schwanz umfasst. Dann küsst er mich und ich ergebe mich seinen wundervollen Berührungen.

31. Kapitel

„Dieses Shooting ist unglaublich unnötig. Kann er diesen Regenbogen-Mist nicht einfach mit Photoshop auf die alten Bilder bringen?", fragt Duncan genervt und schließt die Augen, als der Make-Up-Artist mit einem Pinsel irgendein Puder aufträgt. Ich möchte antworten, kann aber gerade nicht, da ich mich der gleichen Prozedur unterziehen muss. Ich mag es nicht, geschminkt zu werden, aber ich habe gelernt, dass es ohne nie gehen wird. Ian lässt das ganze ebenfalls gerade über sich ergehen. Einige der Jungs sind schon fertig, andere warten noch. Plötzlich steht Archer im Türrahmen.

„Netter Anblick", meint er amüsiert, und durch den Spiegel, vor dem ich sitze, sehe ich, dass er sein Handy auf uns richtet.

„Wehe du machst gerade ein Foto", warne ich ihn, aber er lächelt nur scheinheilig. „Zu spät."

„Das kommt aber nicht online, oder?", fragt Duncan sofort.

„Ist es schon", erwidert Archer und Duncan stöhnt genervt. „Alter. Warum?"

„Weil ich heute immer wieder Instagram-Storys machen werde, auch während des Shootings."

„Sieht man die Trikots dann aber nicht schon?", fragt Ian verwundert.

„Darauf werde ich achten. Es geht eher darum, die Fans den Tag über mitzunehmen", erklärt er.

„Aha."

Archer verlässt den Raum wieder.

„Hätte er nicht wen anders fotografieren können?", fragt Duncan unzufrieden.

„Gibson oder so. Der hätte sich schön aufgeregt", antworte ich amüsiert und Duncan schmunzelt. „Allerdings."

Wenige Minuten später sind wir entlassen und gehen zum Shooting-Set zurück. Es ist auf der Eisfläche aufgebaut, wir tragen bis auf die Handschuhe schon unsere Ausrüstung. Kenny ist der Erste, der heute einzeln fotografiert wird. Er steht schon im Set und der blonde Fotograf, der schon am Anfang der Saison engagiert war, schaut durch die Kamera und macht offenbar jede Menge Fotos.

„Ah, da seid ihr ja. Nach euch sind nur noch Lane, Duckie und Miller beim Make-Up", sagt Drew. Viele der Jungs lehnen an der Bande und beachten das Shooting gar nicht. Ich bin sicher, einige sind beim Catering.

„Gut. Wir haben die Bilder", meint der Fotograf.

„Sehr gut. Gibson. Du bist als Nächstes dran", beschließt Archer.

„Ich?"

„Spreche ich undeutlich?", fragt Archer trocken. Gibson sieht an sich herab. Wir alle tragen diese Regenbogentrikots, die Archer hat anfertigen lassen und als Drew die Kiste in der Umkleide geöffnet und sie verteilt hat, musste ich mich daran erinnern, dass ich offiziell das Design noch nicht gesehen habe. Gibson sieht mehr als unglücklich darüber aus, dass er einer der Auserwählten ist, die zum Einzelshooting gerufen werden, stellt sich dann aber auf die Markierung.

„Tu doch bitte so, als hättest du gute Laune", sagt der Fotograf nach wenigen Augenblicken. Gibson seufzt genervt, macht es aber.

„Wer meint ihr, muss noch?", fragt Duncan und in dem Moment kommen die letzten drei unserer Teamkollegen vom Make-Up wieder.

„Ich. Garantiert", antwortet Lane und stellt sich zu uns. Ich würde mich wundern, wenn Archer nicht auch ihn ausgewählt hat. Nach Gibson ist Duckie dran, der sowieso schon den ganzen Vormittag schlechte Laune hat.

„Meint ihr, das ist immer noch, weil Elliot anstatt ihm jetzt in der ersten Reihe spielt?", fragt Ian und Duncan nickt. „Natürlich. Er wurde erst Anfang der Saison in die erste Reihe geholt."

„Scheiße, wenn man dann nicht so gut spielt", meine ich.

„Du warst bisher noch nie in der ersten Reihe", erinnert Lane mich.

„Schon gut." Ich sehe zu Archer. Er sieht sich mit dem Fotografen gerade die Bilder an und ich bemerke, dass er eine Hand auf die Schulter des Blonden gelegt hat, als sie auf den Bildschirm sehen und irgendetwas besprechen. Ich mustere die beiden. *Sie sehen so vertraut aus.* Dann lachen sie plötzlich und der Fotograf sieht meinen Freund grinsend an. Kann er das mal bitte sein lassen? Er ist hier, um seine Arbeit zu machen und nicht um sich an Archer ranzuschmeißen. Archer schmunzelt und nickt. Reden die beiden wirklich noch über die Fotos? Ich sollte wegsehen, tue es aber nicht und je länger ich die beiden beobachte, desto mehr fällt mir auf, wie locker sie miteinander umgehen. Der Blonde fängt wieder an, Fotos zu machen, aber trotzdem unterhalten die beiden sich offenbar nebenbei. Er sieht zu Archer. Sie grinsen schon wieder. *Kann er mal bitte aufhören, mit meinem Freund zu flirten?* Missmutig sehe ich unseren Pressemanager an. Wieso macht er das? Kann er das bitte lassen und sich daran erinnern, dass er vergeben ist? Dann spricht Drew Archer an und *zum Glück*, macht der Fotograf seine Arbeit weiter. Ich sehe weg und bemerke erst jetzt, dass ich wohl etwas zu lange meinen Blick auf Archer und dem Fotografen hatte.

„Das sieht aus, als kennen sie sich", meint Ian und ich bemerke, dass ich nicht der Einzige war, der die Szene beobachtet hat.

„Der war doch vor ein paar Wochen schon für Lightning angestellt", meint Lane schulterzuckend.

„Die haben geflirtet", wirft Duncan ein und ich habe das Bedürfnis, ganz laut *Nein* zu schreien.

„Meinst du, die haben etwas miteinander?", fragt Ian und ich komme mir vor, als würde ich wieder in der Schule auf dem Flur stehen.

„Keine Ahnung. Archer meinte doch irgendwann mal, dass er jemanden kennengelernt hat."

„Eine Frau", erinnere ich die drei, aber Duncan verdreht die Augen. „Da wussten wir ja auch noch nicht, dass er ein Schwanzlutscher ist. Kann doch sein, dass dieser Fotograf sein neuer Stecher ist."

Mir wird flau im Magen und ich sehe wieder zu Archer. Er redet schon wieder mit dem blonden Typen und nickt lächelnd. Missmutig sehe ich mir die Situation an.

„So viel zur Professionalität", murmelt Lane. Angespannt zwinge ich mich, meinen Blick nicht die ganze Zeit auf Archer zu richten, sondern mich normal zu verhalten; einfach ist das aber nicht. Am liebsten würde ich sofort zu den beiden gehen und dem dummen Fotografen deutlich machen, dass er seine Finger bei sich behalten soll. Und dass er nicht flirten soll. Und dass er seine Arbeit machen soll, damit er wieder verschwinden kann. Wieso macht Archer nichts dagegen? Wieso flirtet er mit ihm? Meine schlechte Laune verschwindet auch nicht, als wir wenig später die Gruppenfotos machen müssen. Der Fotograf ordnet uns. *Als könnten wir uns nicht selbst aufstellen.* Die in der vorderen Reihe sollen auf einem Bein knien.

„Nummer 28", spricht er mich dann an.

„Ja?"

Er sieht mich kurz an. „Hintere Reihe, neben Nummer 15." Ich stelle mich dort hin und warte, bis auch die anderen Spieler verteilt sind. Er macht einige Fotos und sieht auf die Bilder. Archer schüttelt den Kopf.

„Okay. Nummer 9 tauscht bitte mit Nummer 28. Du bist kleiner als die anderen, das fällt auf, wenn du hinten stehst und macht die Harmonie des Fotos kaputt."

„Bitte was?"

„Du bist zu klein", lacht Lane und drückt mich in die vordere Reihe. *Arschloch.* Ich knie mich gezwungenermaßen hin und sehe zu Archer. *Er findet es gerade tatsächlich lustig.*

Ein paar Augenblicke später stellen sich Drew und Warren dazu, es werden weitere Bilder gemacht.

„Geht euch umziehen. Die Sachen liegen in der Kabine", sagt Archer. Der Fotograf geht zu ihm, schaut auf seine Kamera und bemerkt das Ende des Teppichs nicht, der auf dem Eis ausgebreitet worden ist. Er rutscht fast aus, aber hält sich dann an Archers Arm fest, der ihn wieder auf den Teppich zieht. Sie lachen und sind sich definitiv zu nah.

„Ich sage doch, die ficken", murmelt Lane leise und gleitet übers Eis zur Tür in der Bande. Die zweite Runde des Shootings besteht aus Bildern, auf denen wir die Fankleidung für die Kampagne tragen. Es sind die gleichen Spieler wie gerade, die für die Einzelbilder herhalten müssen Dann folgt das Gruppenbild. Es ist inzwischen Nachmittag und das Ende des Shootings zieht sich. Archer und der Blonde sind nach wie vor gut gelaunt und haben offensichtlich Spaß. *Was für ein Scheißtag.* Wir ziehen uns ein letztes Mal um und ich bin froh, wieder in meinen Klamotten zu stecken.

„Endlich sind wir diese Homo-Sachen los", meint Duckie und wirft das Shirt zurück in die Kiste.

„Ich bin gespannt, wie schnell die Kampagne sich als Flop herausstellen wird", antwortet Gibson. „Ich wette, es dauert maximal eine Woche."

„Fünf Tage", hält Duckie dagegen.

„Wer bietet weniger?", fragt Gibson amüsiert. Ich bleibe still.

„Vier Tage", sagt Lane.

„Worauf wettet ihr überhaupt?", fragt Ian.

„Hast du eine Idee?", möchte Duckie wissen und Ian zuckt mit den Schultern.

„Der Verlierer muss ein Bild mit diesem dummen Trikot auf Instagram hochladen", meint Gibson.

„Du wirst sowieso verlieren", antwortet Lane lachend. „Du kannst das Bild ja schon einmal schießen."

„Garantiert nicht, Shelton. Ich gewinne."

„Ihr werdet beide ein Foto hochladen. Fünf Tage, ich sag's euch", wirft Duckie ein. Ich seufze leise und binde mir die Schuhe zu.

„Ich bin weg, bis morgen, Jungs", verabschiede ich mich, falte das Shirt und lege es zurück, ehe ich die Kabine verlasse. Vor dem Eingang stehen Archer und der Fotograf. Kurz denke ich darüber nach, zu den beiden zu gehen, aber als ich mein Fahrrad aufschließe, höre ich den Blonden sagen: „… wir uns die Tage? Ich bin noch zwei Tage hier in Atlanta."

„Gerne. Ich schreibe dir, okay? Möchtest du auch zu einem Spiel kommen?"

„Wenn das geht." Archer lacht. „Klar geht das. Ich organisiere das." Mehr will ich nicht hören. Archer beachtet mich schließlich sowieso nicht. Ich schwinge mich aufs Fahrrad und mache mich auf den Weg nach Hause. *Der Tag soll endlich enden.*

32. Kapitel

Morgen früh ist das Spiel gegen Vancouver. Eigentlich wollte ich heute Abend nur noch duschen, aber ein Anruf macht mir einen Strich durch die Rechnung. Es ist Archer, der mich zehn Minuten, nachdem ich aus der Dusche gestiegen bin, versucht zu erreichen. Nur in Shorts setze ich mich auf mein Bett.

„Hi."

„Hey Elliot." Er klingt gut gelaunt. Sehr gut gelaunt.

„Was gibt's?"

„Ich wollte fragen, ob du herkommen möchtest."

„Wieso so plötzlich?", frage ich verwundert.

„Wieso nicht?", antwortet er, aber ich bleibe still.

„Ich muss noch ein bisschen was machen, also für die Arbeit, sonst würde ich auch zu dir kommen", fügt er hinzu. „Also?"

„Eigentlich bin ich gerade auf dem Weg ins Bett", antworte ich ausweichend.

„Es ist kurz nach sieben", meint er irritiert.

„Ja. Morgen ist ein Spiel", erwidere ich.

„Möchtest du, dass ich zu dir komme? Dann musst du nicht noch einmal aus dem Haus."

„Ich dachte, du hättest noch zu tun", antworte ich etwas zu schnell.

„Ist alles in Ordnung?"

„Klar, was soll sein?", möchte ich wissen.

„Verarsch mich nicht."

„Es ist alles gut", wiederhole ich, aber weiß sofort, dass er mir nicht glaubt.

„Komm rüber. Ich will nicht mit dir streiten. Ich mache so lange meine Arbeit fertig."

„Hast du nicht noch Besuch oder so?", frage ich etwas zu schnell und schlage mir innerlich gegen die Stirn. *Das war mal wieder eine Glanzleistung.*

„Wer sollte denn hier sein?" Archer klingt amüsiert.

„Keine Ahnung."

„Okay, jetzt wird es langsam merkwürdig."

„Mhm. Ich bin gleich da. Gib mir ein paar Minuten", murmle ich nur, da ich nicht weiß, was ich sonst machen soll. Ich will zu ihm. Ich konnte ihn den ganzen Tag nur ansehen, nicht umarmen, nicht küssen, nicht einfach neben ihm stehen und bei ihm sein. Stattdessen durfte ich zusehen, wie er seinen Spaß mit Blondie hatte. Genervt lasse ich mein Handy auf die Bettdecke fallen, stehe auf und ziehe mich wieder an. Ich schnappe mir ein paar Klamotten und stopfe sie in meinen Rucksack. Ich habe keine Ahnung, ob ich bei Archer übernachten werde, aber besser ist, ich habe meine eigenen Sachen dabei, falls es so kommt. Zu gerne würde ich mir etwas von seiner Kleidung klauen, aber das geht nicht, wenn ich von dort direkt zum Stadion fahre. Es vergehen nicht einmal zehn Minuten, bis ich meine Haustür abschließe und mir mein Fahrrad schnappe. Nur wenige Minuten später stehe ich vor dem Mehrfamilienhaus und klingle bei *Swan*.

„Hey", lächelt er, als er einen Schritt zur Seite geht, um mich reinzulassen.

„Hi", antworte ich knapp und er schließt die Tür hinter mir.

„Kein Kuss?", fragt er mich verwundert.

„Sekunde", erwidere ich und stelle meine Schuhe weg, ehe ich in sein Schlafzimmer gehe, um meinen Rucksack abzulegen. Sein Notizbuch liegt neben dem Laptop und seinem Handy auf dem Esstisch. Er arbeitet ganz offensichtlich immer noch.

„Ich bin in zwei Minuten fertig", gibt er mir Bescheid, als ich aus seinem Schlafzimmer wieder komme. Ich nicke nur und setze mich zu ihm.

„Die Fotos sind wirklich gut geworden, möchtest du sie sehen?", fragt er mich, aber ich winke ab. „Schon gut. Nicht nötig."

„Levi ist extra aus Miami hergekommen. Nicht nur dafür, aber auch dafür", erzählt er. *Levi?* Ach ja, der Fotograf heißt ja so. Das hatte ich vergessen.

„Mhm."

„Und er findet meine Kampagne übrigens super", spricht er weiter. „Oh, toll", brumme ich und meine Stimme trieft vor Ironie.

„Ich weiß, dass du diese Meinung nicht teilst", erwidert er daraufhin trocken. „Jedenfalls habe ich ihm angeboten, dass er zu einem der Spiele kommen kann. Das geht doch bestimmt, oder?" Ich zucke mit den Schultern. „Frag Drew. Oder Johnson."

Archer nickt und schnappt sich sein Handy. „Super, danke. Weißt du, Levi meinte vorhin, dass Gibson aussieht, wie ein bockiger, kleiner Junge. Eigentlich sollte ich dir das nicht erzählen, aber ich finde es irgendwie treffend", grinst er. Normalerweise würde ich das vielleicht lustig finden, aber nicht in diesem Moment. Archer räuspert sich leise und wendet sich wieder seiner Arbeit zu. Ein paar Minuten ist es still zwischen uns und je länger das andauert, desto unangenehmer wird es. Ich weiß nicht, was ich sonst machen soll, also hole ich mein Handy heraus und öffne Instagram. Es dauert fast eine halbe Stunde, bis er sich zurücklehnt, einen Moment noch auf den Bildschirm schaut und schließlich seinen Laptop zuklappt.

„Auch mal fertig?", frage ich gelangweilt und lege mein Handy weg.

„Noch nicht ganz, aber den Rest muss ich heute nicht mehr machen", antwortet er. „Ich schreibe Levi noch eben, dass er das Ticket gleich per Mail bekommen sollte, dann war's das für heute." Ich verdrehe die Augen. Natürlich hat er dem Fotografen das Ticket schon organisiert.

„Soll ich nochmal nachfragen, was heute passiert ist, dass du so unfassbar schlechte Laune hast, oder wirst du es mir sowieso nicht sagen?", fragt Archer daraufhin trocken und ertappt sehe ich ihn an. Sein Blick ist erwartungsvoll, als er sich sein Weinglas nimmt und einen Schluck trinkt. Mein Bier ist inzwischen schon leer. Archer steht auf und geht in die Küche. Ich sehe ihm einen Moment nach, nehme mir dann die leere Flasche und gehe ihm hinterher.

„Wo soll ich die hinstellen?" Er deutet auf den halbleeren Kasten neben dem kleinen Regal mit den Getränken.

„Möchtest du noch eins?" Ich zucke mit den Schultern und nehme mir eine volle Flasche aus dem Kühlschrank.

„Also?", fragt er und lehnt sich gegen einen der Schränke.

„Ich bin einfach nicht gut drauf", antworte ich und trinke ein bisschen von meinem Bier.

„Ohne Grund?"

Ich schnaube. *Der Grund ist dein ach so toller Fotograf.* „Muss ich einen haben?"

„Du stellst dich vielleicht an", murmelt er und perplex blicke ich zu ihm. „Ich stelle mich an? Also wäre es dir egal, wenn ich einfach mit einem anderen Kerl den ganzen Tag flirten würde? Gut zu wissen!", fahre ich ihn an und verschränke die Arme vor der Brust. Einen Moment sagt er nichts, dann versucht er ganz offensichtlich nicht zu grinsen, aber es klappt nicht.

„Schön, dass du das so lustig findest", murre ich und er kommt zu mir. Ich lehne an der Arbeitsplatte ihm gegenüber und sehe an ihm vorbei.

„Du bist eifersüchtig."

„Bullshit."

„Doch, und wie", schmunzelt er. *Eifersüchtig?* Nein, garantiert nicht. Ich bin kein eifersüchtiger Mensch, war ich noch nie.

337

„Denkst du wirklich, ich würde mit Levi flirten?"

„Ich war ja nicht der Einzige. Lane meinte, ihr seht aus, als würdet ihr miteinander vögeln", erzähle ich.

„Oh, wow", erstaunt sieht er mich an.

„Stört dich das gar nicht?"

„Ich finde es eher lustig", erwidert er. „Wieso glaubst du ihm? Du weißt doch ganz genau, dass ich schon jemanden habe, mit dem ich ins Bett gehe."

„Aha."

„Dich, Elliot."

„Schon klar." Ich seufze. „Es sah trotzdem aus, als würdet ihr euch sehr nahe stehen."

„Levi und ich sind befreundet, das weißt du doch", antwortet er. *Oh. Befreundet?*

„Das habe ich dir mal nach dem Shooting erzählt", sagt er und da fällt es mir auch wieder ein. „Oh. Stimmt."

„Du hast es vergessen", stellt er fest, nimmt mir das Bier aus der Hand und stellt es zur Seite. Ich zucke mit den Schultern und er verschränkt unsere Finger miteinander, ehe er einen kleinen Schritt auf mich zukommt und sein Bein so zwischen meinen platziert. Mein Herz flattert etwas mehr und meine Knie sind nicht mehr so stark, wie vor einigen Sekunden noch.

„Lio."

„Mhm."

„Du musst nicht eifersüchtig sein."

„Ich bin nicht – vielleicht bin ich es ein bisschen", gebe ich zu.

„Fühlt sich so Eifersucht an?"

„Würdest du Levi gerade am liebsten in den nächsten Flieger nach Miami setzen, damit er morgen nicht im Stadion ist?", fragt Archer mich und ich nicke sofort. „Definitiv!"

„Das ist Eifersucht." Archer lächelt, macht sich aber keinesfalls darüber lustig.

„Oh."

Er löst eine seiner Hände aus meinen und streicht stattdessen durch meine Haare. „Außerdem ist er hetero. Falls es dich beruhigt."

„Okay."

„Und ich bin glücklich vergeben." Als er das sagt, sehe ich zur Seite und lächle dümmlich. *Verdammt, ich stelle mich wieder so dämlich an.*

„Er wird morgen da sein, aber du musst dir keine Gedanken machen, okay?" Ich nicke stumm und sehe ihn wieder an. Archer küsst mich.

„Tut mir leid."

„Alles gut. Sag mir so etwas einfach nur, wenn das noch einmal vorkommt." Ich nicke. „Werde ich", antworte ich ihm und küsse ihn wieder. Archer lächelt, drückt sich näher an mich heran und erwidert den Kuss augenblicklich.

33. Kapitel

Archer: Nach dem Spiel zu dir oder zu mir?

Soll das eine schlechte Anmache sein?

Archer: Spinner.

Also ja.

Archer: Also?

Zu mir.

Archer: Okay :)

Ich lege mein Handy weg und fange an, mich umzuziehen. Gleich ist das Spiel gegen Arizona. Kurz bevor wir aus der Kabine gehen, stocke ich und greife in meinen Rucksack. Ohne, dass es jemand merkt, ziehe ich meinen Schlüssel vom Bund und lege ihn auf das Regal über meinem Platz. Ich bin der Letzte, der die Kabine verlässt. Archer kommt mir entgegen und lächelt kurz.

„Ich hab dir den Schlüssel hingelegt", sage ich leise und verwundert sieht er mich im Vorbeigehen an, aber ich kann nicht mehr antworten, da gerade jemand um die Ecke kommt. Schnell gehe ich zu den anderen Jungs und hoffe darauf, dass Archer noch weiß, wo ich schon einmal meinen Schlüssel habe liegen lassen. Es ist die erste Pause und der Schlüssel ist weg. Archer steht an der Seite, zieht seinen Schlüssel und dann sein Handy aus der Tasche seines Jacketts. Für jeden anderen sieht es so aus, als hätte er sein Handy sonst nicht aus der Tasche bekommen, ich hingegen sehe meinen Schlüssel neben seinem hängen und schnappe mir meine Wasserflasche, damit niemand sieht, dass ich ein Lächeln nicht verhindern kann. Das Spiel ist gut, wir gewinnen, aber noch mehr als darüber, freue mich ich darauf, nach Hause zu kommen. Archer wird schon da sein. Ich habe gesehen, wie er zum Ausgang gelaufen ist, kurz nachdem wir vom Eis gekommen sind. Gerade, als ich meine Schuhe zugebunden habe, piept mein Handy. Eine neue E-Mail. Verwundert bleibe ich auf dem Flur stehen und öffne sie. Oh, es ist von der Klinik. Ich sehe mich um, ich bin nicht scharf darauf, dass es jemand mitliest. Schnell gehe ich raus und stelle mich zu meinem Rad, bevor ich mein Handy wieder entsperre.

Negativ. Alles.

Erleichtert atme ich auf, mache einen Screenshot und schicke ihn Archer. Meine Laune ist noch besser als gerade. Ich bin fünf Minuten schneller als normalerweise nach einem Spiel, warte dann aber zwei Minuten, bis Archer mir die Tür öffnet.

„Hi", lächelt er und geht einen Schritt zur Seite. „Das war ein gutes Spiel heute."

„Es ist so geil in der ersten Reihe zu spielen", grinse ich und küsse ihn, sobald die Tür zugefallen ist.

„Das mit deinem Schlüssel war eine gute Idee", lächelt er und küsst mich noch einmal.

„Ich brauche den allerdings wieder. Meinen Zweitschlüssel hat Lane."

Archer nickt. „Ich gebe ihn dir später, okay?" Ich nicke und lasse mich wieder küssen.

„Ich habe dein Ergebnis gesehen", flüstert er gegen meine Lippen und ich grinse. „Ich gehe davon aus, dass wir jetzt erstmal keine Kondome mehr brauchen werden?"

„Vielleicht manchmal noch", antwortet er und lächelt verschmitzt.

„Woran denkst du?", frage ich ihn.

„Die Arena, Hotels, vielleicht ein Flugzeug", zählt er auf und ich grinse. „Mile-High-Club?"

„Wir fliegen doch sowieso nie Eco. Die Waschräume sind groß", antwortet er schulterzuckend.

„Gibt es noch mehr Punkte auf deiner Sex-Bucketliste, die ich kennen sollte?", frage ich daraufhin amüsiert.

„Paris", antwortet er direkt. „Ich will mit dir irgendwann nach Paris."

„Im Sommer vielleicht", überlege ich laut. „Wenn spielfreie Zeit ist."

„Du würdest mitkommen?", fragt er überrascht und ich nicke. „Klar, in Europa erkennen die wenigsten uns NHL-Spieler auf der Straße. Schon gar nicht, wenn niemand damit rechnet", antworte ich.

„Ich wollte sowieso zu meiner Familie fliegen; wenn ich schon einmal in Europa bin, kann ich ja auch einen Abstecher nach Paris machen", erkläre ich. Er nickt verstehend und lächelt.

„Es wäre toll, mit dir nach Paris zu fliegen."

Wir frühstücken, duschen und ziehen uns an. Ich habe heute frei, im Gegensatz zu meinem Freund. Er muss ins Büro, da irgendeiner von einer Agentur kommt, der ihm bei der Umsetzung der Kampagne helfen soll. „Und der kommt extra aus New York hier her?", frage ich verwundert, als wir die Küche aufräumen. Ein paar Minuten haben wir noch, bis er los muss.

„Ja, wir haben uns da auch schon getroffen. Er ist mit vielen großen Magazinen und Zeitungen vernetzt."

„Ich dachte, du machst die Kampagne allein?"

„So eine Große? Nein." Er schüttelt den Kopf. „Mister Whitten und ich arbeiten schon zusammen, seitdem die Kampagne bewilligt wurde."

„Deswegen warst du da auch in New York", stelle ich fest und er nickt. „Genau, aber jetzt, wo die Kampagne bald startet, ist es einfacher, wenn er hier ist."

„Aha? Und wie lange bleibt er?"

„Bist du schon wieder eifersüchtig?", fragt Archer amüsiert, aber ich schüttle den Kopf. „Nein, aber dann bist du doch bestimmt öfter im Büro und hast weniger Zeit, äh..."

„Für dich?", beendet er und ich zucke mit den Schultern.

„Ich habe nach wie vor einen festen Stundensatz in der Woche", meint er.

„Den du sowieso ständig überschreitest."

„Gut, das stimmt, aber noch mehr werde ich nicht arbeiten, versprochen. Deswegen sind wir ja jetzt zu zweit."

„Mhm."

„Und Mister Whitten macht seine Arbeit wirklich gut."

Ich trinke einen Schluck Tee. Archer hat ihn vorhin gekocht.

„Grace möchte dich kennenlernen", sagt er plötzlich.

„Deine Schwester?" Er nickt.

„Ich dachte, du sagst ihr nicht, wer ich bin", antworte ich angespannt.

„Habe ich nicht."

„Aber..."

„Sie weiß, dass ich einen Freund habe und den möchte sie gerne kennenlernen."

„Oh."

„Ist es zu früh?", fragt er und sieht mich entschuldigend an.

„Ich weiß nicht..."

„Du möchtest es nicht", stellt er fest. „Clair weiß es", fügt er hinzu.

„Archer..."

„Schon gut."

„Clair weiß es, weil sie es rausgefunden hat, nicht weil ich es ihr gesagt habe", erkläre ich und er nickt. „Weiß ich doch." Einen Moment lang sehe ich ihn nur an.

„Deine Schwester sagt niemandem etwas, oder?"

Seine Augen werden groß und sofort schüttelt er den Kopf. „Nein! Versprochen, das würde sie nie machen!", betont er wieder und ich lächle. „Okay, Ari."

Er möchte antworten, stockt dann aber und grinst dümmlich.

„Was ist denn jetzt los?", skeptisch mustere ich ihn.

„Es ist wirklich okay für dich?"

„Jetzt habe ich sowieso keine Wahl mehr, oder?", frage ich ironisch und er schüttelt den Kopf. „Nein. Du hast zugesagt."

„Mhm. So ein Mist."

„Lio…"

„Ari?"

Er fängt wieder an zu grinsen und da merke ich es auch. „Weil ich dich nicht Archer, sondern Ari nenne? Deswegen grinst du so betrunken?"

„Lass mich doch!", beschwert er sich. „Da freue ich mich darüber und du machst es wieder runter. Ich habe lange auf einen Spitznamen von dir gewartet", antwortet er und ich fange an zu lachen. „Okay. *Liebling.*"

„Lio."

„Was ist denn, *Babe?*"

„Nicht Babe", bittet er verzweifelt.

„Ach nein, *Hase?*"

„Ugh. Bleib einfach bei Archer."

„Vergiss es, *Sweetheart.*"

„Oh, Gott. Elliot!"

Lachend sehe ich ihn an und beschließe, dass es einer meiner neuen Lieblingsbeschäftigungen ist, ihn mit kitschigen Kosenamen zu ärgern.

„Manchmal bist du wirklich scheiße", meint er trocken, aber ich zucke nur mit den Schultern. „Selber schuld, *Mäuschen.*"

„Ich weiß", murmelt er und nimmt sich sein Handy. Es wird Zeit.

„Sehen wir uns nachher?", frage ich hoffnungsvoll, bevor er die Haustür öffnet. „Ich könnte versuchen etwas zu kochen?", schlage ich vor.

„Oder du bestellst uns etwas und wir machen der Feuerwehr keine unnötige Arbeit heute Abend."

„Arschloch."

„Ich würde mich über asiatisch freuen. Frühlingsrollen oder so", grinst er scheinheilig.

„Schreibst du mir, wenn du dich auf den Weg machst?"

Er nickt und legt seine Arme locker um mich. „Es kann aber später werden."

„Wegen Mister Whitten."

„Du bist ja wohl eifersüchtig", stellt er fest.

„Vielleicht. Ich kenne den Kerl nicht", erwidere ich und sehe, dass er schmunzelt. „Du bist süß."

34. Kapitel

Heute ist das Spiel gegen Los Angeles. Die letzten beiden Spiele haben wir verloren. Heute sollten wir gewinnen. Noch sind wir zwar auf dem dritten Platz der Tabelle, aber letzte Woche war es noch der zweite und es ist nicht mehr lange, bis die Play-offs starten. Zwei Monate, etwas mehr, bis sich entscheidet, wer weiter auf das Finale hoffen darf. Und außerdem endet dann die Transferperiode, was es sehr wahrscheinlich macht, dass noch der ein oder andere Spieler im Team ausgewechselt wird. Ich will weiter bei Atlanta bleiben. Ich habe weder Lust, umzuziehen, noch mich in einer anderen Mannschaft einfinden zu müssen. Danke, aber nein danke.

„Wie sieht's mit deinem Haus aus?", fragt Kenny Duncan.

„Nicht wirklich gut. Es muss saniert werden. Es dauert also noch etwas, bin ich wieder zu Hause wohnen kann", meint er und sieht zu Lane.

„Noch halte ich es mit dir ja aus", antwortet dieser schulterzuckend.

„Arschloch", antwortet Duncan, aber den Goalie interessiert das nicht. „Denk dran, du bist diese Woche mit Kochen dran", grinst Lane scheinheilig und Duncan sieht aus, als würde er ihn am liebsten mit irgendetwas abwerfen.

„Wenn ich dich schon bei mir wohnen lasse, musst du auch was im Haushalt machen."

„Ich kann ja zu Elliot ziehen", antwortet Duncan. *Nein, kannst du nicht, denn dann könnte Archer nicht mehr zu mir kommen!*

„Kochen müsstest du bei mir auch. Ich koche nämlich fast nie", antworte ich amüsiert.

„Danke für deine Unterstützung", erwidert Duncan sarkastisch und Lane und ich fangen beide an zu lachen.

Nachmittags, als wir mit dem Training fertig sind und noch einmal die theoretische Strategie für heute durchgehen, kommt Archer aus seinem Büro zu uns. Er stellt sich an die Seite und hört nur zu, er möchte Warren und Drew wahrscheinlich einfach nicht unterbrechen. Ich schiele zu ihm. Er lehnt im Türrahmen, hat die Arme vor der Brust verschränkt und sieht den Spielplan an. Ich weiß zwar, dass er wahrscheinlich sowieso nur die Hälfte davon versteht, was er da sieht, aber das macht ihn in diesem Moment nicht weniger attraktiv. Als Drew fertig ist, nickt Warren Archer kurz zu und er geht nach vorne zu ihm.

„Wir sind fertig. Die Kampagne startet am Sonntag und beim nächsten Heimspiel werdet ihr die Trikots tragen", legt er fest.

„Was, schon?", fragt Kenny verwundert und Archer nickt. „Es ist alles vorbereitet, die Pressemitteilungen sind fertig und gehen Sonntagvormittag direkt raus, damit am Montag darüber berichtet wird", erklärt er.

„Das bedeutet auch, dass ich von der Mannschaft vernünftiges Verhalten erwarte. Und der Vorstand und die Presse verlangt das übrigens auch."

„Schon gut", brummt Lane und Kenny nickt. „Die Jungs werden sich benehmen."

„Schön. Nachher kommt ein Kollege aus New York zum Spiel, nur dass ihr euch nicht wundert", meint er. Ach ja, Mister Whitten ist ja immer noch hier. Ich habe ihn noch nie gesehen, seitdem er letzte Woche hergekommen ist.

Wir sind etwas später in der Kabine, als plötzlich die Tür aufgestoßen wird.

„Archer?" Kenny sieht ihn verwundert an. „Was machst du hier?" Er kommt in die Kabine und ihm folgt ein anderer Mann; nicht so groß wie er, gut gebaut und in einem schicken Anzug. Seine Haare sind locker gestylt, aber es sieht nicht aus, als hätte er heute Morgen keine Zeit mehr dafür gehabt.

„Ich wollte euch nur sagen, dass Mister Whitten", er deutet auf den Mann, der nun neben ihm steht, „heute einige Fotos machen wird."

„Sie sind der Kerl aus New York", stellt Duncan fest.

„Ja, genau. Ich arbeite mit Archer an der Kampagne."

Es trifft mich wie ein Schlag. Ich halte in meiner Bewegung inne und bete, dass ich mich gerade verhört habe. Das kann nicht sein. Wie groß ist die Wahrscheinlichkeit dafür? Definitiv zu gering, als dass es wirklich so ist, wie ich gerade befürchte. Zögerlich sehe ich ihn an, sehe in sein Gesicht und als er lächelnd in die Runde sieht, setzt mein Herz einen Schlag aus. *Heilige Scheiße.* Am liebsten würde ich aufstehen und wegrennen. Das darf nicht sein. *Oh Gott, ich hoffe, ich wache gleich auf und das alles ist nur ein böser Traum.*

„Leighton", sagt er plötzlich und mir wird eiskalt. „Ich hätte mich wohl vorher informieren sollen, wer hier alles im Team ist", grinst er und ich nicke überfordert. „Hi, Noah."

„Du erkennst mich also doch", meint er amüsiert. *Wie könnte ich nicht?*

„Ihr kennt euch?", fragt Kenny verwirrt und mein Blick gleitet zu Archer. Er wirkt angespannt. Natürlich hat er verstanden, dass gerade der Mann im Raum steht, auf den ich mal einen Crush hatte. Der erste Kerl, bei dem ich etwas gefühlt habe und der erste Kerl, mit dem ich Sex hatte.

„Wir waren früher in einer Mannschaft. In der Schule", erklärt er. Ich bin etwas erleichtert, aber gleichzeitig wird die Panik, dass er etwas zu dem anderen Teil unserer gemeinsamen Vergangenheit sagt, immer größer.

„Ich wusste zwar, dass du NHL-Spieler geworden bist, aber ich hab nicht erwartet, dich hier zu treffen", meint er und setzt sich neben mich. *Zu nah!*

„Du wusstest, dass ich Spieler bin?", frage ich verwundert und er nickt. „Ja, ich habe es letztes Jahr mitbekommen." Er sieht sich um. „Wie lange habt ihr noch?"

„Zehn Minuten", antwortet Archer und sieht von seinem Handy auf.

„Wir sollten los", meint er dann und Noah nickt. „Bis gleich." Ich nicke nur, als er aus dem Raum geht und zwinge mich, ruhig zu bleiben. *Das ist nicht wirklich passiert.* Ich bin nervös, wie lange nicht mehr, als ich mit den Jungs zum Tor laufe. Archer und Noah stehen an der Seite und unterhalten sich. Archer sieht zu mir, nur einen Moment lang. Ich gehe zu den Beiden.

„Hi, Elliot." Ich sehe zu Noah, dann sehe ich zu Archer, dann wieder zu Noah.

„Du siehst sehr gestresst aus", stellt er fest.

„Du darfst nichts sagen", bitte ich ihn dann.

„Was?"

„Das… was damals passiert ist."

„Er weiß es?" Er sieht verwundert zu Archer. Dieser zuckt mit den Schultern „Ich habe es eher zufällig herausgefunden."

„Ich hatte es nicht vor jemandem zu sagen, Eli. Ich weiß doch, wie die NHL funktioniert." Mir läuft ein Schauer über den Rücken, als er meinen alten Spitznamen ausspricht.

„Es hat sich also nichts geändert?"

„Wieso sollte es sich ändern?" frage ich irritiert.

„Wir waren fünfzehn", antwortet er schulterzuckend.

„Hat es sich bei dir geändert?", frage ich verwundert.

„Nein, absolut nicht. Ich werde nichts sagen, versprochen. Das hätte ich doch sonst schon längst getan, immerhin spielst du schon die dritte Saison in der NHL."

„Ich dachte, du hättest es erst letztes Jahr mitbekommen?", frage ich verwundert. Er seufzt. „Erwischt, ich habe weiterverfolgt, ob du es in die NHL schaffst, als ich mitbekommen habe, dass du in der EIHL gespielt hast."

„Was echt?", überrascht sehe ich ihn an.

„Ich war sogar bei einigen Spielen, aber ich habe mich nie getraut, dich noch einmal anzurufen oder so", erzählt er und schmunzelt. „Ich war ziemlich verknallt damals", gibt er dann zu und ich lächle ein bisschen. Das reicht aus, damit er weiß, dass es mir nicht anders ging, aber bevor ich antworten kann, sagt Archer plötzlich: „Elliot, es geht los. Stell dich auf."

„Ach ja. Sorry. Sehen wir uns nachher?", frage ich Noah spontan.

„Klar."

Ich kann mich nicht richtig konzentrieren, aber zu meinem Glück fällt das niemandem auf. Ich sehe immer wieder kurz zu Noah. Er ist tatsächlich hier. Ich hätte nie damit gerechnet, ihn überhaupt irgendwann wiederzusehen und jetzt ist er der Kerl, der extra aus New York eingeflogen wurde, damit er mit Archer die Kampagne macht. Wie klein die Welt doch ist.

Wir gewinnen. Nach dem zweiten Drittel steht es vier zu eins und fünf zu zwei endet das Spiel schließlich. Ich habe ein Tor geschossen und eins vorgelegt.

„Du bist wirklich gut geworden", meint Noah, als ich aus der Kabine komme. Ich streiche mir die noch nassen Haare zurück und grinse. „Und früher war ich das etwa nicht?"

„Ich war besser als du."

„Ach, denkst du das?", lache ich und er nickt. „Definitiv."

„Was hast du eigentlich gemacht? Also nachdem du die Schule gewechselt hast?"

„Studiert. Also nach der Schule. Im vierten Semester bin ich nach New York für ein Auslandssemester gegangen und ich bin nicht wieder nach England zurückgekehrt."

„Oh wow. Wie kam's?", frage ich überrascht und Noah zuckt mit den Schultern.

„Du hast wen kennengelernt", schlussfolgere ich.

„Ja. Allerdings hat das nicht funktioniert. Zu dem Zeitpunkt hatte ich einen guten Job und ein kleines Apartment und bin nach der Trennung einfach in New York geblieben. Ich habe dort mein Studium beendet. Es war nicht ganz einfach, aber es war definitiv das Richtige für mich. Sehen wir uns nochmal, solange ich hier bin?“, fragt er mich und wir bleiben an meinem Fahrrad stehen.

„Wie lange bleibst du?“

„Zwei Wochen, wenn alles so läuft, wie Archer und ich uns das erhoffen“, antwortet er mir.

„Mhm… um ehrlich zu sein, weiß ich nicht, ob die Kampagne wirklich so eine gute Idee war“, gebe ich zu.

„Ich weiß.“

„Du weißt es?“

„Du bist ein NHL-Spieler, ein schwuler noch dazu, was deine Karriere auf der Stelle beenden könnte. Du hast Schiss.“

„Danke, dass du mich daran erinnerst“, erwidere ich augenrollend und öffne das Schloss.

„Deswegen machen wir die Kampagne.“

„Damit ich mich outen kann? Vielleicht will ich das ja gar nicht“, meine Stimmung schlägt fast augenblicklich um.

„Nicht nur deswegen“, antwortet er. „Es geht um die Inakzeptanz in der NHL und der ganzen Sportwelt generell“, erklärt er. „Und nur weil Atlanta Ice Lightning jetzt etwas dagegen macht, heißt das ja nicht direkt, dass jeder dich ansieht und bemerkt, dass du auf Kerle stehst“, sagt er ruhig und ich nicke kurz, bevor ich seufze. „Eigentlich weiß ich das auch, aber ich will lieber weiter so leben wie ich lebe, als geoutet nicht mehr spielen zu können.“

„Okay. Ich denke, wir werden uns schon noch einmal sehen“, meint er.

„Bekomme ich deine Nummer?“, frage ich spontan.

„Gib mir mal dein Handy." Er hält die Hand auf und tippt wenig später seine Nummer ein. *Neo.* Ich schmunzle. „So habe ich dich früher manchmal genannt."

„Ruf mich mal eben an", bittet er und ich nicke. Dann sehe ich, dass er mich auch einspeichert. *Eli.*

„Oh Gott, bitte nicht", lache ich und er grinst scheinheilig.

„Wieso denn nicht? So heißt du doch schließlich."

„Idiot."

„Wenn ich mich richtig erinnere, mochtest du es immer, wenn ich dich Eli genannt habe", schmunzelt er. „Zumindest nachdem wir…"

„Nach der Party", beende ich seinen Satz.

„Mhm. Nach der Party. Ich wäre gerne länger auf unserer Schule geblieben."

„Das wäre mir auch sehr recht gewesen", gebe ich zu.

„Clair meinte letztens, du wolltest mich auf ein Date einladen?", fällt mir ein und überrascht sieht er mich an. „Deine Schwester weiß es?"

„Ach so, ja. Sie wusste es damals schon, ich habe es ihr zwar nie gesagt, aber sie meinte, es war offensichtlich, was war… also mit uns", erkläre ich ihm.

„Allerdings wollte ich das."

„Es wäre echt schön gewesen", murmle ich unüberlegt.

„Du hättest *ja* gesagt?"

„Das überrascht dich?", frage ich belustigt.

„Ein bisschen."

Ich sehe mich um. Wir sind nach wie vor allein hier, aber das ist mir ganz recht so.

„Ich war ziemlich verknallt in dich", gebe ich zu. „Du warst der erste Junge, den ich überhaupt toll fand", füge ich hinzu.

„Du auch, also der erste Junge. Aber das habe ich dir ja vorhin schon gesagt", lächelt er.

Dann vibriert mein Handy plötzlich.

Archer: Wo bleibst du? Ich bin bei dir und warte.

Archer: Du bist doch nicht zu mir gefahren, oder? :)

Archer: Ich dachte, wir treffen uns bei dir. Du hast mir deinen *Schlüssel doch wieder liegen gelassen, oder nicht?*

Archer: Zumindest habe ich ihn auf dem Regal gefunden.

Ach ja. Mein Schlüssel. Tatsächlich habe ich ihn nicht absichtlich dort hingelegt, wohl eher unbewusst, aber wenn Archer ihn genommen hat, ist es umso besser.

„Ich muss los."

„Dein Lover?", fragt er grinsend und ich stecke mein Handy weg. Er hat nicht gesehen, von wem die Nachrichten sind und ich weiß, dass er nur Spaß macht.

„Genau Noah. Und er wartet nackt in meinem Bett auf mich."

„Dann solltest du dich wohl beeilen", lacht er und wenig später sitze ich auf dem Rad auf dem Weg nach Hause. Archer schreibe ich nicht mehr.

Als ich zwanzig Minuten später endlich zu Hause bin, wartet Archer in der Küche.

„Wo warst du so lange?", fragt er, ohne vorwurfsvoll zu klingen.

„Sorry, ich hab mich mit Noah unterhalten", meine ich und nehme mir ein Bier aus dem Kühlschrank.

„Möchtest du auch?", frage ich ihn, aber da hält er sein Weinglas hoch.

„Ich hoffe, es ist okay, dass ich mir einfach etwas genommen habe."

„Klar. Wieso sollte das nicht okay sein?" Er zuckt mit den Schultern.

„Worüber habt ihr gesprochen?", fragt er dann und ich sehe, dass er gerade kocht. „Warst du einkaufen?"

„Ja, ich dachte eigentlich, dass wir gemeinsam kochen." Ich sehe auf die Uhr. *Oh, ich dachte, es wäre noch nicht so spät.* „Sorry." „Schon gut." Er lächelt. Ich gehe zu ihm und lege meine Arme locker um seine Taille. „Alles gut?"

„Ja, klar. Ich habe Noah übrigens nichts von uns erzählt."

„Ich habe doch gar nicht gefragt." Verwundert sehe ich ihn an. „Du wolltest es ihm vorhin nicht sagen, da dachte ich, du möchtest nicht, dass er es weiß", erklärt er mir.

„Ach so. Ja. Ich war etwas überrascht, ihn zu sehen. Ich habe das nicht erwartet", erwidere ich ehrlich. Er nickt verstehend.

„Hast du Hunger?", fragt er und damit ist das Thema beendet.

„Wo hast du so kochen gelernt?", frage ich ihn und trinke einen Schluck Bier. Ich lehne am Kühlschrank, während er fast fertig mit dem Essen ist.

„Meine Mum hat es mir beigebracht. Seit ich denken kann, helfe ich ihr in der Küche", erzählt er. „Und außerdem finde ich es entspannend nach einem langen Arbeitstag in Ruhe zu kochen", fügt er hinzu.

„Entspannend?", frage ich verwirrt und er nickt. „Ja, entspannend", erwidert er schmunzelnd.

„Dann kannst du gerne öfter mit frischem Abendessen nach den Spielen auf mich warten", antworte ich scheinheilig. Er fängt an zu lachen. „Das hättest du gerne."

„Oh, allerdings."

„Und was bekomme ich dafür?"

„Guten Sex?"

„Den kriege ich auch so", antwortet er trocken.

„Und da bist du dir so sicher, weil?"

„Du mir sowieso nicht widerstehen kannst."

„Ach ja?", frage ich provokant und er sieht mich amüsiert an, „Ja. Da bin ich mir sogar ziemlich sicher."

„Wenn du meinst." Ich zucke mit den Schultern.

„Ich bin eben oben und ziehe mir etwas Gemütlicheres an, bin sofort wieder da", meine ich und er nickt. Kurz danach komme ich in meiner grauen, ausgewaschenen Adidas-Jogginghose und einem lockeren Shirt zurück. Als ich die Treppe herunterkomme und in die Küche sehe, stolpere ich fast über meine eigenen Füße und halte mich gerade noch am Geländer fest. Archer steht wie vorhin schon vor dem Herd. Im Gegensatz zu gerade trägt er allerdings bis auf die Schürze, seine Kleidung gar nicht mehr. Meine Augen werden groß und mein Blick wandert wie von selbst zu seinem Hintern. *Heilige Scheiße, das kann nicht sein Ernst sein.* Ich gehe die letzten Stufen hinunter und beobachte ihn weiter. Der Tisch ist gedeckt und jetzt verteilt er das Essen auf die beiden Teller, die neben ihm auf der Arbeitsplatte stehen. *Herr Gott, kann ich ihn nicht einfach ins Schlafzimmer bringen? Jetzt sofort?* Unbewusst lecke ich mir über die Lippen und stelle mir vor, wie ich ihn über der Arbeitsplatte nehmen würde, die auf der Kochinsel in der Mitte meiner Küche ist.

Archer ist fertig, nimmt die Teller und dreht sich um.

„Essen ist fertig", lächelt er, als wäre alles wie immer und geht zum Tisch. *Verdammt.* Ich bin hart. Archers Blick wandert an mir herab und eine Gänsehaut zieht sich über meinen Körper. Er sieht, was sein Anblick mit mir anstellt, er schmunzelt ein wenig, und schenkt sich etwas Wein nach.

„Kommst du? Oder hast du doch keinen Hunger?"

„Äh… doch", stottere ich und gehe zu ihm. Archer sitzt mir gegenüber, immer noch in der Schürze und lächelt unschuldig.

„Ich hoffe, es schmeckt dir."

„Bestimmt", antworte ich und trinke etwas von meinem Bier. Meine Jogginghose spannt an meinem Schritt, Archer weiß das ganz genau, aber es interessiert ihn offenbar nur wenig. Ich seufze auf, als ich den ersten Bissen genommen habe.

„Das ist wirklich gut!"

Er grinst. „Danke."

Die Spannung zwischen uns ist fast greifbar, aber er tut nach wie vor so, als wäre alles wie immer. Ich muss mich zusammenreißen, um ruhig hier sitzen zu bleiben.

„Du bist unruhig", stellt er fest.

„Nein. Bin ich nicht", antworte ich etwas zu schnell.

„Es ist doch okay, dass ich nur die Schürze trage, oder? Mir war zu warm und du meintest ja gerade noch, dass du mir widerstehen kannst, also sollte das kein Problem sein, oder?", fragt er.

„Äh. Nein, alles gut", lächle ich angespannt und esse weiter. Nur einen Moment später verschlucke ich mich fast an meinem Bier, denn Archers Fuß streicht über die Innenseite meines Oberschenkels weiter nach oben. Ich räuspere mich und stelle die Flasche weg. Dann erreicht er meinen harten Schwanz und drückt seinen Fuß dagegen. Ich atme zitternd aus und schließe kurz die Augen. *Scheiße, das kann er doch nicht machen.* Ich esse weiter, versuche ruhig zu bleiben, aber Archer weiß genau, wie er mich provozieren kann. Wenn er so weiter macht, dann komme ich in wenigen Augenblicken. Ich weiß es und er weiß es. Da bin ich mir sicher. Unruhig rutsche ich auf dem Stuhl hin und her. Archer schmunzelt, hört aber nicht auf. Ich seufze leise und klammere mich an meiner Bierflasche fest. Archer isst seelenruhig weiter. Mein Körper beginnt zu kribbeln, ich drücke meine Hüfte weiter zu ihm und lehne mich nach hinten. Meine Beine zittern und mein Herz schlägt immer schneller. Ich spüre, dass ich in wenigen Momenten komme, stöhne auf, aber da nimmt er seinen Fuß weg und zieht ihn zu sich heran.

„Schmeckt es dir nicht?", fragt er.

„Arschloch", antworte ich und atme tief durch. „Doch, tut es." *Scheiße, das kann er doch nicht machen. Er kann doch jetzt nicht einfach aufhören!* Ich gebe ihm garantiert nicht die Genugtuung und ziehe ihn nach oben ins Schlafzimmer. Stattdessen richte ich mich auf und esse weiter. Mein Schwanz pocht und in meinem Kopf schwirren dutzende Bilder von Archer, stöhnend und verschwitzt unter mir, was meinen Körper nicht gerade wieder beruhigt. Es vergeht eine Ewigkeit, bis wir aufgegessen haben und richtig hart bin ich nicht mehr. Archers Blick reicht, damit mein Blut erneut in Richtung meiner Körpermitte schießt. Dann steht er auf und trägt die Teller zur Spülmaschine. *Oh Gott, ich drehe gleich durch.* Er ist unfassbar heiß und er weiß ganz genau, dass er mich weiter und weiter provoziert.

„Hilfst du mir mal?", fragt er auffordernd und schnell stehe ich auf. Als ich sein Glas und das Geschirr unten in die Spülmaschine einräume, stellt er sich plötzlich hinter mich. Ich keuche auf, als sein harter Schwanz direkt gegen meinen Hintern drückt. Er öffnet den Küchenschrank an der Wand, stellt irgendetwas hinein und schließt ihn wieder. Als ich mich umdrehe, sehe ich, dass der Stoff der Schürze deutlich ausgebeult ist und ungewollt keuche ich auf. Er sieht zu mir, lächelt dann nur und schnappt sich den Lappen aus der Spüle, ehe er zum Esstisch geht und ihn abwischt. Er beugt sich weit über den Tisch, er könnte auch einfach auf die andere Seite gehen, aber das macht er mit Absicht nicht. *Hallelujah.* Ich kann nicht mehr, es ist zu viel. Mit schnellen Schritten gehe ich zu ihm und lege meine Hände an seine Hüfte. Gleichzeitig drücke ich meine Mitte gegen seinen Hintern und er stöhnt auf, ehe er sich mir entgegendrückt.

„So viel dazu, dass du mir widerstehen kannst", sagt er und ich weiß, dass er grinst.

„Fuck, Archer! Erst lässt du mich gerade nicht kommen und jetzt das!"

„Ich dachte, du gibst früher nach", antwortet er lachend, aber es geht in Seufzen über, als meine Hände unter die Schürze schlüpfen und meine Finger über seine V-Linie streichen.

„Du bist die ganze Zeit schon hart", stelle ich fest und er nickt.

„Mhm, ja. Aber das war es mir wert. Dich so zu sehen…ah", er schnapt nach Luft, als ich mich fester an ihn presse und meine Fingerspitzen zu seiner Brust wandern.

„Und soll ich dich direkt hier nehmen oder gehen wir lieber hoch?", frage ich gegen seinen Hals flüsternd und küsse ihn dann unter seinem Ohr. Er seufzt leise und legt den Kopf zur Seite. „Lio…"

„Was möchtest du, Love?", frage ich leise und küsse seinen Hals wieder.

„Nimm mich", bittet er und es ist sowohl heiß als auch liebevoll. Ich küsse seinen Rücken und er seufzt immer wieder genießend auf. „Lio…"

„Archer?"

Er seufzt wieder und drückt sich mir entgegen.

„Lass uns hoch gehen. Ich will in dein Schlafzimmer", murmelt er.

„Komm." Ich lege meine Hände wieder an seine Hüfte und ziehe ihn vom Tisch weg. Er dreht sich zu mir um, mustert mich und lächelt. Ich küsse ihn, liebevoll und innig. Archer legt seine Arme um mich, der Kuss wird schnell hitziger, verlangender. Ich ziehe ihn enger zu mir heran, Archer keucht auf. Dann löst er sich von mir und zieht mich schon fast die Treppe hoch. Grinsend drücke ich ihn ins Schlafzimmer.

35. Kapitel

Zwei Auswärtsspiele später ist es soweit. Das Heimspiel, bei dem wir die Regenbogen-Trikots tragen müssen, steht an. Wir spielen gegen Boston. Die Kampagne ist vor drei Tagen angelaufen und bisher habe ich nur wenig davon mitbekommen. Im Team wird das Thema tot geschwiegen und ich habe weder Archer noch Noah seitdem wirklich gesehen. Als ich zur Halle komme, sind die beiden die ersten, die ich sehe. Archer hat einige der Fanartikel in der Hand.

„Guten Morgen." Ich stelle mich zu ihnen.

„Hey, Eli. Gut geschlafen?", fragt Noah motiviert und gut gelaunt. „Zu wenig", antworte ich lächelnd. „Du?"

„Fast gar nicht. Ich hab die ganze Nacht mit Archer gearbeitet." Mein Blick wandert zu meinem Freund, der just in dem Moment gähnen muss.

„Wie läuft die Kampagne?", frage ich ihn.

„Sehr gut", grinst Archer. „Es wurden fast alle Trikots schon verkauft und ich denke eine ganze Menge Fans werden sie heute beim Spiel tragen. Auch die Pucks sind schon so gut wie ausverkauft. Es wird noch ein Give-Away geben", erklärt er.

„Das… äh… ist toll", erwidere ich zögerlich und Noah seufzt. „Mach dir nicht so viele Gedanken, die Kampagne läuft bisher wirklich perfekt", beruhigt er mich und legt eine Hand auf meine Schulter. „Mhm."

Archer mustert uns, sagt aber nichts.

„Du bist heute hier, oder?", frage ich Noah spontan. Er nickt. „Selbstverständlich."

„Musst du nicht langsam zum Team?", fragt Archer und irritiert sehe ich ihn an. „Äh, klar." Dann gehe ich durch die Flure. Einige sind schon da und haben mit dem Aufwärmtraining angefangen.

„Guten Morgen", sage ich in die Runde und reihe mich ein.

„Heute müssen wir diese Regenbogenscheiße tragen", murmelt Lane und joggt neben mir weiter.

„Mhm. Ich hab Noah und Archer gerade schon gesehen. Es läuft wohl tatsächlich gut", erzähle ich und Lane stöhnt genervt.

„Scheiße, am Ende verliere ich die Wette gegen Duckie und Gibson noch."

„Du hast vier Tage gesagt, oder?"

„Mhm, ja. Aber ich denke nicht, dass es wirklich gut ankommen wird, wenn wir heute wie Clowns auf dem Eis stehen", antwortet er und ich seufze. „Ich bezweifle das auch."

„Das tut hier jeder." Er sieht sich um. „Außer Ian. Aus welchem Grund auch immer."

„Naivität", antworte ich. Ian ist noch nicht lange dabei, ein Rookie; der Frischling. Er wird heute lernen, wie die NHL wirklich tickt. Wenig später sehe ich, dass Archer und Noah an der Seite stehen. Wir machen eine kurze Pause und Archer winkt Kenny zu sich.

„Trainiert bitte weiter", meint Noah. Kenny stellt sich so, dass wir im Hintergrund zu sehen sind. Ich höre nicht, was er sagt, aber als Archer ihm nacheinander verschiedene Fanartikel in die Hand drückt und Noah gleichzeitig ein Video aufnimmt, ist mir schnell klar, dass es wohl das Give-Away ist, das gerade gedreht wird.

„Wie gut, dass wir da nicht stehen", meint Duckie zu Gibson und sie lachen. Ich verdrehe die Augen und trainiere weiter, bis das Video abgedreht ist. Dann können wir wirklich eine Pause machen. Ich schnappe mir mein Handtuch und wische mir übers Gesicht, ehe ich mich zu Duncan setze.

„Gegen Boston wird es heute nicht einfach", meint er und ich nicke. „Wir schaffen das schon."

„Wäre auch scheiße, wenn nicht", brummt er. „Es ist das Spiel mit den schwulen Trikots und wenn wir verlieren, ist doch klar, was die Zuschauer denken." *Scheiße, so habe ich das noch gar nicht gesehen.*

„Deswegen werden wir gewinnen", antworte ich und bemerke nicht, dass Noah zu uns gekommen ist. Er hält uns beiden je eine volle Wasserflasche hin.

„Danke."

„Ich weiß, dass die meisten hier nichts von der Kampagne halten", beginnt er und setzt sich zu uns. „Aber es kommt bisher wirklich sehr gut an. Auch viele der anderen Mannschaften haben sich schon dazu geäußert und stehen hinter uns."

„Bullshit", murmelt Duncan.

„Die müssen das sagen, aber jeder weiß, dass das nicht stimmt", antworte ich und schraube die Wasserflasche wieder zu.

„Ihr seid zu pessimistisch", antwortet er und Duncan seufzt genervt. „Sie sind naiv und gutgläubig", erwidert er trocken.

„Vielleicht ist das in New York außerhalb der Sportwelt anders, aber in der NHL gelten einige unausgesprochene Regeln und Sie brechen diese gerade. Das wird nicht klappen, auch wenn es jetzt so aussieht."

„Ich glaube an die Kampagne", antwortet Noah schulterzuckend und sieht kurz zu mir. Ich sage nichts, auch wenn er das ganz offensichtlich hofft.

Vor dem Spiel haben wir etwas Zeit und ich gehe zu Archer. Wir treffen uns bei der Loge. Alle anderen denken, ich telefoniere mit meiner Familie. Ich klopfe und Archer öffnet mir die Tür. „Hey, Love."

„Hi", lächelt er und tritt zur Seite. Er hat mir geschrieben, dass ich herkommen soll, wieso genau, weiß ich nicht. Er schließt die Tür, zieht mich zu sich heran und küsst mich. Mit geschlossenen Augen erwidere ich den Kuss nur zu gerne und streiche mit einer Hand durch seine Haare.

„Sehen wir uns heute Abend?", fragt er und zieht mich aufs Sofa. Ehe ich mich versehe, sitze ich auf seinem Schoß und er spielt mit meinen Fingern.

„Gerne", lächle ich.

„Zu dir oder zu mir?"

Er schmunzelt. „Willst du mich etwa anmachen?"

„Den Spruch habe ich von dir", erinnere ich ihn.

„Zu dir", antwortet er und küsst mich noch einmal.

„Ich kann nicht allzu lange wegbleiben", entschuldige ich mich.

„Ich weiß." Er küsst mich noch einmal und streicht mit seinen Fingerspitzen über meinen Rücken. Ich erschaudere.

„Archer…"

„Elliot", antwortet er grinsend und wiederholt es. Es ist nicht direkt erregend, es ist einfach angenehm.

„Was hat Noah vorhin zu dir und Duncan gesagt?", fragt er auf einmal und verwundert sehe ich ihn an. „Nichts Besonderes, nur dass die Kampagne gut läuft. Duncan glaubt das nicht so wirklich."

„Und du?", fragt er und entschuldigend sehe ich ihn an. Das ist Antwort genug.

„Bitte vertrau mir, Lio", sagt er, versucht nicht allzu enttäuscht auszusehen, aber das klappt nicht wirklich gut. „Love…"

„Schon gut, Elliot", er schiebt mich vorsichtig, aber bestimmt von sich herunter, sodass ich nun neben ihm sitze.

„Ich weiß doch, wie du dazu stehst."

„Es tut mir leid."

„Tut es nicht." Er schüttelt den Kopf. „Und das finde ich auch nicht schlimm, aber…"

„Aber?", frage ich, als er stockt und nicht weiterspricht. Archer schließt die Augen, stützt sich mit den Ellenbogen auf seinen Knien ab und drückt Daumen und Zeigefinger gegen seine Nasenwurzel. „Scheiße, vergiss es einfach."

„Ist das dein Ernst jetzt?"

„Ja, Elliot. Vergiss es wieder."

„Garantiert nicht. Was hast du?"

Archer zuckt mit den Schultern. „Ich verstehe es nur nicht so ganz."

„Was meinst du?" Verwirrt sehe ich ihn an. Er steht auf und geht einige Schritte umher. „Mit Noah kannst du reden. Er darf sich zu dir und Duncan setzen und mit ihm kannst du lachen. Mit mir nicht. Noah ist schwul. Er ist genauso wenig hetero wie ich oder du, aber bei ihm hast du keine Angst, dass jemand den Gedanken bekommen könnte, du wärst nicht hetero." Er wird lauter und fährt sich mit beiden Händen durch die Haare.

„Verdammt, du gehst mit ihm so anders um als mit mir!"

„Weil wir miteinander geredet haben?"

„Scheiße, wieso kannst du mit ihm so umgehen und mit mir nicht? Wo ist der Unterschied? Ich meine, sogar Sex hattest du mit ihm und mir!" Ich sehe zur Seite durch das große Fenster. Der Innenraum der Arena ist noch vollkommen leer. Wahrscheinlich laufen ein paar Techniker dort unten herum, aber ich sehe niemanden.

„Das ist doch etwas anderes…"

„Wieso ist das etwas anderes? Wo ist der verdammte Unterschied?!", möchte er wissen und ich stehe auf. „Archer, bitte!"

„Was?"

„Ich gehe mit Noah um, wie man mit alten Freunden umgeht, nicht anders!", stelle ich klar. „Du musst doch seinetwegen nicht eifersüchtig sein!"

Archer schnaubt. „Ja, ich seh's. Erst versetzt du mich wegen ihm und dann das. Heute Morgen. Vorhin beim Training. Ich dürfte dich niemals so anfassen oder ansehen, du würdest sofort abhauen."

„Würde ich nicht."

363

„Verarsch jemand anderen."

„Archer!"

„Was?! Es ist doch so!"

Ich trete ein paar Schritte auf ihn zu. „Ich will dich. Nicht ihn."

„Du flirtest mit ihm", antwortet er.

„Was? Nein! Ich flirte mit niemandem, nur mit dir", verspreche ich ihm. Er sieht zur Seite, lässt aber zu, dass ich meine Hände auf seine Wangen lege und sie zu seinem Hals gleiten lasse. „Ich will nichts von ihm. Versprochen." Ich sehe ihm an, dass er etwas sagen möchte, aber mit sich selbst hadert, ob er es wirklich tun wird.

„Scheiße, ich will doch nur, dass du mich so behandelst, wie ihn, wenn das Team dabei ist!"

Mein Herz zieht sich schmerzhaft zusammen, als ich die Verzweiflung in seiner Stimme höre.

„Love... es tut mir leid", entschuldige ich mich noch einmal.

„Du wirst es aber nicht ändern", erwidert er und lacht mit einem bitteren Unterton. „Und ich werde wieder nur an der Seite stehen und zusehen, wie es nie zwischen uns sein wird. Aber mit Noah geht das ja. Weil ihr euch kennt. Überraschung, mich kennst du auch!" Er schüttelt den Kopf und atmet tief durch.

„Du solltest wieder runtergehen. Die anderen wundern sich sonst noch." Ich schließe kurz die Augen. *Ich hasse es, dass er damit recht hat.* Er sieht mich an, wartet auf meine Reaktion. Also beuge ich mich zu ihm vor und küsse ihn. Vorsichtig und sanft. Archer erwidert, der Kuss dauert aber nicht lange an.

„Heute Abend gehöre ich nur dir. Versprochen." Er nickt stumm.

„Ich lege dir meinen Schlüssel hin", lächle ich und nehme mir vor, ihm einen eigenen Schlüssel zu meinem Haus anfertigen zu lassen. Meinen hat er doch sowieso ständig.

„Okay."

Ich küsse ihn noch einmal. „Bis später."

„Viel Spaß beim Spiel." Er lächelt gezwungen und es tut weh, ihn so zu sehen, aber ich kann daran nicht so viel ändern, wie ich gerne würde. „Hab ich immer, wenn du zusiehst", antworte ich und das Lächeln wird etwas ehrlicher. Ich küsse ihn wieder. „Du bist so kitschig geworden", stellt er fest und ich zucke mit den Schultern. „Schlimm?"

Er schüttelt den Kopf. „Nein."

In der Umkleide vor dem Spiel liegen die Trikots schon bereit. Ich nehme meins von der Bank und sehe es an.

„Es ist grässlich", brummt Gibson und legt es zurück, ehe er anfängt, sich umzuziehen.

„Warte bis du ein Bild damit hochladen musst", antwortet Duckie grinsend.

„Ich werde nicht verlieren", betont er schon wieder. *Diese Wette ist so bescheuert.* Kenny ist der Erste, der seine Ausrüstung vollständig angelegt hat und zieht sich jetzt das Trikot über. Er sieht missmutig an sich herab.

„Benehmt euch da draußen. Das mit den Trikots ist eine Sache, aber wenn jetzt durchscheint, was unsere Meinung dazu eigentlich ist, wäre das definitiv Lightnings Untergang", richtet er das Wort an die Mannschaft. „Los, zieht sie an." Ich nehme es mir und sehe es an. Mein Name in regenbogenfarbener Schrift. Ich hätte wirklich nicht gedacht, das jemals zu sehen. Was soll's. Es sind ja nur ein paar Spiele.

Archer betritt mit Noah die Kabine, als alle fertig angezogen sind.

„Lächeln." Er richtet die Handykamera auf uns.

„Nochmal", sagt Noah wenige Sekunden später.

„Das ist ein kleines Video für die Instagram-Story. Freut euch auf das Spiel!" Ich verdrehe die Augen, mache aber mit.

„Danke." Archer sieht durch die Runde. „Macht bloß keinen Mist heute."

„Hat Kenny gerade auch schon gesagt", brummt Duncan und geht an ihm vorbei aus der Kabine. Wenig später stehen wir vor dem großen Tor zur Eisfläche.

„Scheiße, ist das euer Ernst?", fragt einer der Jungs von Boston beim Warm-Up belustigt und deutet auf unsere Trikots. „Offensichtlich", antwortet Duncan. Ich ignoriere die Frage, schnappe mir einen Puck und feuere ihn in Lanes Richtung. Archer beobachtet uns ganz genau. Jeder hier drin beobachtet uns. Normalerweise stört mich das herzlich wenig, im Gegenteil. Vor Publikum zu spielen ist ein Wahnsinnsgefühl, aber jetzt gerade will ich nicht angesehen werden. *Verdammte Scheiße.*

Das Warm-Up zieht sich wie Kaugummi und es dauert mir definitiv zu lange, bis das Spiel beginnt. Vor der Aufstellung wird groß angekündigt, dass wir heute in Trikots spielen, die deutlich zeigen, dass Atlanta Ice Lightning sich für mehr Akzeptanz im Sport einsetzt und dass jeder dieses Projekt gerne unterstützen kann. Dann *endlich* geht das Spiel los. Kenny schießt zu mir, ich arbeite mich nach vorne, gebe an ihn zurück. Es geht schnell in Richtung Bostons Tor und nicht einmal dreißig Sekunden nach Spielstart, schaffen wir einen Torschuss. Gehalten. Wir kommen gut rein in die Partie, aber Boston legt nur wenige Augenblicke später nach. Das Spiel ist schnell, es kommt schon im ersten Drittel zu je zwei Toren und die Stimmung in der Arena ist der Wahnsinn. Ich schnappe mir einen Proteinriegel und sehe erst dann, dass ein breit grinsender Archer neben einem genauso gut gelaunten Noah steht.

„Es läuft noch besser, als erwartet!", meint Noah. „Der Fanshop läuft gerade über vor Fans, es ist so gut wie nichts mehr da und Social Media ist voller positiver Rückmeldungen."

Ich sehe durch die Runde. Die Jungs scheinen nach wie vor nicht sonderlich begeistert zu sein. Ich blicke zu Archer.

„Und die Negativen?", fragt Lane. „Was ist mit den negativen Reaktionen?"

Archer seufzt. „Einige gibt es, aber das ist die Minderheit."

„Noch", murrt Duckie und ich verdrehe die Augen.

„Das bringt doch nichts", meint Ian plötzlich.

„Was?", fragt Duncan verwirrt und auch wir anderen verstehen in diesem Moment nicht, was er damit sagen möchte.

„Wir machen diese Kampagne jetzt, fertig. Und wir werden Boston nicht schlagen, wenn sich hier jetzt diese miese Stimmung ausbreitet. Ich weiß, dass ihr alle dagegen seid, aber ich will in die verdammten Play-offs!"

Mit großen Augen sehe ich den Rookie an. Woher kam das denn jetzt? Dann blicke ich zu Kenny, der genauso perplex zu sein scheint.

„Kenny! Sag was dazu!", fordert Ian ihn auf. „Du bist der Captain!", erinnert er ihn und Kenny nickt. „Ja, du hast ja recht."

Erstaunt sehe ich ihn an. Damit hatte ich nicht gerechnet.

„Ihr habt ihn gehört, Jungs. Es geht darum, in die Play-offs zu kommen. Scheiß auf die Trikots, bald tragen wir wieder blau und weiß. Boston ist verdammt gut und das wissen sie auch. Wir werden heute Abend gewinnen!"

Motiviert und mit neuer guten Laune geht es im zweiten Drittel weiter und wir schaffen es, in Führung zu gehen. Als ich vom Eis fahre, öffnet Archer mir das Tor in der Bande. Er lächelt und nickt zufrieden. Kenny hat das Tor gerade geschossen und ich habe vorgelegt. Nachdem Lane einen Torschuss hält, fährt einer der Spieler aus Boston an uns vorbei und lacht.

„Eure Trikots sind echt das Dümmste, was ich je gesehen habe." Ein Zweiter steht daneben. „Schwuchtel."

Lane lässt ihm nicht einmal die Zeit, zu reagieren, bevor er die Handschuhe wegwirft und ihm den ersten Schlag verpasst hat.

„Lane!" Er ignoriert mich und schlägt noch einmal zu. Miller zieht ihn weg und erst da sehe ich, dass unser Goalie an der Hand blutet. Miller übernimmt den Kampf und Duncan hat den zweiten Spieler aus Boston übernommen. Ich stöhne genervt, fahre zu ihnen und warte darauf, dass Duncan aufhört. Er ist nach wie vor ein grottenschlechter Kämpfer. Ich stelle mich nicht dazwischen, das macht man nicht, und ich habe keine Chance, ihn wegzuziehen, bevor er auf der Eisfläche liegt und flucht.

„Scheiße, wenn man nicht kämpfen kann", lacht der Verteidiger aus Boston gehässig. „Aber was will man von einem Schwanzlutscher-Verein auch erwarten."

Jetzt reicht es auch mir und ich lasse meine Handschuhe aufs Eis fallen. Das müssen wir uns echt nicht geben. Der Kerl hat es nicht kommen sehen und der erste Schlag hätte nicht besser sitzen können. Mein Helm fällt zu Boden und ich schmecke einen Moment später Blut in meinem Mund. Es tut nicht weh. Ich schlage wieder zu und treffe erneut. Er ist zwar gut, aber ich merke schnell, dass er noch nicht oft gekämpft hat. Es ist ein Leichtes für mich, ihn aus dem Gleichgewicht zu bringen und als er auf dem Eis liegt, lasse ich von ihm ab. *Auch wenn ich den Drang verspüre, noch einmal zuzuschlagen.* Mit Miller fahre ich zur Strafbank.

„Es war so klar, dass das passiert", murmelt Miller und lässt sich auf die Bank fallen.

„Wie gut, dass du zurück bist", antworte ich halb im Spaß, halb erst gemeint.

„Du hast das gerade ziemlich gut gemacht."

„Du warst ja auch lange weg", erwidere ich. „Wer hätte sonst kämpfen sollen. Etwa Duncan?"

„Scheiße, nein. Der hätte gerade gar nicht erst anfangen dürfen, zu kämpfen. Man könnte meinen, er hätte nicht eine

Trainingsstunde gehabt", antwortet Miller und greift nach einer der Wasserflaschen vor uns.

Für die nächsten Minuten stehen nur je drei Spieler auf der Fläche. Mal schauen, ob das was wird.

„Leighton." Ich drehe mich um und sehe O'Doyle.

„Was gibt's Doc?"

„Du bist verletzt", antwortet er und in diesem Moment kommt der Schmerz. Das Adrenalin klingt ab. *Verdammter Mist.*

„Halb so wild", antworte ich und nehme mir ebenfalls ein Wasser. Er setzt sich neben mich und sieht es sich an.

„Mhm. Nicht schön, aber nicht dramatisch", antwortet er und nickt zufrieden. Miller braucht er sich nicht anzusehen. Der Enforcer hat so gut wie nichts abbekommen.

„Ich glaube, du hast ihm die Nase gebrochen", meint er, als O'Doyle wieder weg ist. „Dem Kerl aus Boston?"

„Das war ein Rookie", antwortet er.

„Scheiße, ehrlich?"

„Er ist selbst schuld. Er hätte einen der anderen Jungs übernehmen lassen sollen."

„Ich habe angefangen. Man kämpft nicht mit dem Rookie", erwidere ich, aber Miller zuckt nur mit den Schultern. „Man beleidigt andere Spieler auch nicht."

In der nächsten Pause lasse ich mich genervt auf meinen Platz in der Umkleide fallen.

„Geht's euch gut?", fragt Kenny direkt.

„Ja, wir spielen weiter", antwortet Miller und ich nicke zustimmend.

„Scheiße, was war denn da los?", fragt Warren sichtlich unzufrieden und verschränkt die Arme vor der Brust.

„Was wohl, Coach?", fragt Lane und verdreht die Augen. Noah geht an Drew und Warren vorbei und setzt sich neben mich.

„Das sah ziemlich heftig aus", meint er und ich sehe zu ihm. „Mir geht es gut."

Archer steht neben Drew an der Tür und sieht zu uns.

„Ich werde weiterspielen", sage ich zu Noah. „Aber ich denke nicht, dass es der letzte Kampf heute war."

„Garantiert nicht", pflichtet Miller mir bei.

„Früher hast du nie gekämpft", meint Noah und ich zucke mit den Schultern. „Dinge ändern sich", antworte ich ihm.

„Du hast nicht gekämpft?", fragt Ian verwundert.

„Niemals", antwortet Noah und schmunzelt. „Deswegen war ich gerade so überrascht, dass du einen Kampf begonnen hast, jetzt wo euer Enforcer wieder hier ist."

„Ich war beschäftigt", erinnert Miller ihn.

„Wie geht's dem Rookie?", frage ich und Drew seufzt. „Er hat eine gebrochene Nase, aber seinem Kiefer geht es gut. Es könnte also schlimmer sein."

„Hast du etwa ein schlechtes Gewissen?", fragt Duckie.

„Ich hätte auch gewonnen, ohne ihm etwas zu brechen", antworte ich, aber Gibson winkt ab. „Der Kerl ist jung, das verheilt schnell. Außerdem hat er es drauf angelegt."

Noah klaut sich einen Proteinriegel aus dem Korb und zieht sein Handy raus.

„Du hast den Kampf gefilmt", stelle ich fest.

„Natürlich habe ich das. Es ist schon online." *Wie sollte es auch anders sein, schließlich haben wir gewonnen.*

Die Stimmung ist nach wie vor angeheizt und nicht selten höre ich hier und da die Wörter *lächerlich, dumm, schwul, Schwuchtel* oder auch *Tunte*. Ich ignoriere es so gut es geht, aber es vergehen nicht ganz fünf Minuten, da sehe ich, dass Duncan schon wieder in einen Kampf verwickelt ist. Hat es ihm gerade nicht gereicht, aufs Eis gedrückt zu werden?

„Was soll der Mist?", fragt Lane genervt und zieht ihn wieder in die Vertikale. Duncan antwortet nicht und fährt zur Strafbank.

Super.

„Er wollte unbedingt selbst kämpfen", meint Miller, als die Reihen getauscht werden. „Wieso das denn? Er kann es doch nach wie vor nicht", antwortet Ian irritiert. Miller zuckt mit den Schultern. „Keine Ahnung. Er lässt sich aber zu leicht provozieren. Es war doch klar, dass Boston unsere Trikots nicht einfach ignorieren wird", antwortet er. Als Nächstes ist Ians Reihe dran und er springt über die Bande. Vorher allerdings hat Duncan seine Strafzeit abgesessen und fährt zu uns herüber.

„Das gibt ein nettes Veilchen", stellt Kenny fest und der Verteidiger lässt sich neben mir fallen.

„Ach, sei doch leise", murmelt er genervt und schnappt sich seine Wasserflasche.

„Alter, was sollte das?", frage ich ihn aber trotzdem etwas leiser.

„Dieses Arschloch weiß nicht, wann es genug ist", brummt er. „*Gay Lightning.* Die ganze Liga wird uns so nennen", fügt er dann hinzu.

„Das ist in ein paar Wochen wieder vergessen", versuche ich optimistisch zu sein, obwohl ich genau weiß, dass er recht hat.

„Das hättest du gerne. Schau nachher mal auf dein Handy. Wir sind die Lachnummer der NHL." Ich kann darauf nicht antworten, ich bin wieder an der Reihe. Es steht inzwischen vier zu drei. Wir liegen hinten. Die nächsten 90 Sekunden ändern am Spielstand nichts und die zweite Reihe springt aufs Eis.

„Das kann doch nicht wahr sein!", flucht Drew. „Seht ihr nicht, wie sie euch verarschen?"

Kenny seufzt und nickt dann. „Wir werden gewinnen. Das klappt."

„Ich weiß ja nicht", murmelt Archer plötzlich und ich drehe mich um. Seit wann steht er hinter mir?

„Was soll das denn heißen?", fragt Ian perplex, der es auch gehört hat. Archers Gesichtsausdruck zu urteilen, sollte es niemand mitbekommen. *Doof gelaufen.*

„Die Spieler aus Boston provozieren euch doch ganz bewusst. Und ihr lasst euch darauf ein. Dadurch seid ihr fast alle unkonzentriert und viel zu hektisch."

„Seit wann hast du noch einmal Ahnung von Eishockey?", frage ich trocken.

„Ich arbeite nicht erst seit gestern hier", erwidert er, ohne zu mir zu sehen.

„Er hat recht", pflichtet Coach Warren ihm bei. „Boston ist darauf aus, euch aus dem Konzept zu bringen. Und sie schaffen es bisher leider ziemlich gut; also reißt euch zusammen! Es sind noch zehn Minuten zu spielen!"

Es dauert. Die Zeit wird immer knapper. Ian schafft es schließlich, den Ausgleich zu erzielen. Es geht in die Verlängerung und Warren bringt noch einmal sehr deutlich zum Ausdruck, dass wir dieses Spiel unbedingt für uns entscheiden müssen und dass wir die Kommentare zu ignorieren haben. Wir sind Profis und das wird von uns erwartet. Das Spiel zieht sich weiter in die Länge und frustriert stöhne ich auf, als es schließlich heißt: Penalty-Schießen.

„Kenny, du zuerst", entscheidet Drew.

„Dann Elliot, dann Ian." Ich nicke und setze mir meinen Helm wieder auf. In der ersten Runde schießen beide Mannschaften zwei Tore. Unentschieden. Also geht es weiter. Es dauert noch zwei weitere Runden im Penalty, bis das Ergebnis fest steht. Verloren. Lane kommt vom Eis und setzt sich fluchend hin. „Was ein scheiß Spiel! Duncan was sollte der Mist?! Wieso musstest du heute direkt zweimal einen Kampf beginnen!"

„Alter, ich war ja wohl nicht der Einzige!", erwidert der Verteidiger wütend.

„Im Gegensatz zu dir können Miller und Leighton aber kämpfen!"

„Arschloch", antwortet Duncan und verschwindet in Richtung Dusche.

„Du darfst nicht allein Duncan dafür verantwortlich machen, wie es heute gelaufen ist", sagt Kenny, als Duncan weg ist.

„Tue ich nicht", widerspricht Lane. „Jetzt gerade schon. Natürlich ist es dumm von ihm gewesen sich zu prügeln."

Kenny hält kurz inne und sieht durch die Runde. „Aber wir alle haben heute nicht die Leistung gebracht, die wir hätten bringen können. Wir haben uns provozieren und vorführen lassen. Das wird beim nächsten Spiel nicht mehr passieren", stellt er klar.

„Sicher", antworte ich sarkastisch und gehe ebenfalls in die Dusche.

Schlecht gelaunt, müde und ausgelaugt mache ich mich auf den Weg nach Hause. Mein Schlüssel war weg, Archer wird also schon auf mich warten.

Wie erhofft steht er in meiner Küche. „Du kochst?", frage ich überrascht und er dreht sich um. „Hast du keinen Hunger?"

„Oh doch!", erwidere ich und gebe ihm einen kurzen Kuss.

„Es gibt Spaghetti, nichts Aufregendes", meint er, aber ich zucke mit den Schultern. „Finde ich gut."

„Du musst dringend lernen, es zu ignorieren", sagt er plötzlich.

„Was?"

„Die Provokationen, die dummen Sprüche. Du musst das alles ausblenden, vor allem beim nächsten Spiel", erklärt er.

„Fang nicht bitte schon wieder damit an. Ich weiß auch so, dass es beschissen gelaufen ist."

„Immerhin habt ihr einen Punkt geholt."

„Oh toll", antworte ich sarkastisch und hole zwei Teller heraus. Archer verteilt das Essen und gibt mir einen davon. Wir setzen uns.

„Zwei Spiele müssen wir in den Trikots noch durchhalten, oder?", frage ich ihn. Er nickt. „Ja, die beiden nächsten Heimspiele."

„Super, dann haben wir danach wohl einige Spieler weniger", murmle ich.

„Wieso denn das?" Verwirrt sieht er mich an.

„Weil die Partie heute schon mehr aus Kampf, als aus Eishockey bestanden hat. Es ist ein Wunder, dass Duncan nicht zumindest eine gebrochene Nase hat", antworte ich ihm. „Und ich glaube nicht, dass es bei den nächsten Spielen besser wird. Hast du es mitbekommen? Wir sind laut Boston jetzt schon Atlanta *Gay* Lightning", erzähle ich.

„Das ist nur dummes Gerede", antwortet er mir.

„Du stehst ja auch nur daneben", antworte ich genervt.

„Elliot, die Kampagne ist jetzt schon ein großer Erfolg. Vertrau mir, es wird noch besser." Hat er wirklich nicht mitbekommen, was vorhin in der Arena geschehen ist?

„Ich bin müde. Ich gehe pennen", sage ich, als die Küche wieder aufgeräumt ist.

„Ich komme gleich nach. Ich muss noch kurz eben was für die Arbeit machen", antwortet er und holt seinen Laptop heraus. Ich gehe hoch, verschwinde kurz im Bad und lege mich dann hin. Ich bin müde, kann aber nicht schlafen. Meine Gedanken wollen keine Ruhe geben. Es vergeht bestimmt noch eine halbe Stunde, bis Archer zu mir ins Bett kommt.

„Lio?"

„Mhm?"

„Oh, ich dachte, du schläfst schon."

„Fast", antworte ich knapp.

„Magst du herkommen?", fragt er und seufzend drehe ich mich um. „Was ist?"

Es ist dunkel, ich kann seinen Gesichtsausdruck nicht richtig erkennen, aber dass er einige Sekunden lang zögert, bis er antwortet, verrät mir genug.

„Was ist, Archer?"

„Nichts, schon gut. Gute Nacht", sagt er dann und drückt mir einen Kuss auf den Mund. „Schlaf gut."

„Du auch", antworte ich, sehe ihn noch eine Weile an und warte darauf, dass er sich wie sonst an mich kuschelt. Aber das passiert an diesem Abend nicht mehr.

36. Kapitel

Es vergehen zwei Tage. Heute ist Samstag und damit steht das Heimspiel gegen Buffalo an. Gut gelaunt betrete ich die Arena. Ich werde Archer wiedersehen. Wir haben es seit Donnerstag nicht einmal geschafft, miteinander zu telefonieren. Entweder er musste arbeiten oder ich hatte Training. Stattdessen habe ich gestern Mittag mit Noah gegessen. Archer hatte in dieser Zeit eine Konferenz und konnte nicht mitkommen, aber mein Bauchgefühl sagt mir, dass er es auch gar nicht gewollt hätte. Eigentlich bin ich davon ausgegangen, ihn heute hier zu treffen, vielleicht kurz in der Loge oben, aber von meinem Freund ist weit und breit keine Spur.

> *Wo bist du?*

Ich bekomme auf die Nachricht lange keine Antwort. Erst kurz vor dem Spiel sehe ich, dass Archer mir geschrieben hat.

> *Love: Ich schaffe es heute nicht, ich sitze noch im Büro.*
>
> *Aber musst du nicht eigentlich dabei sein für Social-Media?*
>
> *Love: Noah übernimmt das. Ist er etwa noch nicht da?*
>
> *Doch, schon seit heute Mittag.*
>
> *Sehen wir uns heute Abend?*
>
> *Love: Weiß ich noch nicht. Ich schreibe dir.*

Seufzend lege ich das Handy weg und fange an, mich umzuziehen. Mir war klar, dass Archer durch die Kampagne noch mehr zu tun hat, aber *so viel* mehr? Das Stadion ist voll, es ist laut und die Stimmung heizt sich immer weiter auf. Ich hingegen bin mehr oder minder gar nicht motiviert, da jetzt rauszugehen. Es ist merkwürdig; ich habe mich so daran gewöhnt, dass Archer bei jedem Spiel in der Box steht, dass es sich nicht richtig anfühlt, dass sein Platz heute leer bleibt. Mehr oder weniger leer. Noah steht an dieser Stelle, aber das ist nicht das Gleiche.

Tatsächlich erblicke ich auf den Rängen einige Fans in den Regenbogentrikots. *Pridetrikots*, wie Noah sie nennt. Nicht mehr als ein Tropfen auf dem heißen Stein.

„Heute muss das besser laufen als am Mittwoch!" Kenny wendet sich nach dem Warm-Up an die Mannschaft.

„Falls die Spieler aus Buffalo dumme Sprüche bringen sollten, ignoriert es einfach. Das letzte Spiel war eine Katastrophe und das wird nicht noch einmal passieren, klar?" Fast alle nicken.

„Duncan!"

Besagter Verteidiger sieht zu Kenny.

„Du kämpfst heute nicht, verstanden? Ich habe wirklich keine Lust, dass das irgendwann in einem gebrochenen Kiefer oder einer Gehirnerschütterung endet."

„Schon klar", brummt er und zieht sich seinen Helm auf.

„Denkt dran, noch ist die Transferperiode nicht vorbei", merkt unser Teamcaptain etwas ruhiger an. *Bloß keinen Druck machen, Kenny.* Es kommt, wie es kommen musste. Es sind nicht einmal fünf Minuten vergangen, da fängt der erste Kampf an. Gibson bringt den anderen Spieler zu Fall, beide müssen auf die Strafbank.

„Was habe ich gesagt?!", fragt Kenny in der ersten Pause aufgebracht, nachdem auch Duckie meinte, sich prügeln zu müssen.

„Ich lasse mich aber garantiert nicht als verweichlichter Schwanzlutscher bezeichnen!", antwortet Duckie aufgebracht und Gibson nickt. Noah stöhnt genervt.

„Was ist?", möchte Lane wissen und ich sehe, dass Noah den Kopf schüttelt, ehe er antwortet: „Die Mannschaft von Buffalo hat das Spiel gesehen, oder zumindest ihre Trainer haben sich es angeschaut. Es war mehr als eindeutig, warum es zu so vielen Kämpfen kam. Natürlich werden sie euch heute provozieren, weil sie genau wissen, wie es enden wird. Und ihr fallt darauf rein. Das ist dämlich. Ihr solltet es ignorieren und euch auf das Spiel konzentrieren."

„Seit wann haben Sie hier etwas zu melden?", fragt Duckie irritiert.

„Seitdem ich von Lightning für meine Arbeit bezahlt werde", antwortet Noah trocken. Gibson sieht ihn einen Moment an. „Ich wette, Archer hat Sie nur engagiert, weil Sie genauso ein Arschficker sind wie er."

Meine Augen werden groß. „Das geht zu weit", schaltet Drew sich ein. „Gibson, du spielst heute nicht mehr, du bist raus."

„Das kann nicht dein Ernst sein", lacht er, aber Drew interessiert das nicht. Noah verlässt den Raum wenig später und auf dem Weg zurück zum Innenraum bin ich versucht, Gibson aus Versehen mit meinem Schläger die Beine wegzuziehen. Ich lasse es sein. Noch mehr Streitigkeiten in der Mannschaft würden nur dazu führen, dass wir verlieren.

„Alles gut?", frage ich Noah, wenig später, als meine Reihe gerade nicht auf dem Eis steht. Er winkt ab. „Es ist nicht das erste Mal, dass jemand versucht mich zu beleidigen, weil ich auf Männer stehe", schmunzelt er. „Es kann ja nicht jeder mit Allgemeinbildung gesegnet sein."

„Aber du weißt, dass die ganze Mannschaft so denkt."

„Nicht die ganze", korrigiert er mich. *Stimmt. Ich denke nicht so.*

„Ich habe aber nichts gesagt", murmle ich und bin froh, dass ich am Rand der Bank sitze, sodass niemand hört, was ich gerade sage.

„Schon gut. Mir reicht, dass ich in deinem Blick gesehen habe, dass du Gibson am liebsten eine reingehauen hättest", grinst er.

„Das ist dir aufgefallen?", frage ich überrascht und er nickt. „Du hast dich in dieser Hinsicht erstaunlich wenig verändert. Ich habe das Gefühl, dich immer noch ziemlich gut zu kennen", sagt er ehrlich.

„Äh... okay." *Was soll ich darauf antworten?* Nur ein paar Sekunden später, ist meine Reihe am Zug und damit brauche ich nichts mehr zu erwidern.

Kurz vor dem gegnerischen Tor sagt plötzlich einer der Spieler aus Buffalo: „Schieß schon, du Tunte."

Für einen Moment bin ich davon so abgelenkt, dass er mir den Puck abnehmen kann und ehe ich mich versehe, findet das Spiel in unserem Drittel der Eisfläche statt. *Verdammte scheiße!* Das darf doch nicht wahr sein! Wenig später lasse ich mich gefrustet auf die Bank fallen.

„Du musst es ignorieren."

„Weiß ich doch", brumme ich genervt und drehe mich zu Noah um.

„Gibt es heute überhaupt Spielzüge, die du online stellen kannst?", frage ich ihn. Wir liegen null zu drei zurück.

„Wenige, aber ein paar", meint er. „Wenn du gleich ein Tor schießen willst, tut dir aber bitte keinen Zwang an", fügt er hinzu. „Feel free."

„Du kannst mich mal, Neo", antworte ich, muss aber grinsen. Plötzlich stößt Ian mich mit dem Ellenbogen von der Seite an.

„Mhm? Was ist?", verwundert sehe ich ihn an. Der Rookie zögert einen Moment.

„Spuck's aus", fordere ich ungeduldig. Er seufzt und sieht kurz auf die andere Seite, ehe er sich wieder mir zuwendet.

„Duckie und Gibson reden darüber, dass ihr miteinander sprecht", sagt er leise. Irritiert sehe ich ihn an.

„Mister Whitten und du."

„Wieso denn das?"

„Weil ihr flirtet", antwortet er und mein Herz setzt einen Schlag aus. „Wie bitte?"

„Mich kratzt das nicht, versprochen, aber ich dachte, du solltest wissen, was sie denken, bevor es in der ganzen Mannschaft die Runde gemacht hat."

„Wieso sollten Noah und ich bitte flirten? Haben die einen Schlag zu viel abbekommen?!", frage ich und merke, dass ich wütend werde.

„Ich habe keine Ahnung", antwortet Ian schnell. „Ihr kennt euch doch von früher, oder nicht? Ihr wart doch befreundet oder so."

„Ja, das waren wir, wieso?"

„Na ja, weil es erklärt, wieso ihr euch so gut versteht. Aber nachdem Mister Whitten vorhin als schwul bezeichnet wurde und nicht widersprochen hat... na ja." Er braucht seinen Gedankengang nicht weiter auszuführen.

Ich seufze genervt. „Das ist so bescheuert."

Ian nickt. „Tut mir leid."

„Wieso tut es dir leid?"

„Ich könnte etwas dagegen sagen, aber ich bin doch nur der Rookie", erklärt er und ich schüttle den Kopf. „Alles gut, Ian. Wirklich. Aber ich bin nicht schwul. Im Gegensatz zu den anderen stört mich nur nicht, dass Noah es ist", erkläre ich ihn und er nickt. „Ja, das weiß ich doch." Einen Moment später springt er über die Bande. Verdammt, ich kann nicht glauben, wie schwer es mir gefallen ist diesen Satz auszusprechen. *Ich bin nicht schwul.* Und wie ich das bin. Ich stehe auf Männer, besonders auf einen. Und ich liebe es, ihn zu küssen. Und ich spiele schlechter, weil ich weiß, dass er nicht zusieht, auch wenn mich das als Profispieler eigentlich nicht beeinflussen dürfte. *Verdammt, wieso glauben die nur, dass ich mit Noah flirte?*

Ian schießt ein Tor. Eins zu drei. In fünf Minuten ist das zweite Drittel vorbei und auch wenn uns beigebracht wird, bis zur letzten Sekunde zu kämpfen, sehe ich für heute Abend keinen Sieg in Aussicht. Vielleicht schaffen wir es in die Verlängerung, aber gewinnen? Nein, dafür ist die Stimmung in der Mannschaft einfach zu beschissen. Das klappt nie und nimmer.

„Ich dachte wirklich, ihr spielt besser."

„Arschloch", antworte ich Noah nur. Wir gehen durch die langen Flure nach draußen. Wir haben das Spiel verloren. Nicht einmal in die Verlängerung haben wir Buffalo zwingen können. Es war eine Blamage auf ganzer Linie, man kann es einfach nicht beschönigen. Draußen steht Ellie und wartet ganz offensichtlich.

„Ian sollte in ein paar Minuten rauskommen", sage ich und schließe neben ihr mein Fahrradschloss auf.

„Davon gehe ich aus", lächelt sie. „Hat er arg schlechte Laune?"

Ich zucke mit den Schultern. „Du hast doch gesehen, wie beschissen das Spiel gelaufen ist."

„Jeder hat mal einen schlechten Tag."

„Wir wissen doch beide, dass es nicht daran lag", antworte ich trocken und sie seufzt. „Ich finde gut, was ihr da tut. Auch wenn es viel Kritik gibt, ist es wichtig, dass endlich mal jemand sagt, was im Sport falsch läuft."

„Danke schön", meint Noah plötzlich. Ellie sieht ihn etwas verwundert an.

„Er ist einer der Verantwortlichen für die Kampagne", erkläre ich schnell.

„Oh, okay. Dann gerne", antwortet sie sofort.

„Freut mich, dass es zumindest dir gefällt", erwidert er charmant.

„Elliot kann ich dich mal etwas fragen?", möchte Ellie dann zögerlich wissen.

„Was gibt's?", frage ich irritiert und hänge das Schloss an den Lenker.

„Ian hat mir erzählt, wie die Mannschaft drauf ist, also eher homophob", beginnt sie zögerlich und beobachtet mich ganz genau.

„Mhm. Stimmt", erwidere ich missmutig.

„Du auch?"

„Ich?", verwirrt sehe ich sie an.

„Du bist Teil des Teams. Bist du auch... dagegen?"

„Äh... nein."

„Aber du sagst nichts dazu", schlussfolgert sie. Ich zucke mit den Schultern.

„Ian weiß nicht, was er machen soll. Er würde gerne mehr tun, aber er ist der Rookie", beginnt Ellie und ich weiß augenblicklich worauf das hinausführen wird.

„Ellie, es tut mir leid, dass es so ist, wie es ist. Und ich weiß, dass Ian die Kampagne eigentlich ganz gut findet, aber nur weil ein Rookie diese Meinung hat, wird sich nicht die gesamte NHL plötzlich verändern."

„Das ist mir leider klar. Aber ich möchte nicht, dass er verletzt wird, wenn ihr wieder die Pridetrikots tragt", antwortet sie besorgt.

„Wird er nicht", versichere ich ihr unüberlegt. „Miller ist zurück, unser Enforcer und außerdem genießt er als Rookie noch einen besonderen Platz. Der Rookie wird nicht verletzt", erkläre ich ihr. Sie nickt verstehend. „Danke, Elliot."

„Ach was", ich winke ab. In diesem Moment öffnet sich die Tür erneut und besagter Eishockeyspieler tritt heraus. Hinter ihm laufen Lane und Duncan.

„Hey", grinst er, geht einen Schritt schneller und küsst seine Freundin. Duncan und Lane werden von einem Uber abgeholt. Der Wasserschaden verhindert nach wie vor, dass Duncan wieder zu Hause wohnen kann. Ich warte noch, bis auch Noah abgeholt wird, ehe ich mich auf den Weg nach Hause mache.

Ich bestelle mir etwas zu Essen und merke, dass ich mich schon viel zu sehr daran gewöhnt habe, dass Archer nach einem Spiel kocht oder wir den Zimmerservice nutzen, wenn wir in einer anderen Stadt sind. Spontan rufe ich ihn an. Es dauert einen Moment, aber dann hebt er ab. „Hi, Lio."

„Hey. Arbeitest du noch?"

„Was denkst du denn?"

„Also ja."

Er seufzt. „Ich habe es nicht geschafft, das Spiel zu schauen, aber ich habe einen Live-Ticker nebenbei angehabt."

„Dann weißt du ja schon, dass wir verloren haben", antworte ich genervt.

„Das passiert den Besten."

„Es war eine Katastrophe. Schon wieder", erwidere ich. „Das nächste Spiel wird besser."

„Das bezweifle ich."

„Wieso so pessimistisch?"

„Weil die Dynamik im Team jetzt schon ziemlich für'n Arsch ist", sage ich geradeheraus.

„So schlimm ist es doch bestimmt nicht."

„Oh doch. Du hättest vorhin mal in der Kabine sein müssen", erzähle ich. „Das ganze Team bricht auseinander wegen dieser dummen Kampagne."

Archer bleibt still und fast im selben Augenblick verstehe ich, was ich da gerade gesagt habe. „So habe ich das nicht gemeint."

„Natürlich nicht", erwidert er sarkastisch. „Ari…"

„Schon gut", unterbricht er mich sofort. „Ich weiß doch, dass du nicht viel von meiner Arbeit hältst."

„Das stimmt nicht."

„Doch. Und ich muss jetzt gleich auch weiter an meiner *dummen Kampagne* arbeiten."

Ich stöhne genervt. „Archer, bitte. Sei doch jetzt nicht sauer deswegen."

„Bin ich nicht", antwortet er trocken.

„Und das soll ich dir glauben?", möchte ich mit ironischem Tonfall wissen.

„Es ist noch ein Spiel", sagt er. „Danach tragt ihr wieder eure blau-weißen Trikots."

„Mhm. Das ändert nichts an der Stimmung. Ian traut sich nicht, etwas zu sagen, weil er Rookie ist. Lane ist durchgehend angepisst, Duncan lässt sich viel zu leicht provozieren und zu Gibson und Duckie brauche ich nichts sagen, denke ich", fasse ich zusammen.

„Du hast dich auch geprügelt", erinnert Archer mich.

„Weil ich mich nicht als Schwanzlutscher beleidigen lasse", antworte ich direkt.

„Du bist einer."

„Was?"

„Ein Schwanzlutscher. Und um ganz genau zu sein, geht es dabei um meinen Schwanz."

„Das musstest du jetzt sagen, oder?"

„Elliot ernsthaft. Ich weiß, dass du dich nicht dagegenstellen willst, aber du bist gerade erst in die erste Reihe aufgestiegen. Das willst du dir doch nicht wirklich verderben lassen, indem du auf diese Sprüche eingehst, oder?"

„Du verstehst das nicht."

„Stehe ich etwa nicht auf Männer? Glaub mal nicht, nur weil ich kein Sportler bin, dass ich noch nie so etwas an den Kopf geknallt bekommen habe."

Ich verdrehe die Augen. „Das ist mir schon klar. Ganz blöd bin ich dann doch nicht." Meine Stimme trieft vor Ironie, aber das ist ihm ganz offensichtlich ziemlich egal.

„Du weißt, dass ich die Kampagne nicht aufgeben werde. Lightning kann das schaffen. Und Lightning wird das schaffen."

„Mhm."

„Du glaubst nach wie vor nicht daran."

„Scheiße, nein, tue ich nicht", antworte ich dann ehrlich und er seufzt. „Okay."

„Gar nichts ist okay!", widerspreche ich ihm und werde ungewollt lauter. „Du bringst das ganze Team in eine verdammt beschissene Lage! Wir haben erst zwei Spiele der Kampagne hinter uns und schon geht alles den Bach herunter! Archer, siehst du wirklich nicht, dass du uns mehr schadest als alles andere?"

„Ich würde eher sagen, dass es schon längst überfällig war", korrigiert er mich.

„Nein, es war gut, wie es war. Das Team und die NHL hat funktioniert. Ich wurde noch nie in einem Spiel so oft dumm von der Seite angemacht, wie in den letzten Tagen. Wir können von Glück reden, wenn Lightning in der nächsten Saison noch Teil der Liga ist!", rege ich mich auf.

„Jetzt übertreibst du aber", antwortet er. Wie kann er dabei so ruhig bleiben? Interessiert es ihn wirklich so wenig?

„Verdammt, Archer! Das tue ich nicht, aber du siehst das Offensichtliche nicht!"

„Und du bist viel zu verkopft!", erwidert er. „Du hast dein ganzes Leben schon Angst, dass jemand herausfinden könnte, dass du schwul bist. Scheiße, niemand wird die Kampagne auf dich beziehen."

„Das kannst du nicht wissen!", rege ich mich auf. „Im Team wird doch schon geredet!"

„Was meinst du?"

„Duckie und Gibson denken, dass Noah und ich flirten würden. Ian hat das mitbekommen. Und wenn Duckie das denkt, tut Gibson es auch und die anderen Jungs bald sowieso."

„Du und Noah?"

„Sag mal, hast du mir nicht zugehört? Meine Teammitglieder glauben, dass ich einem Kerl schöne Augen machen würde!"

„Reg dich ab", antwortet er nur und ich schüttle verständnislos den Kopf. „Meine Karriere hängt davon ab. Ich werde doch nicht einfach ignorieren, was hier passiert!"

„Du machst es nur noch schlimmer damit, wenn du dich so aufregst."

„Du hast leicht reden. Du bekommst auch einen Job, wenn du auf Männer stehst. Bei mir war's das. Kein Club wird mich je wieder einstellen. Vielleicht eine Kreisliga irgendwo im Nirgendwo", erwidere ich mit bitterem Unterton in der Stimme.

„Aber du bist geoutet, kannst überall Arbeit finden und dir kann scheißegal sein, was andere dazu sagen."

„Das ist unfair."

„Ich bin unfair?"

„Nein. *Das.*"

„Komm endlich mal in der Realität an, Swan."

„Elliot, bitte. Das kann doch gerade unmöglich dein Ernst sein." *Hört der Kerl mir eigentlich zu?*

„Diese Kampagne ist Mist", wiederhole ich mich.

„Ist sie nicht, du wirst es sehen", betont er noch einmal aber ich schnaube nur. „Wer's glaubt", brumme ich genervt, wütend und enttäuscht. Alles auf einmal.

„Möchtest du herkommen?", fragt er dann aus heiterem Himmel.

„Was?"

„Ob du herkommen magst."

„Wieso sollte ich das?"

„Weil ich dein Freund bin", antwortet er. „Wieso brauchst du eine Begründung?"

„Weil du arbeiten musst."

„Und doch telefoniere ich die ganze Zeit mit dir", erinnert er mich.

„Ich will nicht zu dir", antworte ich unüberlegt.

„Okay." Mehr sagt er dazu nicht. „Bist du zu Hause?"

„Wo sollte ich sonst sein?"

„Ich weiß nicht. Vielleicht bist du mit Noah unterwegs", erwidert er.

„Nein. Ich brauche heute Abend meine Ruhe", erwidere ich.

„Mhm. Okay."

Einen Moment ist es still zwischen uns.

„Ich weiß nicht, ob ich es zum nächsten Spiel schaffe."

„Ist doch egal. Es wird sowieso wieder nur aus Kämpfen bestehen", antworte ich ihm. „Und du magst ja sowieso nicht, wenn ich mich prügle, wahrscheinlich ist es besser, wenn du nicht kommst."

Archer sagt daraufhin nichts mehr. *Hat er etwa aufgelegt?*

„Hallo? Archer?"

„Ich bin noch dran", antwortet er mir knapp. „Aber vielleicht ist es tatsächlich besser, wenn wir uns ein paar Tage lang nicht sehen."

„Moment, was?", frage ich entgeistert und mein Herz rutscht bis zum Boden hinab.

„Du hast mich schon verstanden. Ich bin sehr geduldig mit dir, aber ich muss mir weder anhören, dass meine Kampagne Mist ist, noch, dass ich der Grund bin, warum deine Karriere den Bach runtergeht. Ich bin wirklich sehr nachsichtig mit dir, Elliot und das bin ich gerne, aber das war zu viel", stellt er klar und ehe ich mich versehe, hat er aufgelegt. Ich sehe starr geradeaus und brauche einen Augenblick, bis ich realisiere, was hier gerade gesehen ist. Ich wähle seine Nummer erneut, aber er hebt nicht ab. Auch als ich es noch zweimal versuche, reagiert Archer nicht und ich lege mein Handy weg. Ich verstehe nicht, wie er nicht sehen kann, was hier passiert. Es ist mehr als offensichtlich, dass die Kampagne alles, aber nicht vorteilhaft für Atlanta Ice Lightning ist.

Archer?

Hallo?

Love?

Er antwortet nicht. Es ist beschissen, dass wir uns streiten, aber dass wir das Thema nicht ausdiskutieren können, macht es noch schlimmer. Auch am nächsten Tag wechseln wir kein Wort. Ich versuche ihn noch einmal zu erreichen, aber es bringt nichts. Erst am Abend schreibt er mir.

Love: Ich komme morgen zum Spiel.

Love: Ich werde dort für die Arbeit sein.

Können wir dort reden?

Love: Was gibt es zu reden?

Ich bin verwundert, dass er mir antwortet, zwinge mich aber, schnell zu antworten, bevor er sein Handy wieder weggelegt hat. Ich weiß nicht, was ich antworten soll und wie ich es schreiben soll, aber meine Finger tippen von ganz allein. Die letzten 24 Stunden waren alles andere als angenehm. *Wem will ich etwas vormachen, es war schrecklich.* Ich habe mich so daran gewöhnt, ihn um mich zu haben, dass es sich falsch und ungewohnt anfühlt, wenn es anders ist.

Du hast gestern einfach aufgelegt.

Ich wollte dich nicht beleidigen, ich mag nur die Kampagne nicht.

Love: Merkst du etwas? Wir drehen uns im Kreis.

Was möchtest du von mir hören?

Ich seufze leise und schließe die Augen für einen Moment. Archer hat recht. Wir drehen uns im Kreis. Archer bleibt online, auch die nächsten Minuten, obwohl niemand von uns etwas schreibt. Kurz denke ich darüber nach, ihn zu fragen, ob ich zu ihm kommen soll. Oder darf. Aber nachdem er schon abgelehnt hat, morgen im Stadion zu reden, bezweifle ich, dass er zustimmen wird. Meine Daumen schweben über den angezeigten Buchstaben und ich überlege hin und her, was ich als Nächstes tippen soll.

Ich möchte mich nicht mit dir streiten.

Love: Ich weiß. Ich mag es auch nicht.

Love: Ich denke, du solltest nach dem Spiel in Ruhe darüber nach-
denken und dir die Reaktionen ansehen, vielleicht siehst du
dann zumindest ansatzweise, was ich sehe.

Ich lese mir die Nachricht wieder und wieder durch. Ich bezweifle sehr stark, dass das klappen wird, aber das ändert nichts an der Tatsache, dass ich merke, wie Archer schon wieder auf mich zukommt. Ich möchte ihm entgegenkommen, aber ich weiß, dass ich mein Dasein als Spieler in Gefahr bringe, wenn ich es jetzt mache. Je länger ich die Nachricht ansehe, desto klarer wird mir, dass Archer genau diesen Punkt nicht versteht und nicht sieht.

Okay.

---

37. Kapitel

Am nächsten Tag ist das dritte Spiel gegen Philadelphia. Drew und Warren haben eine Teambesprechung für den Vormittag angesetzt; kein Trockentraining, wie sonst am Spieltag. Auch, wenn niemand meiner Mannschaftskollegen es ausspricht, es weiß jeder, worum es gehen wird. Und das sind keine Spielzüge oder Strategien. Ich lasse mich neben Duncan auf einen freien Stuhl im Konferenzraum fallen. Drew steht mit Kenny an der Seite, Warren ist noch nicht hier.

„Wofür wir wohl heute einen Anschiss bekommen?", fragt Duncan trocken.

„Was wohl", antworte ich genervt und sehe auf mein Handy. Archer hat mir nicht mehr geschrieben. Und auch ich habe ihm nicht mehr geschrieben.

„Es ist derart lächerlich, dass Archer und Mister Whitten darum so einen Aufstand machen", meint Duncan.

„Die NHL funktioniert gut", antworte ich.

„Bald nicht mehr", erwidert er bitter. Lane setzt sich neben mich.

„Morgen", brummt er.

„Du hast ja gute Laune", stelle ich fest. Er verdreht die Augen.

„Du hast auf diesen Mist doch auch keine Lust."

„Wer schon", antwortet Duncan und sieht zu Lane. „Das hier ist lächerlich. Wir sollten trainieren."

Warren betritt den Raum, hinter ihm Archer und Noah. *Damit hat die Besprechung wohl begonnen.* Warren tritt vor. „Die letzten beiden Spiele waren eine Katastrophe."

„Ach was", murmle ich leise.

„Es kann nicht sein, dass ein paar neue Trikots der Grund dafür sind, dass ihr derart schlecht spielt. Heute wird das besser, alles klar? Lightning hat sich blamiert!"

„Als wüssten wir das nicht", meint Duckie augenrollend.

„Das ist nicht hilfreich, John", sagt Drew daraufhin, aber das interessiert Duckie offenbar nicht.

„Gegen Philadelphia werdet ihr gewinnen. Lightning ist besser als Philadelphia." Coach Warren sieht durch die Runde. „Die Leistungen sind alles, aber nicht akzeptabel und ich sage es noch einmal: noch ist die Transferperiode nicht vorbei, das wisst ihr alle. Seht das Spiel heute als Chance an, zu zeigen, dass ihr es noch könnt und im Team bleiben solltet. Und dass ihr als Team funktioniert", stellt er klar und ich sehe zu Lane. Der aber winkt ab.

„Ich bin ein ziemlich guter Goalie und du bist gerade erst in die erste Reihe vorgerückt. Keine Sorge."

Obwohl ich weiß, dass er recht hat, beruhigt es mich nur bedingt. Ich muss wohl wirklich heute versuchen, die Provokationen, die mit Sicherheit kommen werden, zu ignorieren.

„Heute wird es erneut ein kleines Give-Away geben", ergreift Noah dann das Wort.

„Wir brauchen zwei Spieler für Social-Media. Freiwillige vor", lächelt er. Irritiert sehe ich ihn an und auch die anderen sind verwirrt.

„Sonst steht doch immer schon fest, wer das macht", meint Kenny verwundert und Noah nickt. „Stimmt, aber da wir das heute mehr oder weniger spontan machen, haben wir uns noch nicht festgelegt", erklärt Noah.

Ich sehe zu Archer. Er sieht müde aus. Der Kaffee, den er in der Hand hält, hat wohl noch nicht gewirkt. Plötzlich sieht er mich an. Er wartet darauf, dass ich mich für das Give-Away melde. Ich zögere. Ich bleibe ruhig, zwinge mich, normal weiterzuatmen und mir nicht anmerken zu lassen, das mein Herz unter seinem Blick verrücktspielt. Man könnte meinen, es hätte vergessen, was seine Aufgabe ist.

„Das kann doch nicht euer Ernst sein", meint Noah. „Nur

Ian?"

Ich sehe zu dem Rookie. Kenny soll es nicht machen, er stand für das letzte Give-Away schon vor der Kamera.

„Das ist so ein Schwachsinn", brummt Duckie genervt.

„Wie schön, dass du dich freiwillig meldest", antwortet Noah und lächelt scheinheilig. Ich schmunzle ein bisschen, versuche es zu unterdrücken und trinke einen Schluck, damit es niemand bemerkt. Archers Blick ruht erneut auf mir. Ich muss ihn nicht ansehen, damit ich es mitbekomme. Wie tausend feine Nadelstiche spüre ich es auf meiner Haut. Drew spricht nach Noah weiter. Es geht um Teambuilding und Vertrauen. Wir wissen alle, dass es absolut notwendig ist, um zu funktionieren, aber das ändert nichts an der Tatsache, dass es nicht von jetzt auf gleich klappen wird.

Vor dem nachfolgenden Training haben wir alle eine kurze Pause und ich gehe aus der Halle. Ich brauche frische Luft.

„Alles in Ordnung?", höre ich kurz darauf jemanden fragen. Es ist Noah, der in der Tür steht und mich skeptisch ansieht. Hinter ihm taucht Archer auf und ich halte für einen Moment inne.

„Ja. Sicher, was soll sein?", frage ich dann schnell. Er zuckt mit den Schultern und kommt zu mir.

„Du siehst aus, als würdest du krank werden", meint er.

„Bullshit", widerspreche ich und sehe, dass Archer immer noch an der Tür steht. Archer beachtet mich nicht, zumindest habe ich nicht das Gefühl. Er unterhält sich mit Drew und lacht zwischendurch. *Es scheint ihm ja doch ganz gutzugehen.* Der müde Ausdruck auf seinem Gesicht verschwindet und ich bezweifle, dass jemand außer mir ihn überhaupt bemerkt hat. Ich hingegen bin, mal wieder, nicht richtig bei der Sache und kassiere mir schon beim Training einen skeptischen Blick von Drew ein. Genervt mache ich weiter.

„Ich kann nächste Woche wieder nach Hause", meint Duncan

irgendwann.

„Mhm?"

„Ich habe dir gesagt, dass ich wieder nach Hause kann", wiederholt er.

„Dann ist alles fertig saniert?"

„Noch nicht, aber so gut wie", nickt er. „Wenn alles so läuft wie geplant, muss Lane mich nur noch ein paar Tage aushalten", grinst er. Der Goalie sieht ihn stumm an.

„Freust du dich etwa nicht, deine Bude wieder für dich allein zu haben?", frage ich irritiert, aber er zuckt mit den Schultern.

„Doch, klar", antwortet er knapp und wendet sich ab.

„Er ist ja noch schlechter gelaunt als beim letzten Spiel", murmle ich leise und sehe zu Duncan. „Ist es etwa so schlimm, mit dir zusammenzuwohnen?"

„Arschloch", antwortet Duncan lachend.

„Heute Morgen war er noch gut drauf", überlegt er.

„Zu wenig Sex?", frage ich spontan und Duncan sieht mich irritiert an.

„Was? Du musst es doch wissen. Immerhin lebt ihr zusammen."

„Ach so. Ja", nickt er schnell. „Soweit ich weiß, hat er im Moment keine Freundin. Oder er wollte nur nicht, dass sie mich kennenlernt und deswegen ist sie in letzter Zeit nicht zu ihm gekommen, aber etwas gesagt hat er nicht", antwortet er mir.

„Was ist eigentlich mit dir?", fragt er dann auf einmal.

„Was soll mit mir sein?", verwundert sehe ich ihn an.

„Du hast eine Freundin?"

„Wie kommst du darauf?"

„Du meintest letztens in der Umkleide, dass du sehr guten Sex hast, und viel davon noch dazu", erwidert er.

„Ja, und?"

„Und ich habe dich in Montréal ganz offensichtlich bei etwas gestört." *Montréal.* Ach verdammt, das war an dem Abend, an dem ich die Jacke in der Bar vergessen habe.

„Äh, vielleicht."

„Du warst also nicht allein", stellt er fest. Ich zucke mit den Schultern.

„Wohnt sie dort? Oder hattet ihr Telefonsex?", möchte er wissen und ich verdrehe die Augen. „Wieso willst du das alles wissen?"

Er grinst nur. „Ich freue mich für dich, wenn du jemanden gefunden hast."

„Aha."

„Meine Güte, Leighton, du bist echt verklemmt", seufzt er, aber auch das interessiert mich nicht wirklich. „Schön, du hast mich erwischt, ich hatte Sex. Und jetzt?"

„Bring sie doch mal zu einem Spiel mit", schlägt er vor.

„Wen soll er mitbringen?", fragt Lane und ich merke, dass er sich zu uns gestellt hat.

„Elliot hat seit Neustem eine Freundin."

„Ich hasse dich."

„Weiß ich doch", erwidert Duncan nur scheinheilig.

„Echt? Wie heißt sie?", fragt der Goalie überrascht.

„Ich werde niemanden mitbringen, klar?", wende ich mich an Duncan.

„Ich sage doch, du stellst dich an", entgegnet dieser nur.

„Vielleicht ist es auch gar nichts Ernstes, hast du schon einmal darüber nachgedacht?"

„Also nur Sex?", fragt Lane und ich zucke mit den Schultern.

„Ich darf doch auch mal meinen Spaß haben."

Zum Glück belassen die beiden es dabei und wenig später machen wir eine kurze Pause. Ich verschwinde fast augenblicklich in Richtung Ausgang, aber anstatt nach draußen zu gehen, schlage ich den Weg zur Loge ein. Vielleicht ist Archer dort, unten habe ich ihn nirgendwo mehr gesehen. Ich klopfe und warte einen Moment. Ich werde mit jeder verstreichenden Sekunde nervöser, doch dann öffnet jemand die Tür. „Hi."

„Was machst du hier?"

„Kann ich reinkommen?"

„In zehn Minuten kommt jemand für ein Interview, das ich geben soll."

Ich nicke verstehend und er schließt hinter mir die Tür. „Woher wusstest du, dass ich hier bin?"

„Wusste ich nicht", erwidere ich. „Es war nur eine Idee, dass ich dich hier finden könnte."

„Mhm. Okay." Er setzt sich wieder vor seinen Laptop. „Was möchtest du hier? Ich bezweifle, dass du hergekommen bist, um mir schweigend bei der Arbeit zuzusehen", sagt er einen Moment später.

„Wir haben Pause und ich wollte dich gerne sehen", antworte ich wahrheitsgemäß. Er bleibt still.

„Bist du heute Abend beim Spiel?"

„Natürlich."

„Sehen wir uns danach?", frage ich hoffnungsvoll, aber vorsichtig.

„Ich habe wahrscheinlich keine Zeit."

„Du musst wieder arbeiten." Es ist keine Frage, sondern eine Feststellung, aber zu meinem Erstaunen schüttelt er den Kopf. „Nein, ich bin verabredet."

„Mit wem?", frage ich sofort.

„Levi", antwortet er und ich nicke verstehend. „Dann vielleicht morgen?"

„Weiß ich noch nicht." Er sieht nicht auf, sondern sucht irgendwelche Unterlagen heraus.

„Ähm... und wann hast du wieder Zeit?"

Er seufzt genervt. „Ich weiß es noch nicht. Übermorgen fliegen wir schon wieder nach Dallas, da ist es also auch schlecht."

Ich weiß nicht recht, was ich sagen soll. Am liebsten würde ich mich einfach neben ihn setzen und seine Hand nehmen, aber das geht schlecht; dafür ist die Stimmung zwischen uns einfach zu angespannt. Ich räuspere mich.

„Was genau meintest du damit, dass ich nach dem Spiel erst einmal darüber nachdenken sollte? Also über die Kampagne und das alles?", frage ich schließlich. Es brennt mir unter den Nägeln und trotzdem komme ich erst jetzt dazu, dieses Thema anzusprechen.

„Vielleicht ist es ja besser, wenn du ein bisschen mehr Abstand bekommst."

„Abstand?", frage ich angespannt und mein Herz rutscht mir in die Hose. „Was soll das heißen?"

„Dass ich denke, dass du sehen wirst, dass diese Kampagne nicht gänzlich schlecht ist, wenn du dir die Zeit nimmst, dich irgendwann mal in Ruhe damit zu beschäftigen. Und das nicht vor einem Spiel, das Teil dieser Kampagne ist", erklärt er.

„Also meinst du keinen Abstand zwischen uns?", frage ich weiter, bin mir aber nicht sicher, ob ich die Antwort hören möchte. Er zuckt mit den Schultern und mir wird auf einen Schlag eiskalt.

„Nicht unbedingt, aber du meintest ja schon, dass deine Kollegen bereits denken, dass du mit Noah flirtest. Vielleicht willst du es ja. Auf Abstand gehen meine ich", erwidert er. Sofort schüttle ich den Kopf. „Nein. Auf keinen Fall."

Er sieht von dem Laptopbildschirm auf.

„Überrascht dich das etwa?", frage ich perplex. Er zuckt mit den Schultern. „Es hätte mich nicht überrascht, wenn du es gewollt hättest", antwortet er und ich schüttle den Kopf. „Ich will doch keinen Abstand zu dir!" Ich gehe einen Schritt auf ihn zu. „Nur weil wir uns mal streiten, heißt das doch nicht, dass ich direkt alles aufgeben will!"

„Okay."

„Okay?"

„In weniger als fünf Minuten muss ich los, um die Journalisten unten abzuholen", erinnert er mich und ich verdrehe genervt die Augen. *Die Leute können doch sicher mal ein paar Minuten warten.* „Was kann ich machen?"

„Was?"

„Was kann ich machen, damit du nicht mehr denkst, dass ich Abstand von dir möchte?", frage ich ihn. Er seufzt.

„Love, bitte sag es einfach."

„Es ist unrealistisch", antwortet er.

„Sag es mir."

Er zögert einen Moment und sieht an mir vorbei, ehe er mir doch eine Antwort gibt. „Ich würde sehr gerne auf ein Date mit dir gehen, weißt du? Du hast mir gesagt, dass du mich bald ausführen möchtest, das war vor fast vier Wochen."

„Darum geht es dir?"

„Werden wir jemals ein Date oder so etwas haben?"

„Was? Natürlich, das habe ich dir doch schon gesagt." Er zuckt mit den Schultern.

„Möchtest du nichts dazu sagen?", frage ich auffordernd, als er aufsteht und sich den Schlüssel vom Tisch nimmt.

„Ich habe dir alles dazu gesagt, was ich denke. Du weißt ganz genau, dass ich mir eine Beziehung wünsche, in der ich mich nicht verstecken muss. Aber ich tue es, weil ich mit dir zusammen sein will, es ist nur wirklich nicht schön dann zu sehen, dass du alles das, was du mit mir nicht machen möchtest, mit einem anderen Kerl tust. Ich halte mich zurück und akzeptiere es, dass du sowas alles mit mir nicht machen möchtest, aber inzwischen fühle ich mich ziemlich verarscht", sagt er kühl.

„Und jetzt muss ich die Journalisten abholen, also solltest du wieder zu deinem Team gehen. Sonst denken sie noch, du würdest mich vögeln oder so etwas", fügt er mit einem bitterem Unterton hinzu.

„Love…"

„Los, Elliot. Wir sehen uns beim Spiel", unterbricht er mich und öffnet die Tür; eine klare Aufforderung an mich, zu gehen. Ich warte einen Moment, aber Archers Ausdruck verändert sich nicht. Also bleibt mir nichts anderes übrig, als die Loge zu verlassen.

„Archer, ich…"

„Nicht hier auf dem Flur", fällt er mir ins Wort. Ich schaffe es nicht mehr zu antworten, denn da ist er schon gegangen.

38. Kapitel

Ich hätte nicht mit ihm sprechen sollen, zumindest nicht vor dem Spiel. Meine Laune ist im Keller und auch am Nachmittag wird es nicht besser, obwohl ich mich darauf freuen sollte, in der ersten Reihe zu sein. Ian ist furchtbar gut gelaunt, genau wie Duncan, was meine Stimmung auch nicht besser werden lässt. Der Einzige, der ebenso schlecht drauf ist wie ich, ist Lane. Ich habe zwar keine Ahnung was ihm den Tag verhagelt, von den Regenbogen-Trikots einmal abgesehen, aber seine Gesellschaft ist angenehmer als die meiner anderen Teamkollegen. Archer kommt kurz vor Beginn des Spiels zu uns. Er stellt sich zu Noah und lässt sich, wie üblich, nicht anmerken, dass nicht alles glattläuft. Wobei, bezüglich seiner Arbeit könnte es nicht besser sein, wenn ich ihm glauben soll. Lediglich bei uns kracht es. *Kümmert es ihn wirklich so wenig?* Er schein gut gelaunt zu ein, nickt zwischendurch zufrieden und grinst, als Drew irgendetwas zu ihm sagt. Ich verdrehe die Augen und sehe wieder nach vorne zum Tor, dass sich in ein paar Augenblicken öffnen wird. *Kann das Warm-Up nicht endlich beginnen? Bitte?*

„Ich will keine Scheiße heute sehen!", stellt Kenny kurz davor noch einmal klar. „Alle dummen Sprüche werden ignoriert. Wir spielen sauber und konzentriert. Lightning wird endlich wieder gewinnen! Oder will hier jemand nicht in die verdammten Playoffs?" Seine kurze, aber sehr eindeutige Ansprache zeigt Wirkung. Ich hätte nicht gedacht, dass es so kommen könnte, aber innerhalb der ersten zehn Minuten schießen wir zwei Tore: eins von Kenny und eins von Gibson. Ian und ich haben vorgelegt.

„So soll das aussehen!", freut Coach Warren sich und klopft Kenny und mir auf den Helm, als wir uns setzen.

„Das wird heute ein gutes Spiel", prophezeit Drew.

„Hast du beide Tore aufgenommen?", fragt Noah Archer. Ich

drehe mich nicht zu den beiden um, aber das bedeutet nicht, das ich nicht zuhöre.

„Habe ich. Man entwickelt ein Gespür dafür, wann man das Video starten muss", antwortet mein Freund.

„Lieber ich nehme eins zu viel auf, als dass ich es gar nicht filme, löschen kann ich es danach immer noch", erklärt er.

„Elliot!", Kenny stößt mich an und ich zucke zusammen, ehe ich, ohne groß weiter darüber nachzudenken, ihm aufs Eis folge. *Verdammt, fast hätte ich meinen Einsatz verpasst.* Das Spiel ist schnell, hitzig und so energiegeladen, wie ich es lange nicht mehr erlebt habe. Vor der Pause steht es zwei zu eins für uns.

„Gehen wir nachher ins Hattrick's?", schlägt Ian vor. „Also wenn wir gewinnen", fügt er schnell hinzu.

„Von mir aus gerne", nickt Kenny und sieht durch die Runde.

„Ich bin auch dabei", stimmt Lane zu und auch Duncan willigt ein. Kurz sehe ich zu Archer, zucke dann aber mit den Schultern.

„Klar, wieso nicht."

Fast das ganze Team hat Zeit, also ist das Hattrick's nachher gesetzt.

„Archer, rufst du bitte dort an?", fragt Kenny ihn und der Pressemanager zieht sein Handy aus der Tasche, eher er vor die Tür der Umkleide geht.

„Ist das eine Kneipe?", fragt Noah danach neugierig.

„Wir sind nach den Heimspielen manchmal dort", erkläre ich.

„Komm doch mit", sage ich spontan.

„Ist das denn in Ordnung? Schließlich gehöre ich eigentlich nicht…"

„Natürlich", unterbricht Ian ihn direkt. Niemand widerspricht; auch wenn ich Duckie und Gibson ansehe, dass sie es am liebsten tun würden.

„Die Plätze sind reserviert", gibt Archer einen Augenblick später Bescheid, als er den Raum wieder betritt.

„Kommst du auch mit?", möchte Noah von ihm wissen und

er zögert einen Moment. „Eigentlich habe ich noch zu tun."
„Ach was, das kannst du morgen machen", meint Drew direkt und Archer lächelt. „Dann gerne."

„Ellie kommt mit", sagt Ian und sieht von seinem Handy auf. „Das ist doch in Ordnung, oder?"

„Sicher", sagt Lane sofort.

„Was ist mit Eve?", wendet er sich dann an Drew, aber er schüttelt den Kopf. „Ihre Schwester ist heute Abend zu Besuch. Sie sind mit unserer Kleinen zu Hause."

Ohne es zu wollen, wandert mein Blick zu Archer. Werden wir irgendwann mal heiraten? Und Kinder haben?

Das zweite Drittel beginnt und ich bin noch motivierter als vorhin noch. Kenny legt vor und mit einem gekonnten Slapshot versenke ich die Scheibe im Netz.

„Das sah gut aus", grinst Noah, als ich zur Box fahre und er mir die Tür öffnet.

„Danke, Neo", grinse ich und nehme mir meine Wasserflasche.

„Wie gut, dass ich dir damals Torschüsse beigebracht habe", antwortet er.

„Hast du?", fragt Kenny überrascht und Noah nickt. „Allerdings."

„Die Grundlagen", korrigiere ich ihn, aber er zuckt mit den Schultern. „Ist das nicht das Wichtigste?"

„Du musstet das jetzt erzählen, oder?", frage ich nur lachend und er nickt scheinheilig. „Natürlich. Nach dem Schuss gerade, darf ich ja wohl nicht verschweigen, wem du dieses Können zu verdanken hast."

„Vollidiot", lache ich und er klopft mir auf den Helm. Es steht drei zu eins. Dann steht es drei zu zwei. Drei zu drei.

Philadelphia holt mit großen Schritten auf, als das zweite Drittel zu Ende geht, aber Duncan versenkt den Puck kurz danach im Tor. Zufrieden schnappt er sich in der Pause einen Proteinriegel.

„Philadelphia hat keine Chance gegen uns."

„Und es gab noch keinen Kampf. Ich bin stolz auf euch", meint Warren.

„Sie legen es aber darauf an", bemerkt Ian. Wir alle haben es mitbekommen. Die Spieler aus dem Norden der USA versuchen durchgehend uns mit Beleidigungen und dummen, abwertenden und provokanten Sprüchen aus der Fassung zu bringen. Es klappt nicht mehr. Ich sehe mein Team an und stelle fest, dass der Wille, zu gewinnen bei allen inzwischen größer ist als die Wut und Frustration wegen der Kampagne. Es ist das letzte Spiel mit diesen Trikots, vielleicht liegt es auch daran, ich kann es nicht sagen. So oder so ist es gut für Lightning.

Das dritte Drittel startet und Kenny schießt das fünfte Tor für uns. Danach wird Philadelphia aggressiver und ihr Spiel unfairer. Es dauert nur ein paar Minuten, bis Duncan mit einem der anderen Spieler aneinander gerät. Miller ist schnell genug bei dem Verteidiger und der Kampf dauert nicht länger als dreißig Sekunden. Duncan fährt zu Lane, der nur den Kopf schüttelt. Er hat recht, die Aktion gerade war unnötig. Die unerlaubten Bodychecks geschehen alle so schnell hintereinander, dass ich nicht sagen kann, wie viele es sind. Plötzlich hat Ian keine Handschuhe mehr an und augenblicklich springe ich über die Bande. Miller ist bereits in einen Kampf verwickelt, schon wieder für Duncan, und ich schaffe es nur knapp, den Rookie wegzuziehen, ehe zwei der vier Schiedsrichter mich und den Spieler aus Philadelphia abschirmen.

„Euer Rookie?", fragt er und ich nicke, bevor der Kampf startet. Miller gewinnt schnell, aber das bekomme ich nicht mit. Ich hingegen brauche eine ganze Weile, bis ich es schaffe, zu gewinnen. Kurz dachte ich, ich lande auf dem Eis, aber mit einem Glückstreffer gewinne ich dann doch.

„Danke", sagt Ian, als ich an ihm vorbei zur Strafbank fahre.

„Sorry", fügt er hinzu und sieht mich entschuldigend an.

„Schon gut", winke ich ab. Meine Wange ist nur etwas angeschwollen, es pocht schmerzhaft, aber es blutet nicht und ich weiß, dass auch sonst nichts Dramatisches passiert ist. Mir wird ein Kühlpack gegeben, als ich mich neben Miller auf die Bank setze.

„Duncan kann es einfach nicht lassen", brummt er missmutig. „Und du hattest gerade mehr Glück als Verstand. Das war der Enforcer."

„Oh." Jetzt bemerke ich es auch, aber gerade habe ich es nicht so schnell mitbekommen.

„Tut es sehr weh?"

„Geht schon."

Miller nickt verstehend. „Bennett muss dringend lernen, sich zu beherrschen. Nur weil ihn jemand als Schwuchtel beleidigt, darf er nicht direkt so ausrasten." Ich nicke stumm und mir wird wieder einmal bewusst, dass ich mich vor diesem Team, das zum Großteil, wie eine zweite Familie für mich ist, definitiv nicht outen werden kann.

Ich stehe mit den Jungs der ersten Reihe auf dem Eis, als die Uhr die letzten Sekunden anzeigt. Philadelphia hat ihren Goalie gegen einen weiteren Stürmer eingetauscht, aber das bringt nichts. Drew hat kurzerhand Duncan in die erste Reihe getauscht, um einen Verteidiger mehr zu haben. Lane ist nicht entspannt, aber brenzlich wird es nie. Das Publikum zählt herunter. Noch zehn Sekunden. Dann schafft der Captain aus Philadelphia es aber, Kenny den Puck wegzuschnappen und rast auf unser Drittel zu. Ehe ich mich versehe, feuert er die Scheibe nach vorne, Duncan verpasst sie mit seinem Schläger knapp. Lane fängt den Puck, als hätte man ihn ihm freundschaftlich zugeworfen. In diesem Augenblick ist das Spiel vorbei. Wir haben gewonnen. Duncan umarmt Lane augenblicklich, der nicht einmal die Zeit hat, den Puck fallen zu lassen und kurz danach stehen auch die anderen meiner Teamkollegen auf dem Eis. Kenny klopft mir grinsend auf den Helm.

„Das war fantastisch heute!", freut er sich und ich sehe instinktiv zu Archer. Er blickt auf sein Handy. Dafür sieht Noah aber zu und streckt beide Daumen glücklich nach oben.

„Das wurde ja auch Zeit", meint Coach Warren, als wir wenig später zur Kabine laufen, aber er ist ebenso zufrieden, wie wir anderen. Noah legt seinen Arm um mich. „Ich sollte öfter zu deinen Spielen kommen. Archer hat wirklich Glück, dass das Teil seiner Arbeitszeit ist."

„Deiner doch auch."

„Aber doch nur jetzt", meint er amüsiert. „Ich bin bald schon wieder in New York", merkt er an.

„Wann fliegst du eigentlich?", fällt mir dann ein.

„Nächste Woche, plus minus ein paar Tage", antwortet er schulterzuckend. „Je nachdem, wie lange meine Dienste hier noch benötigt werden", erwidert er. Er wartet draußen, als wir in die Kabine gehen.

„Heute Abend wird gefeiert!", kündigt Duncan an. Nach einer kurzen, aber erholsamen Dusche habe ich kurze Zeit die Hoffnung, dass Archer am Ausgang der Arena auf mich wartet. Der Platz ist leer, oder besser gesagt, Archer ist nicht dort und deswegen ist es mir ziemlich egal, wer noch alles hier zu sehen ist. Ich seufze und ziehe mein Handy aus der Hosentasche.

„Alles okay?" Ellie taucht neben mir auf.

„Was soll sein?", frage ich sie verwundert.

„Du wirkst nicht gerade glücklich, und das, obwohl ihr wirklich gut gespielt *und* gewonnen habt", meint sie, aber ich winke ab. „Es ist alles gut, es war nur wirklich anstrengend."

Sie nickt verstehend. Einige meiner Kollegen stehen inzwischen ebenfalls hier vor der Tür. Wir gehen gleich gemeinsam direkt zum Hattrick's rüber.

„Danke übrigens, für vorhin."

„Was meinst du?", frage ich irritiert.

„Du hast für Ian gekämpft."

„Ach so, das. Kein Problem", winke ich ab. Ian kommt wenig später mit dem Rest der Mannschaft, sowie Noah, Archer und Drew aus der Tür.

„Auch mal da?", fragt Ellie grinsend und zieht Ian in einen Kuss. Mein Blick trifft den von Archer. *Scheiße, ich will ihn küssen.* Er sieht zur Seite und unterhält sich weiter mit Kenny. Schnell gehe ich zu Duncan und Lane, um bloß nicht schon wieder unseren Pressemanager anzustarren, als würde ich ihn am liebsten auf der Stelle anfallen. Im Hattrick's angekommen dauert es nicht lange, bis die erste Runde serviert wird und wir anstoßen.

„Auf den Sieg heute!", grinst Kenny, als wir die Gläser heben. Die Stimmung ist ausgelassen und entspannt. Die Snacks auf dem langen Tisch werden immer wieder aufgefüllt und die Drinks fließen, da wir alle, von Archer und Noah mal abgesehen, morgen ausschlafen können.

„Ist die Kampagne jetzt eigentlich vorbei?", fragt Ellie und Archer schüttelt den Kopf.

„Nicht?", fragt Duncan irritiert und blickt ihn fragend an.

„Die Trikots werden verkauft und der Erlös gespendet, an Organisationen, die sich für Gleichberechtigung einsetzen. Aber es ist bisher besser angekommen, als erwartet und deswegen bin ich sicher, dass der Vorstand mir zustimmen wird, wenn ich sage, dass es Sinn ergibt, die Kampagne regelmäßig zu wiederholen."

„Wie oft denn?", fragt Duncan mit großen Augen. Archer zuckt mit den Schultern. „Zweimal im Jahr? Vielleicht dreimal? Mal sehen."

„Scheiße", brummt Lane leise und Ellie sieht ihn verwundert an. Ians Blick ist warnend, fast tötend und zu meinem Verwundern erklärt Lane daraufhin: „Wir hatten eine Wette, Duckie, Gibson und ich. Wir haben wohl alle verloren."

„Verdammt", bemerken die beiden es dann auch.

„Kein Scheiß? Diese Kampagne hat funktioniert?", will Duckie zweifelnd wissen und Gibson seufzt frustriert.

„Das bedeutet ihr alle habt verloren", stellt Duncan fest. „Und jetzt?"

„Jetzt dürft ihr alle die Wettschulden begleichen", meint Ian und irritiert sehen die drei ihn an. Er aber antwortet nur: „Wettschulden sind Ehrenschulden."

„Da hat er allerdings recht", bekräftigt Drew ihn.

„Also los", meint Ellie. „Was müssen sie machen?", möchte sie einen Moment später wissen und Ian erklärt es ihr kurz. Tatsächlich beobachte ich, wie die drei Spieler ihre Handys herausholen und wohl jeweils ein Bild im Regenbogentrikot auf Instagram hochladen.

„Zeigt es mir vorher", sagt Archer aber noch und lässt sich von jedem das Handy geben. Er tippt noch irgendetwas ein, ehe er nickt und den Post offenbar hochlädt.

„Verdammter Mist", brummt Lane unzufrieden, aber da schiebt Duncan ihm nur ein neues Bier zu und wenig später scheint es vergessen zu sein.

„Ich finde die Kampagne übrigens toll", sagt Ellie zu Archer und Noah.

„Danke", lächelt er. „So etwas gab es bisher noch nie, oder? Ich finde, es wurde mal Zeit und das ausgerechnet Ians Team das macht, ist großartig. Sag mal, kann ich mir eins seiner Trikots kaufen? Sie stehen doch zum Verkauf, oder?"

Überrascht sieht Ian sie an. „Du möchtest eins haben?"

„Hast du etwas anderes erwartet?", fragt sie amüsiert.

„Das geht doch bestimmt, oder?", möchte Ian grinsend von Archer wissen und ihm ist anzusehen, wie sehr er sich in diesem Augenblick darüber freut, dass die beiden seine Kampagne so unterstützen. Ich verdrehe die Augen und beobachte die Szene.

Man kann auch alles übertreiben.

Archer sitzt mir gegenüber. Ich strecke meine Beine ein wenig aus und berühre damit seine einen Moment später. Er zuckt kaum wahrnehmbar zusammen und hält kurz inne. Dann sieht er zu mir und zieht sie weg. Mein Herz setzt einen Schlag aus und sackt ein ganzes Stück dabei ab.

Ich lasse mich in ein anderes Gespräch verwickeln.

„Ich gehe nicht davon aus, dass jemand von euch raucht?", fragt Noah irgendwann.

„Ich gehe trotzdem mit raus", antworte ich und sehe dabei genau, wie unzufrieden Archer damit ist. *Meine Güte, ich gehe nur an die frische Luft.*

„Verdammt", murmle ich, als die kühle Nachtluft mir entgegenschlägt.

„Schon ein Bier zu viel?", fragt Noah amüsiert.

„Du bist doch selbst nicht mehr nüchtern, Neo", antworte ich.

„Das habe ich auch nie behauptet", grinst er scheinheilig.

„Oh, schau mal, das habe ich vor ein paar Tagen gefunden", meint er und hält mir sein Handy hin. Es ist ein Foto von einem Foto; unserem alten Teamfoto.

„Woher hast du das denn?", frage ich überrascht.

„Ich habe es nie gelöscht, aber mir ist erst letztens wieder eingefallen, dass ich es noch haben müsste." Er zuckt mit den Schultern.

„Schickst du mir das?" Er nickt und ich sehe das Bild an. Noah hat einen Arm um mich gelegt und grinst schief in die Kamera. Man sieht es wahrscheinlich nicht, wenn man es nicht weiß, aber ich lehne mich ein wenig an ihn.

„Dass es niemand verstanden hat", meint er. „Ich meine, sieh uns doch an", lacht er und da bemerke ich auch, dass ich meinen Arm um seine Taille gelegt hatte.

„Ich mag das Bild", sage ich unüberlegt und lehne mich gegen die Hauswand.

„Ich auch", erwidert er lächelnd. „Vielleicht habe ich zu Hause noch andere.“

„Mum hat bestimmt noch welche“, überlege ich laut. „Ich rufe sie morgen mal an“, beschließe ich. Noah lächelt glücklich und tritt seine Zigarette aus.

„Ich bin froh, dich endlich wiedergesehen zu haben“, meint er plötzlich und für einen Moment sehe ich ihn perplex an, lächle dann aber auch und nicke leicht. „Ich auch.“

„Du hattest Schiss“, grinst er und lacht kurz.

„Was?“ Verwirrt sehe ich ihn an und versuche herauszufinden, was er meint, aber betrunken ist mein Gehirn leider etwas langsamer als sonst.

„Als ich in die Kabine gekommen bin und deinen Namen gesagt habe. Du bist kreidebleich geworden. Ich dachte, du kippst jeden Moment von der Bank.“

Ich schüttle den Kopf. „Nein, so schlimm war es nicht.“

„Nur fast.“

Ich schmunzle. „Möglich.“ Noah hebt seine Hand und bevor ich reagieren kann, streicht er durch meine Haare. „Sie sind immer noch so weich.“

„Was?“

Er schüttelt den Kopf. „Es war nur eine Feststellung. Ich mag deine Haare“, antwortet er lediglich und wickelt eine dünne Strähne um seinen Finger. Wieder kommt er mir etwas näher und ich werde nervös. Was wird das hier?

Bevor ich reagieren kann, küsst er mich auf einmal.

39. Kapitel

Für einen Moment halte ich inne, bewege mich einfach gar nicht, ehe ich Noah bestimmt von mir drücke.

„Was sollte das?", frage ich überfordert.

„Ein Kuss."

„Aber wieso?"

Er schmunzelt und küsst mich noch einmal. Der Kuss dauert eine, vielleicht zwei Sekunden und erwidere nicht. *Was passiert hier gerade?* Ich entziehe mich dem Kuss, sobald ich es verstehe, aber bevor ich etwas sagen kann, sieht Noah nach links. Ich folge seinem Blick und meine Augen werden groß. Duncan steht in der Tür und blickt uns verstört an. Dann wird er nach draußen geschoben. Lane. Ich schlucke und drücke Noah von mir weg.

„Das ist nicht, wonach es aussieht!", sage ich als Erstes und merke, wie ich mit jeder Sekunde panischer werde.

„Du bist eine Schwuchtel?", fragt Lane entgeistert und ich schüttle instinktiv den Kopf. „Nein, bin ich nicht!"

„Ihr habt euch geküsst", merkt Duncan an und mustert mich.

„Wer hat sich geküsst?", fragt nun noch jemand und da sehe ich Archer, der an Lane vorbei nach draußen geht.

„Elliot ist ein verdammter Schwanzlutscher", zischt Lane. „Er hat Mister Whitten gerade die Zunge in den Hals gesteckt."

„Ich habe nicht…"

„Wir sind doch nicht blind", unterbricht Duncan mich und mir wird eiskalt. Ich fange an zu zittern und gleichzeitig zu schwitzen.

„Jungs, das war nichts, ich stehe nicht auf Kerle, ehrlich nicht. Ihr kennt mich doch." Ich versuche die Situation mit einem gespielten Lachen aufzulockern, aber es bringt gar nichts.

„Tut mir leid, Eli."

„Nicht hilfreich!", fahre ich Noah an und er nickt stumm. Dann sehe ich wieder Archer an. Er atmet zitternd aus und schluckt dann. Noch sagt er nichts, ich sehe ihm an, dass er gerade dabei ist, die richtigen Worte zu finden.

Ian und Ellie kommen aus der Bar. „Wir hauen ab, bis dann – ist alles okay?", fragt er irritiert. Die angespannte Stimmung ist praktisch greifbar.

„Alles gut", sage ich schnell, aber im selben Moment setzt Lane zur Antwort an. „Elliot hat…"

„Es ist alles in Ordnung", unterbricht Archer ihn und lächelt kurz. Es erreicht seine Augen nicht. Mein Herz zieht sich zusammen. *Verdammt*, Archer denkt, Noah und ich hätten uns geküsst. Ich sehe zu Noah. Er hat mich geküsst, zweimal. Ich zittere immer noch und meine Gedanken sind vollkommen durcheinander. *Fuck, was mache ich jetzt nur?*

„Alles klar", meint Ian nur. „Dann frage ich nicht weiter." Duncan möchte gerade etwas sagen, als Archer es erneut verhindert. „Euch noch einen schönen Abend."

Ein Uber kommt angefahren und das Paar steigt ein.

„Scheiße, Elliot, von dir hätte ich das echt nicht gedacht", meint Lane danach trocken und ich schüttle wieder den Kopf. „Nein, so ist das nicht! Ich…"

„Das erklärt aber, wieso du noch nie eine Freundin hattest. Und wieso du ständig mit ihm geflirtet hast", fällt Duncan mir ins Wort. Archer ergreift das Wort. Er sieht mich direkt an. „Hast du ihn geküsst?"

„Was?"

„Hast du Noah geküsst?", will er wissen.

„Nein, habe ich nicht", antworte ich wahrheitsgemäß. Langsam, aber sicher wird mir schwindelig. Ich stütze mich mit einer Hand an der Backsteinmauer ab. Noah will mir helfen, aber ich halte ihn auf. „Fass mich nicht an!"

„Elliot, es tut mir leid, ich wusste doch nicht…"

„Lass gut sein." Ich traue mich kaum, zu Duncan und Lane zu sehen, geschweige denn zu Archer.

„Elliot, es ist alles gut."

„Nichts ist gut!"

„Also stimmt es doch", schlussfolgert Lane. *Oh Gott, das muss ein böser Traum sein. Das darf nicht passieren.* Meine Atmung wird flacher und hektischer. Ich kann nichts dagegen machen. „Elliot, beruhige dich."

„Hast du etwa irgendetwas nicht mitgekriegt?!", frage ich aufgebracht und fahre mir überfordert durch die Haare.

„Fuck", murmle ich und schüttle den Kopf. „Das darf alles nicht wahr sein."

„Die beiden werden nichts verraten", meint Archer auf einmal und perplex und irritiert sehe ich ihn an. „Wie kannst du so etwas sagen?" Ich wage es nicht, meine Teamkollegen anzusehen. Ich weiß, was mich erwarten wird und mir kommt der Gedanke, dass es heute wohl das letzte NHL-Spiel meiner Karriere war. Diese ist nämlich vorbei. Schluss. Kein Eishockey mehr für mich. Nie wieder.

„Du willst, dass wir nichts sagen?", fragt Lane ihn. „Du willst, dass wir so tun, als wüssten wir von nichts?"

„Allerdings", antwortet er, ohne mit der Wimper zu zucken. Mir wird schlecht. Nein, kotzübel. Das Schwindelgefühl wird schlimmer.

„Oh verdammt, ich glaube, er kotzt gleich", höre ich Duncan sagen.

„Dann geh und hilf ihm", bestimmt Archer. „Noah, du holst ein Wasser." Der Mann neben mir nickt stumm und verschwindet in die Kneipe.

„Hast du ihn geküsst?", fragt Archer mich noch einmal.

„Was denkst du bitte?", entgegne ich. „Natürlich nicht!" Ich sehe zu Duncan und Lane.

411

„Wir haben es doch gesehen", wiederholt der Goalie.

„Du kannst ihnen vertrauen. Sie sagen nichts. Aber sag mir, ob *du* ihn geküsst hast", wiederholt Archer.

„Das denkst du also?", frage ich leise und merke erst einen Moment später, wie das für Außenstehende wirken muss. *Oh nein.* Mein Magen dreht sich um und mein Gleichgewichtssinn verabschiedet sich komplett. Ich schaffe es gerade noch so zum Mülleimer am Straßenrand, ehe ich das Gefühl habe, zu ersticken, als ich mich übergebe. Plötzlich merke ich, dass mir jemand die Haare zurück streicht und eine Hand auf den Rücken legt.

„Du musst versuchen ruhig zu atmen, Lio."

Es ist Archer. Ich übergebe mich erneut, bevor ich mich aufrichten kann und wieder zur Wand gehe, um mich anzulehnen.

„Ihr beiden werdet nichts sagen, alles klar?"

„Wieso sollten wir das tun?", fragt Duncan perplex.

„Scheiße, der Kerl ist ein Schwanzlutscher!", sagt Lane, sieht zu mir und ich schlucke. Es tut unfassbar weh diese Worte von einem Freund zu hören. Duncan seufzt. „Gut, ich sage nichts."

„Was?" Ich kann nicht ganz glauben, was ich gerade höre.

„Ich werde nichts sagen."

„Meinst du das Ernst?"

Er nickt. „Du bist ein guter Spieler. Und ein Freund." Ich nicke erleichtert und sehe zu Lane. Er mustert mich kurz und sieht dann zur Seite.

„Lane?", frage ich leise, bin mir aber absolut nicht sicher, ob ich seine Antwort hören möchte.

„Ich glaube, du vergisst da etwas ganz Entscheidendes", sagt Archer auf einmal. „Ich könnte es natürlich auch aussprechen, aber das willst du sicher nicht, oder Lane?"

„Das kann nicht dein Ernst sein."

„Ist es aber. Also?" Duncan spannt sich an und sieht zu Lane, dann zu Archer. „Ich habe ihm gesagt, dass ich es nicht verraten werde."

„Das weiß ich", antwortet Archer nur trocken.

„Worum geht es bitte?", frage ich, aber niemand antwortet mir.

„Verdammte Scheiße", murmelt Lane und sieht zu mir, ehe er Archer ansieht. „Ich kann nicht glauben, dass du das wirklich durchziehen willst."

„Werde ich aber."

„Das ist mir klar", entgegnet er missmutig.

„Schön, ich halte dicht", lenkt Lane ein.

„Das heißt, du brauchst keine Angst zu haben, dass dich jemand outet. Du bleibst Spieler der NHL", sagt Archer.

„Was, ehrlich? Ihr sagt beide nichts?"

„Das wäre ganz schön dämlich, oder nicht?", fragt mein Freund scheinheilig und Duncan drückt Zeigefinger und Daumen gegen seine Nasenwurzel.

„Du bist schwul?"

Ich schweige.

„Stehst du auf Männer? Also so richtig?", wiederholt er die Frage. Ich weiß nach wie vor nicht, ob ich dem Braten trauen kann, also sage ich nichts.

„Du hast es doch gesehen", meint Lane nur und verdreht die Augen. Ich schließe kurz die Augen und versuche den widerlichen Geschmack in meinem Mund zu ignorieren. *Ich möchte zu Archer.* Er steht nur wenige Meter von mir entfernt, aber ich kann nicht zu ihm gehen. *Oh Gott, er muss mich hassen.* Meine Augen brennen, als ich realisiere, dass ich jemand anderen geküsst habe.

„Elliot?", fragt Duncan irritiert.

„Heulst du etwa?"

„Scheiße", murmle ich nur und sehe mich um.

„Er muss nach Hause", stellt Lane trocken fest.

„Rufen wir ihm einen Uber?" Plötzlich steht Noah neben mir und drückt mir ein Glas Wasser in die Hand.

413

„Soll ich dich nach Hause bringen?", fragt er besorgt, aber ich schüttle so gut es eben geht den Kopf. „Du hast genug angerichtet."

„Es tut mir doch leid. Ich konnte doch nicht ahnen, dass Lane und Duncan…" Ich höre ihm nicht zu. Ich sehe nur zu Archer. *Er soll mich nach Hause bringen. Ich will, dass er bei mir bleibt.*

„Bitte", murmle ich leise, erkenne aber, dass er mich trotzdem verstanden hat. „Es tut mir leid."

Archer sieht mich einen Moment lang nur an.

„Elliot sollte nach Hause", meint Noah und klingt besorgt.

„Ich rufe dir einen Uber", meint Duncan.

„Meine Jacke", murmle ich und bemerke erst, dass Noah sie geholt hat, als er sie mir in die Hand drückt.

„Geht es dir besser?", fragt er, aber als ich die Wand loslasse und ein paar Schritte laufen möchte, spüre ich wie weich meine Knie immer noch sind.

„Oh Gott, wie viel hat er denn getrunken?", fragt Lane leise.

„Hat er nicht. Ihm geht es nur nicht gut", widerspricht Duncan.

„Archer", murmle ich leise und sehe zu ihm.

„Vielleicht bereust du es morgen", meint er, aber ich schüttle den Kopf. *Dumm. Davon wird mir noch schwindeliger.* Archer seufzt.

„Schön. Aber dann sei morgen nicht sauer auf mich."

„Werde ich nicht."

Dann *endlich* kommt er zu mir und legt einen Arm um meine Taille.

„Bringen wir dich nach Hause", sagt er liebevoll und mit geschlossenen Augen lehne ich mich an ihn.

„Sie wissen es", stelle ich erneut fest.

„Und sie werden nichts sagen", versichert Archer mir erneut. Ich nicke schwach.

„Ähm… sollen wir nachfragen?", höre ich Lane skeptisch und zögerlich fragen, aber ich antworte nicht. Archer sieht zu ihm und ich bemerke, dass meine zwei Kollegen uns verwirrt ansehen. Mir ist alles egal. Ich will nur in mein Bett und mich an Archer kuscheln. Sie wissen es doch sowieso, jetzt ist es zu spät noch irgendetwas zu verheimlichen. Ich drücke mich enger an meinen Freund und drücke meine Nase gegen seinen Hals. *Oh, er riecht so gut.*

„Vielleicht erklärt er es euch morgen", höre ich Archer sagen. Er hält mich eng bei sich und ich lächle dümmlich.

„Da läuft etwas zwischen euch", erkennt Noah. „Ich weiß, wie Elliot aussieht, wenn er verliebt ist."

„Halt die Schnauze, Neo", brumme ich gegen Archers Haut. In diesem Moment kommt der Uber.

„Bleibst du bei ihm?", fragt Duncan und Archer nickt, bevor wir einsteigen. Als der Uber losfährt, tauchen die letzten Minuten vor meinem inneren Auge auf und laufen wie ein Film daran vorbei.

„Oh Gott. Duncan und Lane wissen es!"

„Du musst dich dringend ausschlafen", antwortet Archer mir und drückt meinen Oberschenkel leicht.

„Was ist, wenn sie doch etwas sagen? Dann werde ich nie wieder Eishockey spielen."

„Das wird nicht passieren, versprochen."

„Mhm."

„Vertraue mir bitte."

„Tue ich."

Die Fahrt dauert viel zu lange. Ich lehne meinen Kopf an die kühle Scheibe. Obwohl ich ihm vertraue, kann ich nicht verhindern, dass dutzende Szenen in meinem Kopf auftauchen: wie das Team es erfährt, wie der Vorstand mich rausschmeißt, wie die Fans reagieren werden.

„Wir sind da", unterbricht Archer mein Kopfkino und hilft mir aus dem Auto.

„Schlüssel?"

„Hosentasche", nuschle ich und merke, dass er ihn herausholt.

„Möchtest du noch einmal ins Badezimmer?"

„Mhm. Ich muss Zähneputzen."

Wieso schmunzelt Archer? Was ist daran so lustig? Archer drückt mich auf den Klodeckel und steckt mir einen Augenblick später meine Zahnbürste in den Mund. Er nimmt sich seine danach erst.

„Love?"

„Mhm?"

„Ich habe Neo – Noah nicht geküsst. Wirklich nicht", beteuere ich und sehe ihn an. „Du musst mir das bitte glauben. Er hat mich geküsst. Ich dachte nicht, dass er wirklich flirtet. Ich dachte einfach, wir wären wieder Freunde."

„Okay."

„Und dann hat er mich geküsst, aber ich wollte das nicht", erzähle ich weiter und streiche mir die Haare nach hinten.

„Ich stehe nicht mehr auf ihn, aber ich mag ihn. Meinst du, wir sind auch immer noch Freunde?"

„Ich weiß es nicht, bestimmt."

„Ich will niemand anderen küssen. Ich will nur dich küssen", sage ich unüberlegt. *Oh, habe ich das laut ausgesprochen?* Oops.

„Ich möchte dich küssen. Darf ich dich gleich küssen?"

Er schmunzelt schon wieder. „Sobald du keine Zahnbürste mehr im Mund hast, gerne."

„Oh." *Das habe ich irgendwie vergessen.* Was solls. Ich nicke und putze meine Zähne weiter.

„Dann bist du nicht wütend?"

„Wütend?"

„Ich wäre wütend, wenn du jemand anderen küsst", gebe ich zu.

„Du sollst nur noch mich küssen. Es tut mir leid, wenn ich mit Noah geflirtet habe. Ich wusste nicht, dass es flirten ist. Vielleicht war es das aber doch", rede ich weiter, ohne groß darüber nachzudenken. „Du küsst viel besser als er, falls es dich beruhigt."

„Du bist süß, wenn du betrunken bist."

„So betrunken bin ich nicht mehr", widerspreche ich.

„Oh doch, das bist du."

„Mhm."

„Komm, ab ins Bett mit dir." Ich stehe auf und wieder dreht sich alles. „Fuck." Archer seufzt und ehe ich mich versehe, habe ich keinen Boden mehr unter den Füßen.

„Archer!" Er ignoriert es und geht aus dem Badezimmer.

„Trägst du mich gerade?"

„Allerdings."

„Du kannst das?"

„Ich mache zwischendurch auch Sport. Überraschung."

„Mhm. Okay." Ich lege meinen Kopf auf seiner Schulter ab. Wenige Sekunden später setzt er mich auf meinem Bett ab, bevor er beginnt, mich auszuziehen.

„Du wolltest mich noch küssen", erinnere ich ihn. Nur in Shorts sitze ich in der Mitte des Bettes und beobachte ihn dabei, wie er sich auszieht.

„Warte kurz." Dann geht er weg.

„Love? Wo gehst du hin?!", rufe ich ihm nach, aber er antwortet nicht. Ich seufze und klettere unter die Decke. „Hier, iss das."

„Das ist Toast."

„Ja."

„Wieso soll ich das essen?"

„Damit du eine Kopfschmerztablette nehmen kannst. Du wirst es mir morgen danken."

„Okay", antworte ich schulterzuckend.

„Ich habe dir noch ein volles Glas Wasser hingestellt."

„Du bist so toll, Archer", grinse ich. „Und heiß."

„Und du bist nach wie vor betrunken. Das hat sich in den

letzten fünf Minuten nicht geändert", schmunzelt er und zieht mich in seine Arme.

„Wo bleibt mein Kuss?"

Er lacht und küsst mich liebevoll. Zufrieden kuschle ich mich an ihn.

Epilog

Archer mustert seinen Freund. Er ist eingeschlafen. Auch, wenn er wirklich niedlich ist, wenn er betrunken ist, hat er sich das Ende dieses Tages definitiv anders ausgemalt. Archer weiß gar nicht, ob Elliot schon so richtig verstanden hat, was heute passiert ist. Vorhin hat er noch Panik gehabt und gerade war seine Laune unfassbar gut. Nein, er wird erst morgen richtig verstehen, was passiert ist. Archer ist nur froh, dass es lediglich Lane und Duncan waren, die es gesehen haben. Er fühlt sich mies, weil er die beiden mehr oder weniger dazu zwingt nichts zu sagen, aber er kann nicht zulassen, dass einer der beiden Elliot outet und damit seine Karriere beendet. Archer hat sich schlecht gefühlt, dass er das Foto der beiden doch nicht gelöscht hat, aber in diesem Moment ist er einfach nur froh darüber.

Er streicht Elliot durch die Haare und sieht ihn an.

„Ich liebe dich", sagt er leise, aber der junge Mann in seinen Armen reagiert nicht. Er schläft wie ein Stein. Keiner der beiden hat die Worte bisher ausgesprochen, aber nach heute Abend ist Archer sich sicher, dass er es bald tun wird. Als er rausgekommen ist und erfahren hat, was passiert ist, hat er die Panik in Elliots Augen gesehen. Erst dachte er, es geht nur um das Team und das unfreiwillige Outing, aber dann hat er erkannt, dass Elliot genauso viel Angst hatte, dass Archer denkt, er hätte Noah geküsst. Seine Vermutung hat sich im Badezimmer vor einigen Minuten nur bestätigt. Elliot hat nichts gemacht. Er wurde geküsst, wollte das aber nicht. Wieso also sollte Archer wütend auf ihn sein? Elliot konnte nichts dafür und er weiß, dass Elliot nicht mit Absicht geflirtet hat. Dass er es nach wie vor nicht gut findet, dass Elliot all das mit Noah gemacht hat, was er sich mit seinem Freund wünscht, hat er nicht zur Sprache gebracht. Das wäre zu viel gewesen. Er war ja schon überfordert genug, da wollte er nicht ein weiteres Thema anschneiden. Elliot murmelt etwas, die Worte sind unverständlich, dann drückt er sich enger an Archer, der glaubt, sein Herz explodiert gleich, so schnell schlägt es. Er schließt die Augen, nachdem er Elliot einen Kuss auf die Haare gedrückt hat. *Es wird bestimmt alles gut werden.*

Fortsetzung folgt...

Elliot weiß nicht, was er schlimmer findet: Dass Noah ihn geküsst und Archer es gesehen hat, oder dass zwei seiner Teamkollegen von seiner Sexualität wissen. Gleichzeitig möchte er Archer ein besserer Freund als vorher sein und plant ihr erstes Date. Und er muss auf dem Eis abliefern, um seine Karriere voranzutreiben. Als sein Captain dann auch noch Wind von der Situation bekommt, spitzt sich die Lage zu und Elliot muss sich endgültig entscheiden, wie wichtig ihm seine Beziehung mit Archer wirklich ist.

LIGHTNING
The Second Strike

Hat dir das Buch gefallen?

Dann hinterlasse gerne eine Rezension bei:

Books On Demand, Thalia oder Amazon.de

Bibliografische Information der Deutschen Nationalbibliothek: Die
Deutsche Nationalbibliothek verzeichnet diese Publikation in der
Deutschen Nationalbibliografie; detaillierte bibliografische Daten
sind im Internet über http://dnb.dnb.de abrufbar.

Die automatisierte Analyse des Werkes, um daraus Informationen
insbesondere über Muster, Trends und Korrelationen gemäß §44b
UrhG („Text und Data Mining") zu gewinnen, ist untersagt.

© 2024 Lea Busch
Bildbearbeitung, Illustration: Lea Busch, Canva
Cover: freepik.com
Verlag: BoD · Books on Demand GmbH,In de Tarpen 42,
22848 Norderstedt
Druck: Libri Plureos GmbH, Friedensallee 273, 22763 Hamburg
ISBN: 978-3-7693-1870-8

FSC
www.fsc.org

MIX

Papier aus ver-
antwortungsvollen
Quellen
Paper from
responsible sources

FSC® C105338